Laini Taylor

# Strange the Dreamer – Der Junge, der träumte

Buch 1

# LAINI TAYLOR

# STRANGE THE DREAMER

## DER JUNGE, DER TRÄUMTE

## BUCH 1

Übersetzung aus dem
amerikanischen Englisch von
Ulrike Raimer-Nolte

MIX
Papier aus verantwortungsvollen Quellen
FSC® C014496

Dieser Titel ist auch als Hörbuch und E-Book erschienen

Titel der amerikanischen Originalausgabe:
»Strange the Dreamer« (Teil 1)


Umschlaggestaltung: Manuela Städele-Monverde unter Verwendung einer Coverillustration von Jantine Zandbergen
Satz: 3w+p GmbH, Rimpar
Gesetzt aus der Adobe Caslon
Druck und Einband: GGP Media GmbH, Pößneck

Printed in Germany
ISBN 978-3-8466-0085-6

5432

Sie finden uns im Internet unter: www.one-verlag.de
Bitte beachten Sie auch www.luebbe.de

**Für Alexandra. Du bist einzigartig.**

# Prolog

Am zweiten Sabbat des Zwölfmonds fiel in der Stadt *Weep* ein Mädchen vom Himmel.

Ihre Haut war blau, ihr Blut war rot.

Ihr Rücken brach beim Aufprall auf ein schmiedeeisernes Tor, das unter ihrem Gewicht einsackte. Dort hing sie nun in einer unnatürlichen Krümmung, graziös wie eine Tempeltänzerin, die sich in die Arme eines Geliebten sinken lässt. Ein feucht glänzender Dorn hielt sie an ihrem Platz fest. Er ragte aus ihrem Brustkorb, glitzernd wie eine Brosche. Ihr Körper bebte kurz, als ihr Geist sich losriss, und Knospen von Fackellilien regneten aus ihren langen Haaren.

Später sagten die Leute, es seien keine Blüten gewesen, sondern die Herzen von Kolibris.

Später hieß es auch, sie habe ihr Blut nicht *vergossen*, sondern es *geweint*. Sie habe kopfüber sterbend noch anzüglich mit der Zunge über ihre Lippen geleckt und eine Schlange erbrochen, die zu Rauch zerbarst, sobald sie die Erde berührte. Es hieß, ein Mottenschwarm sei um sie herumgeschwirrt und habe fieberhaft versucht, sie davonzutragen.

Dieser Teil stimmte. Nur dieser.

Natürlich waren die Motten zum Scheitern verurteilt. Sie waren kaum größer als die staunenden Münder von Kindern, und selbst ein Dutzend von ihnen konnte nur an den dunkler werdenden Haarsträhnen zupfen, bis ihre Flügel von Blut verklebt erschlafften. Dann wirbelten sie zusammen mit den Blüten in einem Windstoß fort, der verdreckt und erstickend die Gasse entlangbrauste. Die Erde bäumte sich auf. Der Himmel schwankte. Durch wabernden Rauch schnitt ein seltsames Leuchten so blendend hell, dass die Menschen von *Weep* die Augen zusammenkniffen. Rundherum war nur noch wirbelnder Straßenschmutz, glühendes Licht und der Gestank von Salpeter. Es hatte eine Explosion gegeben. Sie hätten allesamt umkommen können, aber nur das Mädchen war aus einem Winkel des Himmels geschüttelt worden und gestorben.

Ihre Füße waren nackt, ihr Mund in der Farbe von Zwetschgen verfärbt. Ihre Kleidertaschen steckten voller Pflaumen. Sie war jung und wunderhübsch, ihr Gesicht überrascht und leblos.

Im Übrigen war ihr Körper blau.

So blau wie blasse Opale, wie Kornblumen, wie Libellenflügel, wie der Himmel im Frühling, bevor die Sommerhitze einsetzt.

Jemand schrie. Der Schrei pflanzte sich fort. Nicht etwa, weil ein Mädchen tot war, sondern weil sie blaue Haut hatte, was in der Stadt *Weep* eine ganz eigene Bedeutung besaß. Nachdem der schwankende Himmel und die bebende Erde wieder zur Ruhe gekommen waren, nachdem die letzten Qualmwolken von der Explosionsstelle hochzischelten und sich verzogen, setzten sich die Schreie trotzdem weiter fort. Eine Stimme steckte die andere an, wurde durch die Luft übertragen wie eine Seuche.

Der Geist des blauen Mädchens sammelte sich und hockte losgerissen auf der speerscharfen Spitze des Zauns, die eine Handbreit aus der stillen Brust ragte. Bei dem Anblick keuchte der Geist des Mädchens erschrocken, legte den unsichtbaren Kopf in den Nacken und schaute trauervoll in die Höhe.

Die Schreie hörten gar nicht wieder auf.

Und am anderen Ende der Stadt, auf einem monumentalen, keilförmigen Sockel aus spiegelblankem Metall, begann eine Statue sich zu regen, als sei sie von dem Tumult erwacht, und hob langsam den mächtigen gehörnten Kopf.

# Teil I

***Shrestha*** (gespr.: Schres·ta), Subst.

Wenn ein Traum wahr wird – aber nicht für den, der ihn erträumt hat.

Archaisch; abgeleitet von Shres, dem vaterlosen Gott des Glücks. Man glaubte, bei mangelhaften Opfergaben würde er die Bittsteller bestrafen, indem er ihren Herzenswunsch für jemand anderen in Erfüllung gehen ließ.

# 1

# Die Mysterien von Weep

Namen können verloren gehen oder in Vergessenheit geraten. Das wusste niemand besser als Lazlo Strange. Der Name, den er zuerst gehabt hatte, war mit seiner Familie gestorben und für immer verstummt, wie ein Lied, das keiner mehr sang. Vielleicht war es der Name eines alten Geschlechts gewesen, über Generationen benutzt, bis er wie ein polierter Kupferkessel glänzte. Vielleicht hatte jemand ihn liebevoll ausgesucht. Das stellte er sich gerne vor, aber er hatte keine Ahnung. Er hatte nur *Lazlo* und *Strange.* Den Nachnamen trugen alle Findelkinder im Königreich Zosma. Auf *Lazlo* hatte ihn ein Mönch getauft und zwar nach einem Onkel ohne Zunge.

»Man hat sie ihm auf einer Strafgaleere herausgeschnitten«, erklärte Bruder Argos, als Lazlo alt genug war, um so etwas zu verstehen. »Mein Onkel war immer unheimlich still, genau wie du als Baby, deshalb hatte ich wohl den Gedanken: *Lazlo.* Ich musste in diesem Jahr so viele Findelkinder taufen, dass ich genommen habe, was mir gerade in den Kopf kam.« Nach einer Pause fügte er beiläufig hinzu: »Hab sowieso nicht geglaubt, dass du überlebst.«

In jenem Jahr brach das Königreich Zosma in die Knie und blutete einen gewaltigen Schwall von Männern für einen Krieg aus, bei dem es um gar nichts ging. Natürlich begnügte der Krieg sich nicht nur mit Soldaten. Felder wurden niedergebrannt, Dörfer geplündert, Banden heimatloser Bauern durchschwärmten das verwüstete Land und kämpften mit den Krähen um Abfälle. So viele starben, dass man die Fuhrwerke zweckentfremden musste, mit denen sonst Diebe zu den Galeeren gebracht wurden, um stattdessen Waisenkinder in die Klöster zu schaffen. Sie wurden herbeigekarrt wie Lämmer zum Schlachthof, so erzählten die Mönche, und über ihre Herkunft wussten sie wenig zu sagen. Manche waren wenigstens alt genug, um ihre eigenen Namen zu kennen, aber Lazlo war bloß ein Wickelkind, noch dazu ein kränkliches.

»Grau wie ein Regentag warst du«, sagte Bruder Argos. »Hab erwartet, dass du stirbst, aber du hast gegessen, geschlafen und irgendwann wieder eine normale Farbe bekommen. Nie geweint, nicht ein einziges Mal. Das war unnatürlich, aber uns hast du deshalb umso besser gefallen. Keiner von uns ist Mönch geworden, um als Amme zu enden.«

Worauf der kleine Lazlo hitzig zurückgab: »Und keiner von uns ist geboren geworden, um als Waise zu enden.«

Aber er war nun einmal ein Waisenkind, ein Strange, und obwohl er zu Fantastereien neigte, gab er sich darüber nie irgendwelchen Illusionen hin. Selbst als kleiner Junge war ihm klar, dass ihn keine grandiosen Enthüllungen erwarteten. Niemand würde ihn suchen kommen, und er würde nie erfahren, wie sein wahrer Name lautete.

Vielleicht war das der Grund, warum das Mysterium von *Weep* ihn so völlig gefangen nahm.

Eigentlich gab es sogar zwei Mysterien: ein altes und ein neues. Das alte hatte in seinem Geist die erste Tür geöffnet, aber es war das neue, das schließlich hineinschlüpfte, sich zurechtrollte und mit einem zufriedenen Grunzen niederließ – ungefähr wie ein Drache in einer behaglichen Schatzhöhle. Und dort blieb es … das Mysterium, tief in seinem Geist … und dünstete über Jahre hinweg einen Hauch Rätselhaftigkeit aus.

Das Mysterium handelte von einem Namen, oder genauer gesagt um die Entdeckung, dass Namen nicht nur verlorengehen oder in Vergessenheit geraten konnten, sondern dass es möglich war, sie zu stehlen.

Als es geschah, war Lazlo gerade fünf Jahre alt, nur ein elternloser Findling in der Zemona-Abtei. Wie so oft hatte er sich in den alten Obstgarten geschlichen, wo Nachtflügler und Seidenschwirrer hausten, um dort allein zu spielen. Der Winter war gerade hereingebrochen, die Bäume waren schwarz und kahl. Unter seinen Füßen knirschte bei jedem Schritt eine dünne Frostkruste. Die Nebelwolke seines Atems begleitete ihn wie ein anhänglicher Geist.

Die Angelusglocke ertönte, und ihre Bronzestimme überrollte die Mauern des Schafstalls und des Obstgartens in klangvollen, langsamen Wellen. Sie rief zum Gebet. Wenn er jetzt nicht hineinging, würde seine Abwesenheit auffallen, und dann würde man ihn züchtigen.

Er ging nicht hinein.

Lazlo fand immer Mittel und Wege, sich alleine fortzustehlen, und seine Beine waren stets mit Striemen von der Haselgerte übersäht, die an einem Haken mit seinem Namen baumelte. Das war es ihm wert. Hauptsache fort von den Mönchen, den Regeln, den Pflichten und einem Leben, das ihn zwickte wie zu enge Schuhe.

Er wollte *spielen.*

»Kehrt um, wenn ihr wisst, was gut für euch ist«, warnte er seine unsichtbaren Feinde. Er hielt ein ›Schwert‹ in jeder Hand: Äste eines Apfelbaums, schwarz und stabil, die Enden mit Zwirn umwickelt, um daraus Griffe zu machen. Lazlo war ein schmächtiges, unterernährtes Kind mit zerschnittener Kopfhaut, weil die Mönche bei der Rasur gegen Läuse öfter mit der Klinge abrutschten, aber seine Haltung war von vollendeter Würde. Ohne Zweifel war er in diesem Moment ein Krieger, zumindest in seinem eigenen Kopf. Und nicht irgendein Krieger, sondern ein Tizerkan, der furchtloseste von allen. »Kein Fremdländer«, verkündete er seinen Gegnern, »hat jemals die Verbotene Stadt zu Gesicht bekommen. Und solange ich atme, wird das auch nie einem gelingen.«

»Dann haben wir ja Glück«, antworteten die Gegner und erschienen ihm im Zwielicht echter als die Mönche, deren Gesang von der Abtei herüberdriftete. »Denn lange wirst du nicht mehr atmen.«

Lazlos graue Augen verengten sich zu Schlitzen. »Ihr glaubt, dass ihr *mich* besiegen könnt?«

Die schwarzen Bäume rauschten bedrohlich. Lazlos Geisteratem eilte mit einem Windstoß davon, um sogleich vom nächsten Atemzug ersetzt zu werden. Sein Schatten breitete sich riesenhaft aus, und vor seinen Augen gleisten Bilder uralter Kriege, geflügelter Wesen, einer Berghöhe aus geschmolzenen Dämonenknochen, und der fernen Stadt dahinter … einer Stadt, die sich in den Nebeln der Zeit verloren hatte.

So lautete das erste Mysterium.

Er hatte es von einem senilen Mönch namens Bruder Cyrus erfahren. Der Alte war ein Invalide, und den Waisenjungen fiel die Aufgabe zu, ihm seine Mahlzeiten zu bringen. Er war kein freundlicher Mann. Kein großväterlicher Freund oder Mentor. Seine Klammerhände hatten einen schrecklich festen Griff. Wie alle wussten, hielt er die Jungen manchmal stundenlang an den Handgelenken gepackt und zwang sie, unzählige wirre Glaubensregeln zu wiederholen oder Widernatürlichkeiten aller Art zu bekennen, die sie kaum verstanden und gewiss nicht begangen hatten. Sie alle fürchteten ihn und seine knorrigen Raubvogelfinger. Die älteren Jungen stellten sich nicht etwa schützend vor die jüngeren, sondern schickten sie an eigener Stelle in seine Zellenhöhle. Lazlo war genauso verängstigt wie der Rest von ihnen, dennoch bot er freiwillig an, dem Bruder *alle* Mahlzeiten zu bringen.

Wieso?

Weil Bruder Cyrus Geschichten erzählte.

Das war nichts, worüber man in der Abtei lächelnd hinwegsah. Geschichten waren im besten Fall eine Ablenkung von der spirituellen Einkehr, im schlimmsten Fall ehrten sie falsche Götter oder verführten zur Sünde. Aber Bruder Cyrus war über solche strikten Regeln längst hinaus. Sein Geist hatte sich aus der Verankerung gerissen und trieb ziellos dahin. Er schien nie zu verstehen, wo er sich befand, und seine Verwirrung brachte ihn zur Weißglut. Wenn er wütete, wurde sein Gesicht verbissen und rot, und die Spucke flog nur so. Doch er hatte auch ruhige Momente: immer dann, wenn er durch eine Kellertür seiner Erinnerung entschlüpfen konnte, zurück in die eigene

Kindheit und zu den Geschichten, die seine Großmutter ihm erzählt hatte. Er kannte weder die Namen der anderen Mönche noch die Gebete, die Jahrzehnte lang seine einzige Berufung gewesen waren, aber die Geschichten quollen nur so aus ihm heraus, und Lazlo hörte zu. Er sog sie auf wie ein Kaktus den Regen.

Im Süden und Osten des Kontinents Namaa – weit, weit entfernt vom nördlich gelegenen Zosma – erstreckte sich eine riesige Wüste, die man den Elmuthaleth nannte. Sie zu durchqueren war eine Kunst, die nur wenige zur Vollendung gebracht hatten. Und diese wenigen hüteten das Wissen darüber wie einen kostbaren Schatz. Denn irgendwo jenseits der Leere lag eine Stadt. Sie war nur ein Gerücht, eine Fabel. Allerdings eine handfeste Fabel, denn aus ihr traten wahre Wunder hervor, wurden von Kamelen durch die Wüste getragen und befeuerten die Fantasie aller Völker der Welt.

Die Stadt hatte einen Namen.

Die Kameltreiber sprachen davon und brachten neben ihren Wunderwaren auch den Namen der Stadt und ihre Geschichten mit. Das alles fand seinen Weg in ferne Länder – der Name, die Waren, die Geschichten – und erschuf Visionen von glitzernden Kuppeldächern, zahmen weißen Hirschen, Männern mit blendend polierten Krummsäbeln und Frauen von solcher Schönheit, dass sie die Sinne zum Schmelzen brachten.

So blieb es viele Jahrhunderte. Die Wunder zierten die Wände ganzer Palastflügel, und ganze Regalreihen in den Bibliotheken füllten sich mit den Geschichten. Händler wurden reich. Abenteurer wurden übermütig und zogen aus, um die Stadt endlich mit eigenen Augen zu sehen. Keiner kehrte zurück. Sie war ein verbotener Ort für alle *Faranji* – Fremdländer. Und wer die Durchquerung des Elmuthaleth überlebte, so hieß es, wurde als Spion hingerichtet. Doch das hielt die Leute nicht davon ab, es zu versuchen. Drohe einem Mann mit einem Verbot, und schon wird er nach dem Verwehrten verlangen, als würde sein Seelenheil davon abhängen. Erst recht, wenn es sich dabei um einen Quell unvergleichlicher Reichtümer handelt.

Viele wagten den Versuch.

Keiner kehrte zurück.

Der Wüstenhorizont gebar einen Sonnenaufgang nach dem anderen, und es schien, als würde sich nie etwas ändern. Aber dann, vor zwei Jahrhunderten, kamen die Karawanen plötzlich nicht mehr. An den westlichen Vorposten des Elmuthaleth – Alkonost und den anderen – hielt man Ausschau nach den hitzeflimmernden Silhouetten von Kamelzügen, die aus der Leere heraustreten sollten wie immer, aber das taten sie nicht.

Sie kamen nicht.

Immer noch nicht.

Und immer noch nicht.

Keine Kamele, keine Reiter, keine Wunder, keine Geschichten. *Nie mehr.* Man hatte zum allerletzten Mal von der Verbotenen Stadt gehört, von der Unsichtbaren Stadt, von der *Verlorenen* Stadt, und dieser Teil des Mysteriums hatte in Lazlos Geist die entscheidende Tür geöffnet.

*Was war geschehen?* Gab es die Stadt noch? Er wollte alles darüber wissen. Also übte er sich darin, Bruder Cyrus unauffällig an den Ort seiner Träumereien zu führen und sammelte die Geschichten wie kostbare Kleinode. Lazlo hatte keinen Besitz, nicht einen einzigen Gegenstand, aber von Anfang an fühlten sich die Legenden wie sein ganz persönlicher Goldschatz an.

Die Kuppeldächer der Stadt, sagte Bruder Cyrus, waren durch Seidenbänder miteinander verbunden, auf denen Kinder wie Seiltänzer balancierten. Mit ihren Umhängen aus bunten Federn sausten sie von Palast zu Palast, und alle Türen standen ihnen offen. Selbst die Vogelkäfige wurden nie geschlossen, damit die Vögel frei kommen und gehen konnten. Überall wuchsen wunderliche Früchte, bereit zum Pflücken, und auf die Fensterbretter wurden Kuchen gestellt, von denen jeder kosten durfte.

Lazlo hatte noch nie einen Kuchen *gesehen*, geschweige denn probiert. Er hatte Prügel dafür bezogen, das Fallobst von den Apfelbäumen zu essen, selbst wenn vor Würmern kaum Frucht übrig war. Diese Vision von Freiheit und Überfluss verzauberte ihn. Gewiss, sie lenkte von spiritueller Einkehr ab, doch auf die gleiche Art, wie der Anblick einer Sternschnuppe die Qual eines leeren Magens vergessen ließ. Zum ersten Mal zog er in Betracht, dass es vielleicht andere Arten des Lebens geben konnte als die gewohnte, die er kannte. Bessere, glücklichere.

Die Straßen der Stadt, sagte Bruder Cyrus, waren mit Lapislazuli gepflastert und wurden peinlich sauber gehalten, um die ellenlangen Haare der Damen nicht zu beschmutzen, die stets offen getragen wurden und ihnen nachzüngelten wie gewitterschwarze Seide. Elegante weiße Hirsche durchwanderten die Straßen wie Stadtbürger, und mannsgroße Reptilien trieben im Fluss. Erstere nannte man Spektrale, und die Substanz ihrer Geweihe – Spektralys, oder kurz Lys – war kostbarer als Gold. Letztere hießen Svytagor und besaßen rosenrotes Blut, das als Elixier der Unsterblichkeit galt. Außerdem Raviden – Raubkatzen mit Fängen wie scharfe Sicheln – und Vögel, die menschliche Stimmen imitieren konnten. Daneben besondere Skorpione, deren Stich übermenschliche Kräfte verlieh.

Und natürlich gab es die Tizerkan-Krieger.

Sie trugen Schwerter namens *Hreshtek*, mit deren Klingen man einen Mann von seinem Schatten absäbeln konnte, und Skorpione in Messingkäfigen an ihren Gürteln. Vor dem Kampf schoben sie einen Finger durch eine kleine Öffnung, um sich stechen zu lassen. Unter dem Einfluss des Gifts wurden sie unaufhaltbar.

»Ihr glaubt, dass ihr *mich* besiegen könnt?«, forderte Lazlo seine Baumgegner heraus.

»Wir sind Hunderte«, erwiderten sie, »und du bist allein. Was denkst *du?*«

»Ich denke, ihr solltet jede Legende glauben, die ihr je über die Tizerkan gehört habt, umkehren und nach Hause gehen!«

Ihr Gelächter klang wie das Knarren von Ästen, und Lazlo blieb keine Wahl, als zu kämpfen. Er steckte seinen Finger in den kleinen schiefen Käfig aus Zweigen und Garn, der von seinem Kuttengürtel baumelte. Darin befand sich kein Skorpion, sondern nur ein von der Kälte benommener Käfer, doch Lazlo biss bei dem eingebildeten Stich die Zähne zusammen und spürte, wie das Gift machtvoll in seinen Adern erblühte. Dann hob er beide Klingen, die Arme zu einem V gereckt, und *brüllte.*

Er brüllte den Namen der Stadt. Wie Donner, wie Lawinenhall, wie der Kriegsschrei der Seraphim, die auf Feuerflügeln gekommen waren, um die Welt von Dämonen zu säubern. Seine Gegner stolperten zurück. Sie starrten mit offenen Mündern. Das Gift sang in seinem Blut, und er war mehr als menschlich. Ein Wirbelwind. Ein *Gott.* Sie versuchten zu kämpfen, waren ihm jedoch nicht im Geringsten gewachsen. Seine Schwerter glichen Blitzen, während er die Feinde, immer zwei um zwei, allesamt entwaffnete.

Bei dem Spiel waren seine Tagträume so lebendig, dass die

Wirklichkeit für ihn ein echter Schock gewesen wäre. Hätte er beiseitetreten und sehen können, wie ein kleiner Junge durch das frost-steife Farndickicht gebrochen kam und mit Ästen wedelte, dann hätte er sich selbst kaum wiedererkannt, so völlig hatte er vor seinem geistigen Auge den Platz des Kriegers eingenommen, der gerade hundert Feinde entwaffnete und strauchelnd nach Hause schickte. Triumphierend warf er den Kopf zurück und stieß seinen Kriegsschrei aus, der lautete …

… der lautete …

»*Weep!*«

Lazlo erstarrte verwirrt. Sein Mund hatte das Wort hervorgestoßen wie einen Fluch, der einen Nachgeschmack von Tränen hinterließ. Er hatte in sein Gedächtnis gegriffen, genau wie kurz zuvor, aber … der Name der Stadt war fort. Lazlo versuchte es erneut und fand wieder nur *Weep*. Es war, als würde man die Hand nach einer Blume ausstrecken und stattdessen plötzlich eine Nacktschnecke oder ein durchnässtes Taschentuch in den Fingern halten. Seine Gedanken scheuten zurück, aber er konnte trotzdem nicht aufhören, es wieder zu versuchen. Jedes Mal war noch schlimmer als das vorige. Er tastete verzweifelt nach etwas, von dem er wusste, dass es eben noch vorhanden gewesen war, doch fischte immer nur das schreckliche Wort *Weep* hervor, ölig und falsch, nassklamm wie ein Albtraum, mit einem Nachgeschmack bitterer Tränen. Lazlos Mund verzog sich. Ihm schwindelte und gleichzeitig überkam ihn die wahnsinnige Gewissheit, dass der Name *gestohlen* worden war.

Gestohlen. *Aus seinen Gedanken.*

Lazlo fühlte sich ganz krank. Beraubt, innerlich ausgehöhlt. Er rannte den Hügel hinauf, krabbelte über niedrige Steinmauern, stürmte quer durch den Schafpferch, am Kräutergarten vorbei und durch das Kloster, wobei er noch immer seine Schwerter aus Apfelästen trug. Blind für alles und jeden, aber dafür sahen ihn die anderen. Es gab eine Regel, die verbot, im Kloster zu rennen, und außerdem hätte er ja eigentlich bei der Abendmesse sein sollen. Lazlo lief geradewegs zur Zelle von Bruder Cyrus und schüttelte ihn wach. »Der Name«, stieß er keuchend hervor. »Der Name ist nicht mehr da. Die Stadt aus den Geschichten. Sag mir, wie sie heißt!«

Er wusste im tiefsten Inneren, dass er ihn nicht einfach vergessen hatte. Hier geschah etwas Anderes, dunkel und fremdartig. Doch immerhin bestand noch die Möglichkeit, dass Bruder Cyrus sich vielleicht … vielleicht erinnern konnte und dadurch alles wieder ins rechte Lot kam.

Aber Bruder Cyrus sagte: »Wovon redest du, dummes Balg? Sie heißt *Weep* –« Und Lazlo hatte gerade noch Zeit zu sehen, wie sich das Gesicht des alten Mannes verwirrt verkrampfte, bevor eine Hand seinen Kragen ergriff und ihn aus der Tür riss.

»Wartet«, bettelte er. »Bitte.« Ohne Erfolg. Man schleifte ihn den ganzen Weg bis zum Arbeitsraum des Abts, und als er diesmal gezüchtigt wurde, bekam er nicht die Haselgerte zu spüren, die in einer Reihe mit den Gerten aller anderen Jungen hing, sondern einen seiner Apfeläste. Jetzt war er kein Tizerkan mehr. Es brauchte keine hundert Feinde. Ein einziger Mönch genügte, um ihn zu entwaffnen und mit seinem eigenen Schwert zu verprügeln. Ein schöner Held war er. Lazlo humpelte noch Wochen später, und man verbot ihm, Bruder Cyrus wiederzusehen, denn sein Besuch hatte den Alten so aufgebracht, dass man ihm ein Beruhigungsmittel hatte einflößen müssen.

Danach war es vorbei mit den Geschichten und den kleinen

Fluchten. Zumindest galt das für den Obstgarten und alle anderen Orte, die sich nicht in seinem eigenen Kopf befanden. Die Mönche hatten ein scharfes Auge auf ihn und waren entschlossen, die Sünde von ihm fernzuhalten. Ebenso jede Art der Freude. Denn wenn Freude auch nicht ausdrücklich sündig war, ebnete sie sicher den Weg dorthin. Man hielt ihn beschäftigt. Wenn er nicht arbeitete, betete er. Wenn er nicht betete, arbeitete er. Immer unter ›angemessener Aufsicht‹, damit er nicht erneut, einem Geschöpf der Wildnis gleich, zwischen den Bäumen verschwinden konnte. Nachts schlief er wie ein Toter, oder zumindest wie ein Totengräber, und war selbst fürs Träumen zu erschöpft. Es wirkte, als sei das Feuer in ihm erstickt, der Donner und Lawinenhall, der Kriegsschrei, der Wirbelwind, allesamt ausgelöscht.

Was den Namen der verschwundenen Stadt betraf, so blieb er ebenfalls verschwunden. Lazlo würde sich jedoch immer daran erinnern, wie sich das Wort in seinen Gedanken angefühlt hatte: Kalligraphie, mit Honig geschrieben. Das war die passendste Beschreibung, die er (oder sonst jemand) finden konnte. Denn nicht nur er und Bruder Cyrus waren betroffen. Wo immer der Name vorher zu finden gewesen war – auf den Einbänden der Bücher mit den Legenden der Stadt, in den alten vergilbten Dokumenten von Kaufleuten exotischer Waren oder hineingeflochten in die Erinnerungen aller Menschen, die je davon gehört hatten –, etwas hatte ihn einfach ausgelöscht und *Weep* an seine Stelle gesetzt.

Das war das neue Mysterium.

Das war, wie Lazlo nie bezweifelte, echte Magie.

# 2

## Der Traum wählt den Träumer

Lazlo wuchs heran.

Niemand wäre auf die Idee gekommen, ihn als glücklich zu bezeichnen, aber es hätte schlimmer kommen können. Unter den Klöstern, die Findelkinder aufnahmen, befand sich auch ein Orden von Flagellanten. Ein anderes hatte sich auf Schweinezucht spezialisiert. Aber die Zemona-Abtei war berühmt für ihr Skriptorium. Die Jungen wurden früh darin unterwiesen, wie man Schriften kopierte – aber nicht las; das hatte Lazlo sich schon selbst beibringen müssen –, und wer halbwegs Talent besaß, wurde an die Schreibtische gesetzt. Talent hatte Lazlo genug, und möglicherweise wäre er sein ganzes Leben dort geblieben, über eine Tischplatte gebeugt, während sein Hals sich stetig mehr nach vorne krümmte, statt aufrecht zu wachsen. Doch dann verdarb sich eines Tages ein Ordensbruder an schlechtem Fisch den Magen und wurde krank. Das war tatsächlich Glück. Oder vielleicht Schicksal. Man erwartete einige Manuskripte in der Großen Bibliothek von Zosma, und Lazlo wurde damit beauftragt, sie abzuliefern.

Er kam nie zurück.

Die Große Bibliothek war nicht einfach ein Ort, um Bücher aufzubewahren. Sie war eine Stadt für sich, ein ummauertes Refugium für Poeten und Astronomen und jegliche weitere Art von Gelehrten und Denkern, die sich innerhalb dieser Bandbreite befanden. Der Ort umschloss neben den riesigen Archiven auch die Universität mit ihren Laboren und Gewächshäusern, Anatomischen Theatern und Musikräumen, und es gab sogar ein Sternobservatorium. Dieses ganze Ensemble war im ehemaligen Herrscherpalast angesiedelt worden, weil der Großvater der augenblicklichen Königin sich einen prachtvolleren gebaut hatte, der den Fluss Eder überspannte. Die leeren Gebäude hatte er der Gelehrtengilde zum Geschenk gemacht. Sie thronten auf dem schmalen Kamm des Zosimos, der messerscharf aus der Stadt Zosma aufragte wie eine Haifischflosse, und waren noch aus Meilen Entfernung zu sehen.

Von dem Moment an, als Lazlo das Tor durchschritt, spürte er nur ehrfürchtiges Staunen. Ihm klappte buchstäblich die Kinnlade herunter, als er den Pavillon der Gedanken vor sich sah. So lautete der grandiose Name für den ehemaligen Ballsaal, in dem nun die philosophischen Schriften der Bibliothek aufbewahrt wurden. Bücherregale wuchsen vierzig Fuß hoch bis zu einer erstaunlichen, reich bemalten Decke. Die Einbände aus Leder schimmerten in Edelsteinfarben, und der Golddruck darauf funkelte im Glavenlicht wie Tieraugen. Die Glaven selbst waren perfekt polierte Kugeln, die zu Hunderten von der Decke hingen. Sie erstrahlten in einem so klaren weißen Licht, wie Lazlo es in der Abtei nie zuvor gesehen hatte. Dort glichen sie eher rauen, rötlichen Steinbrocken. Männer in grauen Roben bewegten sich auf rollenden Leitern hin und her. Sie schienen durch die Luft zu schweben, und Schriftrollen flatterten ihnen wie Flügel nach, wenn sie von einem Regal zum nächsten glitten.

Es kam Lazlo ganz unmöglich vor, diesen Ort wieder zu verlassen. Er fühlte sich wie ein Wanderer in einem verwunschenen Wald. Jeder weitere Schritt verstärkte den Zauber, und so ließ er sich willig hineinziehen, von Raum zu Raum. Ein Instinkt schien ihn zu leiten und führte ihn verborgene Treppen hinab bis zu einem Untergeschoss voller dick verstaubter Bücher, deren Schlummer seit Jahren ungestört geblieben war. Nun schreckte Lazlo sie auf. Es kam ihm vor, als würde er sie *erwecken*, während sie dasselbe mit ihm taten.

Er war dreizehn und hatte schon jahrelang nicht mehr Tizerkan gespielt. Genauer gesagt hatte er überhaupt nicht gespielt oder sich andere Fehltritte erlaubt. In der Abtei war Lazlo nur eine weitere Gestalt in Grau, die gehorchte, arbeitete, betete, Psalmen sang, betete, arbeitete, betete, schlafen ging. Kaum einer der Brüder erinnerte sich noch an seine frühere Wildheit. Sie schien ihm abhandengekommen zu sein.

Doch tatsächlich hielt sie sich nur in der Tiefe versteckt. Die Geschichten waren alle noch da, jedes einzelne Wort, das er von Bruder Cyrus gehört hatte. Ein Winkel seines Bewusstseins hegte sie wie einen geheimen Schatz aus Gold.

An diesem Tag wurde der Schatz schlagartig größer. Viel größer. Die Bücher unter der Staubschicht enthielten Geschichten: Märchen, Sagen, Mythen und Legenden. Ihr Inhalt umspannte die ganze Welt und reichte Jahrhunderte oder mehr zurück. Vollständige Regale, wunderbare Reihen aus Bücherborden, waren Geschichten aus Weep gewidmet. Er zog einen der Bände heraus, mit mehr Ehrfurcht als jemals bei den heiligen Texten der Abtei, blies den Staub fort und begann zu lesen.

Tage später fand ihn ein älterer Bibliothekar, aber nur, weil er nach ihm gesucht hatte. Er trug einen Brief des Abts in der Tasche seiner Robe. Ansonsten hätte Lazlo wer weiß wie lange dort unten hausen können, einem Höhlenjungen ähnlich, und sich womöglich zu einem echten Wilden entwickelt: das Wolfskind der Großen Bibliothek, fließend bewandert in drei toten Sprachen und allen Geschichten, die je darin geschrieben wurden, aber zerlumpt wie ein Bettler in den Gassen des Grins.

Stattdessen nahm man ihn als Lehrling auf.

»Die Bibliothek hat ihren eigenen Willen«, sagte der alte Meister Hyrrokkin, während er Lazlo eine verborgene Treppe hinaufführte. »Wenn sie einen Jungen stibitzt, sollte sie ihn behalten.«

Lazlo hätte kaum besser in die Bibliothek gepasst, wäre er selbst ein Buch gewesen. In den Tagen, die folgten – und den Monaten und Jahren, während er zu einem Mann heranwuchs –, sah man ihn kaum ohne einen aufgeschlagenen Wälzer vor der Nase. Er las beim Gehen. Er las beim Essen. Die Bibliothekare hegten den Verdacht, dass er sogar beim Schlafen las oder vielleicht überhaupt nicht schlief. Wenn er ausnahmsweise von den Seiten aufschaute, wirkte er immer, als würde er aus einem Traum erwachen. ›Lazlo der Träumer‹ nannten sie ihn deshalb, oder auch etwas abfällig den ›Traumtänzer Lazlo‹. Es half seinem Ruf nicht gerade, dass er zuweilen beim Lesen in Wände hineinlief und seine Lieblingsbücher aus einem verstaubten Kellergeschoss stammten, das zu betreten sich niemand sonst die Mühe machte. So trieb er dahin, den Kopf voller Mythen und immer halb in einer anderen Welt verloren, die aus Geschichten gesponnen war. Dämonen und Flügelschmiede, Seraphim und Geister, er liebte sie alle. Wie ein Kind glaubte er an Magie und wie ein Bauerntölpel an Spukgespenster. Seine Nase war gebrochen, weil ihm gleich am ersten Tag als Lehrling ein dicker Märchenband darauf gefallen war, und das, munkelte man, verriet wohl alles Nötige über Lazlo Strange: Kopf in den Wolken, lebt in seiner eigenen Welt, nur Märchen und Hirngespinste.

Das meinten die Leute, wenn sie ihn einen Träumer nannten, und sie hatten nicht Unrecht. Aber ihnen entging das Wesentliche. Eine tiefere Wahrheit. Denn Lazlo hatte *einen* Traum, der ihn beharrlich leitete und der so sehr ein Teil von ihm geworden war, dass es sich anfühlte wie eine zweite Seele unter seiner Haut. Seine ganze Gedankenlandschaft war davon geprägt, eine zerklüftete, überwältigende Wildnis, passend zu einem kühnen, großartigen Traum. *Zu* kühn und *zu* großartig für jemanden von seiner Sorte. Das war ihm klar, aber der Traum wählt nun einmal den Träumer, nicht umgekehrt.

»Nun, was hast du diesmal für Lesestoff, Strange?«, fragte Meister Hyrrokkin, kam herbeigehinkt und stellte sich hinter ihn an den Auskunftstresen. »Einen Liebesbrief, will ich hoffen.«

Der alte Bibliothekar äußerte diesen Wunsch ungebührlich oft. Er ließ sich auch nicht davon abschrecken, dass die Antwort immer Nein lautete. Lazlo lag seine übliche Replik schon auf der Zunge, doch nach einer Gedankenpause sagte er: »Könnte man so nennen.« Er hielt das Schriftstück in die Höhe, das vom Alter vergilbt und spröde war.

Ein Hoffnungsfunke erleuchtete das verblasste Braun von Meister Hyrrokkins Augen, doch als er seine Brille zurechtgerückt hatte und auf das Papier schaute, verschwand der zufriedene Schimmer. »Das scheint mir eher eine Rechnung zu sein«, stellte er fest.

»Stimmt, aber eine Rechnung für was?«

Skeptisch kniff Meister Hyrrokkin die Augen zusammen, um zu lesen. Dann gab er plötzlich ein bellendes Lachen von sich, bei dem jeder Kopf in dem großen, stillen Saal herumfuhr. Sie befanden sich hier nämlich im Pavillon der Gedanken. Gelehrte in scharlachroten Roben saßen über lange Tische gebeugt, und alle schauten von ihren Schriftrollen und Büchern auf, um sie mit scharfem Tadel zu beäugen. Meister Hyrrokkin nickte entschuldigend in die Runde und reichte Lazlo das Schriftstück zurück. Es handelte sich um eine alte Rechnung für eine sehr große Lieferung Aphrodisiaka, bestellt von einem längst verstorbenen Herrscher. »Anscheinend hatte er den Beinamen ›König der Minne‹ nicht bloß wegen seiner Poesie, was? Aber was treibst du da? Hoffentlich nicht das, wonach es aussieht. Um Gottes Willen, Junge. Sag mir, dass du deinen freien Tag nicht damit verbringst, Rechnungen zu archivieren.«

Lazlo war kein Junge mehr. Zumindest äußerlich ähnelte er dem schmächtigen Findelkind mit zerschnittenem Kahlkopf nicht im Geringsten. Er war hoch aufgeschossen und hatte sich die Haare lang wachsen lassen, sobald er den Mönchen mit ihren stumpfen Rasierklingen entkommen war. Seine dunkle, schwere Mähne band er mit Buchbinderzwirn zusammen und machte sich sonst wenig Gedanken darum. Seine Brauen waren dunkel und buschig, seine Gesichtszüge kantig und breit. ›Grobschlächtig‹, hätte man sagen können, oder sogar ›ganovenhaft‹ wegen der gebrochenen Nase, die im Profil einen scharfen Winkel bildete und von vorne gesehen deutlich nach links geknickt war. Insgesamt wirkte sein Aussehen roh und ungeschliffen. Nur seine Träumeraugen passten nicht zu alledem: groß, grau und unbedarft. Im Moment vermochten sie dem Blick von Meister Hyrrokkin nicht ganz standzuhalten.

»Keineswegs«, sagte Lazlo wenig überzeugend. »Wie verrückt müsste man sein, um seinen freien Tag mit dem Archivieren von Rechnungen zu verbringen?«

»Also, was tust du *dann* hier?«

Er zuckte mit den Schultern. »Ein Palastverwalter hat eine alte Truhe voller Rechnungen in einem Keller entdeckt. Ich werfe nur einen Blick darauf.«

»Nun ja, das ist eine schockierende Verschwendung deiner Jugend. Wie alt bist du jetzt? Achtzehn?«

»Zwanzig«, erinnerte Lazlo ihn, obwohl er in Wahrheit nicht sicher sein konnte. Als Junge hatte er sich seinen Geburtstag nach dem Zufallsprinzip ausgesucht. »Und Ihr habt Eure Jugend auf die gleiche Weise verschwendet, Meister.«

»Genau, ich bin ein warnendes Beispiel! Schau mich doch an.« Lazlo tat es. Er sah eine gebeugte, verblichene Männergestalt mit einem Pusteblumenflaum aus Haaren, Bart und Brauen. Dieser Wildwuchs überwucherte das Gesicht in einem solchen Maße, dass nur eine kleine spitze Nase und runde Brillengläser herausschauten. Lazlo fand, dass der Meister einem aus dem Nest gefallenen Eulenküken ähnelte. »Willst du dein Leben als halbblinder Eremit beenden, der durch die Eingeweide der Bibliothek hinkt?«, fragte der Alte. »Sieh zu, dass du vor die Tür kommst, Strange. Atme die frische Luft, schau dich um. Ein Mann sollte Falten um die Augen haben, weil er auf den Horizont gestarrt hat, nicht vom Lesen bei dämmrigem Licht.«

»Ein Horizont? Was ist denn ein Horizont?«, fragte Lazlo mit unschuldiger Miene. »Ist das so etwas wie das Ende eines Buchregals?«

»Nein«, sagte Meister Hyrrokkin. »Nicht im Geringsten.«

Lächelnd wandte sich Lazlo wieder seinen Rechnungen zu. Nun ja, wenn man es so ausdrückte, wirkten die Schriftstücke sogar in seiner Vorstellung langweilig. Tatsächlich handelte es sich um uralte Lieferscheine und Ladungsverzeichnisse, was eventuell ein Quäntchen spannender klang. Sie stammten aus einer Zeit, als der Palast noch die königliche Residenz gewesen war und Güter aus allen Ecken der Welt hierher geströmt waren. Außerdem archivierte Lazlo sie nicht. Er überflog sie nur und hielt Ausschau nach den verräterischen Schnörkeln eines bestimmten seltenen Alphabets. Lazlo suchte, wie er es eigentlich immer tat, nach Hinweisen auf die *Verborgene Stadt* – so nannte er sie in Gedanken, denn *Weep* hatte immer noch einen Beigeschmack von Tränen. »Nur einen Moment, dann gehe ich nach draußen«, beruhigte er Meister Hyrrokkin. Er nahm sich die Worte des alten Mannes zu Herzen, auch wenn es nicht so wirkte. Tatsächlich hegte er keineswegs den Wunsch, den Rest seiner Tage in der Bibliothek zu verbringen, halbblind oder nicht. Er setzte seine ganze Hoffnung darauf, dass er eines Tages mit Augen voller Lachfältchen auf einen Horizont starren würde.

Allerdings war der Horizont, an den er dabei dachte, sehr weit weg.

Und außerdem, unglücklicherweise, verbotenes Gebiet.

Meister Hyrrokkin deutete auf ein Fenster. »Dir ist hoffentlich bewusst, dass wir dort draußen Sommer haben?« Als Lazlo nicht antwortete, fügte er hinzu: »Große orange Sonnenscheibe am Himmel, reichlich Dekolleté beim schöneren Geschlecht. Sagt dir das etwas?« Immer noch keine Reaktion. »*Strange?*«

»Was?« Lazlo schaute auf. Er hatte kein Wort gehört. Stattdessen hatte er gefunden, wonach er gesuchte hatte: einen Stapel Rechnungen aus der Verborgenen Stadt. Das hatte seine ganze Aufmerksamkeit gefordert.

Der alte Bibliothekar seufzte dramatisch. »Du musst wohl tun, was du nicht lassen kannst«, sagte er. Seine Stimme klang halb resigniert und halb nach düsterer Prophezeiung. »Aber sieh dich vor. Die Bücher mögen unsterblich sein, *wir* sind es nicht. Eines Morgens gehst du ahnungslos nach unten in die Sammlung, und wenn du wieder hochkommst, hast du einen Bart bis zum Bauch und noch kein einziges Liebesgedicht an ein Mädchen verfasst, dem du beim Eislaufen auf dem Eder begegnet bist.«

»Lernt man so Mädchen kennen?«, fragte Lazlo nur halb im Scherz. »Nun, der Fluss wird erst in ein paar Monaten zufrieren. Bis dahin habe ich also Zeit, meinen Mut zu sammeln.«

»Nichts da! Mädchen sind kein Phänomen, das nur in der Zeit der Winterruhe auftritt. Geh jetzt! Pflück ein paar Blumen und finde eine, der du sie schenken kannst. So einfach ist das. Schau nach freundlichen Augen und breiten Hüften, verstehst du? *Hüften*, Junge. Du hast nicht wirklich gelebt, bevor du dein Haupt auf eine schöne, weiche –«

Glücklicherweise wurde er unterbrochen, weil ein Gelehrter sich mit einer Frage an ihn wandte.

Man hätte von Lazlo eher verlangen können, sich eine neue Hautfarbe zuzulegen, als sich einem Mädchen zu nähern und es anzusprechen. Geschweige denn sein Haupt auf ein schönes, weiches Was-auch-immer zu betten. In seinem Leben zwischen Abtei und Bibliothek war er nahezu keiner weiblichen

Person begegnet, erst recht keiner *jungen.* Er hatte nicht den Schimmer einer Idee, was er in so einem Fall sagen sollte. Im Übrigen nahm er an, dass wenige Mädchen es begrüßen würden, Avancen von einem mittellosen Lehrling der Bibliothek zu bekommen, der noch dazu eine schiefe Nase und den zweifelhaften Namen Strange mitbrachte.

Der Gelehrte entfernte sich, und Meister Hyrrokkin setzte seine Ermahnungen fort. »Das Leben wird dir nicht einfach so passieren, Junge«, sagte er. »Du musst es beim Schopfe packen. Wie heißt es doch: Der Geist wird träge, wenn man sich keiner Passion hingibt.«

»Mit meinem Geist ist alles in Ordnung.«

»Was schon beweist, dass du dich auf einem tragischen Irrweg befindest. Du bist jung. Dein Geist sollte nicht bloß ›in Ordnung‹ sein, sondern eine Sprudelquelle der Vitalität.«

Mit dem Geist war in diesem Gespräch nicht die Seele gemeint. Nichts so Abstraktes. Es ging um den Geist des Leibes – eine klare Flüssigkeit, die vom zweiten Herzen durch ein Gefäßnetzwerk gepumpt wurde, doch weit unauffälliger und mysteriöser als der Hauptkreislauf. Welche Funktion es besaß, hatte die Wissenschaft nicht endgültig feststellen können. Menschen konnten weiterleben, auch wenn das zweite Herz stehen blieb und der Geist in den Adern erstarrte. Aber die Flüssigkeit hatte eine Verbindung zur Vitalität oder ›Passion‹, wie Meister Hyrrokkin es ausdrückte. Ohne den zweiten Kreislauf wurde man gefühlskalt und lethargisch. Geistlos.

»Vielleicht solltet Ihr Euch lieber um Euren eigenen Geist kümmern«, sagte Lazlo. »Dafür ist es nie zu spät. Ich bin sicher, viele Witwen würden sich gerne von einem solch romantischen Eremiten umwerben lassen.«

»Das war anmaßend, mein Junge.«

»Anmaßend vielleicht, aber nicht unangemessen.«

Meister Hyrrokkin seufzte. »Ich vermisse die Zeit, als du in rechtschaffener Furcht vor mir gelebt hast. Auch wenn sie nur kurz war.«

Lazlo lachte. »Das habt Ihr den Mönchen zu verdanken. Sie haben mir Ehrfurcht vor dem Alter eingebläut. Ihr habt mich davon befreit, und für Eure Lehren werde ich immer dankbar sein.« Er sagte es mit Wärme in der Stimme, und dann – Lazlo konnte sich nicht helfen – huschte sein Blick wieder zu den Listen in seiner Hand zurück.

Der Alte sah es und stieß ein unwirsches Schnauben aus. »Schon gut, schon gut, amüsier dich mit deinen Rechnungen. Aber ich gebe nicht auf. Was nützt es, alt zu sein, wenn man den jungen Leuten nicht seine großartigen Vorräte an Lebensweisheiten aufdrängen kann?«

»Und wozu ist man jung, wenn man nicht alle Ratschläge in den Wind schlagen kann?«

Meister Hyrrokkin grummelte vor sich hin und wandte seine Aufmerksamkeit einem Stapel Folianten zu, die gerade an den Tresen zurückgebracht worden waren. Lazlo tat das Gleiche mit seiner bescheidenen Entdeckung. Stille herrschte im Pavillon der Gedanken, nur unterbrochen vom Rollen der Leitern und dem Wispern umgeblätterter Seiten.

Und dann, nach einem Moment, von einem leisen, überraschten Pfiff Lazlos. Seine Entdeckung war, wie sich herausstellte, doch nicht so bescheiden.

Meister Hyrrokkin hob interessiert den Kopf. »Noch mehr Liebestränke?«

»Nein«, sagte Lazlo. »Schaut hier.«

Der Alte rückte wie üblich umständlich seine Augengläser zurecht, dann starrte er kurzsichtig auf das Papier. »Ah«, sagte er mit leidgeprüfter Miene, »noch mehr Mysterien aus Weep. Ich hätte es wissen müssen.«

*Weep.* Der Name traf Lazlo wie ein schmerzhafter Stich hinter den Augen. Die Herablassung traf ihn ebenfalls, auch wenn sie nicht überraschend kam. Normalerweise behielt Lazlo das Ausmaß seiner Faszination für sich. Niemand verstand sie, und erst recht wollte niemand sie teilen. Früher einmal hatten die Verborgene Stadt und ihr Schicksal ein ziemliches Maß an Neugier geweckt, aber nach zwei Jahrhunderten blieb kaum mehr als eine Fabel. Was den gespenstischen Moment des Namenswechsels anging, so hatte er wenig Aufmerksamkeit erregt. Nur Lazlo hatte *gespürt*, wie es geschah. Andere erfuhren erst später davon, aus allmählich durchsickernden Gerüchten. Für sie blieb höchstens das Gefühl zurück, etwas vergessen zu haben. Es gab Leute, die von einer Verschwörung oder einer Feindeslist munkelten, doch die meisten stülpten sich entschlossen ihre Scheuklappen über und entschieden, dass der Name schon immer *Weep* gelautet hatte. Alle gegenteiligen Behauptungen seien bloß Humbug und Feenstaub. Es gab schlicht keine andere sinnvolle Erklärung.

Vor allem nicht Magie.

Lazlo wusste, dass Meister Hyrrokkin kein Interesse hatte, doch seine Aufregung war zu groß, um sich darum zu scheren. »Lest es einfach«, sagte er und hielt dem Alten das Schriftstück unter die Nase.

Meister Hyrrokkin las und wirkte kein bisschen beeindruckt. »Nun, was soll damit sein?«

*Was soll damit sein?* Unter den aufgelisteten Waren – Gewürzen, Seidenstoffen und ähnlichem – befand sich ein Eintrag für Konfekt aus Svytagorblut. Davon hatte Lazlo bisher nur in Märchen gehört. Man hielt es schon für reine Folklore, dass die Flussungeheuer überhaupt existierten, geschweige denn, dass aus ihrem rosaroten Blut ein Elixier der Unsterblichkeit gewonnen werden konnte. Aber hier stand es nun, gekauft und bezahlt durch das Königshaus von Zosma. Genauso gut hätte man Drachenschuppen auf die Liste setzen können. »Blutkonfekt«, sagte er und zeigte auf den Eintrag. »Seht Ihr denn nicht? Es war *real.*«

Meister Hyrrokkin schnaubte. »Eine Rechnung macht es real? Wäre es das gewesen, würden die Käufer heute noch leben und könnten dir selbst davon erzählen.«

»Keineswegs«, widersprach Lazlo. »In den Geschichten heißt es, dass man nur dann unsterblich bleiben konnte, wenn man regelmäßig davon aß. Nachdem die Lieferungen aufhörten, war das nicht mehr möglich.« Er zeigte auf das Datum der Rechnung. »Zweihundert Jahre alt. Vielleicht stammt das hier sogar von der allerletzten Karawane.«

Die letzte Karawane, die jemals aus dem Elmuthaleth aufgetaucht war … Lazlo sah eine leere Wüste vor sich, eine untergehende Sonne. Hinweise auf das Mysterium hatten stets einen belebenden Effekt auf ihn wie ein Trommelschlag, der seinen Puls beschleunigte. Das galt für *beide* Pulse, den aus Blut und den des Geistes. Die Rhythmen seiner zwei Herzen waren verwoben wie der Synkopentakt zweier Hände auf verschiedenen Trommeln.

Als Neuling in der Bibliothek war er sicher gewesen, hier Antworten zu finden. Zum einen gab es die Bücher in dem staubigen Kellergeschoss, aber darüber hinaus noch viel mehr. Die ganze Weltgeschichte, so schien es ihm, war an diesem wundersamen Ort in Buchdeckel gebunden, in Schriftrollen gewickelt und auf Regalen archiviert. Naiv hatte er gedacht, auch die geheimsten Antworten müssten hier verborgen liegen, und man bräuchte nur Geduld und den Willen, sie zu finden. Beides besaß Lazlo, und so suchte er nun seit sieben Jahren. Er durchforschte alte Tagebücher, Briefbündel, Spionageakten, Landkarten, Verträge, Handelsaufzeichnungen, Sitzungsprotokolle königlicher Sekretäre und alles andere, was es auszugraben gab. Je mehr Lazlo erfuhr, desto größer wuchs der geheime Schatz in ihm und füllte inzwischen nicht nur einen Winkel, sondern strömte über und erfüllte sein ganzes Bewusstsein.

Von dort hatte er sich auch auf Papier ergossen.

Während seiner Kindheit in der Abtei waren Geschichten Lazlos einziger Besitz gewesen. Hier war er reicher. Nun besaß er Bücher.

Seine *eigenen* Bücher, um genau zu sein: *seine* Worte, mit eigener Hand geschrieben und sorgfältig in Fadenheftung vernäht. Die Einbände bestanden nicht aus Leder und Blattgold wie im Pavillon der Gedanken. Er musste sich mit Schlichterem begnügen. Zu Anfang hatte er Papier aus den Abfallkörben gefischt, halb beschriebene Seiten, fortgeworfen von verschwenderischen Gelehrten. Zum Vernähen hatte er sich mit den abgeschnittenen Enden von Buchbinderzwirn begnügen müssen, die bei Reparaturen in der Buchwerkstatt übrig blieben. Tinte war schwer aufzutreiben, doch auch hierbei halfen ihm unwissentlich die Gelehrten. Manche warfen Fässchen fort, an deren Boden noch ein halber Daumenbreit schwappte. Lazlo hatte die Tinte mit Wasser verlängern müssen, deshalb füllten geisterhaft blasse Worte seine ersten Bände, doch nach ein paar Jahren Lehrlingszeit hatte er nun Anrecht auf ein armseliges Gehalt, das ihm zumindest ermöglichte, Tinte zu kaufen.

Inzwischen hatte Lazlo eine *Menge* Bücher. Sie standen ordentlich auf dem Fensterbrett seiner kleinen Kammer. Darin enthalten waren sieben Jahre Forschung und jeder kleinste Hinweis auf die Stadt Weep und ihr doppeltes Mysterium.

Was sie nicht enthielten, waren Antworten.

Irgendwann im Laufe der Zeit hatte Lazlo sich damit abgefunden, dass er nichts dergleichen entdecken würde, nicht in all den Wälzern auf den unglaublich vielen Regale. Und wie könnte es auch anders sein? Hatte er sich wirklich eingebildet, dass die Bibliothek von allwissenden Feen bestückt wurde, die das gesamte Weltgeschehen aufzeichneten, egal wie geheim oder weit entfernt? Natürlich nicht. Falls es Antworten gab, dann im Süden und Osten des Kontinents Namaa, am anderen Ende des Elmuthaleth, von wo nie jemand zurückgekehrt war.

Gab es die Verborgene Stadt noch? Lebten ihre Bewohner? Was war vor zwei Jahrhunderten geschehen? Und was vor fünfzehn Jahren?

Welche Macht konnte einen Namen aus der Erinnerung der ganzen Welt austilgen?

Lazlo wollte losziehen und es herausfinden. Das war sein Traum, kühn und großartig: dorthin zu *reisen*, einmal um die halbe Welt, und die Mysterien selbst zu lösen.

Natürlich war es unmöglich.

Aber seit wann hielt das einen Träumer vom Träumen ab?

# 3

# Die Gesammelten Werke des Lazlo Strange

Meister Hyrrokkin war immun gegen Lazlos Staunen. »Das sind nur *Geschichten*, Junge. Fantastereien. Krimskrams. Es gab kein Elixier der Unsterblichkeit. Wenn überhaupt, dann war es angedicktes Blut mit Zucker.«

»Aber schaut Euch den Preis an«, versteifte sich Lazlo. »Hätte man *solche* Summen für Blut mit Zucker ausgegeben?«

»Was wissen wir schon darüber, wie Könige ihr Geld herauswerfen? Das bedeutet gar nichts, außer dass jemand reich und leichtgläubig war.«

Lazlos Begeisterung begann nachzulassen. »Ihr habt recht«, musste er zugeben. Die Rechnung bewies bloß, dass etwas namens *Blutkonfekt* verkauft worden war, nicht mehr und nicht weniger. Trotzdem war er nicht bereit, ganz aufzugeben. »Immerhin legt der Text nahe, dass die Svytagor real waren.« Er zögerte. »Vielleicht.«

»Mag sein, aber was nützt das?«, meinte Meister Hyrrokkin. »Wir werden es nie erfahren.« Er legte Lazlo eine Hand auf die Schulter. »Du bist kein Kind mehr. Ist es nicht an der Zeit, dich davon zu lösen?« Sein Mund war vor Pusteblumenflaum nicht sichtbar, nur eine angedeutete Linie zuckte lächelnd, wo der Schnurrbart seinen Vollbart überlappte. »Du hast genug Arbeit für geringen Lohn. Warum willst du dir unbezahlt noch mehr aufbürden? Niemand wird es dir danken. Bibliothekare sind dafür da, Bücher zu finden. Überlass es den Gelehrten, nach Antworten zu suchen.«

Er meinte es gut. Das wusste Lazlo. Der Alte war durch und durch ein Geschöpf der Bibliothek. Ihr Kastensystem erschien ihm als das eherne Gesetz einer perfekten Welt. Innerhalb dieser Mauern herrschten die Gelehrten als Oberschicht und alle anderen waren ihre Diener – besonders die Bibliothekare, deren Aufgabe lautete, sie bei ihrer wichtigen Arbeit zu unterstützen. Gelehrte hatten an der Universität studiert. Bibliothekare nicht. Selbst wenn sie einen genauso klugen Kopf besaßen, fehlte ihnen das nötige Gold. Ihre einzige Ausbildung bestand in der Lehrlingszeit. Je nach Meister mochte das bedeuten, dass sie gelehrter waren als die Gelehrten. Aber schließlich kann auch ein Butler seinen Herren an Vornehmheit übertreffen, und dennoch wird er immer der Butler bleiben. Gleiches galt für die Bibliothekare. Niemand verbot ihnen, die Bücher zu studieren, solange ihre Pflichterfüllung nicht darunter litt. Doch es verstand sich von selbst, dass sie damit nur privat ihren Horizont erweiterten, ohne der Welt der Wissenschaft etwas hinzuzufügen.

»Warum sollten die Gelehrten allein das Vergnügen haben?«, meinte Lazlo. »Niemand studiert die Geschichte von Weep.«

»Weil das Thema tot und begraben ist«, sagte Meister Hyrrokkin. »Gelehrte beschäftigen sich mit Dingen, die wichtig sind.« Er legte sanften Nachdruck auf *wichtig*.

Und genau in diesem Moment, wie um seine Worte zu unterstreichen, schwangen die Flügeltüren auf und ein Gelehrter marschierte herein.

Der Pavillon der Gedanken war früher ein Ballsaal gewesen. Seine Türen waren doppelt so hoch wie gewöhnlich und fast dreimal so breit. Die meisten Gelehrten, die ein und aus gingen, fanden es angemessen, eine Hälfte zu öffnen und leise hinter sich zu schließen. Nicht so dieser Mann. Er legte je eine Hand auf die beiden massiven Flügel und gab ihnen einen Stoß. Als sie vibrierend gegen die Wände krachten, war er bereits hindurch und seine Stiefelabsätze hallten auf dem Marmorboden wider. Kein flatterndes Gelehrtengewand behinderte seine langen, selbstsicheren Schritte. Er verabscheute volles Ornat, außer zu zeremoniellen Anlässen, und trug stattdessen eine elegante Reitkleidung aus Überrock und Kniehosen, dazu hohe schwarze Stiefel und eine Duellklinge am Gürtel. Sein einziges Zugeständnis an die Tradition war die Krawatte, stets im Scharlachrot der Gilde. Er war kein einfacher Gelehrter, dieser Mann, sondern eine gloriose Verkörperung des Forschertums: die bekannteste Persönlichkeit in ganz Zosma, abgesehen von der Königin und dem Hierarchen, und populärer als jeder andere. Jung, strahlend, von Goldglanz umgeben. Er war niemand anderes als Thyon Nero, der Alchemist, zweiter Sohn des Herzogs von Vaal und Patensohn der Königin.

Beim Krachen der Tür hoben sich alle Köpfe. Doch statt

der Verärgerung, die Meister Hyrrokkins Lachen erregt hatte, spiegelte sich auf den Gesichtern zuerst Überraschung und dann entweder Bewunderung oder Neid wider.

Meister Hyrrokkins Reaktion war pure Ehrfurcht. Der Anblick des Alchemisten ließ ihn aufleuchten wie eine Glavenlampe. Früher einmal wäre es Lazlo genauso ergangen. Jetzt nicht mehr. Allerdings schaute niemand in seine Richtung, um zu bemerken, dass er wie ein ängstliches Beutetier erstarrte und beim Näherkommen des ›Goldsohns‹ in sich zusammenschrumpfte. Zielstrebige Schritte marschierten genau auf den Tresen zu.

Ein solcher Besuch war außergewöhnlich. Für dergleichen hatte Thyon Nero seine Diener und Assistenten. »Eure Lordschaft«, sagte Meister Hyrrokkin und richtete sich so gerade auf, wie sein alter Rücken es erlaubte. »Wir sind geehrt von Eurem Besuch. Aber Ihr hättet Euch nicht die Mühe machen müssen, selbst zu kommen. Gewiss habt Ihr wichtigere Dinge zu tun, als Besorgungen zu erledigen.« Der Bibliothekar warf Lazlo einen Seitenblick zu. Hier, falls es Lazlo entgangen sein sollte, war das bestmögliche Beispiel für einen Gelehrten, der sich mit ›wichtigen Dingen‹ beschäftigte.

Und was waren das für Dinge, auf die Thyon Nero seinen Scharfsinn richtete?

Nichts Geringeres als die treibende Lebenskraft des Universums: ›Azoth‹, die geheime Essenz, nach der alle Alchemisten seit Jahrhunderten suchten. Im Alter von sechzehn Jahren war es ihm gelungen, sie zu destillieren. Seitdem hatte er wahre Wunder gewirkt und unter anderem das edelste Ziel seiner altehrwürdigen Kunst erreicht, die Verwandlung von Blei in Gold.

»Sehr freundlich, Meister Hyrrokkin«, sagte dieser Inbegriff von Brillanz, gesegnet mit dem Gesicht und der Klugheit eines Gottes. »Aber ich dachte, dass ich besser selbst kommen sollte.« Er hielt eine aufgerollte Buchliste in die Höhe. »Damit niemand sich fragt, ob bei der Bestellung ein Fehler vorliegt.«

»Ein Fehler? Das wäre gewiss nicht nötig gewesen, Eure Lordschaft«, versicherte Meister Hyrrokkin. »Bei einer Bestellung von Euch gibt es keine Diskussionen, ganz gleich, wer sie abgibt. Wir sind hier, um zu dienen, nicht um Fragen zu stellen.«

»Ich bin froh, das zu hören«, sagte Nero mit einem Lächeln, das bekannt dafür war, ganze Salons voller Damen in stumme Verwirrung zu stürzen. Dann schaute er geradewegs Lazlo an.

Der Augenkontakt kam so unerwartet, dass er wie ein plötzlicher Schwall Eiswasser wirkte. Lazlo hatte sich nicht gerührt, seit die Türflügel aufgekracht waren. Das geschah ihm immer, wenn Thyon Nero sich in der Nähe befand. Sein Körper erstarrte, und er fühlte sich genauso unsichtbar, wie der Alchemist ihn behandelte. Lazlo war an schneidendes Schweigen gewöhnt und an einen kalten Blick, der durch ihn hindurchging, als würde er nicht existieren. Deshalb war der Blickkontakt ein Schock und die folgenden Worte ein noch größerer. »Und was ist mit dir, Strange? Bist du ebenfalls hier, um zu dienen, oder stellst du lieber Fragen?« Der Tonfall war leutselig, doch das Glimmen in den blauen Augen Neros erfüllte Lazlo mit düsteren Vorahnungen.

»Um zu dienen, Eure Lordschaft« antwortete er. Seine Stimme war so zerbrechlich wie das vergilbte Papier in seiner Hand.

»Gut.« Nero hielt seinen Blick fest, und Lazlo musste gegen den Drang ankämpfen, die Augen abzuwenden. So starrten sie sich an, der Alchemist und der Bibliothekar. Zwischen ihnen lag ein Geheimnis, das wie alchemistisches Feuer brannte. Selbst der alte Meister Hyrrokkin spürte es und schaute nervös zwischen den beiden jungen Männern hin und her. Nero sah aus wie ein Sagenprinz, von dem man sich am Lagerfeuer erzählt, nichts als Schimmer und Glanz. Lazlo hatte seit dem Wickelkindalter immerhin keine graue Haut mehr, aber seine Lehrlingsrobe war grau, genau wie seine Augen, als sei diese Farbe Ausdruck seines Schicksals. Er war ein stiller Mensch und besaß das Talent, unbemerkt zu bleiben wie ein Schatten. Thyon ähnelte einem Leuchtfeuer, das alle Blicke auf sich zog. Alles an ihm war so schnittig und elegant wie frisch geglättete Seide. Er hatte einen Leibdiener für seine Rasur, der die Klinge täglich schärfte, und seine Schneiderrechnung hätte ausgereicht, ein ganzes Dorf zu ernähren.

Dagegen bestand Lazlo nur aus rauen Kanten: Sackleinen im Vergleich zu Neros Seide. Seine Robe war schon gebraucht gewesen, als er sie vor einem Jahr erhalten hatte. Der Saum zerfaserte vom Hinwegschleifen über die groben Steinstufen der Archivkeller. Außerdem war die Kleidung viel zu weit, sodass seine Gestalt regelrecht darin verschwand. Die beiden Männer waren gleich groß, doch Nero stand da, als würde er für einen Bildhauer posieren, während Lazlo nervös die Schultern einzog. *Was wollte Nero von ihm?*

Der Alchemist wandte sich wieder dem alten Bibliothekar zu. Er hielt den Kopf erhoben, sodass sein perfektes Kinn zur Geltung kam. Wenn er mit jemandem sprach, der kleiner war als er selbst, senkte er stets nur die Augen, nicht das Haupt. Er reichte dem Alten seine Bestellung hinüber.

Meister Hyrrokkin entrollte das Papier, rückte seine Brille zurecht und las. Dann rückte er die Brille wieder zurecht und las noch einmal. Er schaute hoch. Zuerst sah er Nero an, dann Lazlo.

Und in diesem Moment wusste Lazlo Bescheid. Ihm war klar, was auf dem Bestellformular stand. Ein taubes Gefühl breitete sich in ihm aus. Es war, als hätten Blut und Geist gleichzeitig zu zirkulieren aufgehört, genau wie der Atem in seiner Lunge.

»Lasst alles in meinen Palast bringen«, sagte Nero.

Meister Hyrrokkin öffnete verwirrt den Mund, ohne dass ein Ton herauskam. Sein Blick huschte wieder zu Lazlo, doch das Glavenlicht spiegelte sich in den Brillengläsern, sodass seine Augen nicht zu erkennen waren.

»Vielleicht sollte ich die Adresse aufschreiben?«, fragte Nero. Seine Leutseligkeit war reiner Hohn. Jedermann kannte den Palast aus rosafarbenem Marmor, den die Königin am Flussufer für ihn hatte errichten lassen. Und Nero wusste, dass jeder es wusste. Die Adresse war sicher nicht der entscheidende Punkt.

»Natürlich nicht, Eure Lordschaft«, sagte Meister Hyrrokkin. »Es ist nur, äh …«

»Gibt es ein Problem?«, fragte Nero in einem wohlwollenden Ton, der nicht zur Schärfe in seinen Augen passte.

*Ja,* dachte Lazlo. *Ja, es gibt ein Problem.* Aber der Blick reichte, um Meister Hyrrokkin einknicken zu lassen. »Nein, Eure Lordschaft. Gewiss … gewiss ist es eine große Ehre.« Die Worte waren wie ein Dolchstoß in Lazlos Rücken.

»Wunderbar«, sagte Nero. »Damit wären wir also fertig. Ich erwarte die Lieferung bis heute Abend.« Und er marschierte aus der Bibliothek, wie er gekommen war. Seine Stiefelabsätze schallten auf dem Marmorboden, und alle Blicke folgten ihm.

Lazlo drehte sich zu Meister Hyrrokkin um. Seine Herzen

hatten wohl doch nicht aufgehört zu schlagen, denn sie flatterten schnell und unstet wie ein paar gefangene Motten. »Sagt mir, dass es nicht wahr ist«, forderte er.

Noch immer verwirrt hielt der alte Bibliothekar ihm schlicht die Bestellung entgegen. Lazlo nahm sie. Er las sie. Seine Hände zitterten. Das Formular enthielt, was er befürchtet hatte.

In Neros kühner, schwungvoller Handschrift stand dort: *Die Gesammelten Werke des Lazlo Strange.*

Meister Hyrrokkin fragte, vollständig perplex: »Was in aller Welt will *Thyon Nero* denn mit *deinen* Büchern?«

# 4

# Der vaterlose Gott des Glücks

Der Alchemist und der Bibliothekar – sie hätten nicht unterschiedlicher sein können. Als habe Shres, der vaterlose Gott des Glücks, sie nebeneinander gestellt und seinen Korb voller Geschenke zwischen ihnen aufgeteilt: *jede Gabe* für Thyon Nero, eine nach der anderen – bis auf die allerletzte, die er vor Lazlos Füßen in den Dreck fallen ließ.

»Sieh zu, was du daraus machen kannst«, hätte er wohl mit einem Anflug von Bosheit gesagt, wenn es solch einen Gott tatsächlich gegeben hätte.

Für Thyon Nero: ein Adelstitel, Reichtum, Schönheit, Charme, Brillanz.

Für Lazlo Strange als einzigen Rest, den er aus dem Staub aufheben und abklopfen konnte: Ehrgefühl.

Vermutlich wäre es sogar besser für ihn gewesen, wenn Nero auch das noch bekommen hätte.

Genau wie Lazlo war Thyon Nero während des Krieges geboren worden. Doch mit dem Krieg ist es wie mit dem Glück. Die Leute werden davon in verschiedenem Ausmaß getroffen. Thyon wuchs im Schloss seines Vaters auf, fern vom Anblick und lästigem Geruch des Leids. Am selben Tag, als ein grauhäutiges, namenloses Findelkind auf einen Karren gepackt und zur Zemona-Abtei gebracht wurde, hatte der Goldsohn seine Taufe und wurde nach einem Kriegsheiligen benannt, der einst die Barbaren aus Zosma vertrieben hatte. Zu der prunkvollen Zeremonie war der halbe Hofstaat eingeladen. Er war ein kluges, wunderhübsches Kind, und obwohl seinem älteren Bruder der Titel und Landbesitz zufielen, bekam er alles andere – Liebe, Aufmerksamkeit, Lachen, Applaus – und forderte es auch lautstark ein. Während Lazlo ein stilles Baby war, das unter der strengen Hand unwilliger Mönche aufwuchs, entwickelte Thyon sich zu einem kleinen, charmanten Tyrannen, der alles verlangte und noch mehr bekam.

Lazlo schlief zusammengepfercht mit den anderen Jungen, ging hungrig zu Bett und wachte frierend auf.

Thyons Babywiege hatte die Form eines Kriegsschiffes mit Masten und echten Segeln. Sie besaß sogar kleine Kanonen und war so schwer, dass zwei kräftige Kindermädchen gebraucht wurden, um Thyon in den Schlaf zu wiegen. Seine Haare hatten eine erstaunliche Farbe, ähnlich der Sonne auf Freskenmalereien, die man anstarren kann, ohne schmerzhaft geblendet zu werden. Deshalb durfte er sie lang wachsen lassen, obwohl das für Jungen nicht üblich war. Nur zu seinem neunten Geburtstag wurden sie einmal geschnitten, und seine Patentante, die Königin, ließ sich einen meisterhaften Halsschmuck daraus weben. Zum Ärger aller Goldschmiede wurde es daraufhin ein regelrechter Modetrend, sich mit Ketten aus Menschenhaar zu schmücken. Allerdings konnte keine der Nachahmungen die Strahlkraft des Originals erreichen.

Von dem Moment an, als die Königin ihn bei der Taufe zum Patensohn nahm, wurde er nur noch ihr ›Goldsohn‹ genannt, und vielleicht war sein Lebensweg damit vorgezeichnet. Namen haben Macht, und Thyon wurde von frühester Jugend mit Gold in Verbindung gebracht. Also war es überaus treffend, dass er beim Besuch der Universität bald seinen Platz in der Akademie der Alchemisten fand.

Was man unter Alchemie verstand? Nun, Metallkunde in Mystizismus verpackt. Ein spiritueller Weg, der das Stoffliche zur Grundlage hatte. Das großartige, edle Bemühen, die Elemente zu zähmen, um Reinheit und göttliche Perfektion zu erreichen.

Oh, und nicht zu vergessen: um Gold herzustellen.

Die Herrscher verlangten danach. Die Alchemisten versprachen zu liefern. Das taten sie seit Jahrhunderten, allerdings ohne Erfolg. Falls sie jemals Reinheit und Perfektion erreichten, dann wohl lediglich in der Kunst des Scheiterns.

In der Akademie hatte der dreizehnjährige Thyon sich umgeschaut, mit einem Verstand so scharf wie ein Vipernzahn, hatte die kryptischen Rituale und Philosophien in Augenschein genommen und das Ganze als reine Verschleierungstaktik abgetan, um die ständigen Misserfolge zu entschuldigen. *Seht doch, wie kompliziert das alles ist*, sagten die Alchemisten, während sie selbst dafür sorgten. Sagenhafte Exotik war ein Teil davon. So mussten neue Lehrlinge zum Beispiel auf einen Smaragd schwören, der angeblich aus der Braue eines gefallenen Engels gepflückt worden war. Als man Thyon dieses Artefakt präsentierte, lachte er nur. Er weigerte sich, darauf einen Schwur zu leisten und war schlicht nicht bereit, die esoterischen Schriften zu studieren, von denen er sagte, sie seien »der schwache Trost von Möchtegern-Zauberern, die dazu verdammt sind, in einer Welt ohne Magie zu leben.«

»Du, junger Mann, hast die Seele eines Dorfschmieds«, beschuldigte ihn der Meister der Alchemie in kalter Wut.

»Besser als die Seele eines Scharlatans«, feuerte Thyon zurück. »Ich würde lieber auf einen Amboss schwören und ehrliche Arbeit leisten, als die Welt mit Hokuspokus zu betrügen.«

So kam es, dass der Goldsohn seinen Schwur tatsächlich auf einen Schmiedeamboss leistete statt auf einen Engelssmaragd. Jeder andere wäre hinausgeworfen worden, aber er stand in der Gunst der Königin, daher hatte die alte Garde keine andere Wahl, als ihn auf seine eigene Weise werkeln zu lassen. Ihm war nur die materielle Seite aller Dinge wichtig: die Natur der Elemente, die Essenz und Veränderlichkeit des Stofflichen. Thyon war ehrgeizig, sorgfältig und intuitiv. Feuer, Wasser und Luft enthüllten ihm ihre Geheimnisse. Mineralien entblößten ihre verborgenen Eigenschaften. Und mit fünfzehn gelang es ihm, zum größten Missfallen der ›Möchtegern-Zauberer‹, die erste Transmutation in der Geschichte des Westkontinents durchzuführen – zwar erschuf er kein Gold, aber immerhin wandelte er Blei zu Wismut. Das habe er, wie er selbst sagte, ohne ›Geisterspuk und magische Sprüche‹ geschafft. Für diesen Triumph wurde er von seiner Patin mit einem eigenen Labor belohnt. Es nahm den gesamten Raum der altehrwürdigen Kirche in der Großen Bibliothek ein, und bei der Ausstattung wurden keine Kosten gescheut. Die Königin taufte es auf den Namen *Chrysopoesium* – abgeleitet von *Chrysopoeia*, der Verwandlung einfacher Metalle in Gold. Als sie

Thyon feierlich das Gebäude überließ, trug sie den Halsschmuck aus seinen Haaren. Arm in Arm schritten die beiden dahin, in denselben Goldglanz gehüllt. Hinter ihnen marschierten Wachen, die speziell für diesen Anlass in goldene Waffenröcke gekleidet waren.

An diesem Tag stand auch Lazlo in der Menge, um staunend das Schauspiel und den brillanten jungen Mann zu bewundern, der ihm immer wie eine Märchenfigur vorgekommen war: ein junger Held, vom Glück gesegnet, der sich seinen Platz in der Welt erobert. Genau das Gleiche sahen auch alle anderen – wie ein beschwingtes Theaterpublikum, das keine Ahnung von dem dunkleren Drama hinter den Kulissen hat.

Doch Lazlo sollte demnächst davon erfahren.

Denn ungefähr ein Jahr später – er war sechzehn – nahm Lazlo eines Abends die Abkürzung durch den Gräberweg. Da hörte er eine Stimme von der schneidenden Schärfe eines Axthiebs. Er konnte zuerst keine Worte unterscheiden und blieb stehen, um nach dem Sprecher zu suchen.

Der Gräberweg war ein Überbleibsel des alten Palastfriedhofs, der durch den Bau des Astronomieturms vom Rest des Geländes abgeschnitten worden war. Die meisten Gelehrten wussten nicht einmal, dass es ihn gab, anders als die Bibliothekare, die ihn als Abkürzung zwischen den Archiven und den Lesesälen ganz unten im Turm benutzten. Aus diesem Grund war auch Lazlo unterwegs, mit einem Armvoll Manuskripte, als er die Stimme hörte. Die Worte klangen rhythmisch, begleitet von schallenden Schlägen. *Klatsch. Klatsch.*

Es gab noch ein anderes, kaum hörbares Geräusch. Zuerst dachte Lazlo an ein Tier, und als er um die Ecke eines Mausoleums spähte, sah er einen Arm, der sich in dem brutalen Gleichklang des Klatschens hob und senkte. Die Hand hielt eine Reitgerte, und obwohl die Szene unmissverständlich war, dachte Lazlo immer noch, hier würde ein Tier geschlagen. Das unterdrückte Wimmern der zusammengekrümmten Gestalt am Boden klang kaum menschlich.

Heißer Zorn loderte so plötzlich in ihm auf, als hätte man ein Streichholz entzündet. Er holte Atem, um zu rufen.

Und hielt die Luft an.

Der Gräberweg war ein wenig erhellt, und in dem kurzen Moment, bevor seine Stimme die richtigen Worte fand, erkannte Lazlo die Szene in ihrer Gesamtheit.

Ein gekrümmter Rücken. Ein kauernder Junge. Glavenlicht auf goldenen Haaren. Und der Herzog von Vaal, der seinen Sohn prügelte wie Vieh.

»*Aufhören!*«, hätte Lazlo fast geschrien. Er verschluckte das Wort, und es brannte in seinem Mund wie Feuer.

»Hirnloser –« *Klatsch.* »Närrischer –« *Klatsch.* »Nichtsnutziger –« *Klatsch.* »Erbärmlicher –«

So ging es gnadenlos weiter, und Lazlo zuckte bei jedem Schlag zusammen, während seine Wut einer großen Verwirrung wich. Später würde sie wieder aufflammen, wenn Lazlo zum Nachdenken gekommen war, und zwar brennender als zuvor. Aber erst einmal überkam ihn der Schock. Züchtigungen waren ihm aus seinem eigenen Leben nicht fremd. Ein Zickzackmuster aus blassen Narben überzog noch immer seine Beine, so oft war er geschlagen worden. Manchmal hatte man ihn über Nacht in die Krypta gesperrt, wo nur die Schädel toter Mönche ihm Gesellschaft leisteten. Und er konnte gar nicht zählen, wie oft man ihn dumm, wertlos oder Schlimmeres genannt hatte. Aber dabei ging es um *ihn.* Er war nichts, er hatte nichts. Lazlo hätte sich nie vorstellen können, dass man *Thyon Nero* so behandeln und beschimpfen könnte. Er war über eine private Szene gestolpert, die allen seinen Vorstellungen über das Glücksleben des Goldsohns widersprach, und den anderen Jungen so erniedrigt zu sehen, ließ etwas in ihm zerbrechen.

Sie waren keine Freunde. Das wäre unmöglich gewesen. Nero war ein Aristokrat und Lazlo ganz eindeutig nicht. Aber bei vielen Gelegenheiten hatte Lazlo die Suchaufträge für Thyons Bücher erfüllt. Einmal ganz am Anfang, als er eine seltene Abhandlung über Metallurgie entdeckt hatte, die für den Alchemisten von Interesse sein konnte, hatte Nero sogar Danke gesagt.

Vielleicht mag das nichtig klingen … oder sogar empörend, weil er sich in den ganzen Jahren nur ein einziges Mal bedankt hatte. Aber Lazlo wusste, dass Jungen der Oberschicht lernten, nur im Kommandoton zu reden, und als Thyon von der Abhandlung aufgeschaut und zwei simple Worte ausgesprochen hatte, ernst und nachdrücklich – *»Vielen Dank«* –, hatte Lazlo vor Stolz geglüht.

Nun lag ihm das *»Aufhören!«* auf der Zunge. Er wollte es herausschreien, tat es aber nicht. Stattdessen stand er wie erstarrt an die kühle Seitenwand des Mausoleums gepresst und wagte es nicht einmal, sich zu rühren. Endlich verstummte das Geräusch der Reitgerte. Thyon verbarg den Kopf zwischen den Armen, sodass sein Gesicht nicht zu erkennen war. Er gab keinen Laut von sich, doch Lazlo sah seine Schultern beben.

»Hoch mit dir«, herrschte der Herzog ihn an.

Thyon richtete sich auf, und nun sah Lazlo ihn deutlich. Sein Gesicht war rot verquollen, die goldenen Haare klebten ihm in tränennassen Strähnen an der Stirn. In diesem Moment wirkte er sehr viel jünger als sechzehn.

»Ist dir klar, was dein Labor sie gekostet hat?«, fragte der Herzog. »Glasbläser aus dem fernen Amaya. Ein Schmelzofen nach deinen eigenen Plänen. Der Schornstein ist das höchste Gebäude der ganzen Stadt. Und was kannst du ihr dafür bieten? Notizen? Messungen?«

»Alchemie *besteht* aus Notizen und Messungen«, protestierte Thyon. Seine Stimme war noch immer belegt und zittrig vom Weinen, aber nicht ohne Trotz. »Erst wenn man das Wesen der Metalle kennt, hat man eine Aussicht, sie zu ändern.«

Der Herzog schüttelte verachtungsvoll den Kopf. »Meister Luzinay hatte recht. Du hast wirklich die Seele eines Dorfschmieds. Alchemie ist *Gold*, verstanden? Jetzt ist Gold dein Leben. Außer, du versagst bei der Herstellung, dann kannst du dich glücklich schätzen, überhaupt noch ein Leben zu haben. Ist das klar?«

Thyon zuckte zurück, schockiert über die Drohung. »Vater, bitte. Ich hatte doch erst ein Jahr –«

»*Erst* ein Jahr?« Das Lachen des Herzogs klang leblos. »Ist dir klar, was in einem Jahr passieren kann? Adelshäuser stürzen. *Königreiche* stürzen. Während du in deinem Labor sitzt und das *Wesen der Metalle* studierst?«

Das brachte Thyon zum Innehalten, und Lazlo ging es ähnlich. *Königreiche stürzen?* »Aber … du kannst nicht erwarten, dass mir in einem Jahr gelingt, was noch nie jemand geschafft hat.«

»Bisher ist auch niemandem eine Transmutation gelungen, und du hast es mit fünfzehn geschafft.«

»Ja, aber nur bei Wismut«, sagte der Junge bitter.

»Die Unzulänglichkeit deiner Leistungen ist mir durchaus bewusst.« Der Herzog spuckte seinem Sohn die Worte vor die Füße. »Seit deinem ersten Tag an der Universität erzählst du mir, wie viel klüger als alle anderen du bist. Also *sei* nun auch klüger, verdammt noch mal. Ich habe ihr versichert, du könntest es schaffen. Ich habe es ihr *geschworen.*«

»Glaub mir, Vater, ich tue mein Bestes.«

»*Tu mehr!*« Der Herzog brüllte es regelrecht. Seine Augen waren so weit aufgerissen, dass man ringförmig das Weiße um die Iris sah. Wilde Verzweiflung stand darin, und Lazlo spürte im Schatten verborgen, wie ihn eine Gänsehaut überlief. Er hatte den Namen Chrysopoesium, den die Königin für das Labor gewählt hatte, hübsch und passend gefunden. Schien er doch die Hoffnung auszudrücken, dass der größte Traum der Alchemistenkunst dort eines Tages wahr werden könnte. Aber offenbar ging es der Königin nicht um ›eines Tages‹. Sie wollte Gold. Und zwar sofort.

Thyon schluckte sichtbar und starrte seinen Vater an. Eine Welle der Furcht schien zwischen ihnen zu wogen. Zögernd und fast unhörbar fragte der Junge: »Was, wenn es unmöglich ist?«

Lazlo erwartete einen weiteren Wutausbruch, doch der Herzog knirschte nur mit den Zähnen. »Lass es mich klar und deutlich erklären. Die Schatzkammern sind leer. Die Armee kann nicht mehr bezahlt werden. Unsere Soldaten desertieren, und unsere Feinde haben es bemerkt. Nicht mehr lange, dann werden sie einmarschieren. Verstehst du nun?«

Viele Einzelheiten folgten, über verhängnisvolle Intrigen und alte Schulden, aber worauf alles hinauslief, war sehr einfach: *Schaff Gold herbei, sonst wird Zosma fallen.*

Lazlo sah Thyon bleich werden, weil sich plötzlich die ganze Last eines Königreichs auf ihn senkte, und spürte den Druck, als würde er auf seinen eigenen Schultern ruhen.

Was ja auch stimmte.

Nur wurde ihm die Bürde nicht von einem grausamen Vater

und einer gierigen Königin auferlegt, sondern er übernahm sie freiwillig. Dort auf dem Gräberweg schulterte er sie wie eine spürbare Last, um Thyon einen Teil des Gewichts abzunehmen – auch wenn der Adelsjunge nichts davon wusste.

Warum er das tat? Lazlo hätte sich genauso gut abwenden und einfach mit seinem Abend und seinem Leben weitermachen können, ganz beschwingt vor Erleichterung, weil er sich nicht mit solchen Problemen abplagen musste. Ähnlich hätten wohl die meisten gehandelt. Mehr noch, viele hätten mit Gewisper und Geflüster nur allzu eilig das Gerücht verbreitet, ehe sich die Nacht endgültig auf die Welt gesenkt hätte. Aber Lazlo war nicht wie die meisten. Er blieb im Schatten stehen und in seinem Kopf jagten sich die Gedanken. Er dachte an Krieg und daran, dass der letzte ihm seine Familie gestohlen hatte, bevor er sie kennenlernen konnte. Wie viele Kinder würden diesmal als Waisen enden? Welche Namen sterben und verstummen wie Lieder, die keiner mehr sang?

Gleichzeitig spürte er überdeutlich seine eigene Nutzlosigkeit. Wie sollte ausgerechnet er dem Goldsohn der Königin helfen? Lazlo war kein Alchemist oder Märchenheld. Er war nur ein Bibliothekar und Träumer. Er war ein Bücherwurm und der unbekannte Experte für eine lange verschollene Stadt, die niemanden im Geringsten interessierte. Wie könnte *er* wohl dabei helfen, dass …

Da traf ihn die Erkenntnis.

Nein, er war kein Alchemist. Sondern der Experte für eine lange verschollene Stadt, die niemanden im Geringsten interessierte. Und wie es der Zufall wollte, hatte man in dieser Stadt – zumindest laut den Legenden – schon Alchemie praktiziert, als Zosma noch eine von Barbaren verseuchte Wildnis gewesen war. Tatsächlich stammten die archetypischen Bilder dieser

Kunst und ihrer Eingeweihten aus den alten Geschichten, die durch den Elmuthaleth gekommen waren: Sie erzählten von machtvollen Männern und Frauen, denen es gelungen war, die Geheimnisse der Natur und des Kosmos zu entschlüsseln.

Lazlo grübelte darüber nach. Er grübelte, während Thyon und der Herzog in angespannter Stille das Gräberfeld verließen und er selbst seine Armladung voll Manuskripten ablieferte. Er grübelte weiter, als die Bibliothek für die Nacht schloss. Er ließ das Abendessen ausfallen und eilte stattdessen in seine Kammer und zu seinen Büchern.

Während die Gelehrten im oberen Geschoss des Palastes wohnten, wo sich die ehemaligen Gästezimmer für Staatsbesucher befanden, hausten die Bibliothekare im Dienstbotentrakt. Genauer gesagt waren sie in den Räumen untergebracht, wo früher die Zofen und Kammerdiener der Damen gelebt hatten, also nur eine Etage höher als das Putz- und Küchengesinde. Lazlo betrat einen langen, niedrigen Flur mit vielen identischen Türen, an denen jeweils ein Glavenlicht hing. Er nahm seines vom Haken und trug es in seine Kammer.

Glavensteine wurden in Bergwerken abgebaut. Sie leuchteten von Natur aus ohne Unterlass und strahlten dabei keine Hitze aus, sondern nur Helligkeit. Ihre Farbe und Leuchtkraft unterschied sich genauso stark wie die Qualität von Edelsteinen. Dieser hier war ein dürftiges Exemplar: ein unregelmäßiger, rötlicher Brocken, aus dem ein trübes Glimmen drang. Obwohl Lazlos Kammer winzig war, blieben die Ecken in Schatten gehüllt. Es gab ein schmales Bett an einer Seite und einen Schreibtisch mit Hocker an der anderen. Zwei Wandhaken reichten für Lazlos gesamte Kleidung. Ein Regal gab es nicht, nur das Fensterbrett. Dort standen seine Bücher aufgereiht. Er hängte das Glavenlicht an die Decke und begann, alle

Bände nacheinander hervorzuholen und durchzublättern. Bald hockte er auf dem Fußboden, an eine Wand gelehnt, markierte Seiten und schrieb Notizen nieder. Draußen im Flur verhallten die Schritte der anderen Bibliothekare, die sich zur Ruhe begaben, aber Lazlo nahm sie gar nicht wahr, genauso wenig wie die darauf folgende Stille und das Auf- und Untergehen des Mondes. Irgendwann in der Nacht verließ er seine Kammer und machte sich auf den Weg nach unten in das verstaubte Kellergeschoss, das nun schon seit Jahren kein bisschen Staub mehr enthielt.

Denn dort war sein Zufluchtsort – ein Reich der Geschichten, nicht nur aus der Verborgenen Stadt, sondern der ganzen Welt. Natürlich war Weep sein großer Traum, aber Lazlo liebte jede Art von Erzählungen und kannte jede einzelne, die hier zu finden war, selbst wenn er sie mit Hilfe von Wörterbüchern und Grammatiken erst aus einem Dutzend Sprachen hatte übersetzen müssen. Zwischen diesen Einbänden befand sich die Weltgeschichte der menschlichen Fantasie, und nichts hätte schöner, erschreckender oder bizarrer sein können. Es gab Zaubersprüche und Flüche, Mythen und Legenden, und Lazlo der Träumer hatte jahrelang seine Gedanken damit genährt. Wäre man in seinem Kopf auf Wanderschaft gegangen, hätte man ein wahres Fabelland entdeckt. Er dachte nicht wie andere Menschen. Magie war für ihn nichts, was man einfach abtat, und Märchen waren nicht bloß für Kinder bestimmt. Er *wusste*, dass Magie real war, schließlich hatte er gespürt, wie der Name der Verborgenen Stadt aus seiner Erinnerung gestohlen worden war. Was Märchen betraf, so hatte er begriffen, dass sie die Gedankenwelt ihrer Schöpfer wiedergaben und mit kleinen Wahrheiten gesprenkelt waren – Körnchen von Wirklichkeit inmitten der Fantasie ... wie Toastbrösel im Bart eines Zauberers.

Was er zu finden hoffte, war ein solcher Brösel.

Den innersten Kern der Alchemie bildete der Glaube an das Azoth, die geheime Essenz, die aller Materie zugrunde lag. Die Alchemisten waren überzeugt, sie bräuchten es nur erfolgreich zu destillieren, dann könnten sie die Grundstruktur der physikalischen Welt nach Belieben verändern. Sie könnten Blei in Gold verwandeln, ein Lösungsmittel für alle alchemistischen Stoffe herstellen und sogar ein Elixier der Unsterblichkeit brauen.

Die Lehrmeinung lautete, dass dazu ein komplizierter Prozess nötig war, der die Dreieinigkeit der Elemente enthielt: Salz, Quecksilber und Schwefel. Eine absurde Anzahl an Büchern und Abhandlungen war darüber geschrieben worden, vor allem wenn man bedachte, dass es keinerlei empirische Beweise gab. Die Schriften steckten voller Grafiken von Drachen, die Sonnen verschluckten, und Männern, die an den Brüsten von Göttinnen tranken. Für Lazlo waren das genauso wilde Fantasien wie jedes Märchen, auch wenn sich die Bände an einem respektableren Ort befanden, nämlich im Alchemiesaal der Bibliothek. Passenderweise war dieser Raum früher die Schatzkammer des Palasts gewesen.

Währenddessen schlummerte im Kellergeschoss, wo kein Alchemist jemals nachschauen würde, ein Buch voller Geschichten aus der Verborgenen Stadt mit dem skurrilen Titel *Wunder zum Frühstück*, in dem eine ganz andere Theorie erwähnt wurde. Es hieß, der Alchemist *selbst* sei die fehlende Zutat. Nur die Verbindung einer menschlichen Seele mit der Seele der Elemente könne das Azoth gebären.

Da war er also, der Krümel im Zaubererbart.
Vielleicht.

# 5

# Wunder zum Frühstück

Lazlo hätte warten sollen, zumindest ein paar Tage. Nein, eigentlich hätte er gar nicht gehen sollen. Das wurde ihm später klar. Eine Menge wurde ihm erst später klar.

Zu spät.

Die Sonne ging bereits auf, als er aus dem Archivkeller kam und das Buch umklammert hielt. Obwohl er von der durchwachten Nacht todmüde war, durchströmte ihn gleichzeitig nervöse Energie. Aufregung. Herzklopfen. Lazlo fühlte sich, als sei er Teil von etwas Größerem, und vergaß dabei ganz, dass nur er davon wusste. Ohne in seine Kammer zurückzukehren, verließ er das Hauptgebäude des Palasts und ging hinüber zu der alten Kirche, in der sich nun das Chrysopoesium befand.

Weit unten breitete sich die Stadt aus. Wo der Eder auf den Horizont traf, strahlte er in überirdischem Glanz. Die Sonne ging langsam auf. Ihre Strahlen wanderten den Fluss aufwärts, ihr Licht schien wie an einer Zündschnur entlang zu züngeln und den Tag mitzubringen. Das Morgengeläut der Kathedrale ertönte, gefolgt von allen anderen Kirchenglocken. Die Töne schwebten hell und klar herauf wie Kinderrufe, die auf eine Elternstimme antworten.

Lazlo konnte sich denken, dass Thyon ebenfalls nicht geschlafen hatte, nachdem ihm diese furchtbare Last aufgebürdet worden war. Er näherte sich den Türflügeln. Sie waren riesig und aus Bronze gegossen wie die meisten Kirchentüren, also nicht gerade zum Anklopfen gedacht. Lazlo klopfte trotzdem. Das Geräusch seiner Knöchel war kaum zu vernehmen. Dies wäre der Moment gewesen, in dem Lazlo hätte umkehren können. Er hätte sich einfach zurückziehen und in Ruhe über seinen Plan nachdenken können. Auch wenn er bloß ein naiver Junge war, hätte er sicher die Torheit seines Vorhabens erkannt, sobald der Rausch seiner Entdeckerfreude abgeklungen wäre. Stattdessen ging er um die Kirche herum, bis er einen Seiteneingang mit Türglocke fand, und läutete.

So kam alles, wie es kommen musste.

Thyon erschien an der Tür. Er wirkte abwesend. Leer. Leblos. »Ja?«, fragte er.

»Tut mir leid, dass ich störe«, sagte Lazlo, oder etwas dergleichen. Hinterher konnte er sich nur noch verschwommen erinnern. Sein Herzschlag dröhnte ihm in den Ohren. Es war nicht seine Art, sich in den Vordergrund zu drängen. Wenn seine Kindheit in der Abtei ihm überhaupt etwas beigebracht hatte, dann ein tiefes Gefühl der Wertlosigkeit. Aber in diesem Moment wurde er von seinen Gefühlen mitgeschwemmt, von seiner gerechten Empörung in Thyons Namen, seiner Solidarität mit einem anderen geprügelten Jungen, und vor allem von dem Triumph der Entdeckung. Vielleicht stammelte er noch: »Ich habe etwas gefunden«, als er das Buch in die Höhe hielt.

Was auch immer Lazlos Worte gewesen waren, jedenfalls trat Thyon zurück und ließ ihn ein. Das hohe Gewölbe war andächtig still wie jede Kirche, doch stank es nach Schwefel wie im Höllenschlund. Schwache Strahlen aus Morgenlicht sickerten durch bunte Fenster und warfen Farbtupfer auf Regale voller funkelnder Glas- und Kupfergefäße. Im Mittelschiff stand ein langer Arbeitstisch, der mit Geräten übersät war. Die gesamte Chorapsis wurde von einem riesigen Schmelzofen ausgefüllt, und ein Schornstein war mitten durch die Deckenkuppel mit Fresken gemauert worden, sodass er den Engeln die Köpfe abschnitt.

»Nun, was ist?«, fragte Thyon. Er bewegte sich steif. Zweifellos war sein Rücken wund und von Striemen übersät. »Ich schätze, du hast wieder mal eine Abhandlung für mich«, sagte er. »Die sind alle völlig nutzlos.«

»Also, es ist nicht direkt eine Abhandlung.« Lazlo legte das Buch auf die zerschrammte Tischplatte und bemerkte erst jetzt das Kupferstichbild, das den Einband schmückte. Es zeigte einen Löffel übervoll gefüllt mit Sternen und mythischen Tieren. *Wunder zum Frühstück.* Unverkennbar ein Kinderbuch. Lazlo kamen erste Bedenken. Hastig schlug er das Buch auf, um das Bild und den Titel zu verbergen. »Aber der Text hat mit Gold zu tun«, sagte er und warf sich Hals über Kopf in eine fieberhafte Erklärung. Zu seiner Bestürzung klang sie in diesem ehrwürdigen Labor genauso fehl am Platz wie das Buch aussah. Um seine wachsende Verlegenheit zu übertönen, beeilte er sich immer mehr, doch je schneller er redete, desto wilder und verrückter wirkten seine Worte.

»Gewiss habt Ihr von der verlorenen Stadt namens Weep gehört.« Er zwang sich, den falschen Namen zu benutzen, und schmeckte sofort bittere Tränen. »Und von ihren Alchemisten, die in antiken Zeiten gewusst haben sollen, wie man Gold erschafft.«

»Sagen und Legenden«, erwiderte Thyon wegwerfend.

»Möglich«, gab Lazlo zurück. »Aber könnte nicht etwas Wahres daran sein? Dass sie Gold herstellen konnten?«

Er sah den ungläubigen Ausdruck auf Thyons Gesicht, deutete ihn aber falsch, nämlich als Zweifel an seiner Theorie. Also redete er hastig weiter.

»Schaut hier«, sagte er und zeigte auf die Textstelle, wo geschrieben stand, die geheime Zutat des Azoth sei der Alchemist selbst. »Dort steht etwas über die Verbindung der menschlichen Seele mit der Seele der Elemente, was … nun ja … nicht sehr *hilfreich* klingt, denn wie sollte man seine Seele mit Metall verbinden? Aber ich glaube, die Übersetzung ist falsch. Das Gleiche ist mir vorher schon begegnet. In der Verborgenen St… ich meine, in Weep gibt es ein gemeinsames Wort für ›Seele‹ und ›Geist‹. Beides heißt *Amarin.* Deshalb gehe ich hier von einem Fehler aus.« Er tippte mit dem Finger auf das Wort *Seele* und machte eine Kunstpause. Jetzt kam sie, seine großartige Idee. »Ich glaube, der Schlüssel zur Destillation von Azoth ist *Geist.* Der Geist des Leibes.« Er hielt Thyon seine Handgelenke entgegen, die blasse Seite nach oben, wo das Netzwerk aus Adern zu sehen war, damit es kein Missverständnis gab. Und dann stellte er fest, dass ihm die Worte ausgegangen waren. Er hätte einen Schlusssatz gebraucht, der seine Idee ins rechte Licht rückte und zum Leuchten brachte. Da er keinen fand, hing seine Behauptung in der Luft und klang, um ehrlich zu sein, ziemlich lächerlich.

Thyon starrte ihn einige Herzschläge zu lange an. »Was hat das zu bedeuten?«, fragte er schließlich mit gefährlich kalter Stimme. »Hat dich jemand dazu angestiftet? Als Mutprobe? Als Wette? Als *Witz?*«

»Was?« Überrumpelt schüttelte Lazlo den Kopf. Sein Gesicht wurde heiß und seine Hände klamm. »Nein«, sagte er und erkannte Thyons ungläubige Miene endlich als das, was sie war. Der Alchemist hatte damit nicht auf seine *Theorie* reagiert. Sondern auf seine *Anwesenheit.* Schlagartig stürzte diese Erkenntnis auf ihn ein, und er verstand, was er gerade getan hatte. Er – Lazlo der Träumer, ein Lehrling der Bibliothek, ein Strange – war in das Chrysopoesium marschiert, hatte ein Märchenbuch geschwenkt und sich angemaßt, eine Meinung über die tiefsten Mysterien der Alchemie kundgeben zu dürfen. Als könne *er* das Problem lösen, das seit Jahrhunderten die Gelehrtenwelt überforderte … inklusive Nero selbst.

Im grellen Licht dieser Erkenntnis raubte ihm seine eigene Kühnheit den Atem. Wie hatte er jemals denken können, das alles sei eine gute Idee?

»Sag mir dir Wahrheit«, forderte Thyon. »Wer war es? Meister Luzinay? Er hat dich hergeschickt, um mich zu verhöhnen, nicht wahr?«

Lazlo schüttelte bei dieser Anklage den Kopf, auch wenn ihm klar war, dass Thyon ihn nicht einmal bemerkte. Dazu war er zu sehr mit seiner Wut und seinem Unglück beschäftigt. Falls Thyon überhaupt etwas sah, dann nur die spöttischen Mienen der anderen Alchemisten oder die kühle Berechnung der Königin, die Wunder befahl, als würde sie ein Frühstück bestellen. Vielleicht – höchstwahrscheinlich – sah er auch die

Verachtung seines Vaters letzte Nacht und fühlte sie mit seinem ganzen Körper, der so wund war, dass er bei jeder Bewegung schmerzte. Seine Gefühle brodelten wie Chemikalien, die man in einen Schmelztiegel geworfen hatte: ein Schwefeldunst aus Furcht, salzige Bitterkeit und dazu, unheilvoll wie Quecksilber, eine Mischung aus Misserfolg, Verzweiflung und Fatalismus.

»Ich würde mich niemals über Euch lustig machen«, beteuerte Lazlo.

Thyon schnappte sich das Buch und klappte es zu, um den Titel und den Kupferstich zu betrachten. »*Wunder zum Frühstück*«, las er mit Betonung und blätterte es durch. Es enthielt Bilder von Meerjungfrauen und Hexen. »*Das* soll kein Hohn sein?«

»Ich schwöre Euch, so war es nicht gedacht, Eure Lordschaft. Vielleicht irre ich mich … wahrscheinlich sogar.« Lazlo verstand selbst, wie das alles aussah. Er wollte erklären, was für ihn offensichtlich war, nämlich dass sich in Folklore immer auch Sprenkel von Wahrheit verbargen. Aber selbst das klang jetzt absurd … Krümel im Zaubererbart und ähnlicher Unsinn. »Es tut mir leid. Hierher zu kommen, war vermessen von mir, aber ich wollte nicht respektlos sein, das schwöre ich Euch. Ich wollte nur helfen.«

Thyon ließ das Buch zuschnappen. »Mir helfen. *Du* wolltest *mir* helfen.« Dann lachte er. Der Klang war kalt und hart wie zerspringendes Eis. Es schien endlos zu dauern, und jeder bissige Ton ließ Lazlo weiter zusammenschrumpfen. »Möchtest du mir vielleicht verraten, Strange«, sagte Thyon, »in welcher aller denkbaren Welten *du* fähig sein solltest, *mir* zu helfen?«

In welcher denkbaren Welt? Gab es denn mehr als eine? War eine Welt vorstellbar, in der Lazlo eine Familie und einen

Namen besaß, während man Thyon auf einem Karren zur Abtei verfrachtete? Lazlo konnte es sich nicht ausmalen. Seine großartige Fantasie versagte bei der Vorstellung, wie ein Mönch die Goldhaare von diesem Kopf rasierte. »Natürlich habt Ihr recht«, stammelte er. »Ich dachte nur … niemand sollte so etwas allein tragen müssen.«

Das waren genau die falschen Worte.

»*Was* soll ich nicht allein tragen?«, fragte Thyon voll scharfem Misstrauen.

Lazlo erkannte seinen Fehler und erstarrte, ähnlich wie auf dem Gräberfeld, wo er sich nutzlos im Schatten verborgen hatte. Doch hier gab es kein Versteck, und da Lazlo keinerlei Arglist oder Falschheit in sich trug, konnte man ihm alle Gefühle vom Gesicht ablesen. Schock. Empörung.

Mitleid.

Da begriff Thyon schließlich, was diesen Lehrling zur frühen Morgenstunde an seine Tür gebracht hatte. Hätte Lazlo abgewartet – ein paar Wochen oder wenigstens Tage –, dann wäre Thyon der Zusammenhang nicht so schnell klargeworden. Aber nun brannte sein Rücken immer noch, und Lazlos Blick huschte dorthin, als wisse er Bescheid. *Armer Junge, von seinem eigenen Vater verprügelt.* Thyon verstand, dass Lazlo ihn im Moment seiner größten Schwäche gesehen hatte, und in den Schmelztiegel aus Gefühlen mischte sich ein weiteres.

*Scham.* Es setzte die ganze Mixtur lodernd in Brand.

»Es tut mir wirklich leid«, sagte Lazlo und wusste kaum, was er damit meinte – dass Thyon verprügelt worden war oder dass er durch Zufall alles mit angesehen hatte.

»Wage es nicht, mich zu bemitleiden, du *Niemand*«, zischte Thyon so giftig, dass Lazlo zurückzuckte wie von einer Schlange gebissen.

Was darauf folgte, waren nur verwischte Eindrücke von Wut und Gehässigkeit. Ein rot verzerrtes Gesicht, gefletschte Zähne, geballte Fäuste, splitterndes Glas. In den folgenden Tagen vermischte sich das alles mit Lazlos Albträumen, wodurch es weiter verzerrt und von Furcht und Reue ausgeschmückt wurde. Jedenfalls taumelte er aus der Tür, und vielleicht wurde er geschubst oder auch nicht. Vielleicht stolperte er einfach nur und stürzte von selbst die kurze Treppe herunter, sodass er sich auf die Zunge biss und sein Mund sich mit Blut füllte. Als Lazlo humpelnd ins Hauptgebäude des Palasts zurückkehrte, schluckte er noch immer daran und bemühte sich, trotz allem normal auszusehen.

Erst als er vor den Eingangsstufen stand, wurde ihm klar, dass er das Buch zurückgelassen hatte. Keine *Wunder zum Frühstück* mehr. Erst recht kein richtiges Frühstück, nicht mit seiner geschwollenen Zunge. Obwohl er auch gestern Abend nichts gegessen, geschweige denn geschlafen hatte, waren Hunger und Müdigkeit nun das Letzte, woran er dachte. Ihm blieb immerhin ein wenig Zeit, sich zu sammeln, bevor seine Arbeitsschicht begann, also tat er das. Er wusch sich das Gesicht mit kaltem Wasser, zuckte zusammen, spülte den Mund aus und spuckte rotes Blut in den Ausguss. Seine Zunge sah grässlich aus, das Brennen und Pulsieren schien seinen ganzen Kopf zu füllen. Er sprach den restlichen Tag kein Wort, was niemandem im Geringsten auffiel. Die ganze Zeit fürchtete er, Thyon würde ihn aus der Bibliothek werfen lassen, und er bereitete sich innerlich darauf vor. Doch nichts geschah. Gar nichts. Niemand erfuhr, was er an diesem Morgen getan hatte. Und niemand vermisste das Buch, abgesehen von ihm selbst, und *ihm* fehlte es sehr.

Drei Wochen später hörte Lazlo die Neuigkeiten. Die Königin würde die Große Bibliothek besuchen. Zum ersten Mal seit der Einweihung des Chrysopoesiums, das, wie sich nun herausstellte, eine kluge Investition gewesen war.

Denn Thyon Nero hatte Gold erschaffen.

# 6

# Papier, Tinte, Jahre

Zufall?

Seit Jahrhunderten hatten Alchemisten versucht, Azoth zu destillieren. Drei Wochen nach Lazlos Besuch im Chrysopoesium war es Thyon Nero gelungen. Lazlo hatte also seinen Verdacht, mehr aber auch nicht. Zumindest, bis er die Tür seiner Kammer öffnete und Thyon darin vorfand.

Lazlos Puls begann zu stottern. Seine Bücher waren auf dem Boden verstreut und die Seiten unter dem eigenen Gewicht zerknickt, als habe man Vögeln die Flügel gebrochen. Eines hielt Thyon in der Hand. Lazlos Meisterwerk, dessen Einband fast würdig gewesen wäre, im Pavillon der Gedanken ausgestellt zu werden. Den Buchrücken zierten kleine Blattgold-Schnipsel, die er drei Jahre lang mühsam gesammelt hatte. *Die Verborgene Stadt* lautete der Titel in der schönsten, von der Abtei gelehrten Kalligrafie.

Das Buch landete klatschend auf dem Boden, und das Geräusch drang Lazlo bis in beide Herzen. Er wollte sich hinknien und es aufheben, aber stattdessen stand er nur auf seiner eigenen Türschwelle und starrte den Eindringling an, der in dieser schäbigen Kammer so selbstsicher, elegant und fehl am Platz wirkte wie ein Sonnenstrahl in einem Keller.

»Weiß irgendjemand, dass du zum Chrysopoesium gekommen bist?«, fragte Thyon.

Langsam schüttelte Lazlo den Kopf.

»Und das Buch … weiß jemand darüber Bescheid?«

Mehr brauchte er nicht zu sagen. Es gab keinen Zufall. Lazlo hatte recht gehabt. Der Schlüssel zum Azoth war der menschliche Geist. Das wirkte fast schon lachhaft. Nicht genug, dass die Wahrheit in einem Kindermärchen zu finden gewesen war – die großartige geheime Zutat bestand aus etwas so Gewöhnlichem wie einer Körperflüssigkeit. Sämtliche Alchemisten, die lebenslang auf der Suche nach dem Azoth gewesen waren, hatten die Antwort die ganze Zeit mit sich herumgetragen, schließlich floss sie in ihren eigenen Adern.

Wäre diese Wahrheit bekannt geworden, hätte sich jedermann mit einem Kessel und einem Feuer anschicken können, Gold herzustellen. Die Leute hätten dafür den Geist in ihrem Körper geopfert … oder ihn anderen gestohlen. Das Edelmetall wäre längst nicht mehr so edel gewesen und der Goldsohn nichts Besonderes. Mit einem Schlag wurde Lazlo klar, was auf dem Spiel stand. Natürlich wollte Thyon das Geheimnis des Azoth um jeden Preis für sich behalten.

Und Lazlos Leben war ein geringer Preis.

Er überlegte, ob er lügen sollte. Aber ihm fiel keine Antwort ein, die ihn schützen würde. Zögernd schüttelte Lazlo erneut den Kopf. Vermutlich war ihm noch nie etwas so deutlich bewusst gewesen wie Thyons Hand auf dem Schwertgriff.

Die Zeit schien sich zu verlangsamen. Er sah, wie Thyons Knöchel weiß wurden und die Spanne blanken Stahls sich verlängerte, als das Schwert aus der Scheide gezogen wurde. Es war gekrümmt wie eine Rippe. Im Glavenlicht glänzte es spiegelhell, reflektierte erst Gold und dann Grau. Ihre Blicke trafen sich, und Lazlo sah Berechnung in Thyons Augen. Was würde für ihn wohl mehr Ärger bedeuten? Lazlo zu töten oder das Risiko einzugehen und ihn am Leben zu lassen?

Wie das Urteil ausfallen würde, war offensichtlich. So lange Lazlo lebte, würde es immer jemanden geben, der das Geheimnis kannte. Sein Tod dagegen würde kein großes Problem darstellen. Thyon könnte die gravierte Klinge seines Familienschwerts im Leichnam stecken lassen und man würde ihm die Waffe geputzt und poliert zurückbringen. Die ganze Angelegenheit würde säuberlich unter den Teppich gekehrt werden. Ein Mensch wie Nero konnte mit einem Menschen wie Lazlo anstellen, was immer er wollte.

Aber er tat es nicht.

Der Alchemist steckte sein Schwert zurück. »Du wirst nie ein Wort darüber verlieren«, sagte er. »Erst recht wirst du nie darüber schreiben. Niemand wird es je erfahren. Hast du mich verstanden?«

»Ja«, sagte Lazlo heiser.

»Schwöre es«, befahl Thyon. Dann glitt sein Blick über die auf dem Boden verstreuten Bücher, und er änderte abrupt seine Meinung. »Nein, das nehme ich zurück. Schenk dir den Schwur.« Seine Lippen verzogen sich leicht spöttisch. »Gib mir lieber dein dreifaches Versprechen.«

Lazlo war verblüfft und erschrocken. Ein dreifaches Versprechen war ein Kinderritual, das in Märchen vorkam. Wenn man dagegen verstieß, war man verflucht. Für Lazlo war dieses Ritual tatsächlich bindender als jeder Schwur auf Gott oder ein gekröntes Haupt. »Ich verspreche es«, sagte er, bebend vom kalten Hauch des nahen Todes. »Ich verspreche es«, sagte er noch einmal mit brennend rotem Gesicht. »Ich verspreche es.«

Die Worte klangen durch ihre rhythmische Wiederholung wie ein Zauberspruch. Es waren die letzten, die vier Jahre lang zwischen den beiden jungen Männern ausgetauscht werden sollten. Bis zu dem Tag, als der Goldsohn persönlich am Tresen der Bibliothek erschien und Lazlos Bücher verlangte.

*Die gesammelten Werke des Lazlo Strange.*

Als Lazlo nach dem Formular griff, zitterten seine Hände. Die Bücher gehörten ihm, sie waren sein einziger Besitz. Er hatte sie erschaffen. Was man mit eigenen Händen herstellt, liebt man immer besonders, aber für Lazlo ging es weit darüber hinaus. Die Bücher waren mehr als nur eine Ansammlung von Notizen. In ihnen bewahrte er seinen unerreichbaren Traum auf: alles, was er über die Verborgene Stadt herausgefunden hatte, jedes mühsame Stück des Puzzles. Außerdem ging es ihm nicht nur um das Ansammeln von Wissen. Sein Ziel war, vielleicht … eines Tages … einen Umweg zu finden, der das Unmögliche näher rücken ließ. Irgendwie an den Ort zu gelangen, den kein Fremder je betreten hatte. Die Wüste zu durchqueren, mit eigenen Augen die glitzernden Kuppeldächer zu sehen und endlich herauszufinden, *was mit der Stadt passiert war.*

Seine Bücher waren ein Protokoll seiner Hoffnungen, sieben Jahre hindurch. Er schöpfte neuen Mut, wenn er sie auch nur berührte. Und nun würden sie ausgerechnet Thyon Nero in die Hände fallen?

»Was in aller Welt«, hatte Meister Hyrrokkin gefragt, »will *Thyon Nero* denn mit *deinen* Büchern?«

»Ich weiß es nicht«, antwortete Lazlo jetzt ratlos. »Gar nichts. Außer, sie mir wegzunehmen.«

Der Alte schnalzte abfällig mit der Zunge. »Sicher ist es unter seiner Würde, so kleinlich zu handeln.«

»Glaubst du? Nun, dann hat er vielleicht vor, sie von Anfang bis Ende durchzulesen.«

Sein Ton war sarkastisch, und Meister Hyrrokkin musste zugeben, dass diese Vorstellung noch lächerlicher war. »Aber *warum?*«, bohrte er nach. »Warum sollte er sie dir wegnehmen wollen?«

Genau das konnte Lazlo seinem Meister nicht sagen. Was er sich selbst fragte, war: Wieso ausgerechnet jetzt, vier Jahre später? Er hatte weder sein Versprechen gebrochen, noch sonst etwas getan, um Neros Zorn auf sich zu ziehen. »Weil er es kann?«, fragte er hoffnungslos.

Er versuchte sich gegen die Enteignung zu wehren. Natürlich. Lazlo ging geradewegs zum Hauptarchivar, um die Bestellung anzufechten. Die Bücher waren sein Privateigentum, sagte er, und gehörten nicht der Bibliothek. Bisher hatte es immer geheißen, die Studien einfacher Bibliothekare seien es nicht wert, als Gelehrtentum bezeichnet zu werden. Also, wie konnte nun jemand kommen und Lazlos Lebenswerk einfordern? Das war widersprüchlich und ungerecht.

»*Ungerecht?* Du solltest stolz sein, junger Mann«, ließ Villiers, der Hauptarchivar, ihn wissen. »Thyon Nero interessiert sich für deine Studien. Das ist ein großer Tag für dich.«

Ein großer Tag, natürlich. Sieben Jahre lang hatte man ihn

als ›Lazlo den Träumer‹ betitelt, und seine Bücher waren bloß ›närrisches Gekritzel‹ gewesen. Jetzt plötzlich nannte man sie ›Studien‹, nur um sie ihm im gleichen Moment zu stehlen.

»Bitte«, flehte er heiser und dringlich, »bitte, gebt meine Bücher nicht her.«

Und das taten sie auch nicht.

Sie zwangen *ihn*, es selbst zu tun.

»Dein Benehmen ist eine Schande!«, herrschte Villiers ihn an. »Ich werde nicht zulassen, dass du die Bibliothek damit beschmutzt. Hier geht es um den Goldsohn der Königin und keinen Spitzbuben, der Bücher aus den Regalen klaut. Er wird sie dir zurückgeben, wenn er sie nicht mehr braucht. Und jetzt mach dich gefälligst auf den Weg.«

Also blieb Lazlo keine Wahl. Er packte die Bücher in einen Karton, lud sie auf einen Handkarren und rollte sie aus der Bibliothek, durch das Eingangstor und den langen Weg hinab, der spiralförmig vom Zosimos in die Stadt führte. Zwischendurch musste er eine Pause einlegen und betrachtete die Aussicht. Der Eder glitzerte im Sonnenlicht, tiefbraun wie die Augen eines hübschen Mädchens. Darüber spannte sich der Neue Palast, dessen fantastische Architektur genauso gut das gemalte Hintergrundbild einer Märchenaufführung hätte sein können. Vögel zogen ihre Kreise über dem Fischerhafen, und ein langer goldener Wimpel wehte auf der Kuppel von Neros blassrosa Marmorschloss. Lazlo trottete langsam darauf zu. Zog widerwillig an der Türglocke. Erinnerte sich, wie er vor vier Jahren eine andere Glocke betätigt und dabei *Wunder zum Frühstück* mit der Hand umklammert gehalten hatte. Mit Sicherheit würde er das Buch nie wiedersehen. Warum sollte es nun, bei seinen eigenen Werken, anders sein?

Ein Hausdiener öffnete die Tür. Er forderte Lazlo auf, den

Karton stehen zu lassen. Lazlo weigerte sich. »Erst muss ich Seine Lordschaft, Thyon Nero, sprechen«, sagte er, und als Thyon schließlich erschien, fragte Lazlo ihn schlicht: »*Wieso?*«

»Wieso?« Der Alchemist war in Hemdsärmeln erschienen und hatte nicht einmal seine scharlachrote Krawatte umgebunden. Allerdings hing das Schwert an seinem Gürtel, und seine Hand ruhte beiläufig auf dem Knauf. »Genau dasselbe wollte ich immer *dich* fragen.«

»*Mich?*«

»Allerdings. Wieso, Strange? Wieso hast du es mir einfach überlassen?« *Es?* Damit war wohl das Geheimnis gemeint, einschließlich seiner Folgen. »Du hättest es selbst behalten können. Um dir einen Namen zu machen, um jemand zu sein.«

Die schlichte Wahrheit lautete – und niemand hätte Nero davon überzeugen können –, dass es Lazlo keinen Augenblick in den Sinn gekommen war, eigenen Vorteil daraus zu ziehen. Damals auf dem Gräberweg war ihm alles glasklar vorgekommen. Er hatte eine Geschichte vor sich gesehen: Es gab eine gierige Königin, einen boshaften Vater, einen drohenden Krieg am Horizont und … diese Geschichte gehörte nicht *ihm*. Sondern Thyon. Sie für sich selbst zu beanspruchen, wäre Diebstahl gewesen. So einfach war die Sache. »Ich *bin* jemand«, sagte er und wies auf den Karton. »Nämlich das hier.« Und dann, mit leiser Intensität: »Nehmt sie mir nicht weg. *Bitte.*«

Für einen Moment, wenn auch nur sehr kurz, verlor Thyons Gesicht die gefühllose Maskenhaftigkeit. Lazlo sah etwas Menschliches darin, vielleicht sogar Bedauern. Doch gleich darauf war es wieder verschwunden. »Denk an dein Versprechen«, warnte Thyon und schlug ihm die Tür vor der Nase zu.

An diesem Abend kehrte Lazlo erst spät in seine Kammer zurück. Er hatte sie gemieden und das Essen in die Länge gezogen. An seiner Tür nahm er zögernd den Glavenstein vom Haken, dann hängte er ihn wieder zurück. Mit einem tiefen Atemzug trat er ein. Er hatte gehofft, dass die Dunkelheit den Verlust abmildern würde, aber das Mondlicht war gerade stark genug, um das Fensterbrett in einen sanften Schimmer zu hüllen. Dort herrschte schroffe Leere. Das ganze Zimmer fühlte sich ausgehöhlt und tot an wie ein Körper, dem man das Herz herausgeschnitten hatte. Jeder Atemzug fiel schwer. Lazlo ließ sich auf seine Bettkante fallen. »Es sind doch nur Bücher«, murmelte er. Nur Papier und Tinte.

Papier, Tinte und Jahre.

Papier, Tinte, Jahre und ein Traum.

Er schüttelte den Kopf. Seinen Traum trug er immer noch bei sich, in Geist und Seele. Thyon konnte seine Bücher stehlen, den Rest nicht.

Zumindest versuchte Lazlo sich das in der ersten langen Nacht einzureden, die er ohne seine Bücher verbringen musste. Schlaflos grübelte er darüber nach, wo sie jetzt waren und was Nero mit ihnen angestellt hatte. Vielleicht hatte er sie verbrannt oder in einen moderigen Keller geworfen. Vielleicht riss er gerade jetzt eine Seite nach der anderen heraus, faltete sie zu Papiervögeln und warf sie von der höchsten Zinne seines Schlosses.

Als Lazlo schließlich einschlief, träumte er, seine Bücher seien unter der Erde vergraben und Grashalme würden aus ihnen sprießen, die den Namen der Verborgenen Stadt flüsterten, wenn der Wind durch sie hindurch strich. Wer sie ›Weep, Weep‹ wispern hörte, dem brannten Tränen in den Augen.

Nicht ein einziges Mal kam ihm in den Sinn, dass Thyon die Bücher tatsächlich *lesen* könnte. In einem Zimmer, dessen Prunk das Gegenteil von Lazlos armseliger Kammer war. Mit den Füßen auf einem Polsterhocker und einem Glavenlicht zu beiden Seiten las er bis tief in die Nacht, während die Dienerschaft ihm zuerst Tee, dann ein Nachtmahl, dann noch mehr Tee brachte. Ganz bestimmt konnte Lazlo sich nicht vorstellen, dass der Alchemist sich Notizen machte, wozu er eine Schwanenfeder, Oktopustinte und ein Tintenfass mit Intarsien aus Lys verwendete, das vor gut fünfhundert Jahren ausgerechnet aus Weep gekommen war. Sein makelloses Gesicht zeigte keine Spur von Spott oder Bösartigkeit, nur intensive, konzentrierte *Faszination.*

Und das war viel schlimmer.

Denn wenn Lazlo geglaubt hatte, ein Traum ließe sich nicht stehlen, dann hatte er Thyon Nero unterschätzt.

# 7

# Unerreichbare Träume

Ohne seine Bücher hatte Lazlo das Gefühl, als sei eine essenzielle Verbindung zu seinen Träumen durchschnitten worden. Die Verborgene Stadt war ihm noch nie so fern und unerreichbar vorgekommen. Es war, als habe sich ein Nebel gelichtet und ihn gezwungen, sich einer unbequemen Wahrheit zu stellen.

Seine Bücher waren nicht gleichbedeutend mit seinem Traum. Eher könnte man sagen, dass er seinen Traum wie ein Lesezeichen zwischen ihre Seiten gesteckt und viel zu lange bequem dort gelassen hatte. Die Wirklichkeit sah so aus: Nichts was Lazlo jemals innerhalb der Großen Bibliothek von Zosma las, entdeckte oder tat würde ihn auch nur einen Schritt näher an Weep heranbringen. Das konnte nur eine Reise.

Leichter gesagt als getan, denn die Stadt lag so unendlich weit entfernt. Gerade noch vorstellbar war, Alkonost zu erreichen, also den westlichen Vorposten des Elmuthaleth, wo sich die Hauptwege des Kontinents kreuzten. Obwohl Lazlo keine praktischen Kenntnisse vorzuweisen hatte, bestand zumindest die Chance, dass er sich einer Handelskarawane anschließen und sich den Weg bis dorthin erarbeiten durfte. Danach jedoch wäre er gänzlich auf sich gestellt. Kein Führer würde einen Faranji durch die Wüste bringen. Für Fremde gab es nicht einmal Kamele zu kaufen, um damit auf eigene Faust den Versuch zu wagen … was so oder so einem Selbstmord gleichkäme.

Und selbst wenn es ihm irgendwie gelingen sollte, die Wüste zu durchqueren, läge als nächstes Hindernis immer noch der Zenit vor ihm: ein Berg aus weißem Glas, von dem Legenden berichteten, dass er ein Scheiterhaufen zur Verbrennung von Dämonen gewesen sei. Es gab nur einen Weg hinüber, und zwar durch die Tore von Fort Misrach, wo Faranji als Spione galten und hingerichtet wurden.

Vielleicht war die Verborgene Stadt tatsächlich ausgelöscht worden, dann würde Lazlo am Ende eines solchen Weges nur ihre Ruinen durchstreifen können. Der Gedanke war unaussprechlich traurig. Er wollte keine Trümmer vorfinden, sondern eine Stadt voller farbenfrohem Leben wie in den Geschichten. Doch falls die Stadt existierte und es dort Menschen gab, musste er damit rechnen, von ihnen geköpft, gerädert und in Stücken den Aasvögeln zum Fraß vorgeworfen zu werden.

Angesichts dieser Optionen war unschwer zu verstehen, warum Lazlo seinen Traum zwischen Buchseiten gesteckt und dort verwahrt hatte. Aber nun war ihm eben nur noch der Traum geblieben, und Lazlo war gezwungen, ihn kritisch von allen Seiten zu betrachten. Das Ergebnis war nicht ermutigend.

Ganz egal, wie er ihn drehte und wendete, am Ende sah er nur: unmöglich. Wenn das Sprichwort stimmte und der Traum tatsächlich den Träumer auswählte, dann hatte seiner eine schlechte Wahl getroffen. Gewiss gab es passendere Männer mit weit mehr Wagemut als Lazlo. Ein solcher Traum verlangte Gewitterdonner und Lawinenhall, einen Kriegsschrei, einen Wirbelwind. Er verlangte nach *Feuer*.

In den Wochen, nachdem Thyon Nero ihm seine Bücher genommen hatte, befand sich Lazlo am Tiefpunkt seines Lebens. Die Tage zogen sich unendlich dahin. Die Wände um ihn herum schienen enger zu rücken. Lazlo träumte von Wüsten und gewaltigen leeren Städten, während er gleichzeitig das Gefühl hatte, die Minuten und Stunden seiner Lebensspanne rieselten spürbar aus ihm heraus, als sei er nichts als eine Sanduhr aus Fleisch und Knochen. Er ertappte sich dabei, wie er wehmütig aus dem Fenster starrte und sich nach einem fernen, unerreichbaren Horizont verzehrte.

Nur deshalb entdeckte er überhaupt den Vogel.

Lazlo stand auf einer Leiter im Pavillon der Gedanken und suchte Bücher für einen Philosophen heraus, der unter ihm ungeduldig auf und ab marschierte. »Ich habe nicht tagelang Zeit!«, rief der Mann nach oben.

*Ich schon*, dachte Lazlo und stieß sich ab, sodass die Leiter ein Stück weiter auf den Schienen entlangrollte. Er befand sich ganz oben vor den hohen Regalreihen, die sich an der Nordwand entlangzogen. Gleich hinter dieser Mauer endete die steinerne Haifischflosse des Bergkamms und fiel als Kliff senkrecht bis zur Stadt hinunter. Schmale Fenster waren zwischen den einzelnen Sektionen der Regale eingelassen, und Lazlo erhaschte Blicke auf den Sommerhimmel, während er vorüberrollte. Regal, Fenster, Regal, Fenster. Und dann plötzlich: der

Vogel. Er ließ sich von den Aufwinden tragen, wie viele seiner Artgenossen an dieser Seite des Bergkamms, die bewegungslos wie angeleinte Kinderdrachen in der Luft schwebten. Aber solch einen Vogel hatte Lazlo noch nie zuvor gesehen. Er hielt die Leiter an, um das Geschöpf genauer zu betrachten, und plötzlich breitete sich in seinem Innersten eine große Stille aus. Der Vogel war reinweiß, ein Greif mit scharfem Hakenschnabel, und immens groß. Viel riesiger als die Jagdadler, die er bei den Nomaden gesehen hatte, wenn sie den Marktplatz besuchten. Die Flügel glichen den Segeln einer Schaluppe, jede einzelne Feder so breit wie ein Entermesser. Doch ihn nahmen nicht nur die Farbe und Größe gefangen. Etwas an dem Vogel wirkte … anders. Vielleicht war es nur eine optische Täuschung, aber er erschien unscharf, als würde er mit dem Blau des Himmels verschmelzen. Die Ränder seiner Kontur lösten sich auf wie Zuckerkristalle in Tee.

Ein Geist, der durch die Schleierwand zwischen den Welten irrlichterte.

»Was treibst du eigentlich da oben?«, rief der Philosoph. Lazlo schenkte ihm keine Beachtung. Er lehnte sich vor, um besser durch die Lichtspiegelungen des Glases schauen zu können. Der Vogel drehte auf seinem gigantischen Flügel eine Pirouette und ließ sich in einer langsamen, eleganten Spirale nach unten fallen. Lazlo sah ihm zu, wie er in die Tiefe glitt und fortsegelte, wobei sein Schatten auf die Bergstraße und das Dach einer geschlossenen Kutsche fiel.

Die Kutsche der Königin. Vor Überraschung stieß Lazlo mit der Stirn gegen das Fensterglas. Eine regelrechte Prozession zog sich den langen, gewundenen Weg hinauf: nicht nur die Kutsche, sondern Reihen berittener Soldaten als Vor- und Nachhut, deren Rüstungen in der Sonne funkelten. Er kniff die Augen enger zusammen. Ein Soldatentrupp unterschied sich von den übrigen. Die Rüstungen funkelten nicht. Die Reittiere hatten einen seltsamen Gang. Doch der Weg schlängelte sich in Kurven um die Südseite des Bergkamms, sodass die ganze Prozession bald außer Sicht geriet. Der riesige weiße Raubvogel schwebte ihnen hinterher und dann …

Vielleicht hatte Lazlo für einen Moment fortgeschaut. Vielleicht hatte er geblinzelt. Eigentlich bezweifelte er das, aber der Vogel war von jetzt auf gleich verschwunden. Eben war er noch da, dann nicht mehr. Selbst *wenn* Lazlo geblinzelt hatte, war es undenkbar, dass der Greif so schnell außer Sicht geriet. In der Nähe gab es keine Deckung und nichts, was den Blick versperrte. Lazlos Puls aus Blut und Geist brandete zu einem Trommelwirbel auf. Der Vogel war einfach verschwunden.

»Du da oben!« Allmählich wurde der Philosoph wütend.

Lazlo schaute zu ihm herunter. »Ist heute ein Besuch der Königin geplant?«, rief er.

»Was? Nein.«

»Weil nämlich ihre Kutsche kommt.«

Die Gelehrten in der Nähe hatten mitgehört und blickten auf. Gemurmel erhob sich, und die Nachricht verbreitete sich wie ein Lauffeuer. Besuche vom Königshaus waren selten und wurden gewöhnlich weit im Voraus angekündigt. Bald waren alle Gelehrten von ihren Tischen aufgesprungen und ließen ihren Lesestoff zurück, um nach draußen zu drängen und sich auf dem Vorplatz zu sammeln. Lazlo stieg die Leiter hinunter und ging mit ihnen. Er hörte nicht einmal, wie der Bibliothekar am Tresen seinen Namen rief. »Strange, wo willst du hin? *Strange!*«

Der Vogel war verschwunden. Das musste Magie sein. Lazlo war sich ganz sicher.

Es war Magie, die den echten Namen der Stadt hatte verschwinden lassen. Daran hatte Lazlo nie gezweifelt, aber gefürchtet, er würde in seinem Leben keinen weiteren Beweis zu sehen bekommen. Ein Trio aus Ängsten lag schwer in seinem Magen, als hätte er einen Mundvoll Zähne verschluckt. Immer, wenn er zu lange mit seinen Gedanken allein war, fühlte es sich an, als nagten sie an seinem Inneren, als verbissen sie sich in seine Magenwände.

Seine erste Angst war: Er würde nie wieder einen Beweis für Magie zu sehen bekommen.

Die zweite: Er würde nie herausfinden, was mit Weep passiert war.

Und die dritte: Er würde immer so einsam bleiben wie jetzt.

Schon sein ganzes Leben lang verging die Zeit auf die gleiche und einzige Art, die er kannte, nämlich mit unveränderlicher Langsamkeit, so wie Sandkörner einzeln durch ein Stundenglas rinnen. Und wäre dieses Stundenglas real gewesen, dann hätte sein Lebenssand vom Boden bis zur taillierten Mitte – also Vergangenheit und Gegenwart – eine so graue Färbung gehabt wie seine Robe und seine Augen. Doch im oberen Teil, der seine Zukunft enthielt, befände sich ein kunterbunter Sturm aus Farben, himmelblau, zimtbraun, blendend weiß, goldgelb und rosenrot wie das Blut der Svytagor. Das war Lazlos Hoffnung, davon träumte er: dass im Laufe der Zeit, Korn für Korn, der graue Sand seines Lebens durch die strahlenden Farben seines Traums ersetzt werden würde.

Und jetzt der Vogel. Die greifbare Nähe von Magie. Etwas, das den Verstand überstieg. Eine unerklärliche Resonanz, eine innere Verwandtschaft. Es fühlte sich an, als würde eine Seite umgeblättert und eine neue Geschichte aufgeschlagen, umhüllt vom Schimmer einer kaum merklichen Vertrautheit. Wie eine

Erzählung, die er kannte und bloß vergessen hatte. Zur gleichen Zeit und aus keinem Grund, den er in Worten fassen konnte, *zersprang das Stundenglas in Stücke.* Schluss mit dem kühlen, grauen Dahinrieseln der Tage und dem geduldigen Warten darauf, dass die Zukunft hereintröpfelte. Lazlos Traum sprühte in die Luft, und die stürmischen Farben waren keine zukünftige Hoffnung mehr, sondern fegten wie ein Tornado durchs Hier und Jetzt. Er wusste nicht genau, *was* mit ihm geschah, aber es war unverkennbar. Er spürte es so deutlich, als wäre das Stundenglas vom Regal gefallen und in tausend Splitter zerklirrt, die nun auf ihn einprasselten. Lazlo wusste, dass etwas geschah.

*Genau jetzt.*

# 8

# Tizerkan

Die Soldaten marschierten durchs Tor, gefolgt von der ratternden Kutsche. Ein königlicher Geleitzug war immer ein großartiges Spektakel, doch dieser war besonders. So besonders, dass Lazlos Füße bei seinem Anblick abrupt den Dienst versagten. Lazlo fühlte sich, als wäre seine Seele dem Leib vorangeflogen und hätte ihn gestrandet zurückgelassen. Ein so ungetrübtes Gefühl von purem Staunen hatte er in seinem ganzen Leben nicht gespürt.

*Krieger*. Das war der einzig treffende Ausdruck für die Männer, die hinter der Königin ritten. Sie stammten nicht aus Zosma, denn diese Bezeichnung hätte man den Soldaten der Krone selbst zu Kriegszeiten schwerlich gegeben. *Krieger* – das erinnerte an sagenhafte Schlachten und markerschütternde

Kampfschreie. Nein, ein solcher Ehrenname gebührte Männern wie diesen mit gehörnten Helmen, bronzenen Brustpanzern und auf den Rücken geschnallten Streitäxten. Sie überragten alle anderen. Auch ihre Reittiere waren unnatürlich hoch. Sie waren überhaupt unnatürlich. Keine Pferde, sondern nie gesehene Kreaturen, majestätisch, grazil und von kompliziertem Körperbau. Ihre langen Hälse ließen sich wie bei Reihern krümmen, ihre schmalen Beine hatten zu viele Gelenke, ihre Köpfe mit den großen dunklen Augen erinnerten an Rehe, und die Ohren glichen schneeweißen Federbüscheln. Nicht zu vergessen die Geweihe. Sie waren breit verzweigt und von einem Schimmer umgeben, als würde ein Lichtprisma aus Farben auf warmes Gold fallen. Lys.

Geweihe aus Spektralys – diese Geschöpfe waren Spektrale. Von all den Menschen der stetig wachsenden Menge erkannte nur Lazlo die weißen Hirsche der Verborgenen Stadt und nannte die Krieger bei ihrem wahren Namen.

»Tizerkan«, flüsterte er.

Tizerkan. Echt. Lebendig. Kaum auszumalen, was das bedeutete. Wenn sie noch existierten, dann galt das auch für ihre Stadt. Zwei Jahrhunderte lang kein Lebenszeichen oder Gerücht, und nun ritten Tizerkan-Krieger durch das Tor der Großen Bibliothek. Die schimmernde Unglaublichkeit dieses Moments ließ Lazlo schwindeln. Als hätte sich sein Traum, des Wartens überdrüssig, einfach auf den Weg gemacht und ihn gefunden.

Es waren zwei Dutzend Krieger. An ihren Helmen prangten die spitzen Fänge von Raviden. In den Käfigen an ihren Gürteln steckten Skorpione. Nicht alle von ihnen waren Männer. Bei näherem Hinblicken erkannte man, dass die bronzenen Brustpanzer in lebensnahen Formen geschmiedet waren, und während die Hälfte kräftige Brustmuskeln zeigte, waren die übrigen vollbusig und hatten rund um den Nabel die Tätowierung namens *Elilith*, die alle Frauen der Verborgenen Stadt zu Beginn ihrer Fruchtbarkeit bekamen. Doch dieses Detail blieb im ersten, aufregenden Moment ihrer Ankunft unbeachtet.

Stattdessen wurde die Aufmerksamkeit ganz von dem Mann an der Spitze gefangen genommen.

Im Gegensatz zu den anderen trug er weder Helm noch Rüstung – was ihn menschlicher, aber nicht weniger dramatisch aussehen ließ. Er wirkte weder jung noch alt, mit einer wilden schwarzen Haarmähne, die an den Schläfen zu ergrauen begann. Sein Gesicht war vierkantig, von der Sonne gebräunt und lederig, während seine Augen schmalen, von Lachfältchen eingefassten Onyxsplittern glichen. Er strahlte eine unglaubliche Vitalität aus, als habe er alle Lüfte der Welt eingeatmet und den anderen Leuten nur aus reiner Großzügigkeit etwas übrig gelassen. Sein Körper war so kräftig, dass Brust- und Schulterumfang wohl das Doppelte eines gewöhnlichen Mannes betrugen. Breite Goldreifen hielten die Ärmel zwischen Bizeps und Schultermuskeln gerafft, und seltsame Tätowierungen färbten seinen Hals fast schwarz. Statt eines Brustpanzers trug er eine Weste aus sandfarbenem Fell und einen breiten, abgenutzten Waffengurt, von dem zwei lange Klingen baumelten. *Hreshtek*, dachte Lazlo, und seine Hände schlossen sich um die imaginären Griffe von Schwertern aus Apfelbaumästen. Er spürte jede Einzelheit ihrer Rinde, ihres Gewichts und wie sie ausbalanciert waren, wenn er sie über dem Kopf wirbeln ließ. Erinnerungen überfluteten ihn. Das Ganze war fünfzehn Jahre her, aber genauso gut hätten es fünfzehn *Minuten* sein können, seit die Hunderterschar seiner besiegten Feinde durch den frostigen Garten geflohen war.

Damals, vor langer Zeit, als ihn noch wilde Kraft durchströmt hatte.

Er suchte den Himmel ab, aber er fand keine Spur von dem geisterhaften Vogel. Auf dem Vorplatz war es totenstill, bis auf den Hufschlag der Pferde. Die Spektrale machten kein Geräusch, sondern bewegten sich mit tänzerischer Grazie. Ein Diener öffnete die Kutschentür und die Königin erschien. Sogleich nahm Meister Ellemire, Oberhaupt der Gelehrtengilde und Direktor der Großen Bibliothek, ihre Hand und half ihr herunter. Er war ein massiger, bombastischer Mann mit donnernder Stimme, doch nun fehlten ihm die Worte, und die Neuankömmlinge ließen ihn erblassen. Als Nächstes ertönte aus der Richtung des Chrysopoesiums das Hallen von Stiefelabsätzen. Von langen, selbstsicheren Schritten.

Eine Woge lief durch die Menge, als sich bei dem Geräusch sämtliche Köpfe drehten. Lazlo brauchte nicht erst hinzusehen. Schlagartig rückten alle Puzzleteile an ihren Platz. Die Beschlagnahmung seiner Bücher ergab plötzlich Sinn, und ihm wurde klar, dass Thyon sie weder verbrannt noch ihre Seiten vogelgleich von der Zinne seines Schlosses geworfen hatte. Natürlich hatte er im Voraus von diesem außergewöhnlichen Besuch erfahren. Also hatte er die Bücher studiert. Er hatte sich vorbereitet. Natürlich.

Nun marschierte Thyon ins Blickfeld. Kurz hielt er an, um seiner Patentante die Hand zu küssen und sich oberflächlich vor Meister Ellemire zu verbeugen, bevor er sich den Tizerkan zuwandte, als würde *er* und nicht der ältere Gelehrte die Bibliothek repräsentieren. »*Azer meret, Eril-Fane*«, sagte er mit glatter, voller Stimme. »*Onora enet, en shamir.*«

*Seid willkommen, Eril-Fane. Wir sind geehrt von Eurem Besuch.* Lazlo hörte die Worte wie aus weiter Ferne. Die traditionelle Begrüßungsformel für Gäste der Verborgenen Stadt. Sie stammte wortwörtlich aus seinen Büchern.

Es hatte Jahre gekostet, ein brauchbares Lexikon für die fremde Sprache zu entwickeln und herauszufinden, wie das Alphabet vermutlich ausgesprochen wurde. *Jahre.* Und nun stand Thyon da und benutzte die Begrüßungsformel, als habe sie einfach so herumgelegen, sei allgemein bekannt und gewöhnlich wie ein Kiesel am Wegesrand und kein seltener, kostbarer Edelstein.

Der als Eril-Fane angesprochene Krieger war offensichtlich erstaunt über die Begrüßung in seiner Muttersprache und antwortete sogleich auf passende Weise. *Euer Willkommen ist uns ein Segen*, waren die Worte, die er benutzte. Lazlo verstand sie. Zum ersten Mal hörte er die Verborgene Sprache aus dem Mund eines Einheimischen, und sie klang genauso, wie er es sich vorgestellt hatte: Kalligraphie, mit einer in Honig getunkten Feder geschrieben.

Lazlo verstand die Worte. Thyon war überfordert, was er jedoch geschickt überspielte. Er antwortete mit einer Höflichkeitsphrase und wechselte dann zur gemeinsamen Handelssprache des Kontinents. »Aus einem Tag wie heute werden Träume gesponnen. Ich hätte nie gedacht, dass ich einmal einen leibhaftigen Tizerkan erblicken würde.«

»Wie ich sehe, erzählt man sich über die Große Bibliothek die reine Wahrheit«, erwiderte Eril-Fane ebenfalls in der Handelssprache. Sein Akzent legte sich auf die schlichten Silben wie Grünspan auf Bronze. »Der Wind ist Zosmas treuer Diener und bläst das Wissen der ganzen Welt vor Eure Tür.«

Thyon lachte ungezwungen. »Wäre es nur so einfach. Nein,

dafür müssen wir deutlich mehr Mühe aufbringen. Aber ich wage zu behaupten, dass man hier alles weiß, was wissenswert ist, und wenn es nur halb so faszinierend ist wie Eure Geschichte, halten wir es in Ehren.«

Eril-Fane schwang sich aus dem Sattel, gefolgt von einer hochgewachsenen Kriegerin, die sich wie ein Schatten hinter ihn stellte. Die anderen blieben auf ihren Reittieren. Ihre Gesichter unter den Helmen waren keineswegs reglos wie bei den aufgereihten Soldaten aus Zosma, sondern jedes von ihnen wirkte so lebendig, scharfäugig und interessiert wie das ihres Generals. Der Unterschied hätte kaum größer sein können. Die königlichen Wachen von Zosma erinnerten an Statuen, und ihre stumpfen Augen starrten ins Leere. Sie schienen eher aus Zinn gegossen als aus Fleisch und Blut. Die Tizerkan dagegen erwiderten die Blicke der Gelehrten, und ihre von Ravidenfängen umrahmten Gesichter wirkten bei aller Wildheit doch gleichzeitig fasziniert, wissbegierig, vielleicht sogar hoffnungsvoll. Vor allem *menschlich*. Der Anblick war überraschend und wundervoll.

»Wir haben auf unserer Reise schon manche Rast eingelegt«, sagte Eril-Fane mit einer Stimme wie raue Musik, »doch hier werden wir zum ersten Mal mit vertrauten Worten begrüßt. Zwar sind wir ausgeritten, um Gelehrte zu finden, trotzdem hatten wir kaum erwartet, selbst Gegenstand ihrer Studien zu sein.«

»Wie konntet ihr daran zweifeln?«, antwortete Thyon mit größter Aufrichtigkeit. »Eure Stadt hat mich fasziniert, seit ich fünf Jahre alt war, *Tizerkan* im Obstgarten gespielt habe und fühlte, wie der Name eurer Stadt … aus meinem Gedächtnis gepflückt wurde.«

Manche Momente sind so gravierend, dass sie einen eigenen Platz in Zeit und Raum beanspruchen, wo sie auf der Stelle kreiseln, während die übrige Welt vorbeirauscht. Genau so ein Moment war dieser. Lazlo war wie vom Donner gerührt. Weißes Rauschen dröhnte in seinen Ohren. Seit seine Bücher fort waren, glich seine Schlafkammer einem Körper, dem man die Herzen herausgeschnitten hatte. Nun glich auch sein *Körper* einem Körper, dem man die Herzen herausgeschnitten hatte.

Doch das war erst der Anfang, denn die Königin und auch Meister Ellemire stimmten mit ein. Lazlo hörte jedes Wort: welches große Interesse sie für die ferne, fabelhafte Stadt und ihre Geheimnisse gehegt hatten, wie besorgt sie gewesen waren, und welche Begeisterung der angekündigte Besuch bei ihnen ausgelöst hatte. Sie waren sehr überzeugend. Keiner der Zuhörer hätte ahnen können, dass sie bis vor ein paar Wochen nicht den geringsten Gedanken an Weep verschwendet hatten. Ohne Zweifel fragten sich die versammelten Gelehrten, wie ihnen dieses tiefe, lang anhaltende Interesse hatte entgehen können, sowohl bei ihrem Gildenmeister als auch bei der Königin – die übrigens, wie die Scharfsichtigen unter den Zuschauern feststellten, ein unbezahlbares Diadem aus Lys auf ihren steifen, halb ergrauten Locken trug.

»Nun denn«, ergriff Meister Ellemire das Wort, vermutlich um gegenüber Thyon seine Autorität wiederherzustellen, »sagt uns doch: Was für Neuigkeiten gibt es aus Weep?«

Ein Ausrutscher. Der Krieger gab sich stoisch, konnte aber ein Zusammenzucken nicht unterdrücken, als würde der Name ihm körperliche Schmerzen bereiten.

»Ich mochte es nie, die Stadt so zu nennen«, unterbrach Thyon den Meister und ließ es wie ein schüchternes Geständnis klingen. »Der Name liegt mir bitter auf der Zunge. Wenn ich an sie denke, dann immer als die *Verborgene Stadt.*«

Die Behauptung war ein weiterer Dolchstoß in Lazlos Herzen, brachte dem Alchemisten aber einen wohlwollenden Blick von Eril-Fane ein. »Wir benutzen den Namen ebenso wenig«, sagte er.

»Also, wie nennt Ihr denn nun Eure Stadt?«, verlangte die Königin streitlustig zu wissen.

»Wir nennen sie *unser Zuhause*, Eure Majestät.«

»Und Ihr seid eine weite Strecke davon entfernt«, stellte Thyon fest, womit er zum eigentlichen Punkt kam.

»Sicher fragt ihr Euch, warum.«

»Das gebe ich offen zu, neben vielen anderen Fragen. Jedenfalls heiße ich Euch in unserer Stadt der Gelehrten herzlich willkommen und hoffe, dass wir Euch zu Diensten sein können.«

»Das hoffe ich auch«, sagte der Krieger. »Weit mehr, als Ihr Euch vorstellen könnt.«

Sie gingen ins Gebäude, und Lazlo konnte ihnen nur hilflos nachschauen. Doch in seinen Herzen regte sich ein Gefühl wie glühende Funken in der Asche. Das Feuer steckte noch immer in ihm. Es war nicht erloschen, sondern hatte im Verborgenen weiter geglimmt, und schon bald würde es lodern wie die Schwingen der Seraphim.

# 9

# Eine einzigartige Gelegenheit

In Windeseile verbreitete sich die Nachricht: Der Besuch aus Weep wollte sich mit einer Rede direkt an die Gelehrten wenden.

»Was kann er nur wollen?«, fragten sich alle, als sie ins Königliche Theater strömten. Die Anwesenheit war keine Pflicht, und doch war jeder Platz besetzt. Der Anblick der Krieger hatte die Neugier schon genug angefacht, nun gesellten sich noch Andeutungen über eine ›einzigartige Gelegenheit‹ dazu. Die Gerüchteküche brodelte, während alle ihre Plätze einnahmen.

»Er soll eine Kiste voller Edelsteine mitgebracht haben, groß wie eine Mitgifttruhe.«

»Und hast du das Diadem gesehen? Es war aus *Lys* –«

»Und die *Kreaturen.* Mit einer Geweihstange könnte man ein ganzes Königreich kaufen.«

»Erst musst du nah genug kommen, um dir eine zu holen.«

»Die Krieger!«

»Einige davon sind *Frauen.*«

»Verrückt, so eine Schamlosigkeit!«

Aber vor allem drehten sich die Gespräche um den Anführer. »Sie sagen, er soll eine Art Held sein«, hörte Lazlo. »Der Befreier ihrer Stadt.«

»Befreier? Von wem?«

»Von wem oder *was?*«, lautete die kryptische Antwort. »Ich weiß nur, dass sie ihn den ›Götterschlächter‹ nennen. Als Ehrentitel.«

In Lazlos Kopf trat alles andere einen Schritt zurück, um Platz für diese neue Erkenntnis zu machen. *Der Götterschlächter,* überlegte er staunend. Hieß das, der Krieger hatte im Namen seiner Götter getötet? Oder hatte er tatsächlich etwas umgebracht, das sich als Gott bezeichnete? Seit fünfzehn Jahren waren die Mysterien von Weep ihm nie völlig aus dem Kopf gegangen. Seit sieben Jahren hatte er die Bibliothek nach Hinweisen durchforscht, was mit der Stadt geschehen war. Und nun waren die Tizerkan hier, unter demselben Dach, zusammen mit allen Antworten, die er suchte und vielen neuen Fragen. *Was taten sie hier?* Trotz Nero und seiner List wuchs ein Hoffnungsschimmer in Lazlo. *Eine einzigartige Gelegenheit.* War das die Chance, die er herbeigesehnt hatte? Und wenn es so war? In all seinen Zukunftsträumen – und all seinem Verzagen – hatte er dieses Szenario nie vorausgesehen: dass sein unerreichbarer Traum eines Tages ganz einfach durchs Tor geritten kommen könnte.

Er setzte sich nicht in das Meer aus scharlachroten Roben,

sondern stellte sich in den Schatten hinter den Theaterreihen. Schließlich hatte man nur die Gelehrten zusammengerufen, von Bibliothekaren war keine Rede gewesen. Er wollte nicht riskieren, dass man ihn fortschickte.

Eril-Fane trat auf die Bühne. Sofort breitete sich Stille aus. Viele Gelehrte sahen ihn zum ersten Mal, und man konnte geradezu spüren, wie ihr jahrelang kultivierter Skeptizismus in sich zusammenfiel.

Wenn es tatsächlich Götter zu töten gab, dann war er jedenfalls der richtige Mann dafür.

Lazlo fühlte die Aufregung durch seinen Körper pulsieren, als Eril-Fane seine Rede begann. »Es ist zwei Jahrhunderte her, dass die Welt für meine Stadt verschwand«, sagte der Mann, den sie Götterschlächter nannten, »und meine Stadt für die Welt. Eines Tages werde ich die ganze Geschichte erzählen, aber nicht heute. Heute genügt es zu sagen, dass eine lange, dunkle Zeit hinter uns liegt, aus der wir nicht nur lebend, sondern gestärkt hervorgegangen sind. Wir haben unsere Plagen überwunden. Alle bis auf eine.« Als er weitersprach, färbte tiefer Ernst seine Stimme, sowie seine ganze Erscheinung: die Mysterien von Weep, eingemeißelt ins Gesicht ihres Helden. »Ein Schatten dunkler Zeiten lastet noch immer auf uns, ein Spuk aus der Vergangenheit. Er stellt keine Gefahr dar, soviel kann ich offen sagen. Es besteht kein Grund zur Furcht, das versichere ich Euch allen.« Er machte erneut eine Pause. Lazlo lehnte sich vor und wagte kaum zu atmen. *Warum* versicherte er, wie gefahrlos alles war? Was spielten ihre Ängste für eine Rolle? *Konnte er wirklich meinen …?*

»Vielleicht ist Euch bekannt«, fuhr Eril-Fane fort, »dass meine Stadt stets verbotenes Gebiet für Faranji war. Für ›Fremdländer‹, wie wir Euch nannten.« Er lächelte ein wenig und fügte hinzu: »Natürlich mit dem größten Respekt«, woraufhin sich leises Gelächter im Publikum ausbreitete.

»Vielleicht habt Ihr auch gehört, dass alle Faranji, die eigensinnig ihr Glück versuchten, ohne Ausnahme hingerichtet wurden.«

Das Lachen erstarb.

»Ich bin Eurer gütigen Königin dankbar, dass sie uns in Zosma einen herzlicheren Empfang bereitet hat.«

Erneutes Gelächter, wenn auch zögernder. Es lag an seinem ganzen Auftreten. Ihm schien eine Wärme zu entströmen, die an eine dampfende Tasse Tee erinnerte. Man schaute ihn an und dachte: *Vor mir steht nicht nur ein großer Mann, sondern auch ein guter.* Obwohl beides zugleich in dieser Welt kaum vorkommt.

»Niemand, der auf Eurer Seite des Elmuthaleth geboren wurde, hat je gesehen, was auf der anderen liegt. Aber das soll sich nun ändern.« Ein stürmisches Rauschen füllte Lazlos Ohren, doch ihm entging kein einziges Wort. »Ich bin gekommen, um eine Einladung auszusprechen. Wer die Stadt besuchen will, kann es als mein persönlicher Gast tun. Bisher ist es uns nicht gelungen, unser letztes verbliebenes Problem allein zu lösen. Unsere Bibliothek und Universität wurden vor zweihundert Jahren zermalmt. Buchstäblich, um das klarzustellen, und unseren Wissenshütern erging es genauso. Deshalb mangelt es uns nun an den nötigen Kenntnissen und Kompetenzen. Mathematik, Ingenieurswissen, Metallurgie …« Mit einer vagen Handbewegung zeigte er, wie allgemein er sich ausdrückte. »Wir sind weit gereist und wollen eine Gesandtschaft aus Männern und Frauen versammeln …« Bei diesen Worten wanderten seine Augen suchend über die Menge, als müsse er sich von etwas überzeugen, das ihm schon aufgefallen war, nämlich dass es unter den Gelehrten von Zosma keine Frauen gab. Eine Falte erschien auf seiner Stirn, aber er fuhr fort: »… die beisteuern können, was uns fehlt, um den letzten Schatten der Vergangenheit dorthin zu verbannen, wo er hingehört.«

Er musterte die Menge und blieb an einzelnen Gesichtern hängen. Und Lazlo, der daran gewöhnt war, vor lauter Bedeutungslosigkeit nahezu unsichtbar zu sein, spürte fast erschrocken das Gewicht dieses Blickes auf sich ruhen. Für ein oder zwei Sekunden flammte eine Verbindung zwischen ihnen auf, die Lazlo das Gefühl gab, als Einzelner in der Menge wahrgenommen zu werden.

»Und falls dieses Angebot allein Euch nicht ausreichend in Versuchung führt«, fuhr Eril-Fane fort, »um Euer bisheriges Leben und Eure Arbeit zu unterbrechen, für ein Jahr oder vielleicht auch zwei, dann kann ich Euch versichern, dass man euch großzügig entschädigen wird. Mehr noch, wer das Problem zu *lösen* vermag«, sagte er, und schon seine Stimme klang reich und verheißungsvoll, »soll fürstlich belohnt werden.«

Damit war mehr oder weniger jeder Gelehrte in Zosma bereit, seine Koffer zu packen und sich in Richtung Elmuthaleth aufzumachen. Aber ganz so einfach lag die Sache nicht. Es handelte sich keineswegs um eine generelle Einladung, erklärte der Götterschlächter weiter, sondern er würde die Abgesandten Zosmas persönlich aussuchen. Sie mussten die nötigen Qualifikationen mitbringen.

*Qualifikationen.*

Das Wort wirkte auf Lazlo so niederschmetternd, als hätte sich plötzlich die Schwerkraft verdoppelt und würde ihn zu Boden drücken. Man musste ihm nicht erst sagen, dass Träumen sich schlecht als Qualifikation eignete. Natürlich reichte es nicht aus, die Reise mehr herbeizusehnen als jeder andere.

Ein Götterschlächter ritt nicht um die halbe Welt, nur um den Traum eines Bibliothekslehrlings zu erfüllen. Die Tizerkan waren auf der Suche nach Kenntnissen und Kompetenzen. Lazlo bezweifelte, dass damit ein Faranji gemeint war, der sich zum ›Experten‹ für ihre eigene Stadt aufgeschwungen hatte. Mathematik, Ingenieurswissen, Metallurgie hatte es in der Einladungsrede geheißen. Sie waren gekommen, weil sie Leute mit praktischem Verstand brauchten.

Männer wie Thyon Nero.

# 10

# Held einer Legende

Der Götterschlächter führte zwei Tage lang Gespräche mit hoffnungsvollen Gelehrten der Großen Bibliothek, und am Ende lud er nur drei ein, Teil der Gesandtschaft zu werden. Die Gruppe bestand aus einem Mathematiker, einem Naturphilosophen und – was niemanden überraschte – dem Alchemisten Thyon Nero. Lazlo bekam nicht einmal die Chance, sich zu bewerben. Diese Entscheidung fällte nicht Eril-Fane, sondern Meister Ellemire, der den Auswahlprozess leitete.

»Nun, was ist denn?«, fragte er ungeduldig, als Lazlo vorne in der Schlange ankam. »Hat man dich mit einer Botschaft geschickt?«

»Was? Nein«, sagte Lazlo. »Ich … ich würde mich gerne bewerben.«

»Du? Dich bewerben? Ich glaube kaum, dass er hergekommen ist, weil er Bibliothekare braucht, Junge.«

Sie waren von anderen Gelehrten umgeben, die sogleich ihren Spott hinzufügten. »Aber habt Ihr denn nicht gehört, Ellemire? Strange ist kein einfacher Bibliothekar. Er ist geradezu selbst ein Gelehrter. Für *Feenmärchen.*«

»Tut mir leid«, sagte der Meister und blickte ihn verächtlich an, »aber Eril-Fane hat keine Feen erwähnt.«

»Vielleicht leidet Weep unter einer Elfenplage«, stichelte ein anderer. »Weißt du, wie man Elfen fängt, Strange?«

»Oder Drachen. Es könnten auch Drachen sein.«

So fuhren sie eine Weile fort. »Ich bitte doch nur um die Gelegenheit, mit ihm zu sprechen«, flehte Lazlo ohne Erfolg. Meister Ellemire wollte die Zeit ihres geehrten Gastes nicht verschwenden, indem er jemanden schickte, der so ›offensichtlich unqualifiziert‹ war. Lazlo brachte weder den Mut noch die Argumente auf zu widersprechen. Er *war* unqualifiziert. Um ehrlich zu sein, hätte er nicht einmal gewusst, welche Worte er an Eril-Fane richten sollte, wenn man ihn vorgelassen hätte. Was konnte er schon sagen, um die Tizerkan von sich zu überzeugen? *Ich kenne eine Menge Geschichten?*

Zum ersten Mal verspürte er für sich selbst eine ähnliche Verachtung, wie sie ihm sonst von außen entgegenschlug.

Hatte wohl jemals zuvor ein Mensch so viel Leidenschaft und Energie in einen Traum gesteckt, nur um hilflos daneben zu stehen, während er für *andere* in Erfüllung ging? Noch dazu für Leute, die nicht das kleinste Fünkchen Leidenschaft hineingesteckt hatten. Sein unerreichbarer Traum hatte, gegen alle Wahrscheinlichkeit, Wüsten und Berge überquert, um nach Zosma zu kommen und eine beispiellose Einladung auszusprechen.

Die leider nicht für ihn galt.

»Ich sollte mich wohl bei dir bedanken, Strange«, sagte Thyon Nero, als alles entschieden war und die Tizerkan sich zur Abreise bereitmachten.

Lazlo konnte ihn nur verständnislos anblicken. Bedanken für was? Dafür, dass Lazlo ihm geholfen hatte, als er verzweifelt und allein gewesen war? Dass Lazlo ihm ein Geheimnis ausgehändigt hatte, dem er seinen Ruhm und Reichtum verdankte? Dass Lazlo das Königreich vor dem Bankrott gerettet hatte, sodass Zosma seine Armee bezahlen und einem Krieg entgehen konnte?

Nein. Nichts davon. »Deine Bücher waren recht informativ«, sagte er. »Natürlich nehme ich an, dass sich nun echte Gelehrte für Weep interessieren werden und wir in Zukunft auf die Bemühungen von Amateuren verzichten können. Aber trotzdem, keine schlechte Arbeit. Du solltest stolz darauf sein.«

*Stolz.* Lazlo erinnerte sich an das einmalige Dankeschön, als sie beide noch halbe Kinder gewesen waren, und konnte sich nicht länger vorstellen, dass es von Bedeutung gewesen war. »Warum seid Ihr hier?«, fragte er. »Solltet Ihr nicht dort drüben bei den Auserwählten stehen?«

Die Tizerkan hatten sich in die Sättel geschwungen, ihre Mienen kriegerisch, die Gesichter lebendig, und ihre Bronzepanzer schimmerten mit dem Lys und Schneeweiß der Spektrale um die Wette. Eril-Fane verabschiedete sich von der Königin, flankiert von dem Mathematiker und dem Naturphilosophen. Die auserwählten Gelehrten würden nicht sofort mit den Tizerkan abreisen, sondern sich in vier Monaten bei der Karawanserei von Alkonost mit ihnen treffen. Dort sollten die Gesandten der Königreiche sich versammeln und gemeinsam die Durchquerung des Elmuthaleth wagen.

Schließlich brauchten die Gelehrten eine gewisse Zeit, um ihre Studien abzuschließen und sich auf die lange Reise vorzubereiten. Keiner von ihnen war ein Abenteurer, zumindest jetzt noch nicht. In der Zwischenzeit würden die Tizerkan ihre Besuchsreise fortsetzen und in den Königreichen Syriza, Thanagost und Maialen nach weiteren würdigen Repräsentanten suchen. Trotz alledem verstand Lazlo nicht, wieso Thyon sich hier unter die Unwürdigen mischte. Außer es geschah aus reiner Schadenfreude.

»Oh, ich gehe gleich wieder«, sagte der Alchemist. »Ich wollte dich nur wissen lassen, wie hilfreich deine Bücher waren. Eril-Fane war tief beeindruckt von meinem Wissen über seine Stadt. Denk dir nur, er hat gesagt, dass ich auf seiner Reise der erste Fremdländer bin, der überhaupt etwas über sie weiß. Famos, nicht wahr?«

Famos war nicht das Wort, das Lazlo in den Sinn kam.

»Im Übrigen«, fuhr Thyon fort, »wollte ich nicht, dass du glaubst, du hättest dir die ganze Arbeit umsonst gemacht.«

Eigentlich hatte Lazlo kein neidisches oder zorniges Gemüt, aber nun krochen beide Gefühle seine Adern entlang als seien sie Zündschnüre. Zurück blieben Pfade aus Asche. »Wieso wollt Ihr überhaupt in die Stadt reisen?«, fragte er bitter. »Sie bedeutet Euch nichts.«

Thyon zuckte mit den Schultern. Alles an ihm wirkte glattpoliert, von den gebügelten Kleidern und der perfekten Rasur bis hin zu der unbekümmerten Stimme und dem nonchalanten Gesichtsausdruck. »Man wird Geschichten über mich erzählen, Strange. Jemand wie du sollte das zu würdigen wissen. Also brauche ich ein paar Abenteuer, meinst du nicht? Wie langweilig wäre eine Legende, die nur im Labor spielt.«

Eine Legende? Natürlich, die Geschichte vom Goldsohn,

der das Azoth destillierte und Königreiche rettete. Thyon dachte nur an sich selbst, nicht an Weep. Er klopfte Lazlo auf den Rücken. »Jetzt sollte ich wohl gehen und mich von den Tizerkan verabschieden. Und mach dir keine Sorgen, Strange. Deine Bücher erhältst du zurück.«

Der Gedanke war kein Trost. Jahrelang hatten Lazlos Bücher seinen Traum verkörpert, doch nun würden sie dafür stehen, dass alles vorbei war.

»Schau nicht so düster«, sagte Thyon. »Eines Tages komme ich zurück, und dann, darauf gebe ich dir mein Wort«, er legte eine Hand auf beide Herzen, »erzähle ich dir alles über die Geheimnisse von Weep.«

Wie betäubt schaute Lazlo ihm nach, als er ging. Das war nicht fair. Ein kindischer Gedanke. Niemand wusste besser als er selbst, dass nichts im Leben fair war. Diese Lektion hatte er schon gelernt, bevor er gehen oder sprechen konnte. Aber das hier? Wie sollte er *das hier* jemals akzeptieren? Zu wissen, dass die Chance seines Lebens aufgetaucht und wieder verschwunden war, ohne dass man ihm auch nur den Versuch erlaubt hatte, sie zu ergreifen? Er stellte sich vor, wie er jetzt und hier, vor aller Augen, geradewegs auf Eril-Fane zumarschierte und sich mit seiner Bitte direkt an ihn wandte. Der Gedanke ließ sein Gesicht brennen, seine Stimme versagen und seinen Körper regelrecht versteinern.

So fand ihn Meister Hyrrokkin und legte ihm eine tröstende Hand auf den Arm. »Ich weiß, wie schwer dieser Moment für dich ist, Strange, aber auch das wird vorübergehen. Es gibt Männer, die zu Großem geboren sind, während anderen nur die Aufgabe zufällt, ihnen bei ihren Großtaten zu *helfen*. Dafür muss man sich nicht schämen.«

Am liebsten hätte Lazlo gelacht. Was würde Meister Hyrrokkin wohl sagen, wenn er wüsste, welche Hilfe der großartige Goldsohn der Königin bereits von Lazlo bekommen hatte? Was würden sie alle sagen – die ganzen Gelehrten mit ihrem Spott –, wenn sie wüssten, dass der Schlüssel zum Azoth in einem Märchen versteckt gewesen war? Als Lazlo damals die *Wunder zum Frühstück* ins Labor gebracht hatte, da hatte er sich als Teil einer Geschichte empfunden, die eindeutig dem Alchemisten gehörte. Er war nicht einmal auf die Idee gekommen, sie für sich selbst zu behalten. Aber das hier war *seine* Geschichte.

Er war Lazlo der Träumer, und dieser Traum gehörte ihm.

»Ich *will* einem großen Mann helfen, Großes zu erreichen«, ließ er seinen Mentor wissen. »Nämlich Eril-Fane. Ich will der Verborgenen Stadt helfen.«

»Mein lieber Junge«, sagte Meister Hyrrokkin mit ehrlichem, sanften Mitgefühl, »wie solltest *du* denn helfen können?«

Das wusste Lazlo auch nicht. Aber eines wusste er dafür umso besser. Nämlich, dass er keine Hilfe sein würde, wenn er hierblieb. Lazlo schaute zu, wie Eril-Fane sich von Thyon verabschiedete. Eine blendende Szene: gekrönte Häupter, stolze Krieger und exotische Tiere. Eril-Fane setzte den Fuß in seinen Steigbügel und schwang sich in den Sattel. Thyon stand neben ihm wie ein makelloser Ausschnitt eines makellosen Bildes. Manche Leute waren für solche Szenen geboren. Daran glaubte Meister Hyrrokkin, und das hatte man Lazlo stets gelehrt. Alle anderen Leute waren geboren, um … ja, wozu? Um in der Menge zu stehen und nichts zu tun, nichts zu sagen, nichts zu wagen, sondern jede Ration dieses bitteren *Nichts* pflichtbewusst zu schlucken?

Nein. Ganz einfach … *nein.*

»Wartet! Bitte, wartet.«

Die Worte kamen aus *seinem* Mund. Hier, vor allen Leuten. Seine Herzen dröhnten betäubend. Um seinen Kopf waberten Gewitterwolken. Die Gelehrten reckten die Hälse, um festzustellen, wer gerufen hatte, und waren überrascht – oder eher verblüfft – den Bibliothekslehrling mit der weichen Stimme und den verträumten Augen zu sehen, der sich einen Weg durch die Menge bahnte. Er selbst war genauso verblüfft. Als er vortrat, kam ihm alles ganz unwirklich vor. Eril-Fane hatte ihn gehört und schaute fragend über die Schulter. Währenddessen führten Lazlos Füße und Beine ein Eigenleben. Vielleicht schwebte er, zumindest fühlte es sich so an, aber vermutlich marschierte sein Körper einfach weiter vorwärts, ohne dass er es spürte. Sein Inneres sträubte sich selbst gegen diese geringe Kühnheit, doch ihm blieb keine Wahl. Das hier war seine letzte Chance. Wenn er jetzt nicht handelte, würde sein Traum für immer verschwinden. Also zwang er sich vorwärts.

»Mein Name ist Lazlo Strange!«, rief er, und die gesamte Truppe aus Tizerkan-Kriegern wandte gleichzeitig die Köpfe, um ihn anzustarren. Auf ihren ausdruckvollen Gesichtern spiegelte sich die Überraschung wider – nicht, weil er gerufen hatte, sondern weil der Ruf in der Verborgenen Sprache erfolgt war. Im Gegensatz zu Thyon ließ er sie nicht alltäglich und gewöhnlich klingen. Man hörte, welch seltene Kostbarkeit die Worte für ihn waren, und der ehrfürchtige Ton seiner rauen Stimme verwandelte sie in magische Formeln. »Darf ich um einen Augenblick Eurer Zeit bitten?«, fragte er in derselben Sprache, und anscheinend sah er nicht allzu irrsinnig aus – auch wenn er sich um Haaresbreite so *fühlte* –, denn Eril-Fane ließ den Spektral in seine Richtung wenden und erlaubte Lazlo mit einem Nicken, näher zu treten.

»Wer ist das?«, hörte er die Königin fragen, und ihre Stimme klang spitz wie ein Wespenstich. »Was sagt er?«

Thyon trat vor, während sein Blick zwischen Lazlo und Eril-Fane hin und her huschte. »Eure Lordschaft«, sagte er eilig, und seine glatte Fassade geriet ins Wanken. »Ihr müsst euch nicht darum bekümmern. Er ist nur ein einfacher Bibliothekar.«

Eril-Fane runzelte die Augenbrauen. »Nur?«, fragte er.

Falls Thyon die *Gesammelten Werke des Lazlo Strange* tatsächlich ganz gelesen hatte, musste er wissen, wie man im historischen Weep darüber dachte. Die Hüter der Bücher waren gleichzeitig die Hüter der Weisheit und keine Bediensteten wie in Zosma. Zumindest verstand Thyon, dass seine abfällige Bemerkung ihr Ziel verfehlt hatte, und beeilte sich zu sagen: »Ich meinte nur, dass er nicht über die Art von Kenntnissen verfügt, die Ihr sucht.«

»Ah, verstehe«, sagte Eril-Fane und wandte seine Aufmerksamkeit wieder Lazlo zu. Dann fragte er in seiner Muttersprache und mit einer Betonung, die für Lazlos ungeübtes Ohr langsam und sorgfältig klang: »Und was kann ich für dich tun, junger Mann?«

Lazlo hatte nur eine unsichere Vorstellung davon, wie er sich mündlich ausdrücken sollte. Dennoch gelang es ihm, mit wackeliger Grammatik zu antworten: »Ich will mit Euch kommen. Bitte, erlaubt mir, Euch zu dienen.«

Eril-Fane wirkte sichtbar überrascht. »Und wieso bist du nicht früher bei mir gewesen?«

»Ich … bekam keine Erlaubnis, Eure Lordschaft«, sagte Lazlo.

»Ah, ich verstehe«, sagte Eril-Fane wieder, und Lazlo

glaubte, Missbilligung in seiner Stimme zu hören. »Erklär mir doch, wie hast du unsere Sprache erlernt?«

Stockend sagte Lazlo: »Ich … ich habe Worte in den alten Papieren von Händlern verglichen und entschlüsselt. Das war ein Anfang. Dann gab es Briefe und Bücher.« Was konnte er sagen? Wie konnte er vermitteln, wie viele *Hunderte* von Stunden er über Rechnungsbücher gebeugt gesessen hatte, bis seine Augen im Dämmerlicht einer schwachen Glave zu tränen begannen, während seine Gedanken die Arabeskenschnörkel eines Alphabets nachzeichneten, das so aussah, wie Musik klang? Wie konnte er erklären, dass die Sprache so natürlich zu ihm passte wie Zahlen zu einem Mathematiker oder Luft zu einer Rohrflöte? Er konnte es nicht. Also sagte er nur: »Ich habe sieben Jahre gebraucht.«

Eril-Fane nahm das alles zur Kenntnis und warf nur einen bedächtigen Seitenblick auf Thyon Nero, der stocksteif dastand. Falls er die oberflächlichen Sprachkenntnisse des Alchemisten mit Lazlos tieferem Verständnis verglich, so verzichtete er jedenfalls darauf, seinen Verdacht in Worte zu fassen.

»Und *warum* hast du das alles gelernt?«, fragte er Lazlo, der eine Antwort radebrechte. Er war selbst nicht ganz sicher, was er sagte, jedenfalls sollte es heißen: »Weil Eure Stadt mich immer fasziniert hat. Ich kann ihren echten Namen noch auf der Zunge schmecken und weiß, dass Magie real ist, weil ich sie an jenem Tag gespürt habe. Seitdem habe ich nichts Anderes gewollt, als aufzubrechen und sie zu suchen.«

»Die Magie? Oder meine Stadt?«

»Eure Stadt«, sagte Lazlo. »Beides. Obwohl die Magie …« Er suchte krampfhaft nach Worten und kehrte dann frustriert zur Handelssprache zurück. »Ich fürchte, dass Magie eine dunkle Seite hat«, sagte er. »Da sie dazu gebraucht werden konnte, einen *Namen auszulöschen.* Das war bisher meine einzige Erfahrung mit ihr. Nun«, fügte er hinzu, »bis auf den weißen Vogel.«

»Was?« Der Götterschlächter wurde plötzlich ganz ernst. »Welcher weiße Vogel?«

»Der geisterhafte Adler«, sagte Lazlo. »Also gehört er nicht zu Euch? Er ist mit Euch zusammen erschienen, deshalb bin ich davon ausgegangen.«

»Sie ist hier?«, fragte Eril-Fane angespannt. Er suchte den Himmel und die Kontur der Häuserdächer ab. »Wann hast du sie gesehen? Wo?«

*Sie?* Lazlo zeigte über das Palastgebäude hinweg. »Am ersten Tag, als Ihr den Bergweg hinaufkamt«, sagte er. »Da schien er – *sie* – Euch zu folgen. Sie ist direkt vor meinen Augen verschwunden.«

»Oh, bitte, Strange«, fiel Thyon ihm gequält ins Wort. »In was versteigst du dich diesmal? Ein verschwundener Vogel?« Er lachte, wie über die Narrheiten eines Kindes, aber es klang schrecklich falsch. »Jetzt muss ich wirklich darauf bestehen, dass du unseren Gast in Ruhe lässt. Mach dich davon, und vielleicht behältst du deine Stellung.«

Lazlo wandte sich ihm zu. Die Hand des Alchemisten ruhte – beiläufig – auf seinem Schwertgriff, aber an dem brennenden Zorn in seinem Blick war nichts Beiläufiges. Lazlo sah darin mehr als nur Gehässigkeit, eher Furcht, und ihm wurden zwei Dinge klar: Er würde seine Stellung ganz bestimmt nicht behalten, nicht nach dieser Anmaßung. Und Thyon konnte es sich nicht erlauben, ihn gehen zu lassen. Das Geheimnis, das er mit sich herumtrug, war zu gefährlich. Zum ersten Mal hatte Lazlo sich in den Vordergrund gedrängt und damit sein ganzes bisheriges Leben aufs Spiel gesetzt. Plötzlich erschien ihm alles ganz klar, und ein seltsamer, lichtheller Wagemut sang in seinen Adern, als er sich wieder Eril-Fane zuwandte.

»Eure Lordschaft«, sagte er, »es ist wahr, dass ich keine Kenntnisse der Ingenieurskunst oder anderer Wissenschaften besitze. Aber ich kann Euch dennoch von Nutzen sein. Niemand wird härter arbeiten, das verspreche ich. Vielleicht könnte ich Euch als Sekretär dienen? Ich könnte die Verträge mit den Gesandten aufsetzen, Briefe schreiben, die Buchführung erledigen. Egal, was. Oder ich kann mich um die Spektrale kümmern. Wasser tragen. Was immer Ihr wollt. Ich … ich …« Er war kaum noch Herr seiner selbst. Die Worte sprudelten nur so hervor. Seine Gedanken überschlugen sich. *Wer bin ich?*, fragte er sich selbst. *Was habe ich zu bieten?* Und bevor er die Worte zurückhalten konnte, hörte er sich sagen: »Ich könnte Geschichten erzählen. Ich kenne eine Menge Geschichten«, bevor er peinlich berührt verstummte.

*Ich kenne eine Menge Geschichten.*

Hatte er das wirklich gerade gesagt? Thyon Nero lachte. Eril-Fane nicht. Er tauschte einen Blick mit seiner Stellvertreterin, der hochgewachsenen Frau an seiner Seite. Lazlo konnte nichts daraus ablesen. Er sah nur, dass sie schön war, wenn auch auf andere Weise als die Frauen von Zosma. Weder trug sie Schminke noch ein Lächeln. Die Falten um ihre Augen kündeten von Fröhlichkeit und die Falten um ihren Mund von Trauer. Sie blieb stumm, dennoch schien zwischen den beiden ein Gespräch stattzufinden. Diese paar Sekunden waren die längsten, an die Lazlo sich erinnern konnte, und wohl auch die schicksalhaftesten. Falls man ihn zurückließ, würde er den Rest des Tages überleben? Was würde Nero mit ihm anstellen und wann?

Eril-Fane räusperte sich. »Wir haben schon sehr lange keine

neuen Geschichten mehr gehört«, sagte er. »Und ich könnte in der Tat einen Schreiber gebrauchen. Pack deine Sachen zusammen. Du wirst uns auf der Stelle begleiten.«

Lazlo blieb der Atem im Hals stecken, und seine Knie wurden haltlos wie Wasser. Was hatte seinen Körper nur die ganze Zeit aufrecht gehalten? Egal, nun gab er jedenfalls nach, und er musste sich anstrengen, nicht zusammenzusacken. Alle schauten zu. Alle hörten zu. In die schockierte Stille mischte sich Gemurmel.

»Ich habe nichts zum Zusammenpacken«, hauchte er. Das stimmte, doch selbst wenn er einen Palast voller Habseligkeiten gehabt hätte, wäre er nicht mehr losgelaufen, um sie zu holen. Die Furcht war zu groß, dass die Tizerkan bei seiner Rückkehr fort sein könnten und seine Chance, sein Traum, sein *Leben* mit ihnen.

»Nun denn, hoch in den Sattel mit dir«, sagte Eril-Fane, und ein Spektral wurde herbeigeführt.

Ein Spektral. Für ihn. »Sie heißt Lixxa«, sagte der Krieger und drückte Lazlo die Zügel in die Hand, als ob jemand wie er wüsste, was man damit anstellen solle. Er war in seinem Leben noch nicht einmal auf einem Pferd geritten, ganz zu schweigen von einem Geschöpf wie diesem. Ratlos stand er da und starrte auf die Zügel, den Steigbügel und die Gesichter der Tizerkan, die ihn neugierig beobachteten. Er war es gewohnt, sich hinter Büchern und im Schatten zu verstecken. Nun war es Hochsommer, am helllichten Vormittag, und es gab weder Bücher noch Schatten – nur Lazlo Strange mit seiner abgenutzten grauen Robe und einer von Märchen gebrochenen Nase. Kein Held einer Legende hatte jemals so ausgesehen.

Zumindest: noch nicht.

Er stieg auf. Zwar war er schwerfällig und zum Reiten kaum

passend gekleidet, aber es gelang ihm, ein Bein hinüberzuschwingen, was wohl das Wesentliche war. Seine Robe rutschte bis zu den Knien hoch, sodass seine blassen Beine und die durchgelaufenen Sohlen seiner Lederschläppchen zu sehen waren. Glücklicherweise kannte Lixxa sich aus und folgte der Reihe der übrigen Reittiere durchs Tor. Alle Blicke ruhten auf Lazlo. Jedermanns Augen waren weit aufgerissen – bis auf Thyons. Seine waren schmal vor Wut. »Behaltet die Bücher einfach«, sagte Lazlo ihm zum Abschied und ließ ihn stehen. Sein Blick schweifte ein letztes Mal über die versammelte Menge. Im Scharlachrot mit grauen Einsprengseln entdeckte er Meister Hyrrokkin, der sprachlos und sehr stolz aussah. Lazlo nickte dem Alten zu. Außer Thyon verstand nur er, was dieser Moment für Lazlo bedeutete. Und Meister Hyrrokkin war der einzige Mensch auf der Welt, der sich für ihn freute.

Ein wenig war Lazlo nach Weinen zumute.

Wie passend, dass er nach *Weep* reiste, wo schon der Name an Tränen erinnerte. Fast hätte er über diese Parallele gelacht, aber er behielt die Beherrschung. Und als die Tizerkan-Krieger sich in Bewegung setzten, um die Große Bibliothek und die Stadt Zosma hinter sich zu lassen, da ritt Lazlo der Träumer mit ihnen.

# 11

# Zwölfmond

Das alles geschah im Sechstmond, dem Hochsommer im Norden.

Nun war Zwölfmond, wenn in Zosma tiefer Winter herrschte, der Eder zufror und junge Männer womöglich Gedichte an Mädchen schrieben, die sie beim Eislaufen getroffen hatten.

Lazlo Strange befand sich nicht unter ihnen. Er ritt auf einem Spektral an der Spitze einer langen, geschlängelten Linie aus Kamelen. Hinter ihnen lag die größte Leere der bekannten Welt: ein endloser Himmel über einer endlosen Ebene, und dazwischen Hunderte von Meilen nichts als der verfluchte Name *Elmuthaleth* auf ausgetrockneten Lippen.

Die Monate der Reise hatten ihn verändert. Seine Bücherkellerblässe wurde erst rot verbrannt und dann gebräunt. Seine Muskeln strafften sich, seine Hände bekamen Schwielen. Er merkte, dass er abhärtete wie in der Sonne aufgehängtes Dörrfleisch. Zwar hatte er sein Spiegelbild seit Wochen nicht gesehen, aber ohne Zweifel wäre Meister Hyrrokkin zufrieden gewesen.

»Ein Mann sollte Falten um die Augen haben, weil er auf den Horizont gestarrt hat«, so hatte der Alte zu ihm gesagt, »nicht vom Lesen bei dämmrigem Licht.«

Nun, vor ihm lag der Horizont, von dem Lazlo schon als Fünfjähriger geträumt hatte. Endlich zeichnete sich scharf und unumstößlich das Ende der Wüste vor ihren Augen ab: der Zenit. Spitzkantig und glitzernd zog sich tief am Horizont eine Formation aus blendendweißem Gestein entlang. Sie glich einer perfekten natürlichen Festungsmauer, deren Zinnen verbargen, was dahinter lag. Noch immer unsichtbar und von keinem Faranji erblickt, wartete dort die Stadt, die ihren Namen verloren hatte. Und das unbekannte Problem, für das der Götterschlächter die Hilfe von Fremdländern brauchte.

Man schrieb die erste Woche des Zwölfmonds, vor ihnen lag das andere Ende des Elmuthaleth, und Lazlo der Träumer – zufällig mitgeschleppter Experte für Kindermärchen – hatte nie in seinem Leben solchen Durst und solch staunende Freude gespürt.

# Teil II

***Thakrar*** (gespr.: Tha·krahr), Subst.

Der genaue Fixpunkt auf der Skala ehrfürchtigen Staunens, wenn Glückseligkeit in Schrecken umschlägt, oder Schrecken in Glückseligkeit.

Archaisch; wird dem ekstatischen Kult der Priesterinnen von Thakra zugeschrieben, denn sie verehrten die Seraphim mit einem Ritualtanz, der den Dualismus von Schönheit und Furcht zum Ausdruck brachte.

# 12

# Das Küssen von Geistern

»Man *kann* Geister küssen.«

»Du musst es ja wissen.«

»Tue ich auch. Es fühlt sich genauso an, als wenn man andere Leute küsst.«

»Tja, *das* kannst du allerdings nicht wissen.«

Sarai blieb einen Moment im Halbschatten des Säulengangs stehen und lauschte dem rhythmischen Hin und Her von Sparrow und Ruby, die sich wie üblich stritten. Die beiden meinten es nie besonders ernst, aber sie hörten auch nie auf. Sobald Sarai in den Garten trat, würden die Mädchen versuchen, sie mit hineinzuziehen, und dafür war sie nicht wach genug. Es war später Nachmittag, sie war gerade erst aufgestanden und brauchte noch etwas Zeit, um den Effekt des *Lall* abzuschütteln. So hieß der Trank, der ihr beim Schlafen half.

Nun ja, eigentlich brauchte sie zum *Schlafen* keine Hilfe. Ihre Nächte waren lang und mit dunklen Pflichten angefüllt. Bei Morgengrauen war sie erschöpft und brauchte nur die Augen zu schließen, um wegzudriften. Aber das erlaubte sie sich erst, nachdem sie das Lall getrunken hatte, denn es hielt sie davon ab zu *träumen.*

Sarai träumte nie. Sie wagte es nicht.

»Ich habe schon Leute geküsst«, sagte Ruby. »Dich zum Beispiel.«

»Schmatzer auf die Wange zählen nicht«, erwiderte Sparrow.

Sarai sah die zwei in der Nachmittagssonne schimmern. Sparrow war gerade sechzehn geworden, bei Ruby würde es noch ein paar Monate dauern. Genau wie Sarai trugen auch die beiden anderen Mädchen nur leichte Seidenwäsche. Unterbekleidung hätte wohl jeder gesagt, der sie damit sah. Aber hier sah sie schließlich kein Mensch, oder zumindest keiner, der noch *lebte.* Ruby und Sparrow waren damit beschäftigt, Pflaumen zu pflücken. Zwei nackte Armpaare griffen zwischen die gertenschlanken Zweige, zwei dunkle Haarschöpfe waren Sarai zugewandt, der eine ordentlich gekämmt, der andere wild wie der Wind. Letzterer gehörte Ruby. Sie weigerte sich strikt, ihre Haare zu flechten, aber wenn man ihr die verfilzten Stellen ausbürsten musste, führte sie sich auf, als wollte man sie umbringen.

Dem Gesprächsthema entnahm Sarai, dass Ruby anscheinend die Geister küsste. Sie seufzte. Das kam nicht gerade überraschend. Aus ihrer Fünfergruppe war Ruby am stürmischsten und wurde am ehesten von Langeweile gequält. »Für dich ist es leicht«, hatte sie Sarai erst gestern Abend vorgeworfen. »Du sieht jede Nacht neue Leute. Du hast ein *Leben.* Während wir übrigen hier mit den Geistern feststecken.«

Sarai hatte nicht versucht zu widersprechen. Natürlich musste es den anderen so vorkommen. Sie sah die Menschen von Weep tatsächlich jede Nacht, aber dadurch wurde es nicht leichter. Im Gegenteil. Nach jedem Sonnenuntergang wurde sie erneut Zeuge davon, was sie selbst niemals haben konnte. Das war kein Leben, sondern reine Tortur.

»Gut, du bist wach«, sagte Feral und trat zu ihr in den Säulengang, der den rechten Armausläufer der Zitadelle entlanglief. Von hier aus konnte man den Garten überblicken, und hier würde man den fünf auch bald das Abendessen servieren. Das glatte blaue Mesarthium, aus dem die gesamte Zitadelle bestand, wurde im Bogengang fast vollständig von Sparrows Orchideen verdeckt. Es gab Hunderte davon und Dutzende von Sorten. Sie umkleideten die Kolonnade mit einem Blütenwald, rankten sich daran entlang, stachen spitz hervor, wehten als grüne Vorhänge im Wind. Schlingpflanzen umwanden die Säulen, und Bromelien hingen an der Decke wie Seeanemonen oder schlummernde Schmetterlinge – eine Illusion von schwelgerischer Üppigkeit erschaffend. Man konnte beinah vergessen, wo man sich befand. Man konnte sich beinah einbilden, frei zu sein und die Welt zu durchstreifen.

Beinah.

Was Feral betraf, so war er für Sarai ein Verbündeter, mit dem zusammen sie für Ruby, Sparrow und Minya praktisch die Elternrolle ausfüllte. Er war siebzehn, genau wie sie, und dieses Jahr hatte er mit einem überraschenden Sprung fast völlig die Grenze zum Erwachsensein überquert. Vom Wachstumsschub war sein Körper hoch und schlank geworden, und er hatte angefangen, sich zu rasieren, oder wie Sparrow es ausdrückte, »sein armes Gesicht mit Messern zu traktieren.« Zugegeben, er meisterte diese Kunst noch nicht ganz, aber allmählich wurde es besser. Sarai sah keine neuen Schnitte, nur eine heilende Schorfstelle an der scharfen Kante seines Kiefers.

Sie fand, dass er müde wirkte. »Hattet ihr einen schlechten Tag?«, fragte sie. Die Mädchen waren nicht immer leicht im Zaum zu halten, und da Sarai notgedrungen ein Nachtgeschöpf war, blieb es größtenteils an Feral hängen, dafür zu sorgen, dass sie ihre häuslichen Pflichten erledigten und die Oberste Regel einhielten.

»Nein, nicht schlecht«, sagte Feral, »nur lang.«

Für Sarai war die Vorstellung seltsam, einen langen Tag zu haben. Schließlich verschlief sie jeden einzelnen, von Sonnenaufgang bis kurz vor Sonnenuntergang, und ihr kam es immer vor, als würde sie kaum die Augen schließen, bevor es Zeit war, sie wieder aufzuschlagen. Das lag am Lall. Der Schlaftrank verschlang ihre Tage in einem einzigen grauen Happen.

»Und du?«, fragte er besorgt, mit einem weichen Blick in seinen braunen Augen. »Hattest du eine schlechte Nacht?«

Sarais Nächte waren immer schlecht. Das lag in der Natur der Sache. »Nur lang«, wiederholte sie seine Worte mit einem selbstironischen Lächeln. Sie massierte sich mit einer Hand den schlanken Hals und ließ den Kopf von einer Seite zur anderen kreisen. Er konnte es sowieso nicht verstehen. Feral erfüllte seinen Teil, um sie alle fünf am Leben zu erhalten, und sie erfüllte ihren. Es nützte nichts, sich zu beklagen.

»Wo ist Minya?«, fragte Sarai, weil sie das fünfte Mitglied ihrer seltsamen Familie nirgends sehen konnte.

Feral zuckte mit den Schultern. »Ich habe sie seit dem Frühstück nicht gesehen. Vielleicht ist sie bei Ellen.«

Ellen die Große, wie sie auch genannt wurde, hatte das Kommando über den Säuglingstrakt der Zitadelle geführt, bevor das Massaker begann. Nun hielt sie mit ihrer Autorität alles am Laufen. Nun ja, was eben noch lief, also nicht sehr viel.

»Geisterknutscherin!«, hörten sie aus dem Garten. In Sparrows leiser Stimme perlte Gelächter, bis sie mit einem »Autsch« verstummte, weil Ruby ihr eine Pflaume an den Kopf geworfen hatte.

»Wer war es denn?«, erkundigte Sarai sich bei Feral. »Wen hat sie mit ihrem Kussmund verfolgt?«

Feral reagierte mit einen Laut, der in etwa einem Schulterzucken entsprach. »Kem, glaube ich.«

»Ehrlich? Kem?« Sarai rümpfte die Nase. Kem war schon von Beginn an bei ihnen. Vor dem Massaker war er ein Lakai gewesen und trug immer noch die Dienstuniform, in der er gestorben war. In ihren Augen war das ein klarer Beweis für mangelnde Fantasie.

»Ja, wieso?«, fragte Feral und ließ vielsagend seine Augenbrauen zucken. »Wen würdest *du* denn küssen?«

Leichthin, doch mit Schärfe erwiderte Sarai: »Ich küsse jede Nacht Dutzende von Leuten.« Sie berührte einen Punkt dicht über dem Außenrand einer ihrer geschwungenen, zimtbraunen Augenbrauen. »Genau hier. Männer und Frauen, Wiegenkinder und Großeltern. Mein Kuss lässt sie schaudern.« Ihre Stimme war so kalt wie das Gefühl in ihren Herzen. »Mein Kuss lässt sie leiden.«

»Das kann man wohl kaum Küssen nennen«, sagte Feral. Bis dahin waren seine Worte nur fröhliche Neckerei gewesen, jetzt nicht mehr.

Natürlich hatte er recht. Was Sarai in tiefster Nacht mit den Menschen anstellte, hatte keine Ähnlichkeit mit einem Kuss.

»Kann schon sein«, sagte sie mit der gleichen spitzen Leichtigkeit wie vorher, »aber näher werde ich der Erfahrung wohl nie kommen.« Sie schob die Schultern zurück und hob das Kinn. *Das Thema ist beendet*, sagte ihre ganze Haltung.

Feral sah aus, als wollte er nachbohren, doch dann wurde Rubys Stimme plötzlich lauter. »Tja, das wollen wir doch mal sehen«, sagte sie. Gleich darauf rief sie in einem neckenden Singsang: »Feral, wo biiiist du?«

Feral erstarrte wie ein Beutetier im Schatten des Habichts. »Oh nein«, sagte er.

Ruby erschien in einem der Säulenbögen. Sie erinnerte an eine weitere Orchidee des Blütenwalds. Ihre schlanke Gestalt war der Stängel, aus dem eine Dolde aus wildem Haargewirr spross. Feral versuchte, unauffällig außer Sicht zu verschwinden, aber es war zu spät. Sie hatte ihn schon entdeckt. »Da bist du ja. Oh, hallo, Sarai, hast du gut geschlafen? Feral, ich brauche dich für eine Sekunde.«

Sparrow folgte direkt hinter ihr. »Nein, tust du *nicht*«, sagte sie. »Lass ihn in Ruhe!«

Die folgende Kette von Ereignissen war ein perfektes Beispiel für das alltägliche Chaos, das sie hier in der Zitadelle als Leben bezeichneten.

Ruby packte Feral am Kragen und zog ruckartig sein Gesicht zu sich herunter. Er wehrte sich. Sie ließ nicht los, sondern presste ihre Lippen auf seine. Dann stellte sie etwas mit seinem Mund an, das weniger an Küssen erinnerte, sondern eher so klang und aussah, als würde sie ihn *verschlingen.*

Die Temperatur fiel schlagartig ab. Die Luft über ihren Köpfen wurde aufgewühlt und dunkel. Aus dem Nichts formte sich eine dichte, graue, regenschwangere Wolke. Innerhalb von Sekunden durchströmte den ganzen Säulengang der wilde

Duft von Ozon und Gewitter, begleitet von einer triefenden Feuchtigkeit, sodass man das Gefühl hatte, mitten in einem Sturm zu stehen, schon bevor die ersten Tropfen fielen. Sie schwappten so schwer und bitterkalt herunter, als sei aus einem Eimer der Boden herausgebrochen. Sarai wurde nur von ein paar eisigen Spritzern getroffen, während Ruby als das eigentliche Ziel augenblicklich klitschnass war.

Ihr erschrockenes Keuchen befreite Ferals Lippen, sodass er sich von ihrem Sog losreißen konnte. Mit einem wütenden Blick taumelte er zurück und wischte sich den Mund ab, der zwar unversehrt, aber glänzend vor Spucke war. Ruby versuchte, der Wolke zu entkommen, die sich jedoch nicht abschütteln ließ.

»Feral, hör auf!«, kreischte sie. Als er keine Anstalten machte, stürmte sie mitsamt der Wolke geradewegs auf ihn zu. Er wich aus und duckte sich hinter Sarai, sodass Ruby stattdessen mit einem Platscher aus eisig nasser Seide in sie hineinprallte.

Nun war Sarai an der Reihe, erschrocken zu keuchen. Der Regen fühlte sich *arktisch* an. »Feral«, brachte sie krächzend heraus. Die Wolke verschwand so schlagartig, wie sie aufgetaucht war. Sarai machte sich von Ruby los, pitschnass und noch immer unter Schock. Zu ihren Füßen hatte sich der Boden in einen ausgedehnten, flachen Teich verwandelt. Die Orchideen glitzerten, als Rinnsale aus Regenwasser von ihren fleischigen Blütenblättern strömten. Sarais Seidenwäsche klebte nun ebenfalls nass-dunkel an ihrem Körper, und sie war endgültig wach. »Vielen Dank auch«, sagte sie zu Feral, der sich noch immer die Spucke vom Gesicht wischte.

»Oh, bitte sehr«, erwiderte er mürrisch.

Als sie alle noch klein gewesen waren, hatten sie geglaubt, er würde die Wolken *erschaffen*. Warum auch nicht? Sie hatten niemanden, der es ihnen erklären konnte. Das galt genauso für Sarais Gabe und die der anderen Mädchen. Die Götter waren tot und die fünf auf sich allein gestellt.

Wenn Feral es wünschte, dann tauchten eben Wolken auf. Schon bevor er verstand, was Wünschen überhaupt bedeutete, waren sie erschienen, je nach seiner Laune und immer schrecklich lästig, wie Ellen die Große erzählte. Unzählige Male hatte der ganze Säuglingstrakt unter Wasser gestanden, nur weil ein kleiner Junge wütend oder aufgeregt gewesen war, sodass sich die Luft um ihn herum mit Regen gefüllt hatte. Heutzutage konnte er den Effekt kontrollieren, mehr oder weniger, und die Wolken bewusst herbeirufen. Manchmal waren sie dunkel und regenschwer, manchmal auch luftig weiße Flocken, die zarte Schatten warfen und sich zu Luftschlössern oder jagenden Raviden formten. Ab und zu gab es Schnee, was immer eine willkommene Überraschung war, manchmal Hagel – weniger willkommen –, oder schwüle, moderige Dämpfe, die nach Wachstum und Verwesung rochen. In seltenen, gefährlichen Fällen gab es Blitze. Sarai und Feral waren ungefähr zehn oder elf gewesen, als eines Tages ein Papierdrache inmitten von Nebel aufgetaucht war. Da war ihnen klargeworden, dass er die Wolken nicht *erschuf*. Stattdessen riss er sie aus fernen Himmeln heraus. Er *stahl* sie.

Seitdem nannten sie ihn *Wolkendieb*, und dieser Titel bezeichnete auch die Rolle, die er in ihrem Überlebenskampf spielte. Der Fluss war außerhalb ihrer Reichweite und Regen fiel nur zu bestimmten Jahreszeiten. In den meisten Monaten waren Ferals Wolken ihre einzige Wasserquelle.

Rubys Haarmähne war nun glatt wie Otterfell und träufelte immer noch Reste von Regen auf den Boden. Ihr weißes Seidenkleidchen klebte an ihrer Haut und war so durchsichtig geworden, dass ihre kindlichen Brustspitzen und die Einbuchtung ihres Nabels deutlich erkennbar waren. Sie machte keine Anstalten, sich zu bedecken. Feral wandte den Blick ab.

Ruby drehte sich zu Sparrow um und musste überrascht zugeben: »Weißt du was? Du hattest recht. Es ist *überhaupt* nicht so, als würde man Geister küssen. Viel wärmer. Und nasser.« Sie lachte und schüttelte den Kopf, wodurch Regenfontänen aus den Spitzen ihrer Haare spritzten. »Viel, viel nasser.«

Sparrow stimmte nicht in ihr Lachen mit ein. Verletzt machte sie auf einer nackten Ferse kehrt und rannte zurück nach draußen in den Garten.

Ruby wandte sich zu Sarai um. »Was ist denn mit *ihr* los?«, fragte sie. Offenbar war sie völlig blind dafür, was Sarai schon seit Monaten gesehen hatte: Sparrows Gefühle für Feral waren nicht länger so schwesterlich wie bei ihnen allen, sondern, um Rubys Ausdruck zu benutzen, *wärmer* geworden. Allerdings hatte Sarai nicht vor, Ruby darüber aufzuklären. Genauso wenig wie den ahnungslosen Feral, der einen ähnlich blinden Fleck zu haben schien. Das Leben wurde auf viele Arten komplizierter, während sie älter wurden, und das hier war eben eine davon.

Sarai betastete ihre nasse Seidenwäsche und seufzte. Wenigstens war der Stoff dunkelgrau und nicht durchsichtig geworden wie bei Ruby, aber umziehen musste sie sich trotzdem. »Es ist schon fast Essenszeit«, sagte sie zu Ruby. »Ich schlage vor, du trocknest dich ab.«

Ruby schaute an sich hinunter, dann wieder hoch zu Sarai. »In Ordnung«, sagte sie. Sarai erkannte das typische Funkeln in ihren Augen.

»Nein, so habe ich das nicht –«, sagte sie, doch es war schon zu spät.

Ruby ging in Flammen auf. Sarai musste vor der Hitzewelle zurückspringen, als Ruby plötzlich von einer knisternden, tieforangen Feuersäule umtanzt wurde, die so schnell aufflammte wie Lampenöl, wenn ein Funke es berührt. Dann erstarb das Feuer langsam wieder und ließ Rubys Körper in der Mitte sichtbar werden, der die züngelnden Flammen eine nach der anderen in sich aufsog. Nur in ihren Augen tanzte das Feuer bis zuletzt und brannte so rubinrot wie ihr Name. Für einen Moment sah sie wie die Tempelstatue einer bösartigen Göttin aus, und dann war sie wieder nur sie selbst. Wirklich *nur* sie selbst, denn von ihrer Seidenwäsche war nicht einmal eine verkohlte Faser übrig geblieben.

Ihr Spitzname war *Inferno*, aus offensichtlichem Grund. Während Feral als Baby eine lästige Plage gewesen sein mochte, war von der kleinen Ruby eine ernsthafte Gefahr ausgegangen, was noch durch ihr hitziges Temperament verstärkt wurde. Daher war es nur gut, dass ihre Kindermädchen allesamt schon tot gewesen waren. Geister waren nicht entflammbar, genauso wenig wie Mesarthium, also hatte man nicht befürchten müssen, dass sie die Zitadelle abbrannte.

»Trocken«, stellte sie fest, womit sie recht hatte. Ihre völlig unverbrannte Haarmähne war wild wie zuvor und knisterte noch immer von der kinetischen Energie des Feuers. Sarai wusste, dass sie sich bei Berührung wie glimmende Kohlen anfühlen würde, genau wie Rubys nackte Haut. Sie schüttelte den Kopf und war nur froh, dass Sparrow diesen Auftritt verpasst hatte.

Feral stand noch immer mit dem Rücken zu ihnen. »Lasst mich wissen, wann ich mich wieder umdrehen kann«, sagte er mit gelangweilter Stimme.

Sarai stellte fest: »Da hast du wohl umsonst dein hübsches Kleidchen geopfert.«

Ruby zuckte mit den Schultern. »Was spielt das schon für eine Rolle? Wir werden nicht so lange leben, dass uns die Kleidung ausgeht.«

Sie sagte es beiläufig und sachlich. Gerade dadurch drangen ihre Worte durch Sarais innere Schutzmauer, und der Schock war größer als bei dem eiskalten Regen.

*… werden nicht so lange leben …*

»Ruby!«, tadelte Sarai.

Feral war ebenso schockiert und fuhr herum, nackter Mädchenkörper hin oder her. »Glaubst du das wirklich?«, fragte er.

»Was, ihr etwa nicht?« Ruby sah ehrlich erstaunt aus, wie sie so dastand, feuergetrocknet, wunderschön, nackt und ohne Scham. Blau. So blau wie blasse Opale, wie Kornblumen, wie Libellenflügel, wie der Himmel im Frühling, bevor die Sommerhitze einsetzt. Genau wie sie alle.

Blau wie fünf künftige Mordopfer.

»Glaubt ihr wirklich, dass wir hier alt werden?«, fragte sie, blickte sie nacheinander an und zeigte auf die Wände, die sie umgaben. »Das kann nicht euer Ernst sein. Ist das ehrlich eine Zukunft, die ihr euch vorstellen könnt?«

Sarai blinzelte überrumpelt. Diese Frage hatte sie sich nie gestellt. Sie erlaubte es sich nicht. Die fünf taten eben ihr Bestes. Sie hielten sich an die Oberste Regel. Manchmal glaubte Sarai fast, dass es ausreichen würde. »Eine Menge kann passieren«, sagte sie und hörte ihre Stimme vor Unsicherheit wegbröckeln, sodass sie völlig kümmerlich klang.

»Was denn zum Beispiel?«, fragte Ruby. »Ich meine, außer dass wir alle sterben.«

Sarai fiel nicht das Geringste ein.

# 13

# Fegefeuersuppe

Sarai streifte die klebrig feuchte Seidenwäsche ab und ließ sie auf den Boden ihres Ankleidezimmers fallen. Ein Häufchen aus grauem Stoff auf einem blau-metallischen Fußboden. Blaue Zehen, blaue Beine, blaue Haut. Ihr ganzes blaues Ich reflektiert in einem blauen Spiegel, der nicht aus Glas, sondern aus noch mehr Metall bestand, glatt poliertes Mesarthium wie überall. Von dem blauen Farbschema wichen nur ihre Haare ab, die rötlich braun wie Zimt waren. Und das Weiß ihrer Augäpfel. Manchmal auch das Weiß ihrer Zähne, wenn sie lächelte, aber davon war sie gerade weit entfernt.

»Wir werden nicht so lange leben, dass uns die Kleidung ausgeht«, hatte Ruby gesagt.

Sarai betrachtete die Reihen von Seidenhemdchen, die an

einem filigranen Gestell aus Mesarthium hingen. Es gab sehr viele davon, und alle waren sehr fein gearbeitet. Und ja, eigentlich waren sie allesamt bloß Unterwäsche, aber Ruby, Sparrow und ihr selbst war das immer noch lieber als die Alternative: die Prunkgewänder.

Kleidung gab es hier nur von einer Sorte – genau wie es hier nur eine Sorte Leben gab –, nämlich die, welche die Zitadelle zur Verfügung stellte. In diesem Fall die Kleider toter Göttinnen.

Das Ankleidezimmer hatte die Größe eines Salons. Es gab Dutzende von Gewändern, allesamt zu pompös, um sie anzuziehen … und zu furchterregend. Sie bestanden aus Satin, Metallgewebe und steifem Brokat, übersät mit Juwelen und verbrämt mit Tierpelzen, an denen noch die Köpfe hingen, glasige Augen, gebleckte Fänge und der ganze Rest. Der Rock eines Gewandes erinnerte an einen Käfig aus geschnitzten Walknochen, eine Schleppe bestand aus Hunderten von zusammengenähten Taubenflügeln. Es gab ein Korsett aus purem, gegossenen Gold, das wie ein Käferpanzer aussah, und eine Halskrause aus den Stacheln giftiger Fische. Anstelle von Perlen waren winzige Zähne darauf gestickt. Es gab aufgetürmte Perücken und Schleier, Mieder mit verborgenen Dolchen in den Stäben, raffinierte Umhänge und abschreckend hohe Schuhe aus Koralle und Elfenbein. Alles war schwer, protzig und grausam. Für Sarai sah die Garderobe aus, als gehörte sie einem Monster, das versuchte, als Mensch durchzugehen.

Was nah genug an die Wahrheit herankam. Der Name des Monsters war Isagol gewesen, Göttin der Verzweiflung.

Ihre Mutter. Seit fünfzehn Jahren tot.

Sarai besaß Tausende von Erinnerungen an Isagol, aber keine einzige gehörte ihr selbst. Sie war viel zu jung gewesen –

gerade zwei Jahre alt –, als es geschah. *Es.* Das Massaker. Blitzende Klingen und wachsende Blutlachen. Das Ende der Welt und der Beginn einer neuen. Sämtliche Erinnerungen an ihre Mutter stammten aus zweiter Hand, von den Menschen entlehnt, die sie in der Nacht besuchte. In manchen davon war die Göttin am Leben, in anderen tot. Man hatte sie in einem schimmernden grünen Gewand ermordet, das mit Jade und Käferflügeln geschmückt war. Sie hatte Sarai so ähnlich gesehen, dass der Anblick ihrer Leiche einer Prophezeiung des eigenen Todes ähnelte. Abgesehen von dem Streifen nachtschwarzer Farbe, den Isagol stets über die Augen gemalt trug, von Schläfe zu Schläfe, wie eine schmale Maske.

Sarai betrachtete das Regal, auf dem die Schminkfarben und Parfums ihrer Mutter standen. Dort wartete der Tiegel mit Pechschwarz, jahrelang unbenutzt. Sarai rührte ihn nicht an. Sie hatte nicht das Bedürfnis, der Göttin der Verzweiflung noch ähnlicher zu sehen, als sie es bereits tat.

Stattdessen konzentrierte sie sich wieder auf die Unterwäsche. Jetzt musste sie sich erst einmal umziehen. Weiße Seide, scharlachrote Seide oder schwarze, die weinrot abgesteppt war? Golden, brillantgrün oder rosa wie der Morgenhimmel? Rubys Worte hallten durch ihren Kopf – *wir werden nicht so lange leben* –, und beim Anblick der Unterwäsche sah sie zwei Möglichkeiten vor sich, wie alles enden würde:

In der ersten wurde sie umgebracht und die restlichen Kleider nie getragen. Die Seidenwäsche wurde von Menschen verbrannt oder in Stücke gerissen, und genau dasselbe passierte auch mit Sarai. In der zweiten lebte sie weiter und verbrachte Jahre damit, sich durch die ganze Auswahl hindurchzuarbeiten. Geisterdiener reinigten die Wäsche und hängten sie zurück, wieder und wieder, bis der Stoff zerschlissen war und sie in dieser Unterwäsche alt wurde.

Die Vorstellung des Altwerdens erschien sehr weit hergeholt, und Sarai musste schließlich zugeben, dass sie keine größere Hoffnung für die Zukunft hegte als Ruby.

Es war eine abrupte, brutale Erkenntnis.

Sie entschied sich für ein schwarzes Hemdchen, passend zu ihrer Stimmung, und kehrte zum Abendessen in den Säulengang zurück. Ruby war aus ihrem eigenen Ankleidezimmer mit einem so dünnen Kleidchen aufgetaucht, dass sie genauso gut nackt hätte bleiben können. Sie ließ kleine Flammen über ihre Fingerkuppen tanzen, während Feral sich über sein Buch voller Symbole lehnte und sie ignorierte.

»Wo sind Minya und Sparrow?«, fragte Sarai die beiden.

»Sparrow ist immer noch im Garten und schmollt wegen irgendetwas«, sagte Ruby, die vor lauter Ichbezogenheit anscheinend keinen Schimmer hatte, worin dieses ›irgendetwas‹ bestehen könnte. »Minya ist noch nicht aufgetaucht.«

Das war seltsam. Normalerweise überfiel Minya sie mit Fragen, kaum dass Sarai aus ihrem Zimmer kam. »Erzähl mir etwas richtig Gruseliges«, forderte sie dann mit glänzenden Augen und wollte alles über ihre Nacht hören. »Hast du jemanden zum Weinen gebracht? Oder hoffentlich zum *Schreien?*« Jahrelang hatte Sarai ihr bereitwillig alles darüber erzählt.

Inzwischen nicht mehr.

»Ich hole Sparrow«, sagte sie.

Der Garten bestand aus einer breiten Terrasse, die sich über die ganze Längsseite der Zitadelle erstreckte. Auf einer Seite wuchs sie aus dem hohen, unbezwingbaren Festungskörper heraus, während sich am anderen Ende ein Abgrund befand, von dem man nur durch eine hüfthohe Balustrade getrennt war. Früher einmal war der Garten klassisch streng gewesen, doch inzwischen verwilderte er. Geometrisch geschnittene Hecken waren zu Baumhöhe emporgewuchert. Die Blumenranken der Gartenlauben quollen aus ihren ordentlichen Beeten, kämpften an Wänden und Säulen um Platz und schwappten über das Geländer. Alles wuchs und gedieh, aber nicht von selbst. Das war an diesem unnatürlichen Ort gar nicht möglich. Die überbordende Natur war das Werk Sparrows.

Sarai entdeckte sie dabei, wie sie die Blüten der Aniadne-Pflanze sammelte. Diese Blume war Letha, der Göttin des Vergessens, geweiht. Wenn man sie destillierte, ließ sich daraus das Lall brauen, also der Trank, der Sarai vom Träumen abhielt.

»Danke, dass du dich darum kümmerst«, sagte Sarai.

Sparrow schaute auf und lächelte sie an. »Oh, das macht mir nichts aus. Ellen hat gesagt, dass es Zeit ist, eine neue Portion herzustellen.« Sie ließ eine Handvoll Blüten in ihre Schale fallen und rieb den Staub von ihren Handflächen. »Ich wünschte nur, du würdest es gar nicht brauchen, Sarai. Du solltest frei sein zu träumen.«

Da stimmte Sarai ihr zu, aber sie war nun einmal nicht frei, und Wünschen würde daran nichts ändern. »Mag sein, dass ich keine eigenen Träume habe«, sagte sie und gab sich ungerührt, »aber dafür die von allen anderen.«

»Das ist nicht dasselbe. Eher als würdest du tausend Tagebücher lesen, statt dein eigenes zu schreiben.«

»Tausend?«, meinte Sarai. »Hunderttausend kommt der Sache wohl näher«, denn das war ungefähr die Einwohnerzahl von Weep.

»So viele«, sagte Sparrow erstaunt. »Wie hältst du sie auseinander?«

Sarai zuckte mit den Schultern. »Tue ich vermutlich nicht, aber man lernt eine Menge, wenn man dazu viertausend Nächte hat.«

»*Viertausend.* Dauert unser Leben schon so lange?«, fragte Sparrow naiv.

»Länger, du Kindskopf.«

»Wie die Tage verfliegen«, stellte sie mit dem Hauch eines Lächelns fest, so honigsüß und sanft wie der Blütenduft ihres Gartens. Wieder einmal dachte Sarai, dass ihre Gabe perfekt zu Sparrow passte. Die anderen hatten ihr den Spitznamen *Orchideenfee* gegeben. Sie konnte den Puls des Lebens in allem spüren, ihn hegen und pflegen, damit er heranwuchs. Im Grunde war sie die Essenz des Frühlings in Mädchengestalt.

Auch Rubys Gabe entsprach ihrer Natur. Sie selbst war wie eine Feuersbrunst, ein gleißendes Leuchtfeuer oder ein außer Kontrolle geratener Waldbrand. Und was war mit Minya und Feral? Passte ihre Gabe zu ihnen? Sarai gefiel der Gedanke nicht. Falls es tatsächlich so wäre und die Begabungen etwas über ihre Seelen aussagten oder eine tiefere Wahrheit über sie enthüllten, was bedeutete das für *sie?*

»Ich hatte eben den Gedanken«, sagte Sparrow jetzt, »wie sehr unser ganzes Leben der Zitadelle gleicht. Abgeschlossen, meine ich. Nur Innenräume ohne Himmel. Aber Träume sind wie der Garten. Wir können aus unserem Gefängnis heraus und den Himmel um uns spüren. In einem Traum kann man überall sein, wo man will. *Frei.* Das verdienst auch du, Sarai.«

»Die Zitadelle mag unser Gefängnis sein«, antwortete Sarai, »aber sie ist auch unser Schutz.« Sie pflückte eine weiße Blüte vom Stängel und ließ sie in Sparrows Schüssel fallen. »Genau wie das Lall.« Zwar war der Schlaf für sie nur ein graues Ödland, aber sie wusste, was hinter dem sicheren Bannkreis aus

Lall lauerte. Deshalb war sie dankbar für das Grau. »Im Übrigen«, sagte sie, »wären meine Träume wohl kaum wie ein Garten.« Sie versuchte, Sparrow nicht darum zu beneiden. Anscheinend war ihre Traumwelt so schön und einfach wie ihre Gabe, während für Sarai nichts von beidem zutraf.

»Vielleicht könnten sie das eines Tages werden«, sagte Sparrow.

»Ja, vielleicht«, antwortete Sarai. Hoffnung hatte sich noch nie so verlogen angefühlt. »Lass uns essen gehen«, sagte sie, und gemeinsam traten sie in den Säulengang.

»Guten Abend, meine Brut«, begrüßte Ellen ihre Schützlinge und trug eine Suppenterrine aus der Küche herein. In diesem Fall handelte es sich nicht um Ellen die Große, sondern Ellen die Kleine. Sie war ebenfalls von Anfang an bei ihnen gewesen und hatte im Säuglingstrakt gearbeitet. Zwei Ellens hatten eine Unterscheidung nötig gemacht. Da erstere mit einem höheren Rang und Körperwuchs gesegnet war, hatte Skathis persönlich, Gott der Bestien und oberster Gebieter der Mesarthim, ihnen die Rufnamen Ellen die Große und die Kleine gegeben.

Ruby stieß einen tragischen Seufzer aus, als das Essen vor sie gestellt wurde. »Kimrilsuppe. Schon wieder.« Sie schöpfte einen Löffel voll und ließ den Inhalt zurück in ihre Schüssel tropfen. Er war beigebraun und dickflüssig wie faulendes Wasser. »Wisst ihr, wie das Zeug heißen sollte? Fegefeuersuppe.« Sie wandte sich zu Sparrow und fragte: »Könntest du nicht mal was *Neues* zu essen wachsen lassen?«

»Sicher könnte ich das«, erwiderte Sparrow mit einem schnippischen Tonfall, den sie gegenüber Sarai nie benutzte. »Wenn meine Gabe daraus bestände, Samen aus dem Nichts herbeizuzaubern.« Sie nippte geziert an ihrem Löffel. »Aber so ist es nun einmal nicht.«

Sparrow vermochte zwar jede Pflanze zum Wachsen zu bringen, aber sie brauchte etwas, womit sie anfangen konnte. Die Gärten der Zitadelle waren hauptsächlich als Zierde gedacht gewesen. Sie steckten voller exotischer Blumen und wenig Essbarem. Zu ihrem Glück war ein lang vergessener Gärtner auf die Idee gekommen, ein kleines Küchenbeet mit Kräutern, Salat und ein paar Gemüsesorten anzulegen. Zu ihrem noch größeren Glück hatte ein seltener Besucher – der große weiße Vogel, den sie Irrlicht nannten, weil er die Angewohnheit hatte, sich einfach in Nichts aufzulösen – einmal ein paar Kimril-Knollen in den Garten fallen lassen. Sonst wären sie schon längst verhungert. Der Kimril ließ sich leicht anbauen und war sehr nahrhaft, auch wenn er kaum nach etwas schmeckte. Er war inzwischen die Hauptzutat ihrer langweiligen Kost. Sarai fragte sich zuweilen, ob der Vogel wusste, dass er fünf blaue Ungeheuerlichkeiten vor dem Tod gerettet hatte, oder ob alles nur ein Zufall gewesen war. Irrlicht hatte ihnen nie wieder etwas gebracht, also vermutlich Letzteres.

Sparrow ließ Nahrung wachsen, und Feral sorgte dafür, dass die Regentonnen gefüllt blieben. Auch Ruby trug ihren Teil zum Überleben bei. Da es keinerlei Brennstoff gab, brannte *sie*, wenn Feuer zum Kochen gebraucht wurde oder jemand ein heißes Bad nehmen wollte. Was Minya anging, nun, sie war für die Geister zuständig, die die meisten Arbeiten in der Zitadelle verrichteten. Sarai war die einzige, die mit solchen täglichen Alltagspflichten nichts zu schaffen hatte.

*Fegefeuersuppe*, dachte sie und rührte mit dem Löffel darin herum. Die denkbar simpelste Nahrung, serviert auf dem edelsten Porzellan und einem Unterteller aus ziseliertem Silber.

Ihr silberner Trinkpokal war ebenfalls reich verziert und trug ein Muster aus verschlungenen Myrrhentin-Zweigen. In früheren Zeiten hatten die Götter daraus Wein getrunken. Nun enthielt der Pokal bloß Regenwasser.

Früher einmal hatte es Götter *gegeben.* Nun liefen hier bloß Kinder in der Unterwäsche ihrer toten Eltern herum.

»Ich ertrage das nicht länger«, sagte Ruby und ließ ihren Löffel in die Suppe plumpsen. »Ehrlich, ich kann mir diesen faden Matsch nicht mehr in den Mund stecken. Nicht mal ein bisschen.«

»Musst du so dramatisch sein?«, fragte Feral, der auf den Löffel verzichtete und sich stattdessen entschied, die Schüssel direkt anzusetzen und daraus zu trinken. »Es ist ja nicht so, als wäre der Geschmack grauenvoll. Wenigstens haben wir noch Salz in der Speisekammer. Stell dir vor, wenn das ausgeht.«

»Ich habe gar nicht behauptet, dass es grauenvoll schmeckt«, sagte Ruby. »Sonst wäre es keine Suppe aus dem Fegefeuer, sondern aus der *Hölle.* Andererseits wäre die Hölle mit Sicherheit interessanter.«

»Mmm, genau«, stimmte Sparrow zu. »So wie es ›interessanter‹ wäre, sich für alle Ewigkeit von Dämonen foltern zu lassen, als darauf zu verzichten.«

Die beiden hatten eine nie endende Diskussion über die Vor- und Nachteile eines ›interessanten‹ Lebens. Ruby behauptete, es sei jedes Risiko und jede Gefahr wert, sogar wenn man auf den sicheren Untergang zusteuerte. »Fegefeuer bedeutet nicht nur, dass niemand dich foltert«, argumentierte sie nun. »Es passiert auch sonst nichts mit dir. Nie. *Für immer und ewig.* Kann sein, dass du nicht gequält wirst. Aber dafür wirst du auch von nichts und niemandem *berührt.*«

»Berührt?« Sparrow hob die Augenbrauen. »Wie sind wir denn bei diesem Thema gelandet?«

»Willst du es nicht auch?« Rubys Augen glimmten rot, und ihre Mundwinkel kräuselten sich zu einem katzenhaften Lächeln. In ihren Worten vibrierten Verlangen und Hunger. »Wünschst du dir niemanden, mit dem du wegschleichen und *wilde Sachen* anstellen kannst?«

Sparrow wurde hochrot. Was in ihrem Fall bedeutete, dass ein Rosenschimmer das Blau ihrer Wangen erwärmte und violett färbte. Ihr Blick huschte zu Feral, der davon nichts bemerkte.

Er schaute stattdessen Ruby an. »Komm bloß nicht auf dumme Gedanken«, ließ er sie kühl wissen. »Du hast mich für heute schon genug missbraucht.«

Ruby verdrehte die Augen. »Bitte, das war ein Experiment, das ich bestimmt nicht wiederholen werde. Du küsst viel zu schlecht. Armselig.«

»*Ich?*«, fragte er. »Das lag ja wohl an dir! Ich habe überhaupt nichts getan.«

»Eben. Deshalb war es armselig. Der Sinn der Sache ist, dass man mitmacht. Küssen ist schließlich keine Gesichtslähmung!«

»Es hat sich eher wie *Ertrinken* angefühlt. Ich wusste nicht mal, dass eine einzige Person so viel Spucke hervorbringen kann.«

»Nicht doch, meine kleinen Vipern«, ertönte beschwichtigend die Stimme von Ellen der Großen, die gerade in den Gang geschwebt kam. Alles an ihr schien zu schweben, ihre Stimme genau wie sie selbst. Sie berührte nie den Boden. Anderen vorzugaukeln, dass sie zu Fuß gehen musste, war unter ihrer Würde. Ellen die Große hatte deutlicher als die übrigen Geister jede Illusion der Sterblichkeit abgestreift.

Geister waren nicht an dieselben Naturgesetze gebunden wie die Lebenden. Wenn sie äußerlich ihrem früheren Ich glichen, dann war das ihre eigene Entscheidung. Entweder fanden sie sich perfekt, wie sie waren, oder sie fürchteten, mit ihrem altbekannten Gesicht die letzte Verankerung in der Wirklichkeit zu verlieren. Oder ihnen kam – wie im Fall von Kem dem Lakai – schlicht nicht die Idee, sich zu verändern. Allerdings war das recht selten. Die meisten fingen im Laufe der Zeit an, ihre Phantomkörper zumindest in kleinen Details aufzupolieren. Beispielsweise hatte Ellen die Kleine zu Lebzeiten nur ein Auge besessen (weil das andere der schlechten Laune einer Göttin zum Opfer gefallen war). Nach ihrem Tod hatte sie das fehlende nicht nur wiederhergestellt, sondern die Gelegenheit genutzt, beide Augen zu vergrößern und die Wimpern zu verdichten.

Ellen die *Große* war im Vergleich eine wahre Meisterin des Post Mortem. Ihre Fantasie war ein erstaunliches Werkzeug, und sie nutzte ihre Fähigkeiten, um immer neue Verkörperungen ihres grandiosen Selbst zu erschaffen.

Heute Abend trug sie eine Krone aus Zweigen, zu einem Nest geflochten, in dem ein graziöser grüner Vogel saß und sang. Zwar war es nur eine Illusion, aber eine täuschend echte. Ihr Gesicht entsprach mehr oder weniger ihrem eigenen: matronenhaft mit runden roten Apfelbäckchen, die für Sarai der Inbegriff des Wohlbehagens waren. Doch anstelle ihrer langen, wollweißen Haare flatterten Blätter hinter ihr her wie von einem Windhauch bewegt. Ellen stellte einen Korb voller Gebäck auf den Tisch. Die Kekse bestanden aus Kimril-Mehl und besaßen so wenig Geschmack wie die Suppe. »Schluss mit dem

Gezischel und Gezank«, mahnte sie. »Was höre ich da über Küsse?«

»Ach, nichts«, sagte Feral. »Ruby hat versucht, mich in Spucke zu ertränken, das ist alles. Wo wir gerade davon sprechen, hat jemand in letzter Zeit vielleicht Kem gesehen? Er liegt nicht irgendwo tot in einer Pfütze aus Sabber, oder?«

»Tja, tot ist er auf jeden Fall«, bemerkte Sarai. »Über den Rest kann ich leider nichts sagen.«

»Vermutlich hat er sich irgendwo versteckt«, meinte Sparrow. »Oder er fleht Minya an, ihn von seinem Leiden zu erlösen.«

Ruby ließ sich nicht aus der Ruhe bringen. »Spöttelt ihr nur. Er fand es großartig. Ich wette, dass er gerade eine Ode darüber dichtet.«

Sarai stieß ein unterdrücktes Schnauben aus, als sie sich Kem beim Dichten vorstellte. Ellen seufzte. »Deine hübschen Lippen werden dir noch viel Ärger einhandeln, meine kleine Flamme.«

»Das will ich doch hoffen.«

»Wo ist Minya denn eigentlich?«, fragte Ellen mit einem Blick auf ihren leeren Stuhl.

»Ich dachte, sie wäre vielleicht bei dir«, sagte Sarai.

Ellen schüttelte den Kopf. »Ich habe sie den ganzen Tag nicht gesehen.«

»In ihren Zimmern habe ich schon nachgeschaut«, sagte Ruby. »Da war sie auch nicht.«

Sie blickten sich gegenseitig an. In der Zitadelle konnte man ganz sicher nicht verloren gehen. Außer man sprang von der Terrasse. Aber Sarai hielt es für sehr unwahrscheinlich, dass Minya so etwas tun würde – von ihnen fünf am allerwenigsten. »Wo kann sie nur stecken?«, murmelte Sparrow.

»Ich habe sie in letzter Zeit überhaupt selten gesehen«, sagte Feral. »Langsam frage ich mich, was sie mit ihrer Zeit anstellt.«

»Habt ihr mich etwa vermisst?«, fragte eine Stimme hinter ihnen. Sie klang kindlich, glöckchenhell und süß wie Zuckerguss.

Als Sarai sich umwandte, sah sie Minya unter dem Türbogen stehen. Äußerlich war sie nicht älter als sechs. Pausbäckig, schmuddelig, mit ungelenken schmalen Gliedern. Augen so groß und glänzend, wie man sie nur bei Spektralen und Kleinkindern sah, allerdings fehlte ihnen dazu die Unschuld.

»Wo hast du gesteckt?«, fragte Ellen.

»Ich habe ein paar neue Freunde gefunden«, sagte das kleine Mädchen. »Bin ich zu spät zum Essen? Was gibt es denn? Nicht schon wieder Suppe.«

»Genau das habe ich auch gesagt«, stimmte Ruby zu.

Minya trat näher, und da wurde klar, was sie mit ›neuen Freunden‹ meinte.

Sie führte einen Geist hinter sich her wie ein Hündchen an der Leine. Er war gerade erst gestorben, denn sein Gesicht war immer noch ganz starr vor Schock. Sarai fühlte, wie sich ihre Kehle zusammenschnürte. Nicht schon wieder.

Er folgte Minya mit steifen Bewegungen, als würde er gegen einen Zwang ankämpfen. Doch alles Zerren war vergeblich. Jetzt gehörte er ihr, und so sehr er sich auch anstrengen mochte, seinen freien Willen würde er nicht wiederbekommen. Darin bestand Minyas Gabe. Sie fischte Geister aus der Luft und zwang sie in ihren Dienst. So kam es, dass die Zitadelle ein Personal aus Toten besaß. Ein Dutzend Diener kümmerten sich um die Wünsche und Bedürfnisse von fünf Kindern, die keine Kinder mehr waren.

Minya hatte keinen Spitznamen wie die anderen. Ruby war

Inferno, Feral der Wolkendieb und Sparrow die Orchideenfee. Auch Sarai besaß eine solche Bezeichnung, nur Minya war einfach nur Minya. Außer man wollte *Herrin* als Spitzname gelten lassen, denn so mussten die Geister sie ansprechen, wenn Minyas Wille sie in Fesseln legte, ätherisch wie Spinnenseide und hart wie Eisen.

Es war eine außergewöhnliche Gabe. Nach dem Ableben verweilten die Seelen unsichtbar, stofflos und flüchtig höchstens ein paar Tage in einem Zustand zwischen Tod und Vergänglichkeit. Sie hatten nur die Wahl, sich weiter an ihren Körper zu klammern oder hilflos himmelwärts zu driften, wo sie endgültig dahinschwanden. Außer eben, Minya fing und behielt sie. In ihrer Gefangenschaft wurden die Geister wieder stofflich, wenn auch nicht aus Fleisch und Blut. Sie hatten Hände zum Arbeiten und Lippen zum Küssen. Sie konnten reden, tanzen, lieben, hassen, kochen, lehren, kitzeln und sogar Babys abends in den Schlaf wiegen, doch alles nur, solange Minya es erlaubte. Sie besaß die absolute Kontrolle.

Dieser Geist war männlich. Er trug noch immer den Anschein seines weltlichen Körpers, und Sarai kannte ihn. Natürlich. Niemand kannte die Menschen von Weep besser als Sarai, eingeschlossen ihre Machthaber, Anführer und Priesterinnen. *Sie* waren Sarais dunkle Pflicht und füllten ihre Nächte. Früher oder später würden alle sterben und Minyas Gnade ausgeliefert sein, aber solange sie lebten, war es Sarais Gnade, die zählte.

»Sag uns deinen Namen«, befahl Minya dem Geist.

Er biss die Zähne zusammen und würgte vor Anstrengung, den Namen für sich zu behalten. Vier oder fünf Sekunden hielt er durch, während Entschlossenheit gegen Erschöpfung kämpfte. Er verstand nicht, dass Minya nur mit ihm spielte.

Sie ließ ihm gerade genug freien Willen, damit er glauben konnte, eine Chance gegen sie zu haben. Es war grausam. Als würde man einen Käfig öffnen und den Vogel herausfliegen lassen, während man ihn gleichzeitig am Bein festgebunden hatte, sodass seine Freiheit nur eine Illusion blieb. Minya befehligte durchgehend ein Dutzend Geister gleichzeitig, selbst im Schlaf. Ihre Macht über sie war absolut. Wenn sie wollte, dass der junge Mann seinen Namen sagte, dann würde er es tun. Wenn sie verlangte, dass er ihn sang, würde er auch das tun. Im Moment amüsierte es Minya, ihn glauben zu lassen, er könnte ihr widerstehen.

Sarai schwieg. Sie konnte ihm nicht helfen. Sie sollte es ohnehin nicht einmal wollen. Wenn er könnte, würde er sie alle auf der Stelle umbringen. Wäre er am Leben, würde er sie mit bloßen Händen zerreißen.

Und daraus konnte sie ihm kaum einen Vorwurf machen.

Endlich riss Minya ihm den Namen von den Lippen. »Ari-El!«, keuchte er.

»Du bist noch jung«, sagte Ruby, die ihn mit ungeteiltem Interesse musterte. »Hat jemand dich getötet?« Sie fragte in einem Ton, als würde sie sich beiläufig nach seiner Gesundheit erkundigen.

Er starrte sie mit blankem Entsetzen an. Seine Augen huschten von Ruby zu Feral zu Sparrow zu Sarai, während er versuchte, den Anblick ihrer blauen Haut zu verarbeiten.

*Blau.* So blau wie Zwangsherrschaft, Sklaverei und Monster in den Straßen. Sein Blick blieb einen langen, panischen Moment an Sarai hängen, und sie wusste, was er sah: Isagol die Schreckliche, wiederauferstanden von den Toten. Aber Sarais Gesicht war zu jung und musste ihm ohne den schwarzen Farbstreifen über den Augen nackt vorkommen. Sie war nicht

Isagol. Man konnte verfolgen, wie ihm die Erkenntnis dämmerte: nicht *wer* sie war, sondern *was.* Was sie alle waren.

»*Götterbrut*«, wisperte er, und Sarai spürte seinen Ekel so körperlich, als sei er ebenfalls durch Minyas Gabe verstofflicht worden. Das Gefühl schien die Luft zu durchtränken. Schleimig. Faulig. Ari-El schüttelte abwehrend den Kopf und kniff die Augen zusammen, als könne er dadurch ihre Existenz leugnen. Immerhin war das für sie alle eine beruhigende Bestätigung. Jeder neue Geist, der schockiert vor ihnen zurückschreckte, bewies damit, dass keiner von ihnen die Oberste Regel gebrochen hatte.

Die einzige Regel, die zählte. Sie hatten sie gemeinsam aufgestellt, und trotz der scheinbaren Einfachheit enthielt sie doch zahllose Verbote. Selbst in tausend Lebensjahren würden sie immer noch etwas Neues entdecken, das sie nicht tun durften.

*Kein Lebenszeichen.*

So lautete das Mantra, das ihre Existenz bestimmte. Es durfte hier oben kein Lebenszeichen geben. Die Zitadelle musste um jeden Preis verlassen erscheinen. Sie durften sich nur im Verborgenen bewegen und den Menschen keinen Hinweis liefern, dass das Undenkbare geschehen war: Fünf Abscheulichkeiten hatten das Massaker überlebt und klammerten sich an ihr dürftiges Dasein. Erfolgreich. *Seit fünfzehn Jahren.*

An der Reaktion des Geists sahen sie, dass alles zum Besten stand. Ihre Existenz war immer noch ein Geheimnis. Wie Früchte des Zorns waren sie den Schlächtern durch die blutigen Finger gerutscht. »Aber ihr seid tot«, stammelte er, als würde er darum flehen, es möge wahr sein. »Wir haben euch alle getötet.«

»Tja, was das angeht …«, sagte Ruby.

Minya gab der unsichtbaren Hundeleine einen Ruck, der

ihn auf die Knie fallen ließ. »Wir sind nicht tot«, sagte sie. »Aber *du.*«

Bestimmt war es ihm schon klar gewesen, aber ihre drastischen Worte wirkten wie ein Schlag in den Magen. Er schaute sich um und sah einen Ort, den er nur aus seinen schlimmsten Albträumen kannte. »Ist das die Hölle?«, fragte er heiser.

Ruby lachte. »Schön wär's. Willkommen im Fegefeuer. Möchtest du Suppe?«

# 14

# Wunderschön und voller Monster

Lazlo umklammerte seinen Speer und bewegte sich vorsichtig über den Wüstensand, flankiert von Ruza auf der linken und Tzara auf der rechten Seite. Die zwei Tizerkan waren ebenfalls mit Speeren bewaffnet, und obwohl Ruza mit ihm die Wurftechnik geübt hatte, kam er sich immer noch vor wie ein Hochstapler. »Ich werde euch keine Hilfe sein, wenn es darauf ankommt«, hatte er gesagt, bevor sie sich auf die Jagd gemacht hatten.

Die Kreatur, nach der sie Ausschau hielten, war ein Mythos aus Lazlos Geschichten. Er hätte nie gedacht, dass es sie wirklich gab, oder dass er sich eines Tages auf die Suche nach ihr begeben würde.

»Unterschätze dich nicht, Faranji«, hatte Ruza geantwortet

und seine Stimme ruhig und sicher klingen lassen. »Ich kann dich dem Thrif in den Rachen werfen und wegrennen. Siehst du, schon hättest du mein Leben gerettet. Das würde ich dir nie vergessen.«

»Genau dieser Heldenmut hat mich schon als kleiner Junge dazu inspiriert, Tizerkan zu spielen«, hatte Lazlo bemerkt.

»Nichts wird passieren«, hatte Tzara sich eingemischt und Ruza einen Stoß in die Seite gegeben. »Wir wollen den Thrif nur ein bisschen anstupsen. Wenn du noch nie einen gesehen hast, kannst du diese Kreaturen gar nicht richtig würdigen. Das ist alles.«

Ein bisschen anstupsen. Ein Monster. Und dann?

»Dann kannst du einem Albtraum ins Gesicht blicken«, hatte Eril-Fane gesagt und ihnen den Abstecher erlaubt. Die Karawane würde einen weiten Bogen um das Wesen machen. Sie hatten dafür sogar ihre Route geändert. Aber Ruza konnte es gar nicht abwarten, Lazlo die hässlichste Spezies des Elmuthaleth zu zeigen. Die Thrif waren Lauerjäger. Sie gruben sich in den Sand ein und warteten geduldig – manchmal jahrelang –, bis zufällig eine Beute vorbeikam. Die Tiere waren nur dann eine Gefahr, wenn man das Pech hatte, über sie hinwegzuspazieren. Aber da die Karawane abgerichtete Thrif-Falken mitführte, wussten die Reisenden immer genau, wenn sich eines der Wesen in ihrer Nähe befand.

Tief am Himmel zog einer der Vögel seine Kreise und zeigte damit an, wo ein Thrif vergraben lag. Schon immer hatten die Karawanen besondere Falkner in ihre Dienste gestellt, deren Vögel den Gestank der Kreaturen von Weitem rochen, sodass man ihnen ausweichen oder sie zuweilen jagen konnte. Genau das taten sie nun, allerdings nicht mit der Absicht zu töten. Inzwischen befanden sie sich nur noch zwanzig Meter entfernt, und Lazlo spürte ein Kribbeln im Nacken. Er hatte sich noch nie an etwas angepirscht.

»Der Thrif weiß, dass wir kommen«, sagte Ruza. »Er spürt die Vibration unserer Schritte. Bestimmt ist er schon ganz aufgeregt. Sein Rachen füllt sich mit Verdauungssäften, einer warmen, blubbernden Brühe. Wenn man von ihm gefressen wird, fühlt es sich vermutlich an, als würde man in ein heißes Bad fallen. Ein ziemlich ekliges Bad.« Ruza war der Jüngste der Tizerkan, gerade erst achtzehn, und er war der Erste gewesen, der Lazlo willkommen geheißen hatte. Nicht, dass die anderen ihm das Gefühl gegeben hatten, *un*willkommen zu sein. Aber Ruza war von Natur aus hilfsbereit und eifrig. Nun ja, vor allem war er eifrig darin, Lazlo zu necken, doch gleichzeitig hatte er es übernommen, ihm das Nötigste beizubringen: Reiten, Speerwurf und Fluchen. Überhaupt war er ein guter Sprachlehrer, vor allem, weil er ständig redete. Nur konnte man sich auf seine Lektionen nicht verlassen. Das hatte Lazlo früh herausgefunden, als er Azareen, Eril-Fanes Stellvertreterin, eigentlich fragen wollte: ›Kann ich dir helfen?‹ und stattdessen sagte: ›Möchtest du an meinen Achselhöhlen schnuppern?‹

Sie hatte dankend abgelehnt.

Aber das war ganz zu Anfang gewesen. Inzwischen hatten sich Lazlos Sprachkenntnisse weit genug verbessert, um zu bemerken, wenn Ruza ihn austricksen wollte.

Also meistens.

»Still jetzt«, sagte Tzara. »Schau auf den Sand.«

Lazlo gehorchte. Der Schatten des Falken beschrieb einen Kreis, doch darin sah er keine Spur des vergrabenen Raubtiers. Der Sand an dieser Stelle unterschied sich nicht im Geringsten vom Sand überall sonst auf der Welt.

Tzara blieb abrupt stehen und fragte: »Vielleicht sollten wir dir die Ehre überlassen?« Sie gehörte ebenfalls zu den Jüngeren der Tizerkan. Ihr Gesicht war glatt und bronzefarben mit einer markanten Nase und einer Narbe, die ihre rechte Augenbraue durchtrennte. Sie trug den Kopf geschoren, bis auf einen zollbreiten Haarstreifen in der Mitte, den sie lang wachsen ließ und zu einem Zopf geflochten hatte.

»Ehre?«, fragte Lazlo zurück.

Sie reichte ihm einen Kiesel. »Wirf ihn einfach hinein.«

Lazlo hielt den Speer in der einen und den Stein in der anderen Hand. Er starrte auf die Sandfläche, auf den kreiselnden Schatten des Falken, atmete tief durch und warf den Kiesel. In einem Bogen schwirrte er durch die Luft. Und dann … Nun, Lazlo hatte erwartet, dass *etwas* passieren würde. Etwas Gewaltiges. Aber vielleicht konnte man sich auf sein erstes Monster nicht wirklich vorbereiten. Kaum hatte der Kiesel die Oberfläche berührt, schien der gesamte Wüstenboden zu *explodieren.*

Sand flog in alle Richtungen, prasselte gegen Lazlos Gesicht und geriet ihm in die Augen, wodurch sein erster Eindruck von dem Wesen, das vor ihm in die Höhe schnellte, nur ein riesiger, stacheliger Fleck war. Lazlo machte einen Sprung zurück. Der Speer wog schwer in seiner Hand, und er schaffte es irgendwie, über die eigenen Füße zu stolpern, sodass er mit einem Plumps auf dem Hosenboden landete. Ruza und Tzara dagegen blieben ruhig stehen und hoben nicht einmal die Speere. Also nahm Lazlo sich ein Beispiel an ihrer Gelassenheit, wischte sich den Sand aus den Augen und starrte.

*Eine Riesenspinne*, dachte er zuerst, während sein Verstand mühsam nach Vergleichen suchte, um dem Anblick einen Sinn zu geben. Aber das Ding ergab einfach keinen Sinn. Irgendwie ähnelte es einem gewaltigen aufgeblähten Magen, der überall zappelnde Beine hatte, nur stimmten die Proportionen nicht. Die Beine waren zu kurz, um den Riesenkörper auch nur annähernd stemmen zu können. Dann wurde Lazlo klar, dass es sich gar nicht um Beine, sondern um etwas Anderes handelte. Nämlich Kieferklauen.

Oder in der Fachsprache: *Cheliceren.*

Sie bewegten sich wild hin und her. Ein Dutzend schwarzborstiger Extremitäten, ungefähr so lang wie seine eigenen Arme. Sie endeten in Zangen, um die Beute zu packen und nach unten zu zerren, hinein in die … Mundöffnung.

Lazlo konnte nicht sagen, wie viel vom Körper des Thrif noch immer im Sand verborgen lag, aber soweit er erkennen konnte, bestand das Monstrum fast vollständig aus einem Maul. Es hatte nicht einmal Augen, nur eine riesige, pulsierende Öffnung, die eher an einen Anus erinnerte. Weit geöffnetes, fiebrig rotes Fleisch, gespickt mit dornigen Zähnen. Die Kieferklauen suchten begierig nach Beute und ließen das Maul zucken. Die Zähne klickten auf und zu, um etwas zu finden, in das sie sich hineingraben konnten. Als das Monster nichts fand, kam zischend ein heißer Luftstoß aus der Öffnung, gepaart mit faulig stinkenden Spritzern. Vielleicht die Verdauungssäfte, die Ruza erwähnt hatte?

Tatsächlich, ein ›ziemlich ekliges Bad‹. Lazlo fragte sich unwillkürlich, wie viele Abenteurer, die ohne die Hilfe von Thrif-Falken die Wüste hatten durchqueren wollten, ihr unrühmliches Ende in solchen Raubtierrachen gefunden hatten. Ein ›natürliches, zuschnappendes Tellereisen‹, so nannte Ruza das Geschöpf.

Sie ließen es unbehelligt dort zurück, wo es die nächste Welle von abenteuerlustigen Fremdländern erwarten würde, die verrückt genug waren, sich an die Durchquerung der Wüste zu wagen.

Bald darauf erreichten sie wieder die Karawane, die zur Nacht ihr Lager aufgeschlagen hatte. »Nun?«, fragte Eril-Fane. »Was hältst du von den Thrif?«

»Meine ›So sterbe ich hoffentlich nicht‹-Liste braucht eine Überarbeitung«, sagte Lazlo.

Eril-Fane lachte. »Verständlich. Wir wären wohl schon früher nach Westen aufgebrochen, musst du wissen, aber niemand hatte seit zweihundert Jahren einen Thrif-Falken trainiert. Also haben wir entschieden, lieber zu warten und diese Kunst neu zu erlernen.«

»Eine weise Entscheidung«, sagte Lazlo. Zweihundert Jahre. Das erste Mysterium von Weep, das eine Tür in seinem Bewusstsein aufgestoßen hatte. ›So lange ist es her, dass die Welt für meine Stadt verschwand … und meine Stadt für die Welt‹, hatte Eril-Fane in Zosma gesagt. Seitdem hatte sich Lazlo tagtäglich in seiner Gesellschaft befunden. Trotzdem war er der Bedeutung dieser Worte kein Stück näher gekommen.

Aber bald.

Morgen.

»Ich gehe und stelle die Nebelnetze auf«, bot er an.

»Nicht nötig«, antwortete Eril-Fane. Er war damit beschäftigt, seinen Spektral zu striegeln, der Syrangelis hieß. »Für morgen reicht das Wasser.«

Mit den Netzen konnten Kondenstropfen aus der kühlen Abendluft gefiltert werden, was im Elmuthaleth eine wichtige zusätzliche Wasserquelle war. Doch nun stand die letzte Nacht ihrer Reise bevor. In den Wasserschläuchen befand sich genug, um bis an ihr Ziel zu kommen. Das wusste Lazlo. Er zuckte mit den Schultern. »Es geht nichts über frisch geernteten Nebel«, sagte er und ging trotzdem. Erstens war das Wasser in den Schläuchen zwei Monate alt und schal, zweitens hatte er sich an die Arbeit gewöhnt. Sie bestand daraus, mit einem Hammer aus Eisenholz auf Stäbe einzudreschen, bis sie tief genug im Sand steckten. Nach einem langen Tag im Sattel war das eine willkommene Auflockerung. Außerdem gefiel ihm die Veränderung, die sein Körper dadurch erfuhr – aber es wäre ihm viel zu peinlich gewesen, das offen zuzugeben. Wenn er seinen weißen Chaulnot abstreifte, um zu baden – oder was in der Wüste eben als solches bezeichnet wurde, nämlich kräftiges Abschrubben mit einer Mischung aus Sand und pulverisierter Negauwurzel –, zeigten seine Muskeln eine gemeißelte Härte, die sie vorher nicht besessen hatten.

Selbst seine Hände sahen mittlerweile kaum noch wie seine eigenen aus. Früher hatte er nur an einer einzigen Stelle Hornhaut besessen, nämlich dort, wo der Schreibstift aufsetzte. Nun waren beide Handflächen abgehärtet und die Handrücken so braun wie sein Gesicht. Seine grauen Augen erschienen im Kontrast zu der dunklen Haut um einige Nuancen heller, und die langen Monate, in denen er der Sonne entgegengeritten war, hatten ihm nicht bloß neue Falten eingebracht, sondern die ganze Form seiner Augen verändert. Durch das Blinzeln ins Licht waren sie schmaler geschnitten, während seine Brauen stärker hervortraten und sich zu einer gefurchten Linie verbunden hatten. Diese kleinen Veränderungen bewirkten einen erstaunlichen Wandel. Sie ersetzten Lazlos vage Verträumtheit durch eindringliche Intensität.

So machtvoll wirkte ein halbes Jahr mit weiten Horizonten.

Lazlo konnte mit gutem Grund davon ausgehen, dass er nur noch wenig Ähnlichkeit mit dem Bibliothekslehrling besaß, der vor sechs Monaten mit den Tizerkan aus Zosma fortgeritten war. Den Beweis hatte er bekommen, als die Gesandten sich in Alkonost versammelt hatten, um zusammen die Wüste zu durchqueren. Thyon Nero hatte ihn tatsächlich nicht erkannt.

Seit sie sich das letzte Mal gesehen hatten, waren vier Monate vergangen, und zu Lazlos Überraschung war der Goldsohn in der Karawanserei mehrmals direkt an ihm vorbeigegangen, bevor er sichtbar verblüfft registrierte, wen er vor sich hatte.

Lange schwarze Haare schauten aus der Kapuze eines weißen Chaulnot heraus, er ritt furchtlos auf einem Spektral und unterhielt sich in der Verborgenen Sprache, als sei seine rauchige Stimme dafür gemacht. Man hätte ihn fast für einen Tizerkan halten können. Es war schwer zu glauben, dass in ihm noch immer der verträumte Pechvogel steckte, der beim Lesen gegen Wände gelaufen war.

Horizonte anstelle von Büchern. Reiten statt vergilbter Seiten. Hier draußen herrschte ein anderes Leben, aber der Wandel war trügerisch. Denn Lazlo war genauso ein Traumtänzer wie früher, wenn nicht sogar mehr. Zwar hatte er seine Bücher zurücklassen müssen, doch die Geschichten trug er mit sich, hinaus aus den dämmrigen Erkern der Bibliothek mit ihrem Glavenlicht und hinein in Landschaften, die weitaus besser zu ihnen passten.

Wie diese hier.

Er straffte das Nebelnetz und schaute darüber hinweg auf den Zenit. Zuerst hatte er die Formation für eine Fata Morgana gehalten. Im Elmuthaleth hatte der Himmel rundherum die Erde berührt, ein ungebrochener Kreis, flach und leer, soweit das Auge reichte. Wenn man sich durch die Mitte der Wüste hindurchbewegte, Tag um Tag, wochenlang, wenn man die

Zelte aufschlug und wieder abbaute, während die Sonne auf- und unterging, bis die Tage vor Eintönigkeit verschwammen, dann überstieg es irgendwann den Verstand, sich ein Ende auch nur vorzustellen. Daher hatte er beim ersten Schimmern in der Ferne geglaubt, es müsse eine Illusion sein. Genau wie die Seen mitten in der Wüste, die beim Näherkommen verschwanden. Aber das hier war nicht verschwunden. Im Laufe der letzten Tage war die Formation angewachsen, von einem fahlen Streif am Horizont zu … nun ja, dem Zenit. Was immer er sein mochte.

Er bildete den östlichen Rand der Wüste, und die anderen Faranji begnügten sich damit, ihn als Bergkette zu bezeichnen, aber danach sah er überhaupt nicht aus. Es gab keine zackigen Gipfel. Die ganze Formation – eine Art immenser Hügel oder Wall – war weiß. Sie ragte aus dem Beige der Wüstenebene ins Blau des Himmels und sah aus wie milchiger Kristall oder vielleicht Eis.

Oder … wie das, was in den Mythen beschrieben wurde.

»Jetzt sind wir fast da. Schwer zu glauben.«

Die Stimme gehörte Calixte. Sie gehörte auch zu den Faranji. Als sie neben Lazlo erschien, um mit ihm die Aussicht zu betrachten, schob sie die Kapuze ihres Chaulnot zurück, sodass ihr feines, zierliches Gesicht zum Vorschein kam. Bei ihrer ersten Begegnung war ihr Kopf kahl wie ein Ei gewesen. Man hatte ihn brutal rasiert, genau wie früher einmal Lazlos, aber inzwischen wuchsen ihr wieder Haare. Sie sahen aus wie der weiche braune Flaum frisch geschlüpfter Vogelküken. Ihre blauen Flecken waren seit Langem verschwunden, nur die Narben an den Stellen, wo Eisenketten ihre Hand- und Fußgelenke aufgescheuert hatten, waren geblieben.

Calixte war nicht nur das erste weibliche Wesen, mit dem

Lazlo sich angefreundet hatte, sondern auch die erste Kriminelle.

»Morgen um diese Zeit …«, sagte er und brauchte den Satz nicht zu vollenden. Die gespannte Erwartung war fast greifbar. Morgen um diese Zeit würden sie am Ziel sein. Sie würden den einzigen Pfad hochsteigen, der durch das Fort Misrach auf den Zenit führte, und ihren allerersten Blick auf das werfen können, was dahinter lag.

Weep.

»Hast du eine Theorie? Jetzt ist deine letzte Chance«, sagte Calixte. Sie hatte ihr zerfleddertes Notizbuch in den Händen, hielt es hoch und ließ es vor Lazlos Gesicht wie Schmetterlingsflügel flattern.

»Du gibst nicht auf, oder?«

»Stimmt, das erzählt man sich über mich. Schau mal, eine Seite ist noch frei.« Sie zeigte ihm die Leerstelle. »Ich habe sie für dich aufbewahrt.«

»Hättest du nicht tun sollen.«

»Doch, allerdings. Bilde dir nur nicht ein, dass ich dich auf den Zenit steigen lasse, ohne wenigstens eine von dir gehört zu haben.«

Eine Theorie.

Als die Gesandten sich damals in Alkonost getroffen hatten, waren sie davon ausgegangen, dass man sie nun über den Grund für die Reise aufklären würde. Also über Weeps ›Problem‹. Wenigstens das hatten sie wohl verdient, nachdem sie so weit gekommen waren. Und als Eril-Fane sich bei der ersten gemeinsamen Mahlzeit an seinem Tischende erhoben hatte, warteten alle stumm und gespannt auf die Informationen, die er ihnen schuldig war. Am nächsten Tag würden sie den Fuß zum ersten Mal in den schrecklichen, endlosen Elmuthaleth setzen. Da war es nur fair, dass sie wenigstens wussten, *warum* – und zwar am liebsten, solange ihnen noch die Möglichkeit blieb, umzukehren.

»Die Zeit, die ihr bei uns verbringen werdet«, hatte Eril-Fane damals gesagt, »wird euch herausfordern, an Dinge zu glauben, die ihr im Moment noch nicht für möglich haltet. Ihr alle seid rationale Männer und Frauen, die nur glauben, was sie sehen und beweisen können. Deshalb wäre es sinnlos, euch jetzt schon mehr zu erzählen. Im Gegenteil. Wie ihr bald feststellen werdet, hat der Elmuthaleth mit seiner erbarmungslosen Leere eine besondere Wirkung auf den Geist. Er schärft ihn und verschärft jeden Gedanken. Mir wäre es lieber, wenn er eure Neugier und nicht eure Skepsis schürt.«

Mit anderen Worten: *Lasst euch überraschen.*

Also blieb auch der Rest ihrer Reise ein Mysterium. Sie brachen auf, doch nicht ohne Murren und eine große Menge Spekulationen.

Die Durchquerung der Wüste war hart gewesen: monoton und trostlos, eine Herausforderung für den Körper und die Seele. Die Theorienbörse war Calixtes Idee gewesen. Eine gute, wie Lazlo fand. Er hatte gesehen, wie das Wettspiel die anderen mit einem Funken Lebendigkeit erfüllte, weil es nun etwas zu gewinnen gab. Dabei schadete es keineswegs, dass sie alle sich gerne reden hörten und nun Gelegenheit dazu bekamen. Das Spiel war einfach. Man wagte eine Vermutung, worin das Problem von Weep bestand, und Calixte schrieb sie in ihr Notizbuch. Jeder konnte so oft raten, wie er wollte, aber für jeden Eintrag musste man zehn Silbermünzen in die Theorienbörse zahlen. Es handelte sich um eine schäbige Handtasche aus uraltem grünen Brokat, die von einer geschmacklosen Brosche zugehalten wurde. Calixte sagte, sie habe ihrer Großmutter gehört. Andererseits behauptete sie auch, dass sie aus einer Familie von Meuchelmördern stammte – oder Akrobaten, je nach Laune –, also war es schwer zu wissen, was man ihr glauben sollte.

Wenn sie Weep erst erreicht hatten und das Geheimnis enthüllt wurde, würde die volle Tasche an denjenigen gehen, der am besten geraten hatte. Inzwischen befanden sich darin gute fünfhundert Münzen, sodass sie fast aus ihren zerfransten grünen Nähten platzte.

Lazlo hatte sich zu keiner Theorie hinreißen lassen. »Bestimmt kann es inzwischen keine Idee mehr geben, die niemand für sich beansprucht«, sagte er.

»Nun ja, zumindest sind alle *langweiligen* bereits genannt worden, soviel ist sicher. Wenn ich noch eine einzige weitere Männerfantasie über Eroberer höre, bringe ich mich auf der Stelle um. Aber du kannst das besser, da bin ich mir sicher. Du bist ein Geschichtenerzähler. Erträume etwas Wildes und Unglaubliches«, bettelte sie. »Wunderschön und voller Monster.«

»Wunderschön *und* voller Monster?«

»Wie alle wirklich guten Geschichten.«

Da konnte Lazlo ihr nicht widersprechen. Er rückte ein letztes Mal das Netz zurecht und machte sich an den Rückweg ins Lager. »Nur geht es in dem Wettbewerb nicht um Geschichten.«

Calixte hielt mit ihm Schritt. »Doch, genau darum geht es. Um eine *wahre* Geschichte. Wenn du mich fragst, muss die Wahrheit seltsamer sein als alles, was diese fantasielose Truppe sich erträumen kann.« Sie wedelte verächtlich mit ihrem Notizbuch in Richtung der Lagermitte, wo die übrigen Faranji versammelt waren und darauf warteten, dass man ihnen das Essen kochte. Sie hatten es sich schnell in der Gästerolle bequem gemacht, zumindest galt das für die meisten. Zufrieden genossen sie ihren Müßiggang, während die Karawanenführer und die Tizerkan – und Lazlo – sämtliche Arbeiten erledigten. Die beginnende Abendkälte hatte sie bereits dazu gebracht, die dicken Chaulnots aus Wolle über die leichtere Stoffschicht zu ziehen, was bewies, dass hier kein Funke Energie durch ehrliche Arbeit in Körperwärme verwandelt worden war. Mit übergestülpten Kapuzen drifteten sie ziellos umher und erinnerten Lazlo an eine Geistergesellschaft bei der Teepause.

»Schon möglich«, gab er zu.

»Also bleibt es jetzt an dir hängen«, sagte Calixte. »Du kannst gar nichts dagegen machen, deine Ideen sind immer seltsam und anders. Muss an deinem Nachnamen liegen.«

Lazlo musste gegen seinen Willen lachen. Normalerweise waren Anspielungen auf seinen Namen weit weniger freundlich gemeint. »Ich bin kein Mitglied der Gesandtschaft«, erinnerte er sie. Ja, was war er eigentlich? Privatsekretär, Geschichtenerzähler und Laufbursche, weder Tizerkan noch Gesandter, einfach nur jemand, der seinem Traum hinterherrannte.

»Aber du *bist* ein Faranji«, gab Calixte zurück. Damit hatte sie recht, auch wenn er mit dem Rest von ihnen wenig gemein hatte. Er war auf einem Spektral in ihre Städte geritten gekommen, also nahmen sie erst einmal an, dass er aus Weep kam – zumindest, bis Thyon Nero sie von diesem Irrglauben befreite.

»Er ist nur ein elternloser Bauernbengel aus Zosma, müsst ihr wissen«, hatte er erklärt, bevor sie vielleicht in Versuchung gerieten, so etwas wie Respekt für ihn zu empfinden.

»Selbst wenn ich gewinnen sollte«, sagte Lazlo zu Calixte, »würden die anderen nur behaupten, ich hätte die Antwort schon im Voraus von Eril-Fane bekommen.«

»Mir ist gleich, was die anderen sagen«, erwiderte Calixte.

»Das hier ist mein Wettspiel. Also entscheide ich, wer gewinnt, und *ich* glaube dir.«

Lazlo war selbst überrascht von dem starken Gefühl der Dankbarkeit, das ihn überkam. Jemand glaubte ihm, selbst wenn es nur eine Grabräuberin aus einer Familie von Meuchelmördern (oder Akrobaten, je nach ihrer Laune) war. Vielleicht ganz besonders deshalb.

Calixte passte so wenig zum Rest der Gruppe wie Lazlo selbst. Aber im Gegensatz zu ihm *war* sie ein Mitglied der Gesandtschaft. Wenn auch das merkwürdigste. Sie war eine unerwartete Überraschung gewesen, selbst für Eril-Fane. Schließlich war er nach Syriza gereist, um einen Baumeister zu finden, keine Akrobatin.

Das Königreich war nach Zosma ihr nächstes Ziel gewesen, und so hatte Lazlos erste Aufgabe als Sekretär des Götterschlächters darin bestanden, Ebliz Todd anzuheuern, den Baumeister der Wolkennadel, des höchsten Turms der Welt. Und was für ein Gebäude das war! Es sah aus wie eine gigantische Schneckenmuschel oder als hätte ein Einhorn seine Hornspitze durch den Boden gerammt. Die Leute erzählten sich, dass es über sechshundert Fuß maß. Es war als schlichte Spirale gebaut, fensterlos und ohne Schmuck. Syriza war berühmt für seine Türme, und dieser war der König aller Bauten.

Eril-Fane war entsprechend beeindruckt gewesen und hatte Ebliz Todd alles versprochen, was er verlangte, um ihn zu einer Reise nach Weep zu verführen. Der Vertrag wurde von Lazlo aufgesetzt, wie es nun zu seiner offiziellen Stellung gehörte, und unterschrieben. Als sich der Reitertrupp der Verborgenen Stadt bald darauf zur Abreise bereit machte, erwähnte Lazlo ein Gerücht, das er aufgeschnappt hatte:

Angeblich war eine junge Frau die Wolkennadel *hochgeklettert.*

»Ohne Sicherheitsleinen«, hatte er Eril-Fane erzählt. Nur mit ihren Händen und nackten Füßen. Sie hatte dazu den schmalen Spalt benutzt, der als einzige Unebenheit spiralförmig vom Fundament bis zur Spitze des Turms verlief.

»Und ist sie oben angekommen?«, wollte Eril-Fane wissen und blinzelte mit schmalen Augen zu dem Turm hoch, um zu entscheiden, wie wahrscheinlich er eine solche Tat fand.

»So sagen die Leute. Offenbar hat man sie dafür in den Kerker geworfen.«

»In den *Kerker?* Weil sie einen Turm hochgeklettert ist?«

»Nein, weil sie ein Königsgrab geschändet hat«, erklärte Lazlo.

Zwar war der Mann, für den die Wolkennadel erbaut worden war, noch quicklebendig, aber da es sich um die zukünftige Ruhestätte eines Monarchen handelte, war der Turm bereits mit jeder Art von Luxus ausgestattet worden, die man sich im Jenseits nur wünschen konnte. Abgesehen von einer runden Fensteröffnung an der Spitze (damit die »Seele atmen konnte«), gab es nur einen einzigen Weg hinein, der stets bewacht wurde. Doch als der Schatzmeister die Grabkammer mit einer ganzen Armladung *Itzal* betrat (in Gläser eingeweckte Tierseelen, da die Tradition von Sklaven-Itzal und Ehefrauen-Itzal inzwischen glücklicherweise abgeschafft war), entdeckte er ein Mädchen, das im Schneidersitz auf dem juwelenbedeckten Sarkophag hockte und *mit Smaragden jonglierte.*

Sie gab zu, dass sie den Turm erklettert hatte und durch das Rundfenster eingedrungen war, behauptete aber, Stehlen sei nie ihre Absicht gewesen. Sie habe nur ihre Jonglierkünste trainieren wollen. Das würde doch wohl jeder einsehen? Als Eril-

Fane in die Kerkerzelle trat – und dort eine kahl geschorene Straßengöre voller blauer Flecken und in Eisenketten vorfand, die sich halb verhungert mit einem rostigen Nagel verteidigte –, fragte er sie, warum sie so etwas getan hatte. Sie antwortete stolz: »Weil ich es konnte.«

Lazlo nahm an, dass Eril-Fane sie auch aus diesem Grund mitgenommen hatte: weil sie einen sechshundert Fuß hohen Turm erklettern konnte, nur mit Hilfe ihrer zierlichen Hände und nackten Füße. Allerdings hatte er keine Ahnung, wozu diese Fähigkeit gut sein sollte. Das war nur ein weiteres Teil des Puzzles.

- ***Ebliz Todd:*** ein Mann, der einen hohen Turm bauen konnte
- ***Calixte Dagaz:*** ein Mädchen, das ihn erklettert hatte
- ***Thyon Nero:*** der Alchemist, dem es gelungen war, Azoth zu destillieren
- ***Jonwit Belabra:*** ein Mathematiker
- ***Phathmus Mouzaive:*** ein Naturphilosoph, der gerne behauptete, sein Wissensgebiet sei nicht weniger als »die physikalischen Gesetze des Universums«, doch der sich in Wirklichkeit mit einem etwas enger gesteckten Feld beschäftigte, nämlich Magnetismus
- ***Kae Ilfurth:*** ein Ingenieur
- ***Die Fellerings:*** Zwillingsbrüder, beide Metallurgen
- ***Fortunus Kether:*** ein Künstler, in der Öffentlichkeit für seine Fresken berühmt, weniger öffentlich für die Katapulte und Belagerungsmaschinen, die er im Dienst kriegerischer Herrscher entwarf

- ***Drave:*** einfach nur Drave, bezeichnete sich selbst als ›Explosionist‹, war auf Sprengladungen für Minen spezialisiert und gab als Empfehlung an, er habe schon ganze Berghänge weggeblasen
- ***Soulzeren und Ozwin Eoh, verheiratet:*** eine Mechanikerin und ein Landwirt / Botaniker, hatten zusammen ein Fahrzeug erfunden, das sie ›Seidenschlitten‹ nannten und das *fliegen* konnte

Das also waren die Auserwählten des Götterschlächters. Da man ihnen über das Problem in Weep nur mitgeteilt hatte, es sei »ein Schatten dunkler Zeiten«, bestand der einzige echte Hinweis für ihre Theorien in *ihnen selbst.* Die Antwort, schlossen sie ganz logisch, musste sich in einer Kombination ihrer verschiedenen Spezialkenntnisse finden lassen. Wenn man das Rätsel also umgekehrt anging, ergab sich die Frage: Welche Art von Problem könnten diese Fertigkeiten lösen?

Wie Calixte beklagt hatte, gingen die meisten Theorien in eine kriegerische Richtung und drehten sich um Eroberung, Waffen und Verteidigung. Lazlo verstand durchaus, warum – Belagerungsmaschinen, Sprengkörper und Metall deuteten in eine solche Richtung. Aber er selbst glaubte nicht, dass es sich um ein Problem dieser Art handelte. Eril-Fane hatte gesagt, dass es keine Gefahr für sie darstellen würde, Lazlo konnte sich auch schlecht vorstellen, dass der General der Tizerkan seine Stadt so lange verlassen würde, wenn sie von Feinden bedroht wäre. Trotzdem gab es etwas, das wie ein Spuk vergangener Zeiten auf ihnen lastete. So hatte er es ausgedrückt: *wie ein Spuk.* Lazlo hatte wohl als Einziger die Möglichkeit in Betracht gezogen, dass er es wörtlich meinen könnte. Wenn man einmal annahm, dass es dort Gespenster oder Ähnliches gab …

*Götterschlächter* ... also die Geister toter Gottheiten? Nun, das würde er Calixte bestimmt nicht in ihr Buch diktieren. Erstens bestand die Delegation wohl kaum aus Leuten, die man für solch ein Dilemma herbeirufen würde, und zweitens würden sie ihn nur auslachen.

War das vielleicht der Grund, warum er noch keine Theorie aufgestellt hatte? Weil er Angst hatte, dafür verlacht zu werden? Nein. Eher, weil er sich wünschte, dass Calixte recht hatte und die Wahrheit seltsamer war als alles, was man sich erträumen konnte. Er wollte die Antwort gar nicht erraten, nicht einmal für fünfhundert Silberlinge. Er wollte morgen den höchsten Kamm des Zenit erklimmen, seine Augen öffnen und *sehen*.

»Wenn ihr die Stadt seht«, hatte Eril-Fane ihnen versprochen, »werdet ihr sofort verstehen, worum es geht.«

Sofort, wenn ihr die Stadt seht.

Sofort.

Worin auch immer das Problem bestand, es würde sich schon beim ersten Blick enthüllen. Das war ein weiteres Puzzlestück, aber Lazlo mochte nicht darüber nachgrübeln. »Ich will nicht raten«, sagte er Calixte, »ich will überrascht werden.«

»Dann lass dich eben überraschen!«, sagte sie ungeduldig. »Du musst ja nicht *richtig* raten. Hauptsache, es ist *interessant*.«

Inzwischen waren sie wieder im Lager angekommen. Die flachen Zelte aus Wollstoff waren bereits aufgestellt, und die Tizerkan hatten ihre Spektrale in einem großen Rundbau aus derselben Filzwolle untergebracht. Die Kamele mit ihren Zottelpelzen verbrachten die Nacht in der Kälte des Sternenlichts. Sie waren von den Treibern bereits entladen worden, und man hatte die Gepäckballen hinter einem Windschutz gestapelt, auch wenn sich an diesem Abend bisher kein Lüftchen regte.

Die Rauchfahne des Lagerfeuers ragte so gerade nach oben wie die ›Verwunschenen Seile‹ auf dem Marktplatz von Alkonost, die mitten in der Luft hingen, während kleine Jungen an ihnen hochkletterten.

Die Faranji warteten noch immer auf ihr Abendessen. Am Himmel kreisten Aasvögel und stießen hässliche Rufe aus, deren Übersetzung sich Lazlo ungefähr so vorstellte: »Nun sterbt endlich, damit wir euch fressen können.«

Eril-Fane ließ einen Botenfalken aufsteigen, der mit einem warnenden Raubvogelschrei durch ihre Reihen stieß und auf den Zenit zueilte. Lazlo schaute seinem Flug hinterher, und dieses Bild verdeutlichte mehr als alles andere, wie nah sie ihrem Ziel bereits waren.

Sein unerreichbarer Traum war auf unfassbare Art greifbar geworden.

»Schon gut«, ließ er Calixte wissen. »Du hast gewonnen.«

Sie warf ihren Kopf zurück und stieß ein triumphierendes Geheul aus, das im Lager alle Augen auf sich zog.

»Gib Ruhe, Wölfin«, lachte er. »Du bekommst *eine* Theorie von mir, so wild und unglaublich, wie ich sie mir ausdenken kann.«

»Außerdem wunderschön *und* voller Monster«, erinnerte sie ihn.

»Gut, auch das«, stimmte er zu und wusste in diesem Moment, was er ihr erzählen würde.

Nämlich die älteste Geschichte der Welt.

# 15

## Die älteste Geschichte der Welt

Die Legende der Seraphim war älter als jede andere. Lazlo hatte alle Folklorebücher der Großen Bibliothek gelesen, alle Schriftrollen, Liedertexte und Sagen, die über Jahrhunderte der mündlichen Tradition von einem Erzähler zur anderen weitergegeben worden waren, bis sie schließlich auf dem Papier eingefangen wurden. Diese übertraf an Alter jede andere. Sie reichte mehrere Jahrtausende zurück – vielleicht ganze sieben – und fand sich in beinah jeder Kultur. Dazu gehörte auch die Verborgene Stadt, denn dort hatte man diese Geschöpfe einst angebetet. Je nach Sprache hießen sie Enkyel, Anjelin, S'rith, Serifain oder Seraphim, doch der Kern ihrer Geschichte blieb immer derselbe und lautete wie folgt:

Sie waren Wesen von unübertrefflicher Schönheit mit Flügeln aus rauchlosem Feuer, und es gab sechs von ihnen, drei männliche, drei weibliche. In einer fernen, fernen Vergangenheit, als die Zeit noch keinen Namen hatte, stiegen sie vom Himmel herunter.

Sie kamen, um zu sehen, wie diese Welt beschaffen war. Was sie fanden, waren reicher Boden, köstliche Meere und Pflanzen, die von einem Leben als Vögel träumten und auf Flügelblättern in die Wolken emporschwebten. Außerdem fanden sie die Ijji, eine Rasse abstoßender Kolosse, die sich Menschen als Sklaven und Haustiere hielten oder sie sogar auffraßen, je nach Version der Geschichte. Die Seraphim hatten Mitleid mit den Menschen und erschlugen die Ijji, jeden einzelnen, häuften die Leichname am Rand der großen Staubsee auf und verbrannten sie auf einem Scheiterhaufen von der Größe eines Mondes.

Und so, erzählt die Legende, begann der Aufstieg der Menschen in dieser Welt namens Zeru, deren Herrscher sie heute sind, während die Dämonen von den Engeln vernichtet wurden. Einst, in einer längst vergessenen Zeit, glaubten alle Menschen daran und waren außerdem überzeugt, dass die Seraphim eines Tages zurückkehren und über sie richten würden. Damals hatte es Tempel gegeben, Priesterinnen, Feuerrituale und Opferungen, aber das lag lange zurück. Niemand glaubte mehr an die alten Mythen.

»Nimm deinen Stift«, sagte Lazlo zu Calixte, als er aus seinem Zelt trat. Er hatte sich die Zeit genommen, zuerst seinen Spektral Lixxa frisch zu machen und dann sich selbst. Sein allerletztes Sandbad. Das würde er bestimmt nicht vermissen. »Bist du bereit? Ich habe mir etwas wirklich Gutes ausgedacht. Extrem unwahrscheinlich.«

»Gut, dann heraus damit.«

»In Ordnung.« Er räusperte sich, und Calixte wedelte ungeduldig mit ihrem Stift herum. »Das Problem ist«, sagte er in einem vollkommen vernünftig und ernst klingendem Tonfall, »dass die Seraphim zurückgekommen sind.«

Calixte wirkte hocherfreut. Sie neigte den Kopf und begann zu schreiben.

Aus der Richtung der Faranji hörte Lazlo ein Lachen. »Seraphim«, schnaubte jemand. »Absurd.«

Er ignorierte sie alle. »Natürlich hast du von den Seraphim gehört«, sagte er zu Calixte. »Sie kamen vom Himmel herab, aber weißt du auch, *wo?* Genau *hier.*« Er deutete um sich herum. »Die Geschichten erzählen von der großen Staubsee. Was kann damit anderes gemeint sein als der Elmuthaleth? Und der Scheiterhaufen von der Größe eines Mondes?« Er zeigte auf die einzige Erhebung in der riesigen flachen Ebene.

»Der Zenit?«, fragte Calixte.

»Schau ihn dir an. Das ist kein Kristall, kein Marmor und ganz bestimmt kein Eis.«

Die Sonne war zu einem Streifen Kupfer zerronnen, und der Himmel hüllte sich in immer tieferes Blau. Der Zenit sah noch unirdischer aus als bei Tageslicht und strahlte, als sei er von Innen erleuchtet. »Und woraus besteht er?«, fragte Calixte.

»Aus den verschmolzenen Knochen erschlagener Dämonen«, sagte Lazlo, genau wie Bruder Cyrus ihm einst erzählt hatte. »Tausende davon. Das heilige Feuer hat ihr Fleisch verzehrt, und ihre Knochen, woraus auch immer sie bestanden, zerschmolzen zu Glas. Man kann noch immer ihre Schädel sehen, allesamt voller spitzer Zähne, man erahnt die gekrümmten Wirbelsäulen und langen Fußskelette. Aasvögel nisten in ihren riesigen Augenhöhlen. Dort kann nichts überleben bis auf die Totengräber unter den Tieren.«

Calixte hatte aufgehört, mitzuschreiben. Ihre Augen standen weit offen. »*Wirklich?*«, fragte sie atemlos.

Lazlo brach in ein breites Lächeln aus. *Extrem unwahrscheinlich*, wollte er sie gerade erinnern, als jemand anderes ihm zuvorkam.

»Nein, natürlich nicht«, erklang eine Stimme, die spöttisch und übertrieben geduldig klang. Sie gehörte Ebliz Todd, dem Turmbauer. Er war keineswegs erfreut gewesen, seine Einladung durch den Götterschlächter mit einem Mädchen teilen zu müssen, das »meine Wolkennadel hochgekrabbelt ist wie ein lästiger Käfer«. Man hörte ihn Beschwerden äußern, die ungefähr so klangen: »Es entwürdigt alle von uns, die *echte* Talente vorweisen können, eine *Diebin* in unseren Reihen zu haben.« Nun sagte er mit tiefster Herablassung: »Mein gutes Kind, deine Leichtgläubigkeit reicht so weit wie diese Wüste. Man könnte darin verloren gehen und nie wieder einem Schimmer von Fakten und Logik begegnen.«

Ein paar der anderen stimmten in sein Lachen ein und äußerten laut ihre Verwunderung, dass jemand solchen Unsinn glauben konnte. Thyon Nero lehnte sich gegen den Windschutz, der Schein des Feuers und des Sonnenuntergangs tauchten ihn in ein goldenes Licht. »Strange glaubt auch daran«, bemerkte er zu Drave, dem Explosionisten, der an seiner Seite saß und in dieser Nachbarschaft äußerlich sehr schlecht abschnitt. Der Goldsohn sah selbst inmitten einer Wüstendurchquerung prächtig aus. Die Sonne hatte seiner Haut einen schmeichelhaften Goldschimmer verliehen, und die gebleichten Haarspitzen schimmerten. Durch die schmalen Rationen während der Reise war der exquisite Schnitt seines Gesichts weiter ausgemeißelt worden, und der kurze Bart – den Thyon im Gegensatz zu allen anderen rasiert und gepflegt hielt – verlieh ihm Reife und Bedeutung, ohne dass er dafür etwas von seinem Jugendglanz opfern musste.

Drave war das genaue Gegenteil. Drahtig und so wettergegerbt, dass er weit älter als seine gut dreißig Jahre wirkte. Er stammte aus Maialen, wo sich die Sonne selten blicken ließ, und seine extreme Blässe hatte ihn mehr als alle anderen unter der Wüstensonne leiden lassen. Die Haut verbrannte, schälte sich ab und verbrannte wieder, bis sein Gesicht einem Flickenteppich in Pink und Rot glich, durchsetzt von bräunlichen Schorffetzen aus abgestorbenem Gewebe.

Die beiden bildeten ein seltsames Paar: der Alchemist und der Explosionist. Sie waren schon in Alkonost häufig zusammen anzutreffen gewesen und hatten sich angewöhnt, nebeneinander zu reiten und die Mahlzeiten gemeinsam einzunehmen. Bei jedem anderen hätte es wie Freundschaft gewirkt, aber Lazlo konnte darin nichts so Gutartiges sehen. Schon in Zosma hatte Thyon Nero keine ›Freunde‹, sondern ausschließlich Bewunderer gehabt, und Drave schien willig, diese Rolle einzunehmen. Er ging so weit, Thyon das Frühstück zu bringen und ihm den Sand aus den Stiefeln zu schütteln, ohne je mit Dank belohnt zu werden. Lazlo fragte sich, ob das »Vielen Dank«, das sich Thyon Nero vor Jahren abgerungen hatte, wohl das einzige war, das ihm in seinem Leben über die Lippen gekommen war. Das bedeutete allerdings nicht, dass ihm Drave leidtat. Es schien Lazlo offensichtlich, dass der Explosionist ebenfalls nicht auf Freundschaft abzielte, sondern auf das Geheimnis der Goldmacherei.

*Viel Glück damit*, dachte er ironisch.

»Er glaubt einfach an alles, sogar Geister«, fügte Thyon hinzu, was Drave ein bereitwilliges Kichern entlockte. Dann richtete er den Blick auf Lazlo und fragte: »Oder etwa nicht, Strange?«

Lazlo fühlte sich an den grauenhaften Tag erinnert, als der Alchemist am Tresen der Bibliothek erschienen war und seine Bücher eingefordert hatte. Auch damals hatte ein plötzlicher, scharfer Blick ihn ins Rampenlicht gerückt. Gefolgt von einer spitzen Frage, die Unbehagen bereiten sollte. Und er fühlte tatsächlich einen Schatten seiner früheren Furcht. Während der ganzen Reise hatte Nero kaum ein Wort mit ihm gesprochen, abgesehen von kleinen Sticheleien. Aber manchmal fühlte Lazlo einen brennenden Blick auf sich ruhen und fragte sich, ob der Alchemist immer noch ein Risiko in ihm sah. Ihm, dem einzigen lebenden Menschen, der sein Geheimnis kannte.

Auf Thyons Frage gab er eine vage Antwort zurück: »Ich gebe zu, ich bevorzuge ein offenes Gemüt gegenüber Scheuklappen«, sagte er.

»Du nennst es also ein offenes Gemüt zu glauben, dass Männer auf feurigen Schwingen vom Himmel geflogen kamen?«

»Und Frauen«, sagte Lazlo. »Wie traurig wäre eine rein männliche Spezies.«

»Vor allem wäre sie ausgestorben«, bemerkte Calixte. »Männern fehlt nicht nur die Gebärmutter, sondern auch gesunder Menschenverstand.«

Lazlo kam ein verstörender Gedanke. Er drehte sich zu Ruza um und wechselte in die Sprache der Verborgenen Stadt, um zu fragen: »Gibt es männliche und weibliche Thrif? Lieber Himmel, erzähl mir bitte nicht, dass diese Dinger sich paaren.«

»Irgendwo müssen Baby-Thrif ja herkommen«, gab Ruza zurück.

»Aber wie finden sie sich denn überhaupt?«, rätselte Lazlo. »Ganz zu schweigen von …« Den Rest ließ er lieber ungesagt.

»Keine Ahnung. Aber ich wette, wenn sie es tun, geben sie ihr Allerbestes.« Der junge Krieger wackelte anzüglich mit den Augenbrauen.

Lazlo schnitt eine Grimasse. Ruza zuckte mit den Schultern. »Was wissen wir denn schon? Vielleicht sind die Liebesgeschichten der Thrif ja die schönsten aller Zeiten.«

Calixte schnaubte. Sie hatte sich ebenfalls die Mühe gemacht, die Sprache zu erlernen, vor allem mit Tzara als Lehrerin, so wie Lazlo sich von Ruza helfen ließ. Die beiden Frauen saßen auch jetzt zusammen, und Calixte flüsterte Tzara etwas ins Ohr, woraufhin sich die Kriegerin auf die Lippe biss und rot anlief.

»Also«, meldete sich Thyon zu Wort, dessen verkniffenes Gesicht verriet, dass er sich als Ziel ihres Spotts betrachtete. Da er sich *nicht* die Mühe gemacht hatte, die Sprache zu erlernen, konnte man ihm sein Misstrauen nicht wirklich verdenken. Er formulierte seine Frage neu. »Du glaubst also, dass Männer *und Frauen* auf feurigen Schwingen vom Himmel geflogen kamen?«

Lazlo hatte nicht gesagt, dass er an die Seraphim glaubte. Selbst in seinen Büchern hatte er so etwas nie behauptet. Schließlich besaß er weder Beweise noch die passende Religion. Es kam ihm nur sehr bemerkenswert vor, dass sich alle Kulturen von Zeru dieselbe Geschichte erzählten. Zumindest bedeutete es doch wohl, dass daraus die Spuren einer uralten Völkerwanderung abzulesen waren. Vielleicht bedeutete es auch mehr. Eine Menge mehr. Aber das spielte kaum eine Rolle, schließlich versuchte er nicht, die Theorienbörse zu gewinnen. Er wollte nur Calixte eine Freude machen. »Ich finde es nicht verwerflich, alle Ideen in Betracht zu ziehen«, sagte er. »Nur so zum Beispiel: Wäre es Euch sonst gelungen, Azoth herzustellen? Wenn Ihr willkürlich entschieden hättet, gewisse chemische Verbindungen außer Acht zu lassen?«

Thyons Blick verhärtete sich. Als er wieder das Wort ergriff, klang sein Tonfall nicht mehr spöttisch, sondern angespannt. »Alchemie ist eine Wissenschaft. Das lässt sich nicht vergleichen.«

»Nun, ich bin kein Alchemist«, sagte Lazlo freundlich. »Nur Lazlo der Träumer, der Kopf in den Wolken.« Er machte eine Pause und fügte grinsend hinzu: »*Wunder zum Frühstück.*«

Thyons Gesicht versteinerte bei dem Buchtitel. Wollte Lazlo ihm etwa drohen? Nein, ganz und gar nicht. Er würde nie sein dreifaches Versprechen brechen und hörte seine eigenen Sticheleien mit einem Gefühl von Unwirklichkeit. Lazlo war kein Lehrling mehr, der dem Goldsohn auf Gedeih und Verderb ausgeliefert war, und von der ganzen Ehrfurcht, die er dem Alchemisten einst entgegengebracht hatte, war nichts mehr übrig. Dennoch war es dumm, ihn absichtlich zu reizen. Er wandte sich wieder Calixte zu. »Gut, wo war ich?«

Sie schaute in ihrem Notizbuch nach. »Die verschmolzenen Knochen erschlagener Dämonen«, soufflierte sie.

»Ja, richtig. Also, die Seraphim landeten *hier* – oder genauer gesagt, dort drüben, in der Stadt.« Er zeigte auf den Zenit und darüber hinweg. »Wo sie die garstigen Ijji erschlugen und so die junge, deutlich besser aussehende Rasse der Menschen von Feinden befreiten. Anschließend verschwanden sie wieder. Jahrtausende vergingen. Die Menschheit wuchs und gedieh. Und dann eines Tages, genau wie prophezeit, geschah es: Die Seraphim kehrten zurück.« Er wartete, bis Calixte mit dem Schreiben hinterherkam.

»Gut«, sagte sie. »Damit hast du die Monster abgehakt, und ich schätze, das ›wunderschön‹ sollte ich dir auch zugestehen. Falls nicht für die Seraphim, dann wenigstens für dein hübsches Gesicht«, fügte sie neckend hinzu. Lazlo wurde nicht einmal rot. Falls Calixte sein Gesicht tatsächlich hübsch fand, was er aufgrund seiner ramponierten Nase sehr bezweifelte, dann steckte jedenfalls keine körperliche Anziehung oder Verlangen dahinter. Nein, er hatte gesehen, wie sie Tzara anschaute und wie die Tizerkan ihre Blicke erwiderte. Das reichte als ausschweifende Lektion zum Thema ›Verlangen‹. »Aber wie«, fragte Calixte, »lautete denn nun das *Problem?*«

»Dazu komme ich gleich«, sagte Lazlo, obwohl er diesen Teil seiner wilden, unglaublichen Theorie in Wahrheit noch nicht ganz ausgetüftelt hatte. Er schaute sich um. Dabei stellte er fest, dass nicht nur die Faranji zuhörten, sondern ebenso die Leute aus der Verborgenen Stadt, von den Tizerkan über die Kamelführer bis hin zum alten Oyonnax, dem Schamanen. Obwohl sie die Handelssprache nicht verstanden, zog Lazlos Stimme ganz von selbst ihre Aufmerksamkeit auf sich. Sie hatten sich daran gewöhnt, dass er ihnen Geschichten erzählte. Allerdings geschah das meistens erst nach dem Abendessen, wenn der Himmel dunkel war und das Flackern des Lagerfeuers über ihre Gesichter tanzte. Ihnen zuliebe übersetzte er seine Theorie kurz. Eril-Fane hörte mit amüsiertem Interesse zu, ebenso wie Azareen, die vielleicht mehr als nur seine Stellvertreterin war. So ganz durchschaute Lazlo die Art ihrer Beziehung nicht. Die Nähe zwischen ihnen war spürbar, wenn auch unerklärlich … schmerzhaft. Die beiden teilten kein Zelt wie verschiedene andere Tizerkan und verzichteten auf jedes Zeichen der Zuneigung, doch wer Augen im Kopf hatte, sah die Liebe, die Azareen für Eril-Fane hegte. Eril-Fanes Gefühle waren schwerer zu deuten. Trotz der Wärme, die er ausstrahlte, ließ er niemanden an sich heran.

Die beiden hatten eine gemeinsame Vergangenheit, soviel war sicher, aber worin mochte sie bestehen?

Wie auch immer, erst einmal musste Lazlo sich mit einem anderen Puzzle beschäftigen. *Das Problem*, dachte er und ließ seiner Fantasie freien Lauf, *Seraphim und Ijji.*

Sein Blick fiel auf Mouzaive, den Naturphilosophen, der sich mit einem Teller und säuerlicher Miene vor der Köchin Madja aufgebaut hatte. Bei diesem Anblick kam ihm eine Idee.

»Die Rückkehr der Seraphim. Gewiss schlug ihnen zu Beginn nur gläubige Ehrfurcht entgegen, aber könnt ihr euch vorstellen, was dann geschah?«, sagte er nacheinander in beiden Sprachen. »Wie sich herausstellte, sind göttliche Wesen ganz *furchtbare* Gäste. Extrem von sich selbst überzeugt. Heben nie einen Finger. Erwarten, dass man sie rechts und links bedient. Kaum zu fassen, aber sie kommen nicht einmal auf die Idee, ihr eigenes Zelt aufzuschlagen oder bei den Kamelen zu helfen, sondern lottern herum und warten darauf, dass man sie füttert.«

Calixte schrieb und biss sich auf die Lippe, um nicht zu lachen. Manche der Tizerkan lachten tatsächlich. Und auch Soulzeren und Ozwin, das Ehepaar mit der Flugmaschine, amüsierten sich, weil die Kritik nicht auf sie zielte. Wer ein Bauerngehöft in der Wildnis von Thanagost unterhielt, saß nie faul herum. Die beiden halfen, wo immer sie konnten. Das Gleiche konnte man von den übrigen Faranji nicht behaupten, die nun starr vor Entrüstung dastanden. »Will er damit etwa sagen, wir sollten *körperliche Arbeit* verrichten?«, fragte Belabra der Mathematiker, begleitet von erstauntem Gemurmel.

»Kurz gesagt«, fasste Lazlo zusammen, »der Zweck dieser

Gesandtschaft ist, die Seraphim zur Abreise zu bewegen. Am Anfang natürlich höflich. Falls das nicht gelingt: mit Gewalt.« Er wedelte mit der Hand in Richtung der Abgesandten. »Explosionen, Katapulte und Ähnliches.«

Soulzeren begann zu applaudieren, also verbeugte er sich. Dabei fiel sein Blick auf Eril-Fane, der ihn nicht länger mit amüsiertem Interesse betrachtete, sondern scharf und abschätzend. Azareen starrte ihn genauso offen an, worauf Lazlo nur mit einem entschuldigenden Schulterzucken reagieren konnte. Seine Theorie war nicht nur absurd, sondern auch dreist und undiplomatisch formuliert gewesen, aber er hatte nicht widerstehen können.

Calixte füllte die letzte Seite ihres Notizbuchs, und Lazlo grub zehn Silberlinge aus seiner Tasche. Das war mehr Geld, als er jemals besessen hatte, bevor er Eril-Fanes Sekretär wurde und seinen ersten richtigen Lohn ausgezahlt bekam. »Lebt wohl, ihr klingenden Münzen«, lamentierte er, während er sie herausrückte, »denn ich werde euch gewiss nie wiedersehen.«

»Kein Grund zum Trübsalblasen, Strange. Du könntest gewinnen«, sagte Calixte wenig überzeugt. Sie begutachtete die Münzen und behauptet, sie hätten eine »verdammte Sieger-Aura« bevor sie das Geld in ihrer übervollen Handtasche verschwinden ließ. Die Nähte dehnten sich bedenklich. Noch eine weitere Münze, und das ganze Gebilde würde sicher auseinanderplatzen. Die letzte Buchseite, das letzte bisschen Platz in der Tasche, und damit war das Spiel offiziell beendet.

Nun konnten sie nur noch auf den morgigen Tag warten und sehen, wer gewonnen hatte.

Die Temperatur fiel schlagartig, sobald in der Wüste die Dunkelheit hereinbrach. Lazlo zog den Chaulnot aus Wolle über den Leinenstoff und stülpte sich die Kapuze über. Das

Lagerfeuer loderte vor einem Himmel aus tiefstem Blauschwarz, und die Reisenden versammelten sich in seinem warmen Schein. Als das Essen serviert wurde, öffnete Eril-Fane eine Flasche, die er für den letzten Abend aufbewahrt hatte. Nach dieser Nacht war es vorbei mit dem Durst, fadem Reiseproviant, schmerzenden Hinterteilen und Schürfstellen von den Sätteln, Sandbädern und Dreck in jeder Falte der Kleidung oder intimeren Stellen. Vorbei mit dem Schlafen auf hartem Erdboden, während der Schamane seine Beschwörungen murmelte und seltsame Pulver ins Feuer warf.

Vorbei mit den vielen offenen Fragen.

Lazlo schaute auf den Zenit, der blass im Sternenlicht schimmerte. Die Mysterien von Weep hatten ihn begleitet und ihren Sirenengesang in seinem Blut erklingen lassen, solange er sich erinnern konnte. Morgen zur selben Zeit würden sie keine Geheimnisse mehr sein.

*Das Ende offener Fragen*, dachte er, *aber nicht das Ende von Staunen und Wundern.* Dies war erst der Anfang. Ganz sicher.

# 16

# Einhundert Splitter aus Dunkelheit

Sarai fühlte sich unwohl. Nach der Suppe riss Feral einen Schneesturm aus einem weit entfernten Himmel, und sie aßen Schnee mit Pflaumenkompott zum Nachtisch. Aber Sarai konnte das Essen kaum genießen. Sparrow und Ruby bewarfen sich gegenseitig mit Schneebällen, doch ihr Lachen klang ein bisschen zu scharf, und die Würfe waren ein bisschen zu gut gezielt. Minya entschwand wie immer an irgendeinen Ort, wobei sie immerhin versprach, Ari-Els Geist seiner natürlichen Vergänglichkeit zu überlassen.

Sarai hasste es, wenn Minya neue Geister in die Zitadelle brachte. Jeder von ihnen war wie ein Spiegel, der ihr die eigene Monstrosität vor Augen hielt.

*Damit du auch ja nicht vergisst, was für eine Abscheulichkeit du bist, hast du hier eine alte Frau, die bei deinem Anblick in panisches Geheul ausbricht, und hier einen jungen Mann, der glaubt, er sei in der Hölle.*

Das half ihrem Selbstwertgefühl ganz wunderbar.

»Warum muss sie das immer wieder tun?«, fragte Sarai laut. Inzwischen waren nur noch sie und Feral im Bogengang übrig geblieben, und er saß über sein Buch gebeugt. Es bestand nicht aus Papier, sondern aus dünnen Mesarthium-Blättern, die randvoll mit eingeätzten Symbolen waren. Falls es sich um Buchstaben handelte, hätten sie sich von dem wunderschön geschwungenen Alphabet der Stadt kaum auffälliger unterscheiden können. Ellen die Große hatte ihnen das Schreiben und Lesen beigebracht. Ihre Schrift besaß keine Ecken und Kanten, nur Rundungen. Dagegen hatte diese keine Rundungen, sondern nur Ecken und Kanten. Sarai fand, dass die Symbole irgendwie brutal aussahen. Sie verstand nicht, wie Feral sich ständig darin versenken konnte, obwohl er schon seit Jahren vergeblich versuchte, ihre Bedeutung zu entziffern. Er sagte, dass er den Sinn fast *spüren* könne, als läge er direkt vor seinen Augen und würde darauf warten, dass man ihn entschlüsselte. Als müsse man ein Kaleidoskop nur einmal drehen, damit alle Teile an ihren Platz fielen.

Er fuhr mit der Fingerspitze ein Symbol entlang. »Warum muss sie was tun?«, fragte er.

»Minya. Geister zu uns hereinschleifen. Unser Zuhause mit dem Hass dieser Leute füllen.« Sarai hörte sich selbst reden. Selbstsüchtig und kleinlich, nur auf die eigene Bequemlichkeit bedacht. Aber sie konnte nicht aussprechen, was sie wirklich fühlte. Es war unvorstellbar, Mitleid mit einem Menschen zu haben, egal ob lebend oder in Geisterform.

»Nun ja«, sagte Feral abgelenkt, »wenigstens haben wir zum Ausgleich dich. Du füllst *ihr* Zuhause mit *unserem* Hass.«

Sarai blinzelte hastig und senkte den Blick auf ihre Hände. Die Worte waren nicht bösartig gemeint gewesen, dennoch schmerzte es, als hätte Feral sie gekniffen. Vielleicht war sie besonders dünnhäutig, nachdem sie Rubys düstere Todesprophezeiung gehört und wider Willen geteilt hatte. Oder vielleicht war sie auch eifersüchtig. Feral konnte Schnee herbeirufen, Sparrow konnte Blumen wachsen lassen, Ruby schenkte ihnen Feuer und Wärme, während sie selbst … sie tat, was sie eben tat. »Würdest du es so beschreiben?«, fragte sie mit einer Stimme, die ungewollt zerbrechlich klang. »Dann bin ich überrascht, dass ihr mir keinen anderen Spitznamen gegeben habt. Wie wäre es mit ›Hassträgerin‹?«

Feral schaute von seinem Buch auf. »Ich wollte damit nicht sagen, dass es *schlecht* ist.«

Sarai lachte freudlos. »Ehrlich, Feral, wie könnte Hass denn *nicht* schlecht sein?«

»Wenn es verdienter Hass ist. Rache.«

*Rache.* Sarai hörte, wie er das Wort aussprach, und dabei wurde ihr etwas klar.

Wer auf *Rache* sann, tat es mit zusammengebissenen Zähnen und Geifer vorm Mund. Jede Faser der Seele so untrennbar damit verwoben, dass man unmöglich loslassen konnte, selbst wenn man es versuchte. Wenn man Rachedurst verspürte – ihn wahrhaftig *fühlte* –, sprach man davon, als würde man ein noch schlagendes Herz in der Faust halten, während das Blut den Arm herunterrinnt und vom Ellenbogen tropft, und man einfach *nicht loslassen kann.* Bei Feral klang es überhaupt nicht so. Er hätte einen beliebigen anderen Ausdruck benutzen können. *Staub*, *Teetasse* oder *Pflaume.* Keine Spur von Hitze,

Blut und herausgerissenen Herzen. Für ihn war *Rache* einfach nur ein Wort.

Dieser Erkenntnis gab ihr Mut. »Aber wenn es das nicht ist?«

»Wenn was nicht was ist?«

Sarai war selbst nicht ganz sicher, worauf sie hinauswollte. Keine Rache? Keine *verdiente* Rache? Oder, noch grundsätzlicher: Was, wenn sie die Menschen gar nicht hasste, zumindest nicht mehr? Vielleicht hatte sich alles verändert, nur eben so langsam, dass sie währenddessen nichts davon gespürt hatte? »Kein Wunsch nach Vergeltung«, sagte sie und rieb sich die Schläfen. »Davon habe ich schon vor Jahren alles verbraucht.« Sie schaute ihn an und versuchte, in seinem Gesicht zu lesen. »Du fühlst es doch auch nicht mehr, oder? Nicht wirklich? Bei Ruby und Sparrow bin ich mir jedenfalls sicher, dass sie andere Dinge im Kopf haben.«

Feral blickte unbehaglich drein. Ihre Worte klangen einfach, aber sie untergruben das Dogma, auf dem ihr Leben basierte: Dort draußen hatten sie einen Feind. Dort draußen *waren* sie der Feind. Sie konnte ihm anmerken, dass von seinem Hass auch nicht viel mehr übrig war, nur wollte er es nicht zugeben. Das wäre so etwas wie Blasphemie gewesen. »Selbst wenn das stimmen sollte«, wagte er sich vor, »reicht Minyas Hass für uns alle aus.«

Damit hatte er nicht ganz Unrecht. In Minya brannte die Feindseligkeit heißer als Rubys Feuerinferno, und zwar aus gutem Grund. Sie war die Einzige von ihnen, die sich tatsächlich an das Massaker erinnern konnte. Das Blutbad hatte vor fünfzehn Jahren stattgefunden. Sarai und Feral waren inzwischen siebzehn, Sparrow sechzehn und Ruby kurz davor. Und Minya? Nun ja. Sie mochte aussehen wie ein sechsjähriges Kind, aber das täuschte. Tatsächlich war sie die Älteste von ihnen. Sie war es gewesen, die damals alle anderen gerettet hatte … als sie wirklich sechs Jahre alt gewesen war und der Rest von ihnen Babys im Säuglingstrakt. Niemand von ihnen verstand, warum sie seitdem nicht gealtert war, oder wie. Jedenfalls war Minya unverändert geblieben seit dem blutigen Tag, als die Menschen den Sieg über die Götter gefeiert hatten, indem sie ihre Kinder abschlachteten.

Nur fünf hatten überlebt und zwar nur dank Minya. Sarai hatte das Massaker in gestohlenen Träumen und Erinnerungen gesehen, aber Minya war *dabei gewesen.* Anstelle von Herzen trug sie brennende Kohlen in der Brust, und ihr Hass war heute noch genauso verzehrend wie damals.

»Ich glaube, deshalb macht sie das ständig«, sagte Sarai. »Geister herbringen, meine ich. Damit wir sehen, wie die Menschen uns anschauen, und niemals vergessen können, was wir sind.«

»Aber das ist doch gut, oder nicht?«, gab Feral zurück. »Wenn wir anfangen zu vergessen, werden wir unvorsichtig. Wir könnten die Oberste Regel brechen. Uns verraten.«

»Möglich«, musste Sarai zugeben. Es stimmte, dass die Furcht sie dazu brachte, sich vorzusehen. Aber welchem Zweck sollte Hass dienen?

Er glich den Thrif der Wüste. Sandgeschöpfe, die jahrelang überleben konnten, indem sie nur ihre eigenen abgeworfenen Hautfetzen fraßen. Das vermochte Hass ebenso – sich selbst zu verzehren und so zu überleben –, aber nicht ewig. Die notdürftige Kost reichte bloß solange, bis ein reicheres Mahl in Reichweite kam. Hass wartete auf Beute.

Und worauf warteten *sie?*

Sarai konnte erkennen, dass Feral ihren inneren Konflikt

nicht teilen würde. Wie sollte er auch? Die einzigen Menschen, denen er jemals begegnete, waren Geister. Noch dazu solche, die vom Schockmoment des Todes aus der Bahn geworfen waren und sich dann *hier* wiederfanden, im Amphitheater ihrer Albträume, versklavt von einem unbarmherzigen kleinen Mädchen, dessen blaue Haut ihre schlimmsten Erinnerungen wachrief. Da zeigten sie sich nicht gerade von ihrer besten Seite. Aber nachdem Sarai viertausend Nächte unter ihnen verweilt hatte – in ihrem Zuhause, auf ihrer Haut –, kannte sie die Menschen auf eine Weise, die den anderen verschlossen war. Deshalb war Hass nicht mehr so einfach. Sie ließ das Thema fallen.

»Was Ruby vorhin gesagt hat …«, wagte sie sich auf anderes Gebiet vor, »… bist du auch ihrer Meinung?«

»Welchen Teil meinst du?«, fragte er. »Über die fade Suppe oder dass die Hölle interessant wäre?«

Sarai schüttelte lächelnd den Kopf. »Du weißt, welchen Teil ich meine.«

»Ah ja. Dass es in Ordnung ist, aus einer Laune heraus unsere Kleidung abzubrennen, weil wir schließlich jung sterben werden?«

»Genau das meine ich.« Sarai zögerte. »Feral, kannst du dir ausmalen, wie wir hier alt werden?«

»Natürlich«, sagte er, ohne zu zögern. »Dann bin ich ein seriöser Herr mit enormem Schnurrbart, drei treusorgenden Ehefrauen, einem Dutzend Kinder –«

»Drei Ehefrauen?«, unterbrach Sarai ihn. »Meinst du *uns?* Du wirst uns also alle heiraten, habe ich das richtig verstanden?«

»Tja, selbstverständlich. Ich würde nicht wollen, dass sich

eine von euch übergangen fühlt. Abgesehen von Minya, und ich bezweifle sehr, dass es sie stören würde.«

»Damit dürftest du recht haben«, sagte Sarai amüsiert. »Sie ist nicht unbedingt zur Hausfrau geboren.«

»Während *du* …«

»Oh ja, das perfekte Frauchen. Hast du dir schon überlegt, wie das genau funktionieren soll? Wirst du nach einem festen Schema zwischen uns abwechseln oder je nach Laune wählen?«

»Ein festes Schema klingt fairer«, sagte er ernsthaft. »Mir ist klar, dass es euch schwerfallen wird, mich zu teilen. Aber uns bleibt nun einmal nichts übrig, als aus einer mangelhaften Situation das Beste zu machen.« Er kämpfte darum, den Mund in einer ernsten, seriösen Linie zusammengepresst zu lassen, nur das schelmische Lachen in seinen Augen konnte er nicht verstecken.

»Eine mangelhafte Situation«, wiederholte Sarai. »So nennst du das also?« Mit einer Handbewegung wies sie auf den Bogengang, die Zitadelle und damit auf ihre ganze prekäre, aussichtslose Lage.

»Nun ja, es gibt ein paar *winzige* Mängel«, sagte Feral bedauernd, und angesichts dieser Untertreibung konnten sie nicht länger ernst bleiben. Sarai gab sich zuerst geschlagen und brach in hilfloses Gelächter aus. Feral folgte gleich darauf, und die alltägliche Magie ihrer geteilten Heiterkeit ließ die Anspannung aus Sarais Körper weichen. Das klamme Gefühl von Furcht, das sie den ganzen Abend bedrückt hatte, verflog.

So hielten sie hier oben durch. Sie überdeckten die Dunkelheit mit Gelächter, und je mehr dunkle Winkel lauerten, desto mehr lachten sie eben. Trotzig, hemmungslos, hysterisch, bei jeder möglichen Gelegenheit. Sarai hatte den Verdacht, dass ihre Mutter, die Göttin der Verzweiflung, nicht begeistert gewesen wäre.

Dafür hätte sie die Gabe ihrer Tochter geradezu geliebt.

Es wurde langsam spät. Die anderen gingen in ihre Gemächer. Sarai ebenfalls, aber nicht zum Schlafen. Denn ihr Tagewerk fing gerade erst an.

Früher hatten diese Zimmer ihrer Mutter gehört. An Größe und Pracht wurden sie nur von Minyas übertroffen, die einen ganzen eigenen Palast im Innenbereich der Zitadelle besaß. Dort hatte ursprünglich Minyas Vater geherrscht: Skathis, Gott der Bestien und oberster Gebieter der Mesarthim, der an Monstrosität alle anderen überboten hatte.

Sarais Gemächer befanden sich ganz außen, im rechten Gebäudearm, und waren vom Bogengang durch einen langen, geschwungenen Korridor zu erreichen. Ihre Tür ließ sich nicht schließen. Jede Tür der Zitadelle – überhaupt jeder Teil der Zitadelle – war in dem Zustand eingefroren, den er im Moment von Skathis' Tod innegehabt hatte. Offene Türen blieben störrisch offen. Geschlossene Türen blieben unpassierbar. Tatsächlich waren große Abschnitte der Zitadelle versiegelt, und was sich darin befand, war ein Mysterium. Als sie fünf noch jünger gewesen waren, hatten sie sich gerne vorgestellt, dass in den verschlossenen Gebäudeflügeln andere Kinder überlebt hatten und gleichzeitig mit ihnen ein paralleles Leben führten. Sie hatten sich ausgemalt, wer die anderen wohl sein mochten und welche Gaben ihre klösterlich abgeschottete Existenz erträglich machten.

Ellen die Große erzählte ihnen von Kindern, die sie durch ihre Jahre im Säuglingstrakt kannte. Ein Mädchen konnte mit der Kraft ihres Geistes Illusionsbilder erschaffen. Ein Junge konnte die Gesichter von anderen kopieren. Ein weiterer Junge konnte mit seinen Tränen jede Wunde heilen – eine wunderschöne Gabe, die ihn allerdings dazu verdammt hatte, sein ganzes Leben lang zu weinen.

Am meisten beneideten sie damals das Mädchen, das Dinge aus ihren Träumen in die wache Welt bringen konnte. Was immer sie träumte, konnte sie auch mitnehmen. Spielzeuge, Harfen, Katzenbabys, Torten, Kronen und Schmetterlinge. Sie hatten sich begeistert ausgemalt, was sie haben könnten, wenn sie diese Gabe besäßen: Samentüten für Sparrow, um einen echten Garten anzupflanzen, und Bücher für Feral, der sich nach mehr Wissen sehnte als die Geister ihm beibringen konnten. Für Sarai eine heiß ersehnte Puppe, die sie unten in Weep während ihrer nächtlichen Besuche gesehen hatte. Ein schlafendes Mädchen hatte damit gekuschelt. Für Minya eine Armee, denn sie war schon damals hart und grimmig gewesen. Für Ruby ein ganzes Glas Honig, das sie essen durfte, ohne teilen zu müssen.

»Ich finde, du solltest lieber diese Gabe haben«, hatte sie zu Sarai gesagt. »Die gefällt mir viel besser als deine.«

»Ja, bis man einen Albtraum hat«, war Sarais griesgrämige Antwort gewesen.

»Stell dir mal vor, sie träumt von einem Raviden«, sagte Minya grinsend, »und wenn sie aufwacht, beißt er ihr den Kopf ab?«

Doch inzwischen war ihnen klar, dass nur sie fünf übrig waren. Falls Kinder in anderen Teilen der Zitadelle eingeschlossen worden waren, wären sie nach ein paar Tagen verendet. Die einzigen lebenden Wesen weit und breit waren *sie.*

Sarai konnte ihre Tür nicht schließen, aber sie zog den Vorhang zu, den sie als Sichtschutz aufgehängt hatte. Die Regel lautete, dass man einen geschlossenen Vorhang respektieren musste. Keine perfekte Lösung. Besonders wegen Minya funktionierte das System eher mangelhaft. Sarai musste an die Szene mit Feral denken – *mangelhaft* –, doch die Erinnerung an ihren Lachanfall war schal geworden.

Durch einen Vorraum gelangte man in das Schlafzimmer. Im Gegensatz zu den schmucklosen Wänden der Flure war hier versucht worden, die Architektur von Weep nachzuahmen. Säulen trugen ein ornamentales Gebälk, auf dem eine hohe Decke mit Fächergewölben ruhte. Unten in der Stadt zierten kunstvoll gemeißelte Szenen aus der Natur und Mythologie die steinernen Gebäude. Zu den schönsten gehörte der Tempel von Thakra, an dem ein Dutzend Bildhauermeister vierzig Jahre beschäftigt gewesen waren. Zwei von ihnen waren durch die kleinteilige Arbeit erblindet. Allein das Eingangsfries war eine Pracht. Darauf prangte eine Schar aus tausend Sperlingen, die so real wirkten, dass sie angeblich echte Spatzen anlockten. Die armen Vögel verschwendeten ihr ganzes Leben damit, sie zu umwerben. Hier in Sarais Gemächern gab es wohl doppelt so viele Singvögel, die sich den Platz mit Seraphim, Lilien, Spektralen und Zierranken teilten. Obwohl die Arbeit vermutlich in weniger als ein oder zwei Stunden vollendet worden war, sah alles noch perfekter aus als die Tempelfassade. Die Verzierungen bestanden nicht aus Stein, sondern Mesarthium, und waren weder gemeißelt noch gegossen worden. So funktionierte Mesarthium nicht.

In der Mitte des Zimmers befand sich ein Podest mit einem Himmelbett. Sarai schlief nie darin. Es war ihr zu groß und wirkte eher wie eine Bühne. Es gab noch ein zweites Bett in einem Alkoven hinter dem Ankleidezimmer, das Sarai passender fand. Als sie noch jünger war, hatte sie angenommen, die winzige Kammer sei für die Zofe gedacht gewesen. Irgendwann war ihr aber klar geworden, dass Isagol dort ihre Liebhaber oder Günstlinge, wie immer man es nennen wollte, untergebracht hatte. Das hieß, Sarais Vater hatte darin geschlafen, wann immer Isagol ihn nicht bei sich haben wollte. Ihr Vater. Als Sarai diese Erleuchtung gekommen war, wirkte ihr gemütliches Bett plötzlich besudelt. Sie stellte sich vor, wie er Trost in diesem kleinen bisschen Privatsphäre fand, während er wach lag und Pläne zur Ermordung der Götter schmiedete.

Jetzt gehörte das Bett ihr, aber sie würde es noch viele Stunden lang nicht brauchen. Sie ging barfuß zur Balkontür und trat ins Mondlicht hinaus.

Sarai war siebzehn Jahre alt, halb Göttin, halb Mädchen. Doch die menschliche Hälfte ihres Blutes zählte nicht. Sie war blau. Sie war Götterbrut. Sie war ein Gräuel. Und sie war jung, wunderhübsch, verängstigt. Rotbraune Haare fielen ihr um den schlanken Hals, und sie trug einen Morgenmantel, der einst der Göttin der Verzweiflung gehört hatte. Er war zu lang und schleppte hinter ihr her. Der Saum war blank gerieben, so oft war er über den Boden geschleift worden, hin und her, hin und her. Die Strecke, die Sarai bei ihren ziellosen Wanderungen auf dem Balkon zurückgelegt hatte, hätte zum Mond und zurück gereicht.

Was natürlich Unsinn war, denn wenn sie zum Mond hätte gehen können, wäre sie bestimmt nicht *zurückgekommen.*

Jetzt war es Zeit. Sie schloss die Augen. Ganz fest. Ihre Gabe war abscheulich. Sarai ließ nie jemanden zusehen, wenn sie ihre Magie herbeirief. *Von mir könnte sogar Ari-El noch das ein oder andere über Ekel lernen*, dachte sie, und atmete tief durch. Sie fühlte bereits, wie es in ihr brodelte und aufstieg, ähnlich dem Zwang zu weinen. Sie hielt den Impuls einen weiteren Moment lang zurück. Jedes Mal widerstand sie der Versuchung, diesen Teil von sich selbst zu verstecken, ihn nicht nach draußen zu lassen. Aber leider konnte sie sich einen solchen Luxus nicht erlauben. Sie hatte eine Pflicht zu erfüllen. Also riss sie den Mund auf.

Und *schrie.*

Ganz eindeutig war es ein Schrei – die verzerrte Anspannung ihres Gesichts, der vorgereckte Kopf –, doch kein Laut kam heraus. Aus Sarais Kehle drangen keine Töne. Sie schrie etwas Anderes. Schon strömte es aus ihr hervor, eine wabernde, brodelnde Dunkelheit. Ähnlich einer Wolke.

Aber auch das war es nicht.

Fünf Sekunden, zehn. Noch immer ertönte ihr geräuschloser Schrei. Was aus ihr herausbrach war eine Massenflucht, ein *Exodus.*

Das Dunkel strömte in die Nacht hinaus und zerbarst in hundert flatternde Teile wie Samtfetzen im Wind. Einhundert Splitter aus Dunkelheit wirbelten auseinander und wieder zusammen, bis sie sich strudelnd zu einem kleinen Tornado formten, der nach unten auf die Dächer von Weep zustürmte, trudelnd und tänzelnd auf weichen Flügeln aus Zwielicht.

Sarai schrie *Motten.* Und mit den Motten flog auch ihr Bewusstsein davon, in hundert Stücke gerissen und in die Welt hinausgeschleudert.

# 17

# Die Muse der Albträume

Die gesamte Götterbrut besaß magische Gaben. Allerdings traf die Bezeichnung *Gabe* auf manche eher zu als auf andere. Niemand konnte die Talente voraussehen, und jedes entwickelte sich in einem eigenen Tempo und auf eigene Art. Bei Feral und Ruby waren sie spontan – und unübersehbar – schon im Babyalter aufgetreten. Sturm und Feuer in der Säuglingskrippe, Schneeverwehungen und Blitze. Abgebrannte Bettdecken und ein wütendes, nacktes Wickelkind, das dampfend in einer Wiege aus Mesarthium lag. Andere Talente ließen sich erst nach einer Weile entdecken, weil sie auf bestimmten äußeren Umständen beruhten – wie bei Sparrow, deren Gabe einen Garten oder wenigstens ein Samenkorn brauchte, um sich entfalten zu können. Sparrow war noch im Krabbelalter gewesen, als sich ihre Gabe gezeigt hatte. Ellen die Große liebte es, diese Geschichte zu erzählen: wie die kleine Sparrow auf feisten Händen und Knien schnurstracks durch den Bogengang gekrabbelt war, um zu den Orchideen zu gelangen, die seit dem Massaker nicht mehr geblüht hatten. Sie hatten ausgesehen wie eingetopfte dürre Stöcker. Ellen hatte das kleine Mädchen nicht davon abgehalten, sie anzufassen. In der Zitadelle gab es wenig genug, das sich zum Spielen eignete, und die Orchideen waren jenseits aller Hoffnung. Kurz war sie abgelenkt worden – vermutlich von Ruby –, und als sie sich wieder umgeschaut hatte, sah sie keine eingetopften Stöcker mehr, sondern Sparrows winziges Gesicht, das fasziniert nach oben schaute. Dort entfaltete sich gerade eine Blüte aus dem toten Holz, das sie mit ihren Händchen umklammert hielt.

*Orchideenfee. Inferno. Wolkendieb.* Ihre Fähigkeiten hatten sich mühelos und ganz natürlich gezeigt. Was man von Sarais Gabe nicht behaupten konnte.

Während Feral, Ruby und Sparrow keine Erinnerungen an ihre Zeit ohne Magie besaßen, war das bei ihr anders. Sie wusste noch, wie sie gerätselt und gehofft hatte. Wie würde ihre Gabe sein? Würde sie sich als hilfreich erweisen? Auch die anderen hatten viele Hoffnungen in sie gesetzt. Nun ja, Ruby und Sparrow waren damals noch zu klein gewesen, aber Feral und Minya waren sich der Tatsache sehr bewusst: Sarais Gabe war als letzte unbekannt. In der Zitadelle gefangen, kratzten sie mühsam alles zum Überleben zusammen. Manche Gaben hätten dabei helfen können. Was Sarai betraf, so wollte sie nicht bloß den Alltag vereinfachen. Das war ihr nicht genug. Sarai wollte sie alle retten.

Es gab eine Gabe, die am ehesten dazu fähig gewesen wäre, nämlich die Magie von Skathis. Zwar war es wahrscheinlicher, dass seine Kinder sie geerbt hatten, aber man konnte bei Götterbrut nie vorhersehen, welche Kräfte sie entwickeln würden. Also bestand die Chance, dass seine Gabe sich auch bei anderen zeigte. Allerdings wusste Sarai, dass sie diese Magie nicht besaß. Sie war schon als Baby getestet worden. Das galt für sie alle. Korako, die Göttin der Geheimnisse, war dafür verantwortlich gewesen und hatte auch weitere Tests durchgeführt, um wenig verbreitete Spezialfähigkeiten zu finden. Doch nun war Korako tot, genau wie Skathis und Isagol, Letha, Vanth und Ikirok – die sechs Mesarthim, allesamt von dem Mann umgebracht, den man *Götterschlächter* nannte. Von Eril-Fane.

Im Übrigen hatte Sarai sich nicht am meisten Skathis‘ Magie gewünscht, sondern die Gabe des Fliegens. Es hatte Götterbrut gegeben, die sich in die Luft erheben konnte, behauptete zumindest Ellen die Große. Also hatte Sarai sich vorgestellt, dass sie eines Tages einfach anfangen würde zu schweben, immer höher und höher, fort in die Freiheit. In ihrer Fantasie trug sie die anderen mit sich davon, aber sie erreichten nie ein Ziel. Sarai konnte sich keinen Ort auf der Welt vorstellen, wo sie willkommen waren. Neben den hilfreichen Gaben, auf die sie hoffte, gab es auch schlechte, die sie fürchtete. Je mehr Zeit verging, desto größer wurde ihre Sorge, dass ihr Letzteres bevorstand. Sie wurde fünf Jahre alt, und nichts geschah. Sechs, und immer noch nichts.

Und dann … war es mit dem Nichts vorbei. Allerdings konnte man auch kaum von *Etwas* sprechen. Noch nicht. Also, nicht ganz. Es war nur ein Gefühl, das in ihr wuchs, und zwar kein gutes.

Zuerst hatte es sich ungefähr so angefühlt, als würde man verletzende Worte zurückhalten, statt sie auszusprechen. Worte, die ganz hinten auf der Zunge brennen wie ein geheimes

Gift, das nur darauf wartet, hinaus in die Welt gespien zu werden. Sarai hielt sie zurück. Sie erzählte niemandem davon. Das Gefühl wurde stärker, drückender. Sie widerstand. Schon vom allerersten Moment fühlte es sich *falsch* an und wurde ständig schlimmer. Eine innere Unruhe wuchs in ihr, der schmerzhafte Drang zu *schreien.* Doch all dieses finstere, innere Drängen geschah nur bei Nacht. Im Licht des Tages ging es ihr bestens, was für Sarai ein weiterer Hinweis war, dass in ihr etwas Dunkles heranwuchs. Es wogte, schwoll an, türmte sich auf, erfüllte sie – ein Etwas in ihrem Inneren, das nicht dorthin gehörte. Mit jeder Nacht, die verging, war der Drang schwerer zu unterdrücken.

Ihre Kehle wollte schreien. Ihre Seele verlangte dasselbe. Sarai kämpfte dagegen an, als würden Dämonen in ihr stecken und sich mit scharfen Klauen einen Weg nach draußen suchen, um die Welt zu verwüsten.

*Lass sie doch*, hätte Minya gesagt. *Die Welt verdient ein bisschen Verwüstung.*

Schließlich war es Minya gewesen, die ein Bekenntnis aus ihr herauslockte … zusammen mit den einhundert Splittern Dunkelheit in ihrem Inneren. »Ich kann sehen, was du tust«, hatte sie ihr eines Abends im Garten vorgeworfen, wo sie Sarai aufgespürt hatte. Das war in dem Jahr gewesen, als sie beide gleich alt waren. Bald würde Sarai aus diesem Alter herauswachsen, während Minya für immer unverändert blieb. »Glaubst du, ich merke es nicht?«, hatte das kleine Mädchen sie herausgefordert. »Du versteckst deine Gabe. Dazu hast du kein Recht. Sie gehört nicht nur dir, sondern uns allen. Egal, wie sie aussieht.«

Da konnte Sarai nicht widersprechen. Sie steckten zusammen hier fest, und noch vor Kurzem hatte sie so große Hoffnungen gehegt, dass ihre Magie sie alle befreien würde. Nun war davon nichts mehr übrig. »Aber wenn sie böse ist?«, hatte sie ängstlich geflüstert.

»Böse ist gut«, hatte Minya glühend vor Überzeugung gesagt. »Genau das brauchen wir, Sarai. Für unsere *Rache.*«

Bei *ihr* klang das Wort genau richtig, mit zusammengebissenen Zähnen und Geifer vorm Mund, untrennbar verwoben mit ihrem Hass. Ihre eigene Gabe war nun einmal, was sie war. Damit konnte Minya die Menschen zwar bestrafen, aber nur nach dem Tod, und das war nicht befriedigend. Sarai mochte vom Fliegen und der Freiheit träumen, Minya nicht. Sie hatte immer gehofft, dass sich Sarais Gabe als Waffe gegen ihren Feind herausstellen würde. Und auch wenn die beiden kleinen Mädchen damals im nächtlichen Garten aussahen, als seien sie einander gleichgestellt – wie Spielkameradinnen –, waren sie weit davon entfernt. Minya war die furchterregende große Schwester, die ihnen das Leben gerettet hatte. Sie waren bereit, einfach alles für Minya zu tun, sogar für sie zu hassen. Eigentlich wirkte dieser Teil ganz leicht und natürlich. Sie kannten es nicht anders. Geister und die Zitadelle und den gegenseitigen Hass zwischen Menschen und Geschöpfen mit Götterblut.

Also gab Sarai nach, ließ in jener Nacht den Schrei heraus, und das dunkle Etwas in ihr breitete hundert schwirrende Flügel aus. Was zwischen ihren Lippen herausgebrodelt kam, waren keine Dämonen, sondern *Motten.*

Abscheulich und ekelerregend. *Insekten, die aus ihrem Leib kamen.*

Als es endlich vorbei war – das erste Mal dauerte fünf oder zehn Sekunden, die sich wie eine Ewigkeit anfühlten –, war sie auf die Knie gefallen und hatte ihr Abendessen zwischen die Wurzeln eines Pflaumenbaums gespuckt. Minya hatte alles mit großen Augen und krankhafter Faszination beobachtet. Die Motten wirkten genauso hysterisch wie Sarai. Sie flatterten und wirbelten in einem verzweifelten Tanz herum. Sarais Kehle brannte, allerdings vom Erbrochenen, nicht von den Motten. Mit der Zeit würde sie begreifen, dass der Schwarm nicht wirklich durch ihren Hals gebrodelt kam. Die Motten steckten nicht *in* ihr, jedenfalls nicht im wörtlichen Sinne, sondern waren Teile *von* ihr. Sie verkörperten eine Dimension ihres Geistes oder ihrer Seele, die erst ausgespuckt werden musste, um Form anzunehmen. Irgendwo in der Luft ihres Schreis verschmolzen sie zu sichtbarer Gestalt. Sarai spürte pelzig weiche Flügel über ihre Lippen streifen, aber mehr auch nicht. Sie musste nicht würgen und um Atem kämpfen. Sie war kein lebender Bienenstock mit einem Bauch voller Insektenlarven, die bei Anbruch der Nacht schlüpften. Nicht ganz so entsetzlich. Aber es war entsetzlich genug, damals beim ersten Mal. Und gleichzeitig wild, erschütternd, schwindelerregend. Sie kniete zwischen den Pflaumenbaumwurzeln, und alles in ihr geriet ins Taumeln. Ihr Geist fühlte sich an wie aufgebrochen, abgeschält und in alle Winde zerstreut. Sie klammerte sich an eine knotige Wurzel, während die Welt in Stücke zerfiel und sich wirbelnd um sich selbst drehte.

Sarai sah durch die Augen der Motten. Alle gleichzeitig, einhundert Stück. Daher kamen der Schwindel, das Wirbeln und Taumeln. Sie konnte sehen, was der Schwarm sah, und hören, was er hörte. Auch riechen, schmecken und sogar fühlen, was immer die Flügel, Füße und fedrigen Fühler berührten. Darin bestand ihre Gabe, wunderlich und grotesk:

Ihr Bewusstsein hatte Flügel bekommen. Zwar konnte *sie* nicht fliegen, aber ihre Sinne konnten es. Eine trügerische Freiheit, die das Entkommen nur vorgaukelte. Sie war immer noch eine Gefangene, ein Monster im Verborgenen. Aber nun war sie eine Gefangene, die aus dem Verborgenen spionieren und das Leben beobachten konnte, das ihr für immer verwehrt bleiben würde.

Diese Fähigkeit allein wäre schon nützlich gewesen: ein Sichtfenster in die Stadt zu haben – wenn auch nicht am Tag, denn die Motten waren rein nachtaktiv –, um zu sehen, was der Feind dort trieb. Aber das war noch nicht alles. Im Gegenteil, damit fing ihre dunkle, seltsame Gabe erst richtig an.

Heute war Sarai kein Kind mehr, aber sie tat das Gleiche wie in allen viertausend Nächten zuvor. Sie stand auf dem Balkon und schrie ihre Motten in den Himmel. Der Schwarm ließ sich auf die Stadt fallen und verteilte sich über die Landkarte der Ziegeldächer als wäre Weep in präzise Sektoren aufgespalten. Die Motten teilten die Stadt unter sich auf, tauchten in Schornsteine, quetschten sich durch schmale Spalten in den Fensterläden. Sie waren dunkle, winzige, wunderhübsche Geschöpfe. Die Flügel waren mit dem Violett des Abendhimmels gesäumt und schimmerten seidig wie Sternenlicht auf dunklem Wasser. Die Fühler glichen Federfächern, die einer winzigen Königin würdig gewesen wären. Die Körper erinnerten an Weidenkätzchen: kompakte, pelzige Wunderwerke.

Hoch oben auf ihrem Balkon schritt Sarai auf und ab, erfüllt von rastloser Energie. Wenn ihre Motten unterwegs waren, konnte sie nie stillhalten. Ihre Augen waren offen, starrten jedoch ins Leere. Von ihrem Bewusstsein ließ sie gerade genug im Körper zurück, damit er solche mechanischen Aufgaben verrichten konnte: auf dem Balkon herumtigern und bemerken, wenn sich jemand näherte. Der Rest ihres Geistes befand sich in Weep, an hundert Orten zugleich.

Unter anderem besuchte sie auch das Haus von Ari-El. Das

Fenster stand offen und ihre Motte flog geradewegs hinein. Sein Leichnam war auf dem Küchentisch aufgebahrt. Sie berührte ihn nicht, sondern begnügte sich damit, ihn anzuschauen. Selbst jetzt war er noch ein gutaussehender junger Mann. Doch seine schreckliche Regungslosigkeit verriet, welcher klaffende Graben zwischen Schlaf und Tod lag. Es war seltsam, seine leere Hülle zu sehen, nachdem sein Geist gerade erst in der Zitadelle gewesen war. Auf morbide Weise faszinierte es Sarai immer wieder: Wenn Menschen starben, klammerten sich ihre Seelen noch so lange wie möglich unsichtbar an den Körpern fest – einen Tag oder zwei –, doch dann verloren sie den Halt und wurden naturgemäß vom Sog der Vergänglichkeit erfasst. Der Himmel verschluckte sie. Die Seelen stiegen empor und wurden wieder vom Firmament aufgenommen.

Außer natürlich, Minya fing sie ein und behielt sie, um mit ihnen zu spielen.

Ari-El war nicht verheiratet gewesen. Das Haus gehörte seiner Familie, und seine jüngere Schwester saß eingesunken neben dem Tisch. Sie war bei der Totenwache eingeschlafen. Ihr Name war Hayva, und sie war in Sarais Alter. Sarai dachte unwillkürlich, wie anders das Leben des Mädchens verlaufen wäre, hätten die Götter noch existiert.

Während sie sich in Ari-Els Küche befand, drang Sarai gleichzeitig in weitere Häuser ein und betrachtete weitere schlafende Gesichter. Darunter befanden sich Frauen, die nicht dasselbe Glück gehabt hatten wie Hayva. Als sie jung gewesen waren, hatten noch die Götter über Weep regiert. Natürlich hatte die Stadt damals nicht *Weep* geheißen. Der düstere Name war mit dem Massaker aufgetaucht, aber er hätte ebenso gut zu den zwei Jahrhunderten gepasst, in denen die Mesarthim geherrscht hatten. Wenn es damals überhaupt etwas in Überfülle gegeben hatte, dann gewiss Tränen.

All diese Menschen, all diese Wohnungen. Verstreute Spielzeuge, abgetragene Stiefel, alles so anders als in der Zitadelle. Die Häuser der Stadt kannten kein Mesarthium, nur Ziegel, Holz und Stein. Selbstgemachte Steppdecken, handgeknüpfte Teppiche und Katzen in zerwühlten Betten, die sich wohlig neben ihren Menschen eingerollt hatten. Sarai besuchte sie alle. Nicht die Katzen natürlich, sondern die Menschen. Ihre Motten fanden die Schlafenden, und ihre Berührung war so leicht, dass nie jemand davon aufwachte. Männer und Frauen, Kinder und alte Leute. Die Motten ließen sich auf ihren Augenbrauen oder der Linie ihrer Wangenknochen nieder. Die Berührung war intim. Sarai kannte den Körpergeruch der Menschen und den Rhythmus ihres Atems. Sie war eine Expertin für Wimpern – wie sie aufeinander ruhten, wie sie flatterten. Und die feine Haut um die Augen herum, so verletzlich und als erstes von Falten zerfurcht. Der Augapfel unter dem Lid, der unruhig zuckte und von einer Seite zur anderen huschte. Sie konnte mit einem Blick erkennen, ob ein Schläfer träumte oder sich in dem friedlichen Zustand zwischen Träumen befand. Niemand auf der ganzen Welt wusste mehr über geschlossene Augen als Sarai.

Natürlich sah sie auch eine bedeutende Menge nackter Haut – braun, nicht blau. Sie sah den Pulsschlag an ungeschützten Kehlen und zarten, blassen Handgelenken. Sie sah Menschen im Zustand größter Wehrlosigkeit, allein oder zu zweit, schlafend oder bei anderen Beschäftigungen, die in der Dunkelheit geschehen. Es gab, wie sie im Laufe der Zeit festgestellt hatte, eine unzählige Menge an Methoden, mit denen Körper sich vereinen konnten. Das war sehr lehrreich gewesen.

Zuerst hatte sie es schockierend oder lachhaft gefunden und den anderen am Morgen immer sofort davon erzählt. Jedes Mal waren sie in Schnauben und Gekicher ausgebrochen. Aber inzwischen war sie weder schockiert, noch konnte sie länger darüber lachen. Stattdessen hatte sich unmerklich ein anderes Gefühl eingeschlichen: eine Art Unruhe oder Sehnsucht. Sarai verstand, wonach Ruby hungerte. Sie hatte aufgehört, solche privaten Momente auszuspähen. Doch schon der Anblick eines entblößten starken Männerarms, der sanft um eine Taille oder Schulter geschlungen war, konnte in ihr das schmerzhafte Verlangen wecken, von jemandem gehalten zu werden. Sie wollte einer dieser Körper sein, die untrennbar ineinander zu verschmelzen wussten. Sie wollte ihre Finger ausstrecken und jemanden finden. Oder gefunden werden. Teil einer gemeinsamen Gewissheit sein.

Aufwachen und noch immer Händchen halten.

Jetzt, oben in der Zitadelle, schnürte sich Sarais Kehle schmerzhaft zusammen. Ihre Hände ballten sich zu Fäusten. Geschöpfen wie ihr war das alles nicht vergönnt. »Ich küsse jede Nacht Dutzende von Leuten«, hatte sie früher am Abend zu Feral gesagt.

»Das kann man wohl kaum Küssen nennen«, hatte er geantwortet, und damit hatte er recht. Was Sarai mit den schlafenden Menschen anstellte, war gewiss kein Kuss. Tatsächlich konnte man alles bis zu diesem Punkt als bloßes Vorspiel bezeichnen – den Flug von der Zitadelle, das Quetschen durch Schornsteine und das Hocken auf Augenbrauen. Das Sehen mit Mottenaugen, das Fühlen, Riechen, Schmecken und Berühren war bloß der harmlose Einstieg ihrer Gabe. Voll und ganz betrachtet, geschah Folgendes:

Sobald eine Motte mit jemandem Körperkontakt bekam,

konnte Sarai in die Träume dieser Person hineinspazieren wie durch eine offene Tür. Und wenn sie sich erst darin befand, konnte sie anstellen, was immer sie wollte.

Die Seelen der Schlafenden standen ihr offen – zumindest die Oberfläche und was immer aus der Tiefe emporwaberte, um alles in Ströme aus Bildern und Gefühlen zu kleiden, die sich endlos neu kombinierten und rastlos damit beschäftigt waren, einen *Sinn* und ein *Selbst* zu erschaffen. Denn was war eine Person schon anderes als die Summe unzähliger Bruchstücke aus Erinnerungen und Erfahrungen: eine begrenzte Menge an Komponenten, die sich in unbegrenzter Vielfalt zusammenfinden und ausdrücken konnten. Wenn eine Motte auf der Augenbraue eines Schläfers saß, wurde Sarai kopfüber in seine Traumwelt gestürzt. Was er erlebte, das erlebte sie ebenfalls, jedoch nicht als hilflose Zuschauerin. Sobald sie den Traum betrat – eine unsichtbare Angreiferin, weder zu sehen noch zu spüren – unterlag er ganz ihrer Kontrolle. Im Reich der Wirklichkeit mochte sie nur ein Mädchen sein, das sich furchtsam versteckte, aber in der Welt des Unbewussten war sie allmächtig. Dort herrschte sie als dunkle Zauberin und Verführerin, erfand Geschichten, zog die Fäden wie in einem Marionettenspiel.

Sarai war die *Muse der Albträume.* Es war Minya gewesen, die ihr diesen Spitznamen und damit eine Aufgabe gegeben hatte. Durch Minya war sie geworden, was sie heute war. »Böse ist gut«, hatte das kleine Mädchen gesagt. »Für unsere Rache.«

Und so war Sarai zu der Waffe geworden, die Minya in ihr sah. Sie bestrafte die Menschen auf die einzige ihr mögliche Weise: durch ihre Träume. Furcht war ihr wichtigstes Werkzeug und Albträume ihre Kunst. Jede Nacht, über Jahre hinweg, hatte sie die Schlafenden der Stadt gepeinigt. »Hast du jemanden zum Weinen gebracht?«, fragte Minya sie jeden Morgen. »Oder hoffentlich zum Schreien?«

Die Antwort lautete immer *Ja*.

Für lange Zeit war das alles so neu und aufregend gewesen, dass es zum Mittelpunkt ihres Zusammenlebens wurde. Bei Sonnenaufgang, sobald Sarais Motten zurückkehrt waren, kamen die anderen in ihr Zimmer, belagerten ihr Bett, und lauschten jeder Einzelheit: wen sie besucht und was sie gesehen hatte, wie die Wohnungen in der Stadt eingerichtet waren, was sie über die Leute wusste. Minya wollte nur von den Albträumen hören, aber die anderen waren mehr an Weep interessiert. Sarai erzählte, wie Eltern ihre Kinder trösteten, die von Albträumen geweckt wurden. Ruby, Sparrow und Feral wurden jedes Mal ganz still, während sie mit erschreckender Intensität zuhörten. Schon immer hatte in ihnen solch eine gärende Mischung aus Sehnsucht und Neid gebrodelt. Sie hassten die Menschen, wünschten sich aber, wie sie sein zu können. Sie wollten die Menschen bestrafen und sehnten sich gleichzeitig nach ihrer Umarmung, wollten akzeptiert, respektiert und geliebt werden wie die eigenen Kinder. Und da sie nichts davon haben konnten, flüchteten sie sich in Gehässigkeit. Jeder, der schon einmal Außenseiter war, dürfte ihre Gefühle verstehen können. Aber so ausgeschlossen wie diese fünf war wohl noch niemand auf der Welt.

Also überdeckten sie ihre Sehnsucht mit Zynismus, ähnlich wie sie Dunkel mit Lachen übertünchten – eine Überlebensstrategie, allerdings von der hässlicheren Sorte. Sie verhärteten innerlich, weil sie die Wahl trafen, Hass mit Hass zu begegnen.

Sarai ließ nun eine Motte auf Hayva landen, der Schwester

von Ari-El, und auf anderen Schläfern in anderen Häusern. Überall in der Stadt versank sie in den Träumen von Weep. Die meisten waren alltäglich, nur die banale Buchhaltung des Geistes. Einige jedoch stachen hervor. Ein Mann tanzte mit der Ehefrau seines Nachbarn. Eine alte Dame jagte einen Raviden, bewaffnet nur mit einem Dolch aus Dämonenglas. Eine Schwangere träumte, ihr Baby würde blau zur Welt kommen. Sie hoffte, die Farbe würde eine Totgeburt bedeuten und nicht das Blau der Götter.

Hayva träumte von ihrem Bruder.

Zwei Kinder spielten in einem Innenhof. Die Szene war ein einfaches, kurzes Stück Erinnerung. Es gab einen toten Baum, und Ari-El hob Hayva auf seine Schultern, damit sie Papierblumen an die Zweige hängen konnte. Wie die meisten Bäume in Weep würde auch dieser nie wieder ausschlagen. Im Spiel taten sie so, als sei er noch immer am Leben.

Sarai stand daneben, unsichtbar für die beiden. Selbst wenn sie gewollt hätte, dass die Kinder sie entdeckten, geschah das nie. Aus langer Erfahrung wusste sie, dass die Gabe darin ihre Begrenzung hatte. Zu Anfang hatte sie alles versucht, um die Menschen auf sich aufmerksam zu machen. Doch so sehr sie auch schrie, zischte und johlte, niemand hörte sie, und selbst wenn sie die Leute kniff, spürten sie es nicht. In den Träumen war sie ein Geist. Es war ihr Schicksal, für immer ungesehen zu bleiben.

Inzwischen hatte sie sich daran gewöhnt. Sie schaute zu, wie die beiden Kinder ihre Papierblumen an die toten Äste hingen und fragte sich, ob Weep sich von der Zukunft jemals wieder mehr erhoffen konnte als Leben nur vorzutäuschen.

Galt das nicht genauso für sie selbst?

Was tat sie hier, in diesem Zuhause, in diesem Traum?

Hätte sie vorgehabt, sich ein Lob von Minya zu verdienen, dann würde sie jetzt nicht zögern, Hayvas Zärtlichkeit und Trauer gegen sie zu wenden. Sarai besaß ein ganzes Arsenal von Schreckenswaffen. Nein, sie *war* ein Arsenal des Schreckens und hatte ihre Waffen über Jahre gehortet. Wo sollte sie das alles aufbewahren, wenn nicht in ihrem Inneren? Nun lauerten sie im Kern ihres Wesens, die ganzen Bilder und Szenen von Angst und dunkler Vorahnung, von Scham, Schock, Verzweiflung, Blutvergießen und Schmerz. Das war der Grund, warum sie selbst nicht länger zu träumen wagte. Im Schlaf war sie genau wie alle anderen ihrem Unterbewusstsein ausgeliefert. Wenn ihr die Augen zufielen, war sie keine Zauberin und dunkle Verführerin mehr, nur ein schlummerndes Mädchen ohne Kontrolle über die Schrecken in ihrem Inneren.

Als Kind hätte sie nicht gezögert, Hayva mit entsetzlichen Visionen von ihrem toten Bruder zu quälen. Vielleicht hätte sie ihn auf hundert andere Arten sterben lassen, eine grausamer als die andere. Oder sie hätte den kleinen Jungen in dieser unschuldigen Erinnerung in ein blutgieriges untotes Geschöpf verwandelt, das die eigene Schwester zu Boden schleuderte und die Zähne in ihrem Schädel vergrub, bis sie schreiend erwachte.

Früher einmal hätte Sarai nur daran gedacht, Minya zu erfreuen, und ihr Schlimmstes getan.

Jetzt nicht mehr.

Stattdessen dachte Sarai daran, wie sie Hayva erfreuen konnte, und tat ihr Bestes. Sie rief sich Sparrows Kräfte ins Bewusstsein, spielte Orchideenfee und ließ den toten Baum zum Leben erwachen. Vor ihren Augen sprossen Blätter und Knospen hervor, während die zwei Erinnerungskinder lachend um den Baum herumtanzten. Gleichzeitig saß in dem echten Zimmer ein Mädchen zusammengesunken auf einem Stuhl neben dem Körper ihres toten Bruders, und ihre Mundwinkel hoben sich zu einem sanften Lächeln. Die Motte verließ ihre Braue und Sarai verließ ihren Traum. Sie flog fort, hinaus in die Nacht.

Seltsam, wie man Jahre damit verbringen kann, nur das zu sehen, was man sehen will. Man kann sich grimmigen Zorn wie ein Stück Seidenwäsche überstreifen, während man alle anderen am filigranen Gestell aus Mesarthium hängen lässt. Wäre grimmiger Zorn ein Kleidungsstil gewesen, dann hätte Sarai jahrelang nichts anderes getragen als dieses eine: das Massaker.

Wie gut sie jede Einzelheit davon aus Träumen kannte. Wieder und wieder hatte sie zugesehen, wie sich das Massaker in den Gedanken der Schuldigen abspielte – vor allem in denen von Eril-Fane.

Blitzende Klingen und wachsende Blutlachen. Die beiden Ellens abgeschlachtet auf dem Boden, sodass ihre Mörder erst über ihre Körper hinwegsteigen mussten. Das panische Betteln von kleinen Mädchen und Jungen, die gerade alt genug waren, um zu begreifen, was geschah. Die Lämmerschreie von Babys, noch zu jung zum Begreifen, aber vom Schrecken der anderen angesteckt. All diese Schreie: nacheinander wurden sie systematisch ausgelöscht, als sei *Stille* das Ziel.

Und das Ziel wurde hervorragend erreicht.

Fast dreißig Stimmen wurden an diesem Tag endgültig aus der Welt getilgt. Nicht mitgezählt die sechs Götter und die Handvoll Menschen, die wie die beiden Ellens nur beseitigt wurden, weil sie im Weg waren. Hätte Minya nicht eingegriffen, wären Sarai und Feral, Ruby und Sparrow an diesem Tag vier weitere kleine Leichname im Säuglingstrakt gewesen. Das alles hatten die Menschen kaltblütig getan. Sie hatten Babys abgeschlachtet. Kein Wunder, dass Sarai zur Muse der Albträume geworden war und als rächende Göttin ihre Träume heimsuchte.

Doch wie sie gegenüber Feral zugegeben hatte, war ihre Gier nach Vergeltung schon seit Jahren verbraucht.

Die quälende Kehrseite ihrer Gabe, über die sie nie zu sprechen wagte, bestand darin, dass sie die Ängste der Menschen nur ausnutzen konnte, wenn sie selbst ausgiebig darin verweilte. Und so etwas konnte man nicht viertausend Nächte lang tun, ohne widerwillig einzusehen, dass die Menschen ebenfalls ums Überleben gekämpft hatten. Die Götter waren nichts als Monster gewesen. Sie hatten den Tod verdient.

Aber ihre Kinder nicht. Weder damals noch heute.

Die Zitadelle war gleichzeitig ihr Gefängnis und ihr Schutz, aber wie lange konnte sie diese Doppelrolle noch erfüllen? Ganz gleich, wie perfekt sie sich alle an die Oberste Regel hielten, eines Tages würden die Menschen wiederkommen. Das Entsetzen auf den Gesichtern von Minyas frisch gefangenen Geistern bedeutete vor allem eines: Die Leute von Weep würden ein zweites Mal genau dasselbe tun. Welche Hoffnung hatten fünf Kinder, sich dagegen zu verteidigen?

Motten, Regenwolken, Blumen, Feuer und Geister. Sie waren nicht ohne Waffen, aber Sarai gab sich keinen Illusionen hin. Ein zweites Massaker würden sie nicht überleben. Ihre einzige Hoffnung bestand darin, *nicht entdeckt zu werden.*

Im Licht des Mondes schritt Sarai auf ihrem Balkon auf und ab, während ihre Motten unten in der Stadt von Haus zu Haus flogen wie ein Bienenschwarm von Blüte zu Blüte. Ihr Bewusstsein war ein subtiles Werkzeug. Es konnte sich gleichmäßig zwischen ihren hundert winzigen Spähern aufteilen oder wechselnde Schwerpunkte setzen. Wo ihre Aufmerksamkeit nötig war, verschärfte sich ihr Blick und verblasste an anderer Stelle. Zu jedem Moment befand sich ihre Wahrnehmung im Wandel. Sie musste innerhalb eines Flügelschlags reagieren und ihrem Instinkt vertrauen, während sie wie ein Spielball von einem Geist zum nächsten prellte, einhundert Motten durch einen wilden Tanz führte, Träume verzerrte und verschärfte, die Pfade des Unbewussten mit Göttern und Bestien füllte. Und immer, ohne Ausnahme – ganz gleich, was sie sonst tat, um an die Ängste der Menschen anzuknüpfen –, fügte sie am Ende ein unauffälliges Postskriptum hinzu, wie eine verstörende Nachricht am Ende eines Briefs. Die Botschaft lautete immer gleich. Jeder Albtraum jedes gequälten Schläfers in Weep enthielt dieselbe unterschwellige Warnung.

Nämlich eine unsagbare Furcht vor der Zitadelle und allem, was mit ihr zu tun hatte.

Das war die Pflicht, die Sarai sich selbst auferlegt hatte. Sie flocht in alle Träume von Weep einen so unsäglichen Schrecken ein, dass die Menschen es kaum ertrugen, die Zitadelle auch nur anzusehen. Geschweige denn, sich ihr zu nähern. Bisher hatte das genügt.

Die heutige Nacht schien ihr besonders lang. Aber jede Nacht hat einmal ein Ende, und schließlich rief Sarai ihre Motten zurück. Sie hörte auf, im Kreis herumzuwandern, und wartete. Auf ihren Schwingen kamen sie durch das letzte Funkeln von Sternenlicht geschwebt, dann formten sie sich erneut zu einem Tornado aus wirbelnden Flügeln. Sarai öffnete den Mund und holte sie zurück in ihren Körper.

Am Anfang war die Rückkehr noch schlimmer gewesen als der Moment, wenn die Motten herausströmten. Beim allerersten Mal hatte Sarai es gar nicht über sich gebracht, den Mund für den Schwarm zu öffnen, und hatte zusehen müssen, wie er bei Sonnenaufgang zu Rauch zerfallen war.

Danach war sie den ganzen Tag mit Stummheit geschlagen gewesen, als habe sich ihre Stimme ebenfalls in Rauch verwandelt.

Doch als der Abend dämmerte, hatte sie wieder das Brodeln gefühlt, und der ganze Zyklus hatte von Neuem begonnen. Sarai hatte gelernt, dass sie besser den Mund aufmachen und die Motten hineinlassen sollte, wenn sie ihre Sprache behalten wollte.

»Wer würde je ein Mädchen küssen, das Motten isst?«, hatte Ruby einmal voller Anteilnahme gefragt. Damals wie heute hatte Sarai nur gedacht, dass sich dieses Problem wohl nie für sie stellen würde. Abgesehen davon *aß* sie die Motten nicht. Es gab nichts herunterzuwürgen, keine Tierkörper zu schlucken. Nur die federleichte Berührung von Flügeln an ihren Lippen, wenn der Schwarm wieder mit ihr verschmolz, und ein Nachgeschmack von Salz und Asche. Das Salz von Tränen, die Asche von den Rauchfängen der Dächer, und schon war Sarai wieder vollständig. Heil und ganz und sterbensmüde.

Kaum war sie zurück durch die Balkontür getreten, erschien Ellen die Kleine mit einem Frühstücksbrett. Darauf standen eine Portion des Lall in einem kleinen Kristallgefäß und eine Schale Pflaumen, um den bitteren Geschmack zu überdecken. »Guten Morgen, meine Hübsche«, sagte der Geist.

»Guten Morgen, Liebes«, sagte Sarai. Sie griff nach dem Lall und trank das graue Vergessen in einem Zug.

# 18

# Die Knochen erschlagener Dämonen

Trotz all seiner Fantasiegeschichten und seiner Rede über Scheuklappen … was hatte Lazlo wirklich zu finden erwartet, als die Karawane sich auf den Zenit zubewegte? Ein rissiges Kliff aus vom Wetter zerklüftetem Marmor? Formationen, die gerade genug an Knochen erinnerten, um eine Legende entstehen zu lassen, und hier und dort einen Felsbrocken von der groben Form eines Schädels?

Das war nicht, was er vorfand.

»Der Berg besteht wirklich aus Knochen«, sagte er zu Eril-Fane und versuchte, im Gesicht des Helden eine Bestätigung abzulesen. Aber der Götterschlächter warf ihm nur ein blasses Lächeln zu und hüllte sich weiter in dasselbe Schweigen, das er schon den ganzen Tag beibehalten hatte.

»Wirklich. Knochen«, murmelte Lazlo noch einmal, zaghaft und ungläubig. Das dort drüben. Das war kein Felsbrocken, der einem Schädel ähnelte. Es *war* ein Schädel, und es gab Hunderte von ihnen. Nein, die gewaltige schneeweiße Masse musste aus Abertausenden bestehen, wenn man schon hier in Sichtweite des Pfads ein gutes Hundert erblickte. Zahnbewehrte Kiefer, messerscharf wie Hreshteks, und in den großen Augenhöhlen steckten, genau wie er vorausgesagt hatte, die Nester von Aasvögeln. Sie wirkten merkwürdig zusammengeschustert, denn sie waren aus Diebesgut gewebt: Haarbüschel und lose Schmuckbänder, abgerissene Säume von Kapuzenschals, sogar abgeworfene Federn. Die Vögel selbst kreiselten mit schrillen Schreien über ihnen und schwebten zwischen gigantischen, gekrümmten Felskämmen ein und aus, bei denen es sich nur um Wirbelsäulen handeln konnte, denn man sah die einzelnen Segmente und Dornfortsätze. Dazwischen, genauso unverkennbar, monströse Hände und Füße, jeder spitze Knochen so lang wie ein Männerarm, und einzelne Knöchel wie geballte Fäuste. Sie sahen in der Tat aus, als seien sie unter großer Hitze miteinander verschmolzen. Die Schädel wirkten zerflossen wie Kerzenwachs, das man zu nah an ein Kaminfeuer gerückt hat, sodass keiner von ihnen dem anderen glich. Aber die Grundform war immer noch zu erkennen. Das hier waren einst lebende Geschöpfe gewesen.

Obwohl ihm Prahlerei normalerweise fernlag, hätte er jetzt gerne die Gesichter der anderen Faranji gesehen, besonders Thyons. Aber der Goldsohn saß auf einem Kamel weiter hinten in der Karawane, und so musste sich Lazlo mit den weit schallenden Rufen von Calixte begnügen, die vor Prahlerei weniger zurückschreckte. »Hey, Todd, sehe ich das hier wirklich?«, hörte er sie, »oder bin ich noch immer verloren in der

*Wüste meiner Leichtgläubigkeit?*« Und nur einen Moment später: »Was treibst *du* hier, Todd? Weißt du nicht, dass es unhöflich ist, in den Hirngespinsten anderer Leute herumzuwandern?« Und dann: »Sehe ich dort etwa Schimmer von Fakten und Logik vor mir? Nein, es sind noch mehr Dämonenknochen!«

Lazlo vermutete, dass ihr die Wortspiele nicht so bald ausgehen würden.

»Du wirkst überrascht«, stellte Eril-Fane fest. »Nach deinen Worten gestern Abend dachte ich, du würdest darüber Bescheid wissen.«

»Wissen? Nein, ich hatte nur geglaubt … ich weiß selbst nicht genau. Zumindest dachte ich, falls es wahr wäre, dann nicht so *offensichtlich.*«

Noch offensichtlicher konnte es kaum werden, und gerade deshalb schien die Wahrheit zu gewaltig, um in seinen Kopf zu passen – als würde er versuchen, den ganzen Zenit in seinen kleinen Schädel zu pressen. Es geschah nicht jeden Tag, dass man Beweise für einen Mythos erhielt. Aber was konnte wohl beweiskräftiger sein als diese Landschaft? »Die Seraphim«, fragte er Eril-Fane, »waren sie auch real?«

»Ob es Beweise gibt, meinst du?«, fragte Eril-Fane. »Keine so handfesten. Schließlich sind sie nicht hier gestorben, also kann es auch keine Knochen geben. Für uns ist der *Thakranaxet* immer Beweis genug gewesen.«

Beim Thakranaxet handelte es sich um das Epos der Seraphim. Im Laufe der Jahre hatte Lazlo hier und da ein paar Verse entdeckt, aber das Gedicht in seiner Gesamtlänge hatte nie den Weg nach Zosma gefunden. Eril-Fane benutzte den Namen so andächtig, dass es sich für ihn um einen heiligen Text handelt musste. »Ihr betet sie an.«

»Allerdings.«

»Dann hoffe ich, dass ich Euch mit meiner Theorie nicht beleidigt habe.«

»Überhaupt nicht«, sagte Eril-Fane. »Mir hat sie gefallen.«

Sie setzten ihren Weg fort, und Lazlo schwirrte der Kopf, als er die ganzen fantastischen Formationen um sich herum betrachtete. »Der dort war noch nicht ausgewachsen«, sagte er und zeigte auf einen Schädel, der viel kleiner als der Rest wirkte. »Ein Babydämonenschädel. In einem Berg aus geschmolzenen Dämonenknochen. Über die ich auf einem Spektral reite.« Er streichelte Lixxa die langen weißen Ohren, worauf sie mit einem kleinen Wiehern antwortete, sodass er ihr noch ein paar Koseworte zumurmelte, bevor er fortfuhr: »Ich reite über den Scheiterhaufen der Ijji, zusammen mit dem Götterschlächter. Dessen Privatsekretär ich bin.«

Eril-Fanes blasses Lächeln vertiefte sich. »Führst du Buch?«, fragte er amüsiert. »Wie ein wahrer Geschichtenerzähler?«

»Das sollte ich wohl«, sagte Lazlo und hob mit dramatischer Stimme an: »Der Zenit hatte am fernen Horizont niedrig ausgesehen, doch aus der Nähe war der Berg formidabel, und die Karawane brauchte mehrere Stunden, um den Zickzackpass zum Fort Misrach zu erklimmen. Es gab nur diesen Weg durch die Festung, und hier war seit Jahrhunderten jeder Faranji gevierteilt und den Sirrah zum Fraß vorgeworfen worden. Lazlo Strange blickte in den Himmel« – Lazlo legte eine Kunstpause ein, um in den Himmel zu blicken – »wo die Aasvögel kreisten, grässlich schrille Schreie ausstießen und sich schon Stoffservietten um ihre hässlichen Schlangenhälse banden. Und er fragte sich mit einem nervösen Schaudern: War es möglich, dass man ihn den langen Weg bis hierher geführt hatte, nur um ihn an die Aasfresser zu verfüttern?«

Eril-Fane lachte, was Lazlo als einen kleinen Sieg verbuchte. Je näher sie ihrem Ziel kamen, desto mehr hatte sich der Götterschlächter in eine Art strenge Düsternis gehüllt. Lazlo verstand diese Reaktion nicht. Sollte er nicht froh sein, nach Hause zu kommen?

»Ein *nervöses Schaudern?*«, zitierte Eril-Fane und hob eine Augenbraue.

Lazlo zeigte auf die Vögel. »Sie wirken ganz begeistert, uns zu sehen. Ich deute das als schlechtes Vorzeichen.«

»Dann kann ich dir wohl ebenso gut die Wahrheit sagen. Wir hatten so einen Mangel an fremdländischen Abenteurern, dass die Sirrah zu verhungern drohten. Daher wurde beschlossen, neue Reisende anzulocken. Die armen Vögel brauchen schließlich etwas zu essen.«

»Verdammt. Das hätte ich früher erfahren sollen. Dann hätte ich es Calixte in ihr Wettbuch diktieren und mit dem Preisgeld die Scharfrichter bestechen können.«

»Nun ist es zu spät«, sagte Eril-Fane bedauernd. »Wir sind am Ziel.«

Und das waren sie in der Tat. Das Festungstor ragte hoch und düster vor ihnen auf. Tizerkan mit gehörnten Helmen öffneten die Türflügel und begrüßten ihren Anführer mitsamt seinen Gästen. Sie strahlten Freude, aber auch Ernsthaftigkeit aus. Lazlo betrachtete die Tizerkan neugierig, und den übrigen Fremdländern ging es ähnlich, während man ihre Kamele durch das Tor und auf den großen Platz in der Festungsmitte führte. Er war direkt in den Fels hineingehauen – oder genauer gesagt in die Masse aus geschmolzenen und von Hitze versengten Knochen, die zu allen Seiten hohe Wände bildeten und den Himmel ungreifbar fern aussehen ließen. Baracken und Ställe zogen sich an den Mauern entlang, es gab Wassertröge und einen Brunnen. Seit zwei Monaten sahen sie zum ersten Mal eine Wasserstelle, die nicht rationiert war. Gegenüber befand sich in ungefähr zwanzig Metern Entfernung ein weiteres Tor. *Nur noch dort hindurch*, dachte Lazlo. Es kam ihm fast unbegreiflich vor.

»Wenn ihr die Stadt seht«, hatte Eril-Fane gesagt, »werdet ihr sofort verstehen, worum es geht.«

Was wartete dort wohl auf sie, das mit einem Blick erkennbar war?

Lazlo stieg ab und führte Lixxa zu einem Trog, dann wandte er sich selbst dem Brunnen zu und goss sich mit beiden Händen Wasser über den Kopf. Das Gefühl, wie es kalt und erfrischend seine Haare durchtränkte und seinen Hals herunterrann, war unglaublich angenehm. Die nächste Handvoll war zum Trinken, genau wie die nächste und nächste und nächste. Danach schrubbte er sich das Gesicht ab, wobei seine Fingerkuppen durch einen kratzigen, ungewohnten Bartwuchs fuhren. Nun, da sie fast in der Verborgenen Stadt angekommen waren, erlaubte Lazlo sich kurz, gedanklich in ein wenig Komfort zu schwelgen. Kein Luxus, das lag außerhalb seiner Gewohnheiten, lediglich ein bisschen schlichte Alltagsbequemlichkeit: er freute sich auf eine Wäsche und eine Rasur, eine Mahlzeit, ein Bett. Sobald er die Gelegenheit bekam, würde er sich von seinem Gehalt eigene Kleidung kaufen. Das hatte er noch nie getan, also hatte er nicht die geringste Ahnung davon. Aber vermutlich würde er es schon herausfinden. Wie kleidete man sich, wenn man nach Belieben auswählen konnte?

*Jedenfalls nicht in Grau*, dachte Lazlo. Er erinnerte sich an das Gefühl von Endgültigkeit, als er mit Eril-Fane fortgegangen war und seine Bibliotheksrobe weggeworfen hatte. Wehmut hatte sich in den Moment gemischt. Er hatte die Bibliothek geliebt und als Junge fast das Gefühl gehabt, sie hätte eine Art Bewusstsein und würde seine Liebe erwidern. Selbst wenn sie nur aus Wänden, einem Dach und den Papieren dazwischen bestand, hatte sie ihn verzaubert und in ihre Welt gezogen. Sie hatte ihm alles gegeben, was er brauchte, um wahrhaftig er selbst zu werden.

Würde er sie jemals wiedersehen, oder auch seinen alten Meister Hyrrokkin? Zwar waren nur ein paar Monate vergangen, aber die Große Bibliothek war bereits zu einer Erinnerung verblasst, als hätte sein Geist die sieben Jahre in ein Archivfach sortiert, das die Aufschrift ›Ferne Vergangenheit‹ trug. Was immer nun geschah, Lazlo wusste jedenfalls, dass dieser Teil seines Lebens vorbei war. Er hatte Kontinente durchquert und Sternenlicht aus namenlosen Flüssen getrunken. Von solchen Erfahrungen gab es kein Zurück mehr.

»Strange!«, rief Calixte und kam in ihrem tänzelnden Laufschritt auf ihn zugerannt. Ihre Augen leuchteten, als sie seine Schultern mit beiden Händen packte und ihn durchschüttelte. »*Knochen*, Strange! Ist das nicht haarsträubend schaurig?« Ihr Tonfall ließ keinen Zweifel, dass sie schaurig im positiven Sinne meinte. Ein freudiges Grauen … gab es so etwas? Wie immer man es drehte und wendete – was für Kreaturen die Ijji auch gewesen sein mochten und wer immer sie getötet hatte, Engel oder nicht –, dieser Knochenberg war jedenfalls ein uraltes Massengrab. Aber ihm würde später Zeit bleiben, darüber nachzusinnen, was das in voller Konsequenz bedeuten mochte. In diesem Augenblick erlaubte er sich, einfach nur zu staunen.

Calixte hielt ihm eine geschlossene Hand entgegen. »Hier. Weil du viel zu moralisch bist, um es selbst zu tun.« Neugierig hielt er die Handfläche auf, und sie ließ einen scharfen, halbmondförmigen Splitter aus glitzerndem weißen Glas hineinfallen. »Ein Zenitzahn!«, sagte sie grinsend.

Der Reißzahn eines Ijji. »Du hast ihn abgebrochen?«, fragte er ungläubig. Dazu musste sie abgestiegen und vielleicht sogar geklettert sein.

»Nun ja, sie haben uns nicht *verboten*, ihren Berg zu entweihen.«

Lazlo schüttelte lächelnd den Kopf. Er dachte daran, was passiert wäre, hätte er in Syriza nicht das Gerücht aufgeschnappt und Eril-Fane gegenüber erwähnt. Dann würde Calixte vielleicht immer noch im Kerker stecken, falls sie denn überhaupt noch am Leben wäre. »Danke«, sagte er und schloss seine Hand um den Zahn.

Er hatte noch nie zuvor ein Geschenk bekommen.

Eine kleine Mahlzeit wartete schon auf sie. Nur schlichte Kost, aber sie schmeckte exquisit, einfach weil sie frisch war. Weiches, salziges Brot und weißer Käse, Kräuterfleisch in Scheiben und eine in Viertel geschnittene, runde Riesenfrucht, die wie gezuckerter Regen schmeckte. Niemand sprach, und zumindest in diesem Moment gab es keine Unterschiede zwischen ihnen: reich oder arm, Fremdländer oder Einheimischer, Gelehrter oder Sekretär. Ganz gleich, dass Thyon Nero sein Leben lang von Delikatessen gelebt hatte und Lazlo Strange von trockenem Brot, keiner von ihnen hatte ein Mahl jemals so sehr genossen.

»Hey, Todd«, sagte Calixte um eine Mundvoll Brot herum, »stecken wir immer noch in meiner Leichtgläubigkeit fest? Dann bist du mir für dieses Festmahl nämlich was schuldig.«

Nun gut, *manche* Unterschiede blieben wohl unüberwindbar.

Die Sirrah kreisten nach wie vor über ihnen und krächzten ihren gierigen Chorgesang, bis ihre Reihen erneut von einem Botenfalken durchbrochen wurden, wie schon gestern. Er war nur halb so groß und tauchte mühelos durch das Lumpengewirr aus stinkenden Flügeln hindurch. Der Falke trieb die Aasvögel mit einem durchdringenden Schrei zurück. Eril-Fane hielt seinen Arm empor, der kleine Vogel ließ sich in einer eleganten Spirale herunterfallen, flatterte gegen den Wind an und landete.

Der Götterschlächter knüpfte die Botschaft los und las sie. Was immer dort stand, ließ ihn aufschauen und mit den Augen nach Lazlo suchen, bevor sich auch seine Füße zu ihm in Bewegung setzten.

»Neuigkeiten?«, fragte Lazlo ihn beim Näherkommen.

»Was, das hier?« Eril-Fane hielt die Nachricht empor. »Eher Befehle.«

»Befehle?« Von wem? Einem Militärführer? Einem Regenten? »Ich dachte, hier würdet *Ihr* befehlen.«

Eril-Fane lachte. »Schon, aber nicht über meine Mutter.«

Lazlo blinzelte überrascht. Von allen Seltsamkeiten dieses Moments wirkte kein anderer so durchschlagend. Er hatte den Elmuthaleth, zusammen mit dem Götterschlächter, durchquert und trug in seiner Tasche den Reißzahn eines Geschöpfes, das aus dem ältesten Mythos der Welt stammte. Aber während sein Geist wie selbstverständlich Mythen durchwanderte, hatte Lazlo nie darüber nachgedacht, dass der Götterschlächter eine Mutter haben könnte.

Schließlich war er ein Held. Eher schien er aus Bronze gegossen, als geboren wie ein gewöhnlicher Sterblicher. Lazlo selbst hatte nie eine Mutter gehabt, also tendierte er dazu, ihre Existenz zu vergessen. Ihm kam der Gedanke, dass er vielleicht noch nie einer begegnet war. Zumindest hatte er in seinem Leben höchstens ein oder zwei Worte mit einer gewechselt. Das wirkte unglaublich, aber so war es nun einmal.

»Sie freut sich schon darauf, dich kennenzulernen«, sagte Eril-Fane.

Lazlo starrte ihn an, erst einmal sprachlos. »Mich«, sagte er. »Aber woher kann sie denn wissen ...?« Er verstummte und ein Kloß formte sich in seinem Hals. Der Götterschlächter hatte eine Mutter, die in Weep auf ihn wartete. Er hatte sie auf seine baldige Ankunft vorbereitet und war sich nicht zu schade gewesen, in seiner Nachricht auch Lazlo zu erwähnen.

»Du wirst bei ihr wohnen, wenn du in der Stadt angekommen bist.«

»Oh«, sagte Lazlo überrascht. Die Faranji sollten eigentlich in der Gildenhalle der Händlerzunft untergebracht werden. Er hatte angenommen, dasselbe würde auch für ihn gelten.

»Ich fürchte, sie wird darauf bestehen. Hoffentlich macht es dir nichts aus. Unser Heim ist nicht so grandios wie die Gildenhalle, aber recht bequem.« Und Lazlo wusste kaum, was er absonderlicher finden sollte: dass Eril-Fane sich dem Willen seiner Mutter beugte oder dass er dachte, es könnte Lazlo etwas ausmachen.

»Nein,« sagte er, »ich mag es bequem.« Passendere Worte konnte sein Gehirn ihm gerade nicht vorsetzen. *Ich mag es bequem.* »Doch wartet.« Erst jetzt fiel ihm Eril-Fanes genaue Formulierung auf. »Ihr habt gesagt, wenn *ich* in der Stadt angekommen bin. Werdet Ihr nicht mitkommen?«

»Nicht heute.«

»Was? Wieso?«

Eril-Fane sah erschöpft aus. Die Lebendigkeit, die er gewöhnlich ausstrahlte, war fast gänzlich verschwunden. Er wandte den Blick ab, als sei er beschämt, und sagte: »Ich schlafe in Weep nicht gut.«

Zum ersten Mal, seit Lazlo ihn kannte, benutzte er diesen Namen. Lazlo fröstelte.

»Mit anderen Worten«, sagte Eril-Fane und bemühte sich um ein Lächeln, »du bist das ahnungslose Opfer, das ich meiner Mutter als Ersatz angeboten habe. Hoffentlich kommst du damit zurecht, wenn sie dich wie eine Glucke umflattert. Sie hatte länger niemanden, den sie bemuttern konnte, also nehme ich an, sie wird die Gelegenheit ausgiebig nutzen.«

»Ich bin noch nie umflattert worden«, sagte Lazlo und hörte einen heiseren Klang in seiner Stimme, den er nicht auf eine trockene Kehle schieben konnte. »Aber ich schätze, ich werde zurechtkommen.«

Der Götterschlächter lächelte, die Augen warm und von Lachfältchen umgeben, und streckte die Hand aus, um ihm auf die Schulter zu klopfen. Lazlo hatte in seinem Leben nicht nur auf eine Mutter, sondern auch auf einen Vater verzichten müssen. Und jetzt dachte er, so könnte es sich anfühlen, einen zu haben.

»Nun denn«, sagte der große Mann an seiner Seite. »Hier sind wir also.« Er schaute zu dem hinteren Tor hinüber und schien sich innerlich zu wappnen. »Bist du bereit?«

Lazlo nickte.

»Dann lass uns losreiten.«

# 19

## Ein Schatten dunkler Zeiten

Eril-Fane führte die Gruppe bis vor das hintere Tor. Er durchquerte es nicht, sondern ließ seinen Spektral wenden, um sie alle anzusehen. Zuerst sagte er gar nichts, sondern verharrte in gewichtigem Schweigen. Sein Gesicht wirkte angespannt und gleichzeitig resigniert, vielleicht sogar furchtsam.

»Vor zweihundert Jahren gab es einen gewaltigen Sturm.« Er verstummte wieder. Sie alle hingen an seinen Lippen und besonders an dem Wort *Sturm.* Die Metallurgen-Zwillinge wechselten einen hoffnungsvollen Blick, denn in einer ihrer Theorien war ein Tornado vorgekommen.

»Er glich keinem gewöhnlichen Sturm«, fuhr Eril-Fane fort. »Es war ein Sturm ohne Regen, es gab nur Wind und Blitze. Ein Wetterleuchten, wie man es nie zuvor gesehen hatte. Es wütete direkt über der Stadt und formte eine kugelrunde Sphäre. Als hätten gewaltige Hände in den Himmel gegriffen, alle Gewitter der Welt versammelt und zu einem Ball verdichtet.« Er führte es vor, und seine massigen Schultermuskeln spannten sich, als seine Hände ein Fantasiegewitter zusammenrafften, formten und hielten.

»Dann hörte es schlagartig auf.« Er ließ die Hände fallen. »Die Nacht wurde pechschwarz. Es gab weder Mond noch Sterne. Die Menschen der Stadt konnten nichts erkennen, aber sie fühlten eine Veränderung in der Luft, einen enormen Druck. Und als die Sonne aufging, sahen sie den Grund. Und nun werdet ihr ihn auch sehen.«

Mit diesen Worten ließ er sein Reittier erneut wenden und führte die Gruppe durch das Tor. Der Weg war tief in das Dämonenglas hineingehauen und so schmal, dass sie einzeln hintereinander reiten mussten. Er schlängelte sich empor, wobei er allmählich immer breiter wurde. So ritten sie weiter voran. Der Himmel über ihnen wuchs, ein tiefes, wolkenloses Blau.

Und dann ganz plötzlich erreichten sie eine Bergkante, und alles lag sichtbar vor ihnen.

Die Wüste des Elmuthaleth war eine flache, verdorrte Hochebene. Dagegen schien auf dieser Seite des Zenit die ganze Welt in einen tiefen Canyon abzufallen. Ein Fluss durchschnitt lang und gewunden das Gestein, und gegen diesen Mahlstrom verblasste der Eder zu einem tröpfelnden Rinnsal. Sein dramatisches Brausen war sogar von hier oben zu hören. Doch Lazlo hatte keinerlei staunende Bewunderung für den Fluss übrig, wie gewaltig er auch sein mochte. Alles Staunen der Welt schien nicht dafür auszureichen, was er sonst noch vor Augen hatte.

»Ein Schatten dunkler Zeiten lastet noch immer auf uns«,

hatte der Götterschlächter gesagt, »ein Spuk aus der Vergangenheit«. Und Lazlo hatte sich auf *dunkle Zeiten* und *Spuk* fixiert, aber worüber er nie näher nachgedacht hatte, war das Wort *Schatten.*

Eril-Fane hatte es wörtlich gemeint.

Dort befand sich die Stadt – das sagenumwobene Weep, nicht länger verborgen –, und obwohl der Tag sonnenhell war, lag sie im Dunkeln.

Lazlo fühlte sich, als sei seine Schädeldecke aufgehebelt worden und das Universum habe ein brennendes Streichholz hineingeworfen. In diesem Moment verstand er, dass er kleiner und unbedeutender war, als er je geahnt hatte, während sich die Sphäre des Unbekannten größer als je zuvor erstreckte. Enorm viel größer. Denn eine Tatsache stand außer Frage:

Was die Stadt in dauerhaften Schatten hüllte, entstammte nicht dieser Welt.

»Strange«, sagte Calixte, und der Doppelsinn seines Namens war noch nie so passend erschienen, auch wenn der Anblick vor ihnen zu immens war, um ihn einfach nur ›seltsam‹ zu nennen. Sie wog die Theorienbörse auf der Handfläche und sagte in einem freudigen, fassungslosen Flüsterton: »Ich glaube, du hast gewonnen.«

# 20

## Die Neuigkeiten eines Toten

In ihrem Zimmer waren Geister. Sarai hörte sie flüstern, schon bevor sie die Augen öffnete. Das goldene Tageslicht flackerte – hell, dunkel, hell, dunkel –, weil sich ihre Gestalten zwischen Fenster und Bett hin und her bewegten. Zuerst nahm Sarai an, es müsse sich um Ellen die Große handeln, vielleicht zusammen mit Awyss und Feyzi, den Kammerzofen. Sie spürte einen Hauch von Ärger, weil sie ungebeten eingetreten waren. Noch wollte und konnte sie nicht aufstehen. Sie fühlte es in der Schwere ihrer Glieder und Augenlider: Das Lall wirkte weiterhin seinen zähen grauen Zauber.

Das Flüstern wurde schärfer. »Die Herzen, ziel auf ihre Herzen.«

»Nein, nicht die Herzen. Du könntest eine Rippe treffen. Die Kehle ist besser.«

»Genau hier, lass mich das machen.«

Sarai öffnete abrupt die Augen. Sie sah weder Ellen, noch Awyss, Feyzi oder andere dienstbare Geister. Stattdessen war sie von einer Horde alter Weiber umgeben, die nun furchtsam von ihrem Bett zurückschreckten und sich aneinanderklammerten. »Es ist wach!«, rief eine von ihnen.

»Tu es jetzt!«, kreischte eine andere.

Und bevor Sarai verstand, wie ihr geschah, warf eine der Geisterweiber sich auf sie und holte mit einem Messer aus. Ihr Gesicht war vor Hass und Entschlossenheit wild verzerrt. Sarai konnte nicht ausweichen. Sie war einfach nicht schnell genug, solange das Lall sie umnebelte. Die Messerklinge blitzte, und all ihre geborgten Erinnerungen an das Massaker brodelten hervor – tödliche Klingen und schreiende Babys. Und dann schrie auch sie, und die alten Weiber schrien, nur nicht die eine mit dem Messer, die stattdessen ein wütendes Schluchzen ausstieß. Sie hielt die Klinge noch immer erhoben. Ihr Arm zitterte unkontrolliert, während sie versuchte, den Hieb zu vollenden und Sarais Kehle zu durchschneiden.

»Ich kann nicht«, heulte sie in purer Frustration. Tränen überströmten ihr Gesicht. Sie strengte ihren ganzen Willen an, aber der Arm wollte ihr nicht gehorchen. Schließlich fiel ihr das Messer aus der Hand und bohrte sich mit der Spitze voran in die Matratze, gleich neben Sarais Hüfte.

Endlich gelang es Sarai, sich zu bewegen. Sie rollte sich auf alle viere und wich vor den Geistern zurück. Ihre Herzen stampften wild und schickten Wellen von Panik durch ihren Körper, obwohl sie wusste, dass sie in Sicherheit war. Die Geister konnten ihr nichts tun. Das war Minyas oberstes Gebot. Kein Toter, den sie an sich band, konnte einen Lebenden verletzen. Aber davon wussten diese Geister nichts. Die Frau, die sich bis zu ihr vorgewagt hatte, geriet ganz außer sich. Sarai kannte sie, aber ihr war nicht bewusst gewesen, dass sie gestorben war. Ihr Name war Yaselith, und ihre Geschichte ähnelte den meisten ihrer Generation – und aller Generationen davor, die unter der Herrschaft der Mesarthim geboren und aufgewachsen waren. Als Skathis noch auf seinem Reittier Rasalas durch die Straßen geprescht war, um Mädchen und Jungen aus ihren Familien zu reißen.

Was oben in der Zitadelle geschah, konnte nie ein Mensch erzählen. Dafür sorgte Letha, bevor die Entführten zurückgebracht wurden. Letha: die Göttin des Vergessens. Sie konnte mit einem Wimpernschlag jedes Gedächtnis leeren, und das tat sie auch. Den Mädchen und Jungen der Stadt wurden ganze Jahre gestohlen, und wenn Skathis sie zurückbrachte, besaßen sie keine Erinnerung mehr an ihre Zeit bei den Göttern. Ihre Körper dagegen trugen Spuren, die sich nicht so leicht auslöschen ließen, denn ihnen war mehr genommen worden als nur ihr Gedächtnis.

Nun waren Yaseliths Augen rot und verweint, ihre Haare umschwebten sie weiß und gewichtslos wie Pfeifenqualm. Sie zitterte heftig. Ihr Atem kam in kleinen hektischen Stößen. Als sie sprach, war ihre Stimme rau wie die Reibfläche eines aufflammenden Streichholzes. »Warum?«, wollte sie wissen. »Warum kann ich dich nicht töten?«

Und Sarai, konfrontiert mit dem Mordversuch einer alten toten Frau, fühlte keinen Zorn. Jedenfalls nicht auf *sie.* Eher schon auf Minya. Wieso wanderten hier neue Geister durch die Zitadelle?

»Es liegt nicht an dir«, sagte sie fast mitleidig, »aber du kannst mir nichts tun.«

»Dann solltest du das selbst erledigen«, zischte Yaselith und zeigte auf die Klinge. »Mach dem Elend der Stadt ein Ende. Nimm dir das Leben, Mädchen. Das wäre für alle eine Gnade. Tu es. *Tu es.*«

Und dann zischten alle dieselben Worte, umdrängten sie und schoben die Vorhänge von Isagols übergroßem Bett zurück, bis Sarai von allen Seiten eingekreist war. »Tu es«, drängten sie. »Zeig ein bisschen Anstand. *Tu es.*« In ihren Augen stand wilde Vorfreude. Sarai kannte jede einzelne von ihnen, und sie verstand nicht, wieso die Frauen hier standen, denn sie war sich sicher, dass keine von ihnen tot war. Panik brandete in ihr auf, als sie hilflos zusah, wie ihre eigene Hand nach dem Messer griff. Ihr erster Gedanke war, dass *sie selbst* tot war und Minya sie zu der Tat zwang. Warum sonst hatte sie sich nicht unter Kontrolle? Ihre Hand schloss sich um das Messer und zog es aus dem Bett. Wo die Klinge gesteckt hatte, pulsierte Blut aus dem schmalen Einschnitt im Stoff, wie von einer Schlagader getrieben.

Und selbst dieses groteske, irreale Bild brachte sie nicht zur Besinnung. Betten konnten bluten. Sie war in Albtraumlandschaft zu bewandert, um diese Tatsache auch nur infrage zu stellen. Ihre Hand drehte sich von selbst und setzte die Messerspitze auf ihre Brust. Ihr Blick irrte über die feixenden Gesichter der alten Frauen von Weep, und plötzlich schienen unendlich viele von ihnen vor ihr zu stehen. Wo vorher fünf oder sechs gewesen waren, gab es plötzlich Dutzende. Sie pressten ihre Gesichter gegen die durchscheinenden Bettvorhänge, sodass ihre Münder und Augenhöhlen schwarzen Löchern glichen. Trotz dieses grausamen Anblicks irritierten Sarai nicht die Zerrgesichter, sondern die Vorhänge.

*Was tat sie im Bett ihrer Mutter?*

Das war ihr letzter Gedanke, bevor sie sich die Klinge in die Brust stieß und mit einem rauen Keuchen hochfuhr – um sich in ihrem gewöhnlichen Bett wiederzufinden. Allein. Keine Geister, kein Messer, kein Blut. Und keine Luft in ihrer Lunge. Ihr Keuchen schien kein Ende zu nehmen, bis sie regelrecht daran erstickte, ohne ausatmen zu können. Ihre Hände waren zu Klauen gekrümmt, jeder Muskel zum Zerreißen gespannt, und in ihrem Schädel steckte ein Schrei, der alle Gedanken verbannte. Unendlich lang zog sich dieser Zustand hin, bis sie fast zu sterben glaubte, weil ihr Körper schlicht vergessen hatte, wie man atmete. Dann endlich ließ der Krampf sie los, sie krümmte sich zusammen und hustete Luft heraus. Ihrem Körper war also doch noch eingefallen, was er tun musste. Lange Minuten lag sie nur zusammengerollt da und atmete mit wunder Kehle und geschlossenen Augen, bevor sie sich der Wahrheit stellen konnte.

Sie hatte geträumt.

Sarais Körper fing unkontrolliert an zu zittern. Ein Traum hatte sich den Weg in ihr Bewusstsein gebahnt. »Oh nein«, flüsterte sie und rollte sich noch krampfhafter zusammen, während sie zu begreifen versuchte, was das bedeutete. »Oh nein.«

Das Lall sollte sie eigentlich vom Träumen abhalten. Hatte sie vergessen, es zu trinken? Nein, sie spürte noch immer den bitteren Geschmack hinten auf der Zunge.

*Wieso also hatte sie geträumt?*

Sarai dachte an die Zeit zurück, bevor sie angefangen hatte den Schlaftrunk zu nehmen. An den Ansturm von Albträumen, der Ellen die Große dazu gebracht hatte, das Lall für sie zu brauen. Damals hatte es sich angefühlt, als würde sie von allen Schrecken verfolgt, die sie über Jahre hinweg angesammelt hatte. Ihr gesamtes Arsenal hatte sich gegen sie gewandt. *Davor* schützte sie das zähe, nebelgraue Nichts – oder sollte es zumindest.

Irgendwann erhob sich Sarai aus dem Bett. Ein Bad wäre willkommen gewesen, aber das hätte erst einmal bedeutet, in den Raum mit der Wanne zu gehen, sie zu füllen, und dann Ruby zu rufen, um das Wasser zu erhitzen. So viel Aufwand überforderte Sarai im Moment. Also goss sie sich kaltes Wasser aus dem Krug ein und wusch sich damit. Sie bürstete ihre Haare, flocht sie und zog sich neue Seidenwäsche an. Erst dann wagte sie sich in das eigentliche Schlafzimmer, wo das riesige Bett ihrer Mutter unberührt stand und keine Geisterfrauen mit verhärmten Gesichtern durch die Gardinenschleier geiferten. Dennoch schauderte sie im Vorbeigehen und beeilte sich, durch den Türvorhang und hinaus in den Korridor zu schlüpfen, wo ihr Ellen die Kleine entgegenkam, die gerade das Nachmittagsgedeck brachte.

Auf dem Tablett stand Tee – natürlich kein echter, denn der Vorrat war schon seit langer Zeit verbraucht, sondern eine Kräutermischung, die gegen die Nachwirkung des Lall half - sowie eine Portion Gebäck, da Sarai das Mittagessen grundsätzlich verschlief.

»Du bist früh aufgestanden«, sagte der Geist überrascht, und Sarai bemühte sich zu verbergen, wie schlecht sie sich fühlte.

»Ich weiß nicht, ob man den Nachmittag als *früh* bezeichnen sollte«, sagte sie mit einem schwachen Lächeln.

»Nun ja, früh für dich. Hat dich etwas geweckt?«

»Ist das mein Tee?«, sagte Sarai, um der Frage auszuweichen. Sie nahm die Tasse vom Tablett in Ellens Händen und füllte sie aus der kleinen Kanne. Minzduft erfüllte den Flur. »Danke, Ellen«, sagte sie und nahm die Tasse mit, während sie weitermarschierte und den Geist, offensichtlich verwirrt, hinter sich zurückließ.

Sie ging am Säulengang vorbei und in Richtung der Küche, um mit Ellen der Großen zu reden. Dort angekommen fragte sie, unter dem Siegel der Verschwiegenheit, ob es möglich sei, den Schlaftrunk zu verstärken.

»Verstärken?«, wiederholte Ellen, und ihre Augen wurden groß, bevor sie sich misstrauisch verengten. »Was ist passiert?«, wollte sie wissen.

»Gar nichts«, schwindelte Sarai. »Ich mache mir nur Sorgen, ob das Lall im Laufe der Zeit schlechter wirken könnte.« Darüber hatte sie sich *wirklich* Sorgen gemacht, aber die Wirkung hatte sich nicht langsam abgeschwächt, sondern praktisch über Nacht aufgehört. Darauf war Sarai nicht vorbereitet gewesen. Sie wusste nicht, wie sie damit umgehen sollte.

»Nun, wirkt es denn schlechter? Versuch gar nicht erst zu flunkern. Du weißt, dass ich so etwas sehe.« Ellens Stimme klang streng, und als Sarai sie anschaute, ließ sie ihr Gesicht mit dem eines Habichts verschmelzen. Stechend gelbe Augen schauten unter scharf geschnittenen Federbrauen hervor, und ein tödlicher Hakenschnabel saß dort, wo die Nase hätte sein sollen.

»Mach das nicht«, protestierte Sarai und musste wider Willen lachen. »Du weißt genau, gegen den Habicht bin ich wehrlos.«

»Schau mir in die Augen und versuch nur, mich anzuschwindeln.«

Das Spiel stammte aus einer Zeit, als sie alle noch jünger

gewesen waren. Ellen die Große hatte nie versucht, Befehle oder Zwang einzusetzen, um sie zu Gehorsam und gutem Benehmen zu erziehen. Das wäre schlecht ausgegangen, zumal ihre Gaben sich noch nicht völlig kontrollieren ließen und entsprechend explosiv waren. Also hatte sie zu fantasievolleren Methoden gegriffen, wie dieser, und damit mehr Erfolg gehabt. Tatsächlich war es außerordentlich schwierig, einem Habicht ins Gesicht zu lügen. »Nicht fair«, sagte Sarai und hielt sich die Augen zu. »Kannst du mir nicht einfach vertrauen und helfen?«

»Natürlich, aber wenigstens sollte ich wissen, wie dringend es ist. Ich habe mich schon gefragt, wann du eine Toleranz dagegen entwickeln würdest.« *Wann*, nicht *ob*. »Hat es angefangen?«

Sarai nahm die Hände von den Augen und stellte fest, dass Ellen die Große wieder menschliche Gestalt angenommen hatte. Der scharfe Blick war geblieben, zeigte aber echtes Mitgefühl. Als Antwort nickte Sarai kaum merklich und war dankbar, dass Ellen nicht weiter nachbohrte. »Nun gut«, sagte sie mit der üblichen Kompetenz und ohne viel Aufhebens. »Also eine zusätzliche halbe Dosis am Morgen. Außerdem werde ich beim nächsten Brauen ein bisschen experimentieren und sehen, was sich tun lässt.«

»Danke«, sagte Sarai.

Man hörte ihr die Erleichterung offenbar an, denn Ellen warf ihr einen Blick zu, der auch ohne Verwandlung nach Habicht aussah. Warnend sagte sie: »Die Wirkung wird keine Ewigkeit anhalten, das weißt du doch? Ganz gleich, was wir versuchen.«

»Mach dir keine Gedanken um mich«, sagte Sarai gespielt sorglos, doch als sie aus der Küche in Richtung der Gartenterrasse ging, fügte sie fast unhörbar hinzu: »Ich glaube kaum, dass wir uns um die Ewigkeit kümmern müssen.«

Zuerst erblickte sie Sparrow, die zwischen den Orchideen kniete. Ihre Miene war verträumt und ihre Hände voller Ranken, die sichtbar in die Länge wuchsen. Sie quollen wie ein sehr langsamer Sturzbach zwischen ihren Fingern hervor, wanden sich um bereits vorhandene Pflanzen und füllte die Lücken, an denen noch Mesarthium hervorschaute. Am Tisch saßen sich Minya und Feral gegenüber, über ein Spielbrett gebeugt, und waren tief in eine Partie ›Zwinger‹ versunken. Ferals düsterer Miene war anzusehen, dass er verlor, während Minya eher gelangweilt wirkte und ein Gähnen unterdrückte, bevor sie die nächste Figur setzte.

Sarai war noch nie so dankbar für die eingefahrene Routine des Zitadellenlebens gewesen. Sie freute sich regelrecht auf eine Portion Kimrilsuppe, weil sie so beruhigend langweilig war.

Doch dieser Abend sollte sich weder als langweilig noch als beruhigend erweisen.

»Armer Junge«, hörte sie Ruby zwitschern, und als sie sich umschaute, sah sie ihre Schwester direkt vor Ari-El stehen. Sarai hielt mitten in der Bewegung inne. Es war verstörend, ihn vor sich zu haben, nachdem sie gerade erst seinen Leichnam angestarrt hatte. Minya hatte versprochen, ihn freizulassen, und doch war er unübersehbar noch hier. Falls er sich mit den grundsätzlichen Fakten seines neuen Daseins abgefunden hatte – er war tot, während sie noch lebten –, hatte das seine Einstellung ihnen gegenüber jedenfalls kein bisschen verbessert. Der Geist hatte seine Verwirrung überwunden, dafür war auf seinem Gesicht nun umso mehr Platz für Feindseligkeit. Minya hatte ihn in eine Ecke gestellt wie man einen Besen oder

Schirm an die Wand lehnt, wenn man ihn nicht mehr braucht, und erstaunlicherweise versuchte er immer noch, gegen sie anzukämpfen.

Vielleicht war es auch nicht erstaunlich. Unter Sarais Blicken gelang es ihm mit unglaublicher Anstrengung, seinen Fuß ein paar Zentimeter vorzuschieben, was nur bedeuten konnte, dass Minya immer noch mit ihm spielte. Sie hielt ihn absichtlich locker fest, um ihm falsche Hoffnung einzuflößen.

Ruby stand vor ihm und war – für ihre Verhältnisse – züchtig in knielange schwarze Seide gekleidet. Sie hatte die Hände hinter dem Rücken verschränkt und in mädchenhafter Pose einen Fuß um den Knöchel des anderen geschlungen. »Ich verstehe, dass es bestimmt ein schrecklicher Schock ist«, sagte sie zu ihm. »Aber du wirst sehen, dass wir eigentlich gar nicht so schlimm sind. Was früher passiert ist, hatte schließlich nichts mit uns zu tun. Wir sind nicht so wie unsere Eltern.« Sie streckte die Hand aus, um seine Wange zu berühren.

Die Geste war freundlich gemeint. Ruby mochte gedankenlos handeln, aber sie spielte nicht mit dem Geist wie Minya. Sarai wusste, dass sie ihn besänftigen wollte. Doch dafür war der Tote nicht in Stimmung. »Fass mich nicht an, *Götterbrut*«, zischte er und schnappte mit den Zähnen nach ihrer Hand wie ein wildes Tier.

Ruby riss die Finger zurück. »Wie unhöflich«, schalt sie ihn und wandte sich zu Minya um. »Du hast ihm *erlaubt*, das zu tun.«

»Kein Beißen mehr«, befahl Minya dem Geist, obwohl Ruby natürlich recht hatte. Ohne ihr Einverständnis wäre er gar nicht dazu fähig gewesen. Wie Sarai sie kannte, steckte Minya vermutlich ganz direkt hinter der Attacke. Sie benutzte die Verstorbenen gerne wie Marionetten. Sarai erinnerte sich an ihren Albtraum, bei dem sie keine Kontrolle über ihre eigene messerbewehrte Hand gehabt hatte, und erschauderte bei dem Gedanken, Minyas Spielzeug zu sein.

»Minya«, sagte sie tadelnd, »du hast versprochen, ihn gehen zu lassen.«

Minyas Augenbrauen schossen in die Höhe. »Tatsächlich? Das klingt überhaupt nicht nach mir.«

Damit hatte sie allerdings recht. Minya fehlte es keineswegs an Charakter. Unter anderem war sie launisch, sturköpfig und pervers. Sie ähnelte einem wilden Tier, abwechselnd scheu und bissig, stets ungewaschen, und mit dem krassen Mangel an Empathie, den man von Mördern oder kleinen Kindern erwartet. Jeder Versuch, sie zu zivilisieren, prallte wirkungslos an ihr ab. Sie war immun gegen Lob, Vernunft oder Scham, also konnte man sie weder überreden noch überzeugen, und da sie außerdem ein durchtriebenes Biest war, ließ sie sich auch kaum austricksen.

Minya war unkontrollierbar. Sie war egoistisch bis zur Vollendung, reizbar und verschlagen. Nur eines war sie ganz sicher nie: hilfsbereit.

»Tja, dann ist es dir wohl rausgerutscht.« Sarai ließ nicht locker. »Also … würdest du es tun? Bitte?«

»Was, *jetzt?* Aber ich bin gerade mitten in einem Spiel.«

»Ich bin sicher, eine kurze Unterbrechung wird dich nicht umbringen.«

Feral hatte die ganze Zeit das Spielbrett studiert, mit dem Kinn in der Hand. Nun ließ er unauffällig seinen Blick nach oben wandern, augenscheinlich verblüfft, Sarai mit Minya streiten zu hören. In der Regel vermieden sie alle vier solche Auseinandersetzungen, aber Sarai war wütend, was sie unvorsichtig werden ließ. Sie hatte im Moment keine Lust, um die

Launen eines kleinen Mädchens herumzutänzeln. Nach ihrem Albtraum konnte sie als allerletztes einen weiteren rachsüchtigen Geist gebrauchen, der sie mit Blicken durchbohrte.

»Was ist denn mit *dir* los?«, fragte Minya. »Hast du Blutungen?«

Sarai brauchte einen Augenblick, um die Frage richtig zu verstehen, denn ihr erster Gedanke war das hervorquellende Blut aus ihrem aufgeschlitzten Bett und der Phantomschmerz einer Messerspitze an ihrer Brust. Aber natürlich meinte Minya ihre Monatsblutungen. Die Anspielung ließ Sarai nur noch wütender werden. »Nein, Minya. Im Gegensatz zu dir besitzen wir anderen eine normale Bandbreite an Gefühlen und empfinden es beispielsweise als Belastung, wenn wir gezwungen sind, die Abscheu toter Menschen zu ertragen.« Damit meinte sie nicht so sehr Ari-Els Gesichtsausdruck, sondern die alten Frauen, und ihr war selbst klar, dass ihre Wut auf Minya wenigstens zum Teil ein Nachklang ihres Traumes war. Irrational, schließlich hatte Minya nicht *wirklich* eine Schar mörderischer Weiber in der Zitadelle losgelassen. Aber wenn man irrational denkt, gehört dazu nun einmal, dass man sich nicht länger um Vernunft schert, und genau an diesem Punkt war Sarai angekommen.

»Stört er dich so sehr?«, fragte Minya. »Ich kann ihn stattdessen die Wand anschauen lassen, wenn dir das hilft.«

»Nein, das hilft mir nicht«, sagte Sarai. »Lass ihn einfach frei.«

Die anderen verfolgten ihren Wortwechsel mit angehaltenem Atem und großen Augen. Minyas Kinderaugen waren *immer* groß, und nun glitzerte es darin gefährlich. »Bist du sicher?«, fragte sie. Es fühlte sich wie eine Falle an.

Aber worin sollte die wohl bestehen? »Natürlich bin ich sicher«, sagte Sarai.

»Also gut.« Minya dehnte die Worte zu einem Singsang aus. »Aber ich wundere mich schon ein wenig, dass du nicht erst die Neuigkeiten von ihm hören willst.«

*Neuigkeiten?*

Sarai versuchte, eine ähnlich gespielte Ruhe zu bewahren wie Minya. »Was denn für Neuigkeiten?«

»Erst willst du sie nicht hören und jetzt plötzlich doch.« Minya verdrehte die Augen. »Wirklich, Sarai. Könntest du dich bitte entscheiden?«

»Ich habe nie gesagt, dass ich nichts hören will«, fauchte Sarai. »Weil du nämlich nicht erwähnt hast, dass es etwas zu hören *gibt.*«

»So empfindlich«, tadelte Minya. »Bist du sicher, dass du nicht gerade blutest?«

*Was weißt du schon darüber?*, hätte Sarai am liebsten gefragt. *Falls du dich je entscheidest, erwachsen zu werden, können wir vielleicht darüber reden.* Aber sie war nicht wütend – oder verrückt – genug, Minya gegenüber das Wort *Erwachsenwerden* zu benutzen. Also biss sie nur die Zähne zusammen und wartete.

Minya wandte sich Ari-El zu. »Komm her«, sagte sie, und er gehorchte. Allerdings kontrollierte sie ihn weiterhin nur schwach und erlaubte ihm, mit jedem Schritt gegen sie anzukämpfen, sodass er sich schleppend und stolpernd vorwärtsbewegte. Der Anblick war grotesk, was natürlich der Sinn der Sache war. Minya ließ ihn gegenüber von ihrem Platz am anderen Ende des langen Tisches zum Stehen kommen. »Erzähl ihnen, was du mir erzählt hast.«

»Erzähl es doch selbst«, spuckte er hervor.

Und jetzt spielte sie nicht länger mit *ihm*, sondern mit ihnen allen, indem sie die Erwartung noch weiter herauszögerte. Minya nahm sich Zeit, das Zwingerbrett zu studieren und in Ruhe eine der Figuren zu bewegen, wobei Sarai an Ferals Gesicht ablesen konnte, dass der Spielzug vernichtend war. Mit genüsslichem Triumph im Blick sammelte Minya die gefangene Figur ein. Ein Schrei bahnte sich seinen Weg durch Sarais Kopf. Gleichzeitig überkam sie das bedrückende Gefühl, die gestrige Endzeitstimmung habe geradewegs zu diesem Moment geführt.

*Was für Neuigkeiten?*

»Wir hatten wirklich Glück, dass du so passend gestorben bist«, sagte Minya an den Geist gewandt. »Womöglich wären wir sonst überrascht worden und hätten uns kein bisschen vorbereiten können.«

»Bereitet euch nur vor«, zischte der Tote. »Das spielt keine Rolle. Er hat euch einmal vernichtet und wird es wieder tun.«

Sarai fuhr zusammen. Sparrow stieß ein Keuchen aus. Feral richtete sich kerzengerade auf. »Minya«, sagte er. »Wovon redet der Mann?«

»Sag es ihnen«, befahl Minya. Ihre Stimme war noch immer glöckchenhell, doch gleichzeitig schneidend wie eine Messerklinge. Sie erhob sich, stieg mit ihren nackten, schmutzigen Füßen vom Stuhl auf die Tischplatte und schritt katzengleich die ganze Länge ab, bis sie direkt vor dem Geist stand. Nun befanden sich die beiden fast Auge in Auge: ein stattlicher erwachsener Mann und ein zierliches, verdrecktes Kind. Kein Herauszögern mehr, keine Illusion von Freiheit. Ihr Wille packte ihn wie eine Schraubzwinge, und die Worte wurden hervorgeschleudert, als hätte Minya in seine Kehle gegriffen und sie mit Gewalt herausgezerrt.

»Der Götterschlächter kommt zurück!«, rief er keuchend.

Zu diesem Teil zwang sie ihn, den Rest fügte er aus freiem Willen hinzu. Mit mörderischer Wildheit. *»Und er wird euch in Stücke reißen!«*

Minya blickte über die Schulter. Sarai sah Skathis in ihren Augen aufblitzen, als sei der Gott der Bestien in seiner kleinen Tochter wieder zum Leben erwacht. Der Blick ließ sie frösteln. Kalt und anklagend, eine Mischung aus Vorwurf und Triumph. »Nun, Sarai?«, fragte sie. »Was sagst du dazu? Dein Papa kommt wieder nach Hause.«

# 21

# Das ungelöste Problem von Weep

»*Was ist das?*«, fragte Lazlo auf dem Scheitelpunkt zwischen Furcht und Staunen, ohne sich für ein Gefühl entscheiden zu können. Es musste Furcht sein, zumindest drückte Eril-Fanes Miene einen tiefen Schrecken aus. Aber es war einfach unmöglich, bei einem solchen Anblick nicht auch ehrfürchtig zu staunen.

»Das«, sagte Eril-Fane, »ist die Zitadelle der Mesarthim.«

»Mesarthim?«, fragte Lazlo, und im selben Moment fragte Thyon Nero: »Zitadelle?« Ihre Stimmen prallten aufeinander, genau wie ihre Blicke.

»Zitadelle, Palast, Kerker«, zählte Eril-Fane auf. Seine Stimme klang rau und verlor sich bei dem letzten Wort zu einem Flüstern.

»Das ist ein *Gebäude?*«, mischte Ebliz Todd sich ruppig und ungläubig ein. Seine Wolkennadel war, wie es schien, *nicht* der höchste Bau der Welt.

Dabei entstand die Majestät des Anblicks nicht allein durch die Größe. Sie wirkte sogar eher zweitrangig. Gewiss war das Gebäude hoch und selbst aus mehreren Meilen Entfernung wirkte es unglaublich *massig*. Aber wie sollte man die Maße vernünftig einschätzen, angesichts der Tatsache, dass es … nicht auf dem Boden stand?

Das ganze Gebilde *schwebte* – absolut bewegungslos und hoch über der Stadt. Eine Befestigung war nirgendwo zu erkennen, außer man war bereit zu glauben, das Himmelreich selbst diene als haltendes Gerüst. Der Baustoff war ein blau schimmerndes Metall, spiegelglatt und geschmeidig wie Wasser, das nirgends harte geometrische Kanten aufwies, sondern aus fließenden Linien plastisch wie Haut bestand. Man hatte den Eindruck, es sei nicht gebaut oder geschmiedet worden, sondern aus geschmolzenem Metall gegossen. Lazlo konnte sich kaum entscheiden, was erstaunlicher war: dass es *schwebte* oder dass es die Form eines *riesenhaften Lebewesens* hatte, denn das war der Punkt, an dem seine wilde, unglaubliche Theorie auf unglaubliche Weise wahr wurde. Gewissermaßen.

Das ganze irreale Gebilde hatte die Form eines Erzengels. Es handelte sich um eine Statue, deren Größe jede Vorstellungskraft überstieg: hoch aufgerichtet, die Füße zur Stadt und den Kopf zum Himmel gewandt, die Arme in anbetender Pose ausgestreckt. Seine Flügel waren weit entfaltet. *Seine Flügel.* Die enorme Spannweite. Ihr aufgefächertes Metall nahm so atemberaubend viel Raum ein, dass sie einen Baldachin über der Stadt bildeten und das Sonnenlicht ausschlossen. Ebenso das Licht des Mondes, das Licht der Sterne, jegliche natürliche Helligkeit.

Das hatte Lazlo mit seiner Theorie wohl kaum gemeint, nicht einmal als Scherz, aber es fiel ihm schwer, nun zu entscheiden, was unglaublicher klang: die Rückkehr mythischer Geschöpfe von jenseits des Himmels oder ein tausend Fuß hohes Abbild davon, das als Metallstatue in der Luft schwebte. Lazlo musste daran denken, dass die menschliche Fantasie, sogar die lebhafteste, doch zu einem gewissen Grad immer in der bekannten Realität verankert bleibt. Das hier hatte jenseits seiner Vorstellungskraft gelegen. Hätte man ihnen allen im Voraus davon erzählt, wäre selbst *ihm* die Geschichte absurd vorgekommen.

Die Gesandten fanden ihre Stimmen wieder und überschwemmten Eril-Fane mit einem Schwall von Fragen.

»Wie kann es schweben?«

»Was ist das für ein Metall?«

»Wer hat es gebaut?«

»Wie ist es da oben hingekommen?«

Lazlo wollte wissen: »Wer sind die Mesarthim?«, und das war die erste Frage, die Eril-Fane beantwortete. Ansatzweise.

»Eigentlich müsste die Frage lauten: Wer *waren* die Mesarthim. Sie sind alle tot.« Lazlo glaubte, in seinen Augen einen Rest von Trauer zu sehen, auf den er sich keinen Reim machen konnte. Bei den Mesarthim konnte es sich nur um die ›Götter‹ handeln, die dem Götterschlächter seinen Titel eingebracht hatten. Aber wenn er sie vernichtet hatte, warum dann die Trauer? »Und das«, fügte Eril-Fane mit einem Nicken in Richtung der Zitadelle hinzu, »ist ebenfalls tot.«

»Was soll das heißen, *tot?*«, fragte jemand. »War es vorher *lebendig?* Dieses … *Ding?*«

»Nicht im wörtlichen Sinne«, sagte Eril-Fane. »Aber es bewegte sich. Es atmete wie ein lebendiges Wesen.« Er schaute niemanden an, sondern sein Blick schien unendlich weit fort. Einen Moment schwieg er, das Gesicht der immensen Absonderlichkeit vor ihnen zugewandt, dann atmete er aus. »Als an jenem Tag vor zweihundert Jahren die Sonne aufging, war die Zitadelle einfach da. Die Menschen kamen aus ihren Häusern, schauten auf und sahen die Erscheinung. Viele begrüßten sie freudig. Hier haben wir schon immer die Seraphim angebetet. Für manche von euch mögen sie reine Mythen sein, aber unsere Tempel sind aus Dämonenknochen gebaut, also haben sie für uns nichts Märchenhaftes.« Er wies auf den riesigen Metallengel. »Unsere heilige Schrift verkündet ihre Rückkehr. Niemand hatte die Wiederkunft in dieser Form erwartet, aber viele wollten daran glauben. Unsere Priesterinnen haben immer gelehrt, das Göttliche und seine übermenschliche Macht müsse uns gleichzeitig wunderschön und schrecklich vorkommen. Und hier fand sich beides.« Er schüttelte den Kopf. »Aber im Nachhinein war die Form der Zitadelle vielleicht nur ein grausamer Scherz. Was immer die Mesarthim waren, jedenfalls hatten sie keine Ähnlichkeit mit den Seraphim.«

Die ganze Gruppe schwieg, und die anderen Faranji sahen genauso entgeistert aus wie Lazlo sich fühlte. Stirnen lagen in Falten, während der rationale Verstand sich damit abzufinden versuchte, dass hier ein Beweis für das Unmögliche existierte – oder zumindest für etwas, das man sich bis dato nicht hatte vorstellen können. Anderen waren vor Erstaunen die Gesichtszüge entgleist. Die Tizerkan dagegen schauten grimmig und … Lazlo blinzelte überrascht. Ihm war aufgefallen, dass Azareen ihren Blick starr auf Eril-Fane gerichtet hielt, aber tatsächlich sah keiner von ihnen in Richtung der Zitadelle. Weder Ruza, noch Tzara oder sonst ein Einheimischer. Lazlo hatte den Eindruck, sie würden überall hinschauen, nur nicht dorthin, als könnten sie schon den Anblick des Gebäudes kaum ertragen.

»Sie hatten keine Flügel. Sie waren keine Geschöpfe aus Feuer. Doch wie die Seraphim erschienen sie zu sechst, drei männlich und drei weiblich. Ohne Armee und Dienerschaft, denn so etwas brauchten sie nicht«, sagte Eril-Fane. »Dafür hatten sie Magie.« Ein bitteres Lächeln erschien auf seinem Gesicht. »Auch Magie kommt nicht bloß in Märchen vor, wie wir nur allzu gut wissen. Ich wollte, dass ihr es mit eigenen Augen seht, bevor ich versuche, es euch zu erklären. Mir war klar, dass euer Verstand sich dagegen wehren würde. Selbst jetzt, wo der Beweis sich direkt vor euch befindet, kann man euch den inneren Kampf ansehen.«

»Woher sind sie gekommen?«, fragte Calixte.

Eril-Fane schüttelte bloß den Kopf. »Wir wissen es nicht.«

»Aber ihr nennt sie Götter?«, fragte Mouzaive, der Naturphilosoph, der alles Religiöse besonders unglaubhaft fand.

»Was genau ist denn ein Gott?«, erwiderte Eril-Fane. »Ich kenne die Antwort nicht, aber soviel kann ich euch sagen: Die Mesarthim waren mächtig. Trotzdem hatten sie keine Ähnlichkeit mit etwas Heiligem.«

Er versank wieder in Schweigen, und sie warteten darauf, ob er es von selbst brechen würde. Ihnen lagen unendlich viele Fragen auf den Zungen, trotzdem konnte selbst Drave, der Explosionist, den Pathos dieses Moments spüren und hielt den Mund. Als Eril-Fane schließlich wieder das Wort ergriff, sagte er jedoch nur: »Es wird spät. Ihr solltet euch beeilen, die Stadt zu erreichen.«

»Unser Ziel ist *dort?*«, fragten manche von ihnen mit hörbarer Furcht. »Direkt unter diesem Ding?«

»Es stellt keine Gefahr dar«, versicherte ihnen der Götterschlächter. »Darauf habt ihr mein Wort. Heutzutage ist es nur eine leblose Hülle. Seit fünfzehn Jahren steht die Zitadelle leer.«

»Aber worin liegt dann das Problem?«, fragte Thyon Nero. »Warum genau habt ihr uns hergebracht?«

Lazlo war überrascht, dass der Alchemist sich die Antwort nicht selbst zurechtreimen konnte. Er blickte auf den schwindelerregenden Giganten und die Finsternis darunter. *Ein Schatten dunkler Zeiten lastet noch immer auf uns.* Auch wenn es Eril-Fane gelungen war, die Götter zu beseitigen und sein Volk aus der Knechtschaft zu befreien, befand sich dieses Gebilde noch immer über ihnen, beherrschte die Stadt, blockierte das Sonnenlicht und blieb eine ewige schmerzhafte Erinnerung. »Wir sind hier, um die Zitadelle loszuwerden«, sagte Lazlo zu dem Alchemisten und war sich einer Antwort noch nie so sicher gewesen. »Und um der Stadt ihren Himmel zurückzugeben.«

# 22

# Muster aus Licht und Dunkelheit

Lazlo blickte hinauf: zu der schimmernden Festung aus unirdisch blauem Metall, die am Himmel schwebte.

Sarai blickte hinunter: auf den glänzenden Zenit, hinter dem die Sonne bald untergehen würde. An seiner Flanke schlängelte sich eine fadendünne Linie entlang, die ins Tal und nach Weep führte. Dort lag der Bergpfad. Wenn sie die Augen zusammenkniff, konnte sie gerade eben ein paar dunkle Punkte erkennen, die sich über das Weiß bewegten.

Lazlo war einer dieser Punkte.

Um sie beide herum herrschte Stimmengewirr – Spekulationen, Debatten, Panik –, aber das alles erreichte sie nur als Hintergrundgeräusche. Sie waren beide zu tief in ihren eigenen Gedanken versunken. Lazlos Geist glich einem Feuerwerk des

Staunens, als würde das metaphorische Streichholz eine Zündschnur nach der anderen anbrennen. Flammende Linien fraßen sich durch sein Bewusstsein, verbanden weit entfernte Punkte, füllten Leerstellen aus, beseitigten Fragezeichen und setzten ein Dutzend neue an ihre Stelle. Ein *Dutzend* Dutzend. Die Fragen nahmen kein Ende, aber dafür zeichneten sich schwach die Konturen von Antworten ab, die wahrhaft erstaunlich waren.

Während in Lazlos Gedanken ganz langsam ein Muster aus Licht entstand, fand Sarai nur dunkles Gekritzel. Fünfzehn Jahre lang hatten sie und die anderen im Verborgenen überlebt, gefangen in einer Festung ermordeter Götter, wo sie sich mühsam eine magere Existenz aufgebaut hatten. Vielleicht war ihnen immer klar gewesen, dass dieser Tag kommen würde. Aber ihr Alltag und ihre geistige Gesundheit hatten auf dem Glauben beruht, sie könnten die Menschen fernhalten. Nun kamen die Punkte in der Ferne unaufhaltsam näher, auch wenn sie noch fast zu winzig fürs Auge waren, und drohten ihre Welt aus den Angeln zu heben. Die kläglichen Reste von Sarais Zukunftsglauben ließen sie im Stich.

Der Götterschlächter war zurückgekehrt.

Sie hatte immer gewusst, wer ihr Vater war. Schon lange bevor sie lernte, Motten zu schreien und ihre Sinne in die Stadt zu schicken, wusste sie über den Mann Bescheid, der ihre Mutter geliebt und getötet hatte. Sie selbst hätte er ebenfalls ermordet, wäre sie mit den anderen Säuglingen zusammen gewesen. Bilder erwachten aus ihrem Arsenal der Schrecken. Seine kräftige Hand, die eine Messerklinge durch Isagols Kehle trieb. Schreiende Kinder und Babys, von denen die älteren sich in den Armen ihrer Mörder wanden. Blut, das wie Fontänen sprühte und die Wände rot färbte. »Die Kehle ist besser«, hatte die alte Frau in Sarais Albtraum gesagt. Nun griff sie unwillkürlich mit beiden Händen an ihren Hals, als könne sie ihn so schützen. Ihre Herzen schlugen panisch, ihr Atem kam stoßweise. Kaum zu fassen, wie fragil jedes Leben war, nur eine dünne Hautschicht über Blut, Atem und Geist.

Hoch auf der Gartenterrasse der Zitadelle, die einst den Mesarthim gehört hatte, schaute die Götterbrut zu, wie ihr Tod ins Tal von Weep geritten kam, und Geister blickten über ihre Schultern.

Und im blauen Himmel über ihnen – leer, leer, leer und plötzlich weiß getupft – erschien ein Vogel, so schlagartig, als habe man eine Messerspitze durch einen Schleier gestoßen. Wo immer er gewesen war, wie immer er auftauchen konnte, nun war er hier, beobachtend und wartend.

# Teil III

*Mahal* (gespr.: Mah·hahl), Subst.

Ein riskantes Unterfangen, an dessen Ende entweder eine grandiose Belohnung oder eine entsetzliche Katastrophe steht.

Archaisch; abgeleitet vom Mahalath, dem mythischen Nebel der Verwandlung, durch dessen Berührung man zu einem Gott oder einem Monster wird.

# 23

# Nicht länger verborgen

Das fabelhafte Weep war nun nicht länger die Verborgene Stadt.

Vom Gipfel des Zenit, wo die Gesandtschaft des Götterschlächters stand, führte ein Pfad in den Canyon des Flusses Uzumark. Das Weiß des Dämonenglases wich allmählich honigfarbenem Gestein, zerklüfteten Kliffwänden, natürlichen Säulen, Türmchen und Brücken, und einem so dichten grünen Waldbewuchs, dass die Baumkronen von oben wie ein Moosteppich aussahen, über den man spazieren konnte. Die Wasserfälle glichen Vorhängen aus blasser Seide und wehten in unzähliger Menge von den Klippen. Man mochte auch an Wandbehänge und -teppiche denken, die den Canyon wie einen lang gestreckten, schön geschmückten Saal erscheinen ließen, während Weep als Spielzeugstadt oder vergoldetes Modell in seiner Mitte lag. Die schockierende Unwirklichkeit der Zitadelle – die pure Größe des Gebildes – ließ jedes Gefühl für Maße und Proportionen verschwimmen.

»Erwartet Eril-Fane etwa, dass ich *da* hochklettere?«, fragte Calixte und starrte an dem riesigen Engel empor.

»Was denn? Zweifelst du an deinem Können?«, spöttelte Ebliz Todd.

»Erstmal muss ich das Ding erreichen«, gab sie zurück, »also nehme ich an, das ist *deine* Aufgabe, Todd.« Mit dem huldvollen Handwedeln einer Königin wies sie ihn an: »Sei so nett und bau mir ein paar Stufen.«

Einen Moment war Todd vor Rage ganz sprachlos, sodass Soulzeren in die Pause einwerfen konnte: »Hochfliegen geht auf jeden Fall schneller. In ein paar Tagen können wir die Seidenschlitten fertig haben.«

»Damit sind wir zwar oben«, stellte ihr Ehemann Ozwin fest, »aber das dürfte der einfachste Teil werden. Wie man das Ding loswird, ist eine ganz andere Frage.«

»Was denkst du?«, überlegte Soulzeren. »Wegschieben? Zerlegen?«

»In Stücke sprengen«, schlug Drave vor, was ihm ungläubige Blicke von allen anderen einhandelte.

»Du hast schon bemerkt, dass sich der Engel direkt über der Stadt befindet?«, warf Lazlo ein.

»Dann sollen die Leute eben aus dem Weg gehen.«

»Ich schätze, sie würden noch mehr Zerstörung lieber vermeiden.«

»Und warum haben sie *mich* dann eingeladen?«, fragte Drave grinsend.

»Ja, warum bloß?«, murmelte Soulzeren mit deutlichem Unterton.

Drave streckte die Hand aus, um Thyon Nero einen kumpelhaften Schulterklopfer zu geben. »Hey, hast du gehört?«, fragte er, da Thyon bei seinem Scherz nicht gelacht hatte. »Warum lädt man *mich* ein, wenn man keine Zerstörung will, häh? Warum schleppt man zehn Kamelladungen voll Sprengpulver mit, außer ich soll das Ding zurück in den Himmel blasen, wo es hergekommen ist?«

Er erntete ein dünnes Lächeln und den Ansatz eines Nickens, aber es war eindeutig, dass Thyon sich mit anderen Gedanken beschäftigte. Zweifellos tüftelte er schon auf seine eigene Weise an dem Problem. Er behielt seine Meinung für sich, während die übrigen Gesandten lautstark spekulierten. Seit Monaten hatten ihnen Geheimnisse wie spitze Krähenfüße im Weg gelegen und ihren Intellekt behindert. Nun bot der Himmel das größte wissenschaftliche Rätsel, das ihnen je begegnet war, und jeder mutmaßte, welchen Platz er oder sie wohl bei der Lösung einnehmen würde.

Mouzaive hielt Belabra einen Vortrag über Magnetkräfte, aber Belabra hörte nicht zu, sondern murmelte unverständliche Berechnungen, während die Fellerings – also die Metallurgenbrüder – die mögliche Zusammensetzung des blauen Metalls diskutierten.

Was Lazlo betraf, so konnte er nur demütig staunen. Ihm war von Beginn an klar gewesen, dass er keine Fähigkeiten mitbrachte, die ihn für die Gesandtschaft des Götterschlächters qualifiziert hätten. Aber erst jetzt, angesichts des Problems, erkannte er, dass ein Teil von ihm immer noch gehofft hatte, *er* würde das Rätsel lösen können. Lächerlich. Zwar hatte ein Märchenbuch das Geheimnis des Azoth enthalten, und man hatte Lazlo einen Platz in der Karawane eingeräumt, weil er Geschichten kannte, aber er bezweifelte doch sehr, dass Mythen und Legenden ihm hier einen Vorteil verschaffen würden.

Nichtsdestotrotz war er immerhin *hier*. Also würde er helfen, so gut er eben konnte, selbst wenn er bloß der Laufbote für die Gesandten sein würde. Was hatte Meister Hyrrokkin noch gesagt? »Es gibt Männer, die zu Großem geboren sind, während anderen nur die Aufgabe zufällt, ihnen bei ihren Großtaten zu helfen.« Er hatte hinzugefügt, dass man sich dafür nicht zu schämen brauchte, und Lazlo war derselben Meinung.

Aber vielleicht durfte er wenigstens hoffen, dass der ›zu Großem geborene Mann‹ nicht ausgerechnet Thyon Nero war? *Jeder andere, bloß nicht er*, dachte Lazlo und musste ein wenig über seine kleinliche Verbohrtheit lachen.

Die Karawane folgte dem Pfad hinunter ins Tal, und Lazlo schaute sich mit großen Augen um. Er war wirklich hier und sah das alles. Einen Canyon aus goldenem Gestein und dichte, unberührte Waldflächen, einen gewaltigen grünen Fluss, vom Sprühregen unzähliger Wasserfälle vernebelt, der bis an den Rand des Zitadellenschattens strömte. Dort, direkt vor der Stadt, verbreiterte sich der Uzumark zu einem Delta und wurde von Felsbrocken und kleinen Inseln in Streifen geschnitten, bevor er einfach verschwand. Gleich hinter der Stadt tauchte er wieder auf, setzte brausend seinen Weg fort und strömte ostwärts in die Ferne. Der Fluss, so schien es, floss *unter* der Stadt hindurch.

Aus der Entfernung schien Weep verblüffend dem Fantasiebild zu ähneln, das Lazlo schon so lange mit sich herumtrug … auch wenn dieses Bild von einem Schatten verschleiert war. Dort waren sie, die goldenen Kuppeln, allerdings weniger zahlreich als erwartet und ohne Glanz. Kein Licht brachte sie zum Funkeln. Wenn die Sonne tief genug stand, um ihre Strahlen unter den ausgebreiteten Flügeln der Zitadelle hindurchzusenden, war sie bereits hinter den Zenit gesunken, sodass nur ein Schatten gegen den anderen ausgetauscht wurde.

Aber der Unterschied war weitreichender. Die ganze Stadt wirkte verloren, eingehüllt in ein Gefühl anhaltender Melancholie und Verzweiflung. Dort war sie, die gewaltige Stadtmauer, und bildete ein harmonisches Oval. Doch ihre Form war durchbrochen. An vier Stellen, geometrisch präzise in jeder Himmelsrichtung, war die Mauer zermalmt worden, und an ihrer Stelle erhoben sich nun vier monumentale Metallblöcke aus demselben fremdartigen Material wie die Zitadelle. Jeder dieser kegelförmigen Monolithen war so groß, dass er selbst als Festung hätte dienen können, doch dabei vollständig glatt, ohne Fenster- oder Türöffnungen. Von oben gesehen ähnelten sie Briefbeschwerern, die man auf die Landkarte der Stadt gesetzt hatte, damit sie nicht fortgeblasen wurde.

Aus dieser Entfernung war es schwer zu erkennen, aber jeder der Blöcke schien einen kleineren Aufsatz zu haben. Vielleicht Statuen?

»Was sind das für Sockel?«, fragte Lazlo Ruza und zeigte darauf.

»Die vier Anker.«

»Anker?« Lazlo kniff die Augen zusammen, um aus der Ferne die Position der Blöcke abzuschätzen und dann mit dem Riesenengel darüber zu vergleichen. Tatsächlich schien er genau mittig in der Luft zu schweben. »Ist das ihr Zweck?«, fragte er und dachte an Schiffe im Hafen. Doch bei ihnen gab es Ankerketten, während nichts Sichtbares den Erzengel und die

Metallblöcke verband. »Halten sie die Zitadelle fest, damit sie nicht fortdriftet?«

Ruza warf ihm ein schiefes Lächeln zu. »Die Götter haben sich nie die Zeit genommen, uns den Zweck zu erklären, Strange. Am Tag ihrer Ankunft haben sie die Sockel dorthin gesetzt – ganz gleich, was sich darunter befand –, und dort stehen sie noch immer.« Ruza nickte zu der Prozession hinter ihnen. »Meinst du, von den ganzen Genies schafft es einer, die Blöcke zu bewegen?«

»So soll das also gehen? Wenn man die Anker beseitigt, gilt das auch für die Zitadelle?«

Ruza zuckte mit den Schultern. »Wie denn sonst? Zugseile festbinden und ziehen? Ich weiß nur, dass der Engel nicht auf gleiche Art verschwinden wird, wie er aufgetaucht ist. Wo Skathis doch tot ist.«

*Skathis.*

Der Name klang wie das Zischen einer Schlange. Lazlo speicherte ihn innerlich ab, und erst dabei fiel ihm auf, dass Ruza frei und ungezwungen redete. Nun, reden tat Ruza immer. Aber der wichtige Punkt war: Die Schweigepflicht, die bisher das Geheimnis von Weep umgeben hatte, war anscheinend aufgehoben. Lazlo konnte Fragen stellen. Er wandte sich seinem Freund zu.

»Schau mich bloß nicht so an«, sagte Ruza.

»Wie denn?«

»Als ob ich ein besonders prächtiges Buch wäre, das du aufschlagen und in einem Rutsch durchlesen willst. Ich sehe doch deine lüsternen, irre funkelnden Augen.«

Lazlo lachte. »Lüstern? Irre? Hast du etwa Angst vor mir, Ruza?«

Plötzlich nahm das Gesicht seines Freundes einen stählernen Ausdruck an. »Du weißt hoffentlich, Strange, dass man einem Tizerkan nur Angst vorwirft, wenn man ihn zum Zweikampf herausfordern will?«

»Nun denn«, sagte Lazlo, der ihn lange genug kannte, um kein Wort zu glauben. »Da kann ich wohl froh sein, dass ich es zu *dir* gesagt habe und nicht zu einem dieser furchterregenden Krieger wie Azareen oder Tzara.«

»Herzlos«, stellte Ruza schwer getroffen fest. Er verzog das Gesicht, als wolle er weinen. »Ich *bin* furchterregend«, jammerte er. »Bin ich *wirklich.*«

»Komm, komm, beruhige dich«, tröstete Lazlo ihn. »Du bist ein *sehr* furchtbarer Krieger. Nicht weinen! Du bist der Schrecken aller Feinde.«

»Tatsächlich?«, fragte Ruza mit leiser, kläglicher Hoffnung in der Stimme. »Das sagst du nicht nur so?«

»Ihr zwei Dummköpfe«, bemerkte Azareen, und Lazlo fühlte einen seltsamen Anfall von Stolz, weil sie ihn einen Dummkopf genannt hatte, noch dazu mit einer winzigen Prise Zuneigung. Er wechselte einen kleinlauten Blick mit Ruza, als Azareen auf dem Pfad an ihnen vorbeiritt, um sich an die Spitze zu setzen.

Kurz zuvor hatte Lazlo sie mit Eril-Fane streiten sehen und gerade genug gehört, um zu wissen, dass sie mit ihm im Fort Misrach bleiben wollte. »Warum musst du immer alles mit dir allein ausmachen?«, hatte sie wütend gefragt, bevor sie sich abwandte und ihn stehen ließ. Und als Lazlo sich noch einmal umdrehte, um ihm zuzuwinken – dem Götterschlächter, der zurückblieb, während die Karawane ihren Abstieg auf dem Bergpfad begann –, schien er nicht nur geschrumpft zu sein, sondern hatte auch einen gejagten Blick in den Augen.

Wenn in der Stadt alles so sicher war, wie er versprochen

hatte, warum dann dieser Blick? Und weshalb kam er nicht mit?

*Was ist in Weep passiert?*, fragte sich Lazlo. Aber er stellte keine weiteren Fragen. Schweigend ritt er den Rest des Weges bis hinunter in die Stadt.

*

Eril-Fane stand oben auf der Bergkante und sah der Karawane nach, wie sie sich Weep näherte. Der Weg dauerte gut eine Stunde, in der die Reiter abwechselnd zwischen den Bäumen verschwanden und wieder auftauchten. Als sie den Wald endgültig hinter sich ließen, waren sie zu weit entfernt, um einzelne Gestalten erkennen zu können. Er konnte gerade noch Spektrale und Kamele unterscheiden, mehr nicht. Außerdem wurde es dunkel, was erst recht nicht hilfreich war.

Natürlich würde Azareen an der Spitze reiten. Mit durchgestrecktem Rücken, den Kopf vorwärts gewandt, und niemand hinter ihr würde ahnen, was sich tatsächlich auf ihrem Gesicht widerspiegelte. Die Einsamkeit. Die schmerzhafte, fassungslose Trauer.

Das hatte *er* ihr angetan. Immer und immer wieder.

Wenn sie ihn doch nur aufgeben würde. Dann müsste er sie nicht länger innerlich zerstören. Er würde nie wieder sein, worauf sie hoffte – der Mensch, der er früher gewesen war. Bevor er ein Held wurde. Bevor er gar ein erwachsener Mann wurde.

Bevor die Göttin der Verzweiflung ihn zum Geliebten nahm.

Eril-Fane schauderte. Selbst nach vielen Jahren reichte der Gedanke an Isagol die Schreckliche, um einen Gefühlssturm in ihm auszulösen: Hass und Verlangen, Sehnsucht und Abscheu, brutale Wut und sogar Zuneigung … ein brodelndes, blutendes Wirrwarr wie eine Rattengrube, in der sich alle gegenseitig auffraßen. So sah seine Gefühlswelt heutzutage aus. Das hatte Isagol aus ihm gemacht. Nichts, was gut und einfach war, konnte darin überleben. Es gab nur noch Fäulnis und Verwesung, in denen er vor Selbsthass erstickte. Wie *schwach* er war, wie jämmerlich. Zwar hatte er die Göttin am Ende getötet, aber das hatte ihn nicht befreit und würde es auch nie.

Wenn Azareen ihn doch nur gehen lassen könnte. Solange sie jeden Tag darauf wartete, dass er wieder der Mensch von früher wurde, musste er zusätzlich zu seiner Einsamkeit auch ihre schultern.

Und die seiner Mutter. Wenigstens konnte er ihr Lazlo als Ersatz anbieten, damit sie ihn umsorgte, was ein wenig helfen würde. Aber er konnte wohl kaum jemanden mit Azareen nach Hause schicken, als Ersatz für … für ihren Ehemann.

Eine solche Entscheidung konnte nur sie selbst treffen, und sie weigerte sich.

Eril-Fane hatte Lazlo erklärt, dass er in Weep nicht gut schlief. Nun, das war eine geringfügige Untertreibung. Ihm gefror das Blut in den Adern, wenn er nur daran dachte, in der Stadt seine Augen zu schließen.

Selbst von hier oben, wo der Abstand sie zu Spielzeuggröße schrumpfte – ein wunderhübscher Glanz von fernen Glaven und altem Gold –, spürte er die drückende Atmosphäre wie Tentakel, die ihn hineinziehen wollten, und konnte nicht aufhören zu zittern. Es war besser, dass niemand ihn so sah. Wenn selbst der Götterschlächter nicht die Haltung bewahren konnte, wer sonst?

Er kam sich wie der größte Feigling der Welt vor, als er sich von der Stadt abwandte, von seinen Gästen, von seiner Frau, die er nicht lieben konnte, weil er zu Liebe *unfähig* war, und den kurzen Weg zum Fort Misrach zurückritt.

*Morgen*, sagte er sich. Morgen würde er sich der Stadt stellen, genau wie seinen Heldenpflichten und den Albträumen, die ihn auf Schritt und Tritt verfolgten. Irgendwie würde er den Mut aufbringen zu vollenden, was er vor fünfzehn Jahren angefangen hatte, und sein Volk von den letzten Überresten ihres langen Leidens befreien.

Auch wenn er selbst niemals frei sein konnte.

# 24

# Obszönität. Verhängnis. Götterbrut.

»Habe ich es euch nicht gesagt? Wir werden sterben, bevor uns die Kleidung ausgeht«, bemerkte Ruby, aber all ihre draufgängerische Dreistigkeit war verschwunden. Sie mochte unbekümmert über den Tod reden, solange er bloße Theorie blieb. Jetzt hatte sich das geändert.

»Niemand wird sterben«, sagte Feral. »Alles ist wie immer.«

Sie starrten ihn an. »Ja, alles. Bis auf die Rückkehr des Götterschlächters«, stellte Ruby fest.

»Zusammen mit einer Menge findiger Männer und Frauen aus der Außenwelt«, fügte Sparrow hinzu.

»Deren einziges Ziel es ist, uns zu zerstören«, schloss Minya.

»Nicht *uns*«, widersprach Feral. »Schließlich wissen sie nicht einmal, dass wir hier sind.«

»Und was glaubst du, werden sie tun, wenn sie uns entdecken?«, fragte Minya. »Erwartest du höfliche Überraschung? Vielleicht entschuldigen sie sich, weil sie ohne zu fragen in unser Zuhause eingebrochen sind?«

»Soweit wird es gar nicht kommen«, sagte er. »Wie sollen sie sich der Zitadelle überhaupt nähern? Schließlich können Menschen nicht *fliegen*. Hier oben sind wir sicher.«

Er gab sich unbekümmert, aber Sarai konnte ihm ansehen, dass er ebenfalls besorgt war. Wegen der Fremdländer. Was wussten sie fünf schon vom Rest der Welt und den Fähigkeiten anderer Völker? Nicht das Geringste.

Sie befanden sich auf der Gartenterrasse, die oben auf der Brust des Erzengels ruhte, wo sie sich von Schulter zu Schulter spannte, und konnten die Stadt bis hin zum Zenit überblicken. Hilflos verfolgten sie die Prozession aus kleinen Punkten, die den Berghang herabkam und schließlich in der Stadt verschwand. Sarai stand zwischen Pflaumenbäumen, und ihre Hände ruhten zitterig auf der Balustrade. Hinter der Kante befand sich nichts als leere Luft. Man konnte geradewegs ins Nichts stürzen, bis tief, tief unten die Häuserdächer warteten. So dicht am Abgrund zu stehen, machte sie nervös. Zwar ließ sie sich jede Nacht herunterfallen, wenn sie die Sinne ihrer Motten benutzte, aber das war anders. Die Motten hatten Flügel. Sarai nicht. Vorsichtig trat sie einen Schritt zurück und schloss die Hand um einen starken Ast.

Ruby war waghalsiger und lehnte sich viel zu weit vor. »Was glaubt ihr, wo sie jetzt stecken?«, fragte sie. Dann pflückte sie eine Pflaume ab und warf sie, so hart sie konnte. Sparrow stieß ein Keuchen aus. Sie schauten zu, wie die Frucht im hohen Bogen durch die Luft flog.

»Ruby! Was machst du denn da?«, fragte Sparrow erschrocken.

»Vielleicht treffe ich einen von ihnen.«

»Aber die Oberste Regel –«

»*Die Oberste Regel*«, wiederholte Ruby und verdrehte die Augen. »Glaubst du, Früchte fallen nicht von selbst herunter? Oh, schau nur, eine Pflaume!« Sie tat so, als würde sie etwas aufheben und mustern, dann legte sie den Kopf in den Nacken und schaute nach oben. »Das ist der Beweis, dass dort oben jemand lebt! Lasst uns losgehen und sie umbringen!«

»Ich glaube kaum, dass eine Pflaume den Sturz überstehen würde«, stellte Feral fest.

Ruby warf ihm den unbeeindrucktesten Blick zu, der vermutlich jemals auf einen Jungen geworfen wurde. Dann begann sie unerwartet zu lachen, bald so schallend, dass sie sich den Bauch hielt und zusammenkrümmte. »Ich glaube kaum, dass eine Pflaume …«, wiederholte sie und lachte noch hysterischer. »Was ist wohl mit *mir?*«, fragte sie und schwang ein Bein über die Balustrade, sodass Sarai fast der Magen in die Kniekehle sackte. »Glaubst du, *ich* würde den Sturz überstehen? Also, *das* wäre wirklich ein Bruch der Obersten Regel.«

Sparrow rang hörbar nach Atem. »Genug jetzt«, sagte Sarai und zerrte Ruby zurück. »Mach dich nicht lächerlich.« Sie fühlte Panik unter der dünnen Oberfläche dieses Augenblicks brodeln und tat ihr Bestes, sie zu unterdrücken. »Feral hat recht. Es ist zu früh, um sich Sorgen zu machen.«

»Dafür ist es nie zu früh«, sagte Minya, die im Gegensatz zu dem Rest von ihnen tatsächlich unbeschwert wirkte. Oder mehr noch, *freudig erregt.* »Wer sich Sorgen macht, bereitet sich vor.«

»Und was für Vorbereitungen sollen das sein?«, fragte Sparrow, und ein Beben schlich sich in ihre Stimme. Ihr Blick glitt über den Garten und die eleganten Bögen des Säulengangs hinweg, durch den man den Esstisch sehen konnte, genau wie den Geist Ari-El, der noch immer stocksteif dort stand, wo Minya ihn zurückgelassen hatte. Eine Brise ließ den Vorhang aus Kletterpflanzen flattern, der das einzige Hindernis zwischen Drinnen und Draußen darstellte. »Wir haben keinen Ort, um uns zu verstecken«, sagte sie. »Wenn wir wenigstens die Türen schließen könnten –«

In der Zitadelle hatten die ›Türen‹ keine Ähnlichkeit mit dem handgeschnitzten Holz, das Sarai aus den Stadthäusern kannte. Sie schwangen nicht auf und zu. Sie hatten weder Schloss noch Riegel. Sie waren überhaupt keine erkennbaren Bauteile, sondern bestanden nur aus Öffnungen im glatten Mesarthium. Nun ja, die *offenen* waren Öffnungen. Geschlossen hörten sie ganz auf, Türen zu sein, und unterschieden sich in Nichts von glatten Wandflächen. Denn als die Zitadelle noch ›lebendig‹ gewesen war, hatte das Metall sich an den Durchgängen zurückgezogen, als würde es schmelzen, und war hinterher wieder nahtlos zusammengewachsen.

»Wenn wir die Türen schließen könnten«, erinnerte Minya sie mit gespielter Geduld, »würde das bedeuten, dass wir die Macht hätten, Mesarthium zu kontrollieren. Und wenn das so wäre, könnten wir eine Menge mehr tun als *Türen schließen.*« Ihre Stimme hatte einen giftigen Beiklang. Minya war als Tochter von Skathis schon immer gefährlich verbittert darüber gewesen, dass sie seine Gabe nicht geerbt hatte – und damit die einzige Macht, die ihnen sicher die Freiheit hätte geben können. Doch sein Talent war selten und kostbar gewesen. Ellen die Große hatte erzählt, dass es während ihrer ganzen Jahre im Säuglingstrakt nur ein einziges Kind mit dieser Gabe gegeben hatte. Korako hatte es nach ihrer Untersuchung auf der Stelle mitgenommen.

Mesarthium war kein gewöhnliches Metall. Es war vollständig immun gegen Einwirkungen von Außen. Undurchdringlich. Unerschütterlich. Man konnte weder hineinschneiden noch -bohren, und bisher war es niemandem gelungen, auch nur die Oberfläche anzukratzen. Auch schmelzen ließ es sich nicht. Es widerstand dem heißesten Ofenfeuer und dem stärksten Schmiedehammer. Selbst Rubys Flammen hatten keine Wirkung. Doch Skathis' Wille hatte genügt, damit es sich wellte, umgestaltete, verwandelte, flüssig wie Quecksilber immer neue Formen bildete. So hart und kalt es bei jeder Berührung erschien, war es nach seinen Wünschen dahingeschmolzen. Deshalb hatte er den Titel ›Gott der Bestien‹ erhalten anstatt nur ›Gott des Metalls‹, denn man konnte seine Kreaturen im wahrsten Sinne für lebendig halten.

Es gab vier dieser Mesarthium-Monster. Eines für jeden der riesigen Metallblöcke, die rund um die Stadt postiert waren. Sein Favorit war Rasalas gewesen, und obwohl den Bewohnern von Weep stets bewusst war, dass es sich nur um eine Metallfigur handelte, die von seinem Willen gesteuert wurde, hatte der Schrecken dieses Wissen unter sich begraben. Ihre kollektive Angst hatte fast greifbare Gestalt angenommen. Sarai verstand den Grund dafür, denn sie hatte Rasalas tausend und abertausend Male in Träumen gesehen, und selbst ihr fiel es schwer zu glauben, dass er nicht lebendig gewesen war. Das Gleiche hatte für die Zitadelle am Himmel gegolten. In früheren Zeiten hatte man beim Hinaufschauen immer damit rechnen müssen, dass der Erzengel mit seinen riesigen unergründlichen Augen zurückschaute.

Skathis' Gabe war immens gewesen. Hätten sie dasselbe Talent besessen, wären die Türen nebensächlich gewesen. Sie hätten die ganze Zitadelle wieder zum Leben erwecken und an jeden beliebigen Ort fliegen können – auch wenn Sarai bezweifelte, dass es auf dieser Welt einen Ort *gab*, wo sie willkommen waren.

»Wie auch immer«, sagte Sparrow. »Jedenfalls können wir uns nicht verstecken. Und kämpfen können wir auch nicht –«

»*Du* kannst nicht kämpfen«, erwiderte Minya verächtlich, als sei Sparrows Gabe, durch die alle seit Jahren satt wurden, vollkommen wertlos, nur weil sie keine gewalttätige Seite besaß. »Und was dich betrifft«, sagte Minya genauso abfällig zu Feral, »du wärest höchstens nützlich, wenn wir die Menschen mit ein bisschen Donner erschrecken wollten.« Sie verlangte seit Jahren, er solle lernen, wie man Blitze herbeirief und gezielt verschoss, mit dürftigem Ergebnis. Das Wetter zu kontrollieren, lag außerhalb seiner Möglichkeiten. Und obwohl man ihm kein persönliches Versagen vorwerfen konnte, da er nun einmal an die Natur seiner Gabe gebunden war, hielt Minya ihr Urteil selten zurück. Ihr Blick huschte als nächstes zu Sarai und verschärfte sich. Aus Verachtung wurde eine klare Kampfansage, gefüllt mit Bosheit, Frustration und Gift. Das kannte Sarai schon. Sie hatte jede bissige Form davon ertragen müssen, seit sie nicht länger blind alles tat, was Minya ihr befahl.

»Und dann haben wir noch unser Inferno«, sagte Minya. Sie wandte sich Ruby zu, und ihr Hohn verwandelte sich eher in kühle Berechnung.

»Was soll mit mir sein?«, fragte Ruby misstrauisch.

Minya sah sie scharf an. »Nun, ich schätze, deine Gabe ist zu mehr geeignet, als Badewasser zu erhitzen und deine Kleidung abzubrennen.«

Ruby erbleichte zu einem blutleeren Himmelblau. »Du meinst … *Leute anzünden?*«

Minya stieß ein kleines Lachen aus. »Du bist als einzige von uns fünf eine wirksame Waffe, und trotzdem ist dir nie in den Sinn gekommen –«

Ruby unterbrach sie. »Ich bin keine Waffe.«

Schlagartig sah Minya weniger amüsiert aus. Sie sagte kühl: »Oh doch, genau das bist du. Wenn es darum geht, die Zitadelle und unser Leben zu beschützen.«

Manchmal reicht ein erhaschter Gesichtsausdruck, um in eine Seele zu schauen. So war es für einen flüchtigen Moment bei Ruby, und Sarai sah die geheime Sehnsucht im Kern ihres Wesens. Erst gestern hatte sie gedacht, wie sehr Rubys Gabe zu ihrem Charakter passte, aber nicht auf die Weise, wie Minya es verlangte. Ruby war hitzig und unberechenbar, die personifizierte feurige *Leidenschaft.* Ihr Talent war nicht gewalttätig. Sie wollte Menschen küssen, nicht töten. Das war weniger albern als es klang. Sie war fünfzehn Jahre alt, sprühend vor Lebendigkeit, und in einem flüchtigen Moment konnte Sarai ihre Hoffnungen aufflackern und verglühen sehen. Das Gefühl war wie ein Echo ihrer eigenen Sehnsucht: jemand anderes sein zu können.

Alles, nur nicht … *das.*

»Komm schon«, sagte Feral, »welche Chance hätten wir wohl in einem Kampf? Der Götterschlächter hat die Mesarthim besiegt, und wir haben nicht annähernd ihre Macht.«

»Weil er sie überrumpeln konnte«, sagte Minya und schien

kurz davor, die Zähne zu blecken. »Sein Vorteil waren Überraschung und Verrat. Jetzt haben *wir* das auf unserer Seite.«

Sparrow entfuhr ein leises Wimmern. Wie sehr sie sich auch bemüht hatten, Gelassenheit vorzutäuschen, nun glitt ihnen alles aus den Fingern. Oder nein, es wurde ihnen absichtlich entrissen. Von Minya. *Was stimmt nicht mit dir?*, wollte Sarai sie anfauchen. Aber sie hätte sicher keine befriedigende Antwort bekommen. Stattdessen sagte sie mit aller Autorität, die sie aufbringen konnte: »Bisher wissen wir gar nichts. Feral hat recht. Es ist zu früh, sich Sorgen zu machen. Heute Nacht finde ich heraus, soviel ich kann, und morgen wissen wir dann, ob wir dieses Gespräch überhaupt führen müssen. Jetzt ist erst einmal Zeit fürs Abendessen.«

»Ich habe keinen Hunger«, sagte Ruby.

Sarai ebenso wenig. Aber wenn sie sich normal benahmen, würden sie sich vielleicht auch normaler fühlen. Zumindest ein bisschen. Andererseits war es schwer, Normalität vorzutäuschen, solange am Tischende ein Geist stand und sie alle hasserfüllt anstarrte. »Minya …«, sagte Sarai. Es fiel ihr schwer, höflich zu bleiben, aber sie zwang sich dazu. »Würdest du bitte Ari-El wegschicken, damit wir in Frieden essen können?« Sie schlug gar nicht erst vor, ihn freizulassen. Ihr war klar, dass Minya sich in den Kopf gesetzt hatte, ihn zu behalten. Wenn auch nur, um Sarai zu quälen.

»Aber gewiss doch, wenn du so nett fragst«, sagte Minya. Sie benutzte den gleichen höflichen Tonfall wie Sarai, jedoch mit einem Beiklang von Spott. Obwohl sie kein sichtbares Signal gab, löste sich der Geist an der Speisetafel aus seiner Erstarrung, machte kehrt und wandte sich der Tür nach drinnen zu. Minya hatte offenbar die Lust verloren, mit ihm zu spielen, denn weder schlurfte er, noch kämpfte er gegen sie an. Stattdessen schwebte er geradezu außer Sicht.

»Danke«, sagte Sarai, und sie betraten den Säulengang.

Heute Abend gab es keine Kimrilsuppe. Allerdings bezweifelte Sarai, dass Ruby sich heute beschwert hätte. Sie war ungewöhnlich still. Sarai konnte sich vorstellen, was in ihrem Kopf vorging. Ihre eigenen Gedanken waren düster genug, und dabei musste sie sich nicht einmal mit der Idee herumschlagen, Menschen lebendig zu verbrennen. Ferals Einwand war berechtigt gewesen. Einen Kampf konnten sie auf keinen Fall gewinnen. Wenn man sie entdeckte, gab es schlicht keine denkbare Zukunft, in der sie weiterlebten.

Nach dem Essen hielt Sarai sich nicht länger als nötig im Säulengang auf. Stattdessen bat sie Ruby, eine Wanne für sie aufzuwärmen.

Die Wohngemächer waren allesamt mit Badezimmern ausgestattet, in denen sich angenehm tiefe Mesarthiumbecken befanden. Aber aus den Leitungsröhren kam kein Wasser mehr, also benutzten sie stattdessen eine Kupferwanne im ›Regenraum‹. So nannten sie die Kammer neben dem Küchentrakt, der für Ferals Wolkenzauber reserviert war. Sie hatten ihn voller Wassertonnen gestellt, und eine Rinne im Fußboden fing das überschüssige Nass auf, um es hinaus in den Garten zu leiten. Kem der Geisterlakai hatte erzählt, dass hier früher der Schlachtraum gewesen sei. Die Rinne war für Blut gedacht, und an den großen Deckenhaken hatte früher das Fleisch gehangen. Nun war jedoch keine Spur von Blut übrig, genauso wenig wie im Säuglingstrakt und den Korridoren. Einer der ersten Befehle Minyas an die Geister nach dem Massaker hatte gelautet, das ganze Blut wegzuwischen.

Sarai schüttete mit einem Eimer die Wanne voll, und dann

legte Ruby ihre Hände an beide Seiten und ließ sie aufflammen. Nur ihre Hände, so als würde sie Feuerbälle halten. Das Kupfer war ein hervorragender Wärmeleiter. Bald darauf begann das Wasser zu dampfen. Ruby ging, und Sarai ließ sich hineinsinken. Sie genoss das Bad, wusch ihre Haare mit der Seife, die Ellen die Große mit Gartenkräutern herstellte, und währenddessen hatte sie die ganze Zeit das seltsame Gefühl, sich auf etwas vorzubereiten … als würde sie heute Nacht körperlich die Zitadelle verlassen, statt nur mit ihren Sinnen. Sie war nervös wie vor einem Treffen mit neuen, unbekannten Leuten. Ein *Treffen*, ha. Sie würde die Neuankömmlinge *ausspionieren*, indem sie gewaltsam in ihre Gedanken eindrang. Was spielte es da für eine Rolle, ob ihre Haare sauber waren? Die Menschen würden sie nicht sehen oder ihre Anwesenheit überhaupt bemerken. Das taten sie nie. In Weep glich Sarai den Geistern der Zitadelle, zwar ungefesselt, aber dafür auch unsichtbar, unwirklich und substanzlos wie ein Flüstern.

Zurück in ihrem Ankleidezimmer zog sie eines der Seidenkleidchen über. Sie starrte sich im Spiegel an und stellte fest, dass sie nicht länger fähig war, sich unbefangen durch eigene Augen zu betrachten. Stattdessen sah sie, was die Menschen sehen würden. Kein Mädchen, keine Frau oder die Übergangsphase dazwischen. Man würde weder ihre Einsamkeit wahrnehmen, noch ihre Angst, ihren Mut oder gar ihre Menschlichkeit. Was die Leute in ihr sahen, war nur Obszönität. Drohendes Verhängnis.

Götterbrut.

Ein Gefühl ergriff von ihr Besitz. Wütender Trotz bäumte sich auf. Ihr Blick wanderte durch das Ankleidezimmer. Vorbei an der Seidenwäsche, stattdessen zu den makabren Gewändern, dem Kopfschmuck, den Fächern und Farbtiegeln für die

Gesichtsbemalung – den ganzen Requisiten ihrer Mutter, der Göttin der Verzweiflung. Und als sie aus dem Zimmer heraustrat und Ellen der Kleinen über den Weg lief, die ihr gerade den Tee bringen wollte, fuhr der Geist so heftig zurück, dass fast das Tablett zu Boden fiel. »Oh, Sarai, hast du mich erschreckt!«

»Ich bin es nur«, sagte Sarai, obwohl sie sich anders fühlte. Bisher hatte sie nie den Wunsch gehabt, ihrer Mutter zu ähneln, aber heute Nacht brauchte sie ein bisschen schonungslosen Götterzorn. Also hatte sie sich einen schwarzen Streifen von Schläfe zu Schläfe über die Augen gemalt und ihre rötlichbraunen Haare zu einer möglichst wilden Mähne zerzaust.

Sie wandte sich ihrem Balkon zu – der gleichzeitig die ausgestreckte rechte Hand des Riesenengels war – und ging hinaus, um sich der Nacht und den fremden Besuchern zu stellen.

# 25

## Die Nacht und die Besucher

Sarai schrie ihre Motten heraus, und sie wirbelten auf Weep hinunter, tiefer und tiefer. In einer gewöhnlichen Nacht hätten sie sich getrennt und die Stadt hundertfach unter sich aufgeteilt, aber nicht heute. Sarai brauchte ihre ganze Konzentration für die Neuankömmlinge. Heute würden die Bewohner von Weep ihretwegen keine Tränen vergießen.

Der Geist Ari-El hatte ihnen berichtet – oder war von Minya zu dem Bericht gezwungen worden –, dass die Fremdländer in der Gildenhalle der Händlerzunft untergebracht werden sollten. Ein ganzer Gebäudeflügel war dafür ausgestattet worden, sie zu beherbergen. In diesem Prachtbau war Sarai noch nie gewesen. Er war gewöhnlich nicht bewohnt, also hatte Sarai dort auch keine Schlafenden finden können. Sie brauchte ein paar Minuten, um den richtigen Flügel zu finden, denn das Gebäude glich einem ausgedehnten Palast. Die Mauern bestanden aus dem heimischen honigfarbenen Gestein, und auf dem gewaltigen Mittelbau thronte eine goldene Kuppel. Alles war reich verziert wie es die Tradition verlangte. Weep war keine Stadt, die vor Dekor zurückscheute. Generationen von Steinmetzen hatte jede erreichbare Oberfläche mit Ornamenten, Tiergestalten und Seraphim überzogen.

Elegante offene Pavillons waren durch überdachte Flanierwege mit kleineren, golden bekuppelten Außengebäuden verbunden. Dazwischen plätscherten Springbrunnen, und früher einmal hatte es Gärten voller Früchte und Blumen gegeben, doch sie waren unter dem Fluch des Schattens eingegangen.

Die ganze Stadt war einst ein Garten gewesen. Davon war nichts mehr übrig. *Hier unten hätte man eine Orchideenfee brauchen können*, dachte Sarai beiläufig.

Nur wäre sie auf den ersten Blick abgeschlachtet worden.

Die Motten prüften als Erstes die Terrassentüren, die jedoch größtenteils zugesperrt und viel zu gut verarbeitet waren, um sich durch Ritzen zwängen zu können. Also flatterten sie stattdessen durch die Schornsteine. Die Räume im Inneren waren verschwenderisch ausgestattet, angemessen für die erste fremde Gesandtschaft, die man jemals auf dieser Seite des Zenit willkommen geheißen hatte. Jahrhundertelang war die Stadt in der ganzen Welt für ihre Handwerkskunst berühmt gewesen, und diese Gästezimmer hätten davon Zeugnis ablegen können. Fein gewebte Teppiche lagen auf Mosaikfußböden aus Gold und Lys, es gab besticktes Bettzeug, freskenverzierte Wände, geschnitzte Holzdecken und erstaunliche Kunstobjekte auf den Regalen und an den Wänden, jedes davon ein Meisterwerk.

Aber Sarai war nicht wegen der Kunst hergekommen. Sie zählte elf bewohnte Räume mit dreizehn schlafenden Menschen darin, wovon eine nicht fremdländisch, sondern eine Tizerkan namens Tzara war. Sie hatte ihre schlanken Arme um eine zierliche junge Frau mit sehr kurzen, samtigen Haaren gewunden. Also blieben insgesamt ein Dutzend Faranji übrig, vor allem verstaubte alte Männer. Es gab nur noch eine weitere Frau, weniger jung und weniger schlank, die neben einem vierschrötigen Mann lag. Das waren die einzigen Paare und die einzigen weiblichen Gäste, alle anderen waren männlich und schliefen allein. Über die Hälfte schnarchte. Etwas weniger als die Hälfte stank. Es war leicht zu unterscheiden, wer die bereitgestellten Badewannen genutzt hatte, denn die Überreste von Wochen ohne Körperpflege zeichneten sich als braune Schmutzkruste auf den weißen Wannen ab. Bei den Menschen mit sauberen Wannen klebte die Schmutzkruste einfach noch am Körper, und Sarai hatte wenig Lust, ihre Motten darauf hocken zu lassen. Hoch oben im Himmel verzog sich ihre Nase als würde sie den konzentrierten Männergestank ganz direkt wahrnehmen.

Da ihre Motten auf sehr wenige Räume aufgeteilt waren, konnte sie sämtliche Personen aus verschiedenen Blickwinkeln betrachten und jede Kleinigkeit in sich aufnehmen. Zwei der Männer sahen so ähnlich aus, dass sie einen Moment lang verwirrt war und glaubte, zwei Mottengruppen würden dieselbe Information weiterleiten. Daran lag es jedoch nicht; ihr wurde schnell klar, dass es sich um Zwillinge handelte.

Bei einem Mann hatte das Schicksal besonders mit Reizen gegeizt, und seine schmalen Lippen waren sogar im Schlaf sauertöpfisch verzogen. Ein anderer erinnerte an ein Reptil, das seine Haut abwirft, denn verbrannte, tote Streifen schälten sich von seinem Gesicht. Seine Handknöchel waren so vernarbt und verschmurgelt, dass sie wie geschmolzenes Kerzenwachs aussahen, und er roch wie ein verendetes Tier. Die jungen Frauen wirkten dagegen wesentlich erfreulicher: glatte Haut und süßer Duft. Um Tzaras Nabel zog sich das Elilith-Tattoo, das alle Mädchen aus Weep erhielten, wenn sie zur Frau heranreiften. In diesem Fall war es eine Schlange, die den eigenen Schwanz verschluckte. Das Bild symbolisierte den Zyklus von Vernichtung und Wiedergeburt. Nach dem Sturz der Götter war es besonders populär geworden.

Das alte Paar trug goldene Eheringe an den rauen, schwieligen Fingern, und unter den Nägeln des Mannes hatten sich wie bei Sparrow dunkle Halbmonde gebildet, die von der Arbeit mit Mutterboden stammten. Die Erde befand sich sogar hier im Zimmer, denn der elegante Tisch war mit Dutzenden kleiner Stoffbeutel übersät, die Schösslinge enthielten. Sarai fragte sich, wie *Pflanzen* in den Plan des Götterschlächters passten, die Zitadelle zu erobern.

An einem Schläfer jedoch blieb ein übergroßer Teil ihrer Aufmerksamkeit hängen. Der Vorgang war rein instinktiv. Gewöhnlich wechselte ihr Fokus fließend zwischen ihren Mottenspähern und wählte das Wesentliche aus. Dieser Fremde erschien nicht wichtiger als die anderen. Er sah nur einfach schöner aus.

Alles an ihm war *golden.*

Seine Haare besaßen eine Farbe, die sie noch nie gesehen hatte. Ihr eigenes Rotbraun war in Weep ungewöhnlich genug, da es sonst nur Schwarzhaarige gab, aber er strahlte wie die Sonne. An der Stirn waren die Haare lang und gewellt genug, um eine Locke zu bilden, die man sich um den Finger wickeln wollte. Abgesehen von der Frau, die mit Tzara verschlungen lag, war er der einzige junge Mensch hier, wenn auch nicht ganz so jung wie Sarai selbst. Er sah aus wie ein Prinz, elegant und breitschultrig, und war auf dem Kissenlager mit einem Buch eingenickt, das geöffnet auf seiner nackten Brust lag. Durch die Augen ihrer Motten sah Sarai das Titelbild, einen Löffel voll Sterne und Fantasiegeschöpfe, doch ihre Aufmerksamkeit ruhte stattdessen auf seinem Gesicht, das sich mühelos mit den anderen Kunstwerken dieser Wunderkammer messen konnte. Jede Linie war so elegant, jede Rundung und Kante so perfekt gemeißelt, dass der Mann beinah unwirklich aussah. Ein Museumsstück.

Sie erinnerte sich energisch daran, dass sie nicht hier war, um sich von der Schönheit eines Fremden einfangen zu lassen. Stattdessen musste sie herausfinden, wer er war und welche Art der Gefahr von ihm ausging, ebenso wie bei den anderen Faranji, die nicht so eine Augenweide waren und daher eine geringere Ablenkung darstellten. Sie blickte alle gleichzeitig an und sah nur schlafende Menschen mit der üblichen Verletzlichkeit, schlaffe Münder und lange blasse Zehen, die unter den Bettdecken hervorlugten. Bis auf einige Ausnahmen wirkten sie geradezu lächerlich. Sarai konnte nicht glauben, dass so ihr Tod aussehen sollte.

Genug. Sie würde nichts über die Gäste Eril-Fanes herausfinden, indem sie ihr Äußeres betrachtete. Es war Zeit, sie von *Innen* anzuschauen.

In elf Zimmern, wo dreizehn Menschen schliefen – zehn Männer und drei Frauen, darunter eine Einheimische, die nicht zu den Studienobjekten gehörte –, flatterten Motten von den Wänden und Bettgestellen, wirbelten durch die Luft und trudelten nach ihrer kurzen Flugstrecke auf nackte Haut nieder. Keiner der Schlafenden spürte, wie sich die federleichten

Füße von Fluginsekten auf ihren Augenbrauen und Wangenknochen niederließen. Erst recht bemerkte niemand die Muse der Albträume, die unauffällig in ihr Bewusstsein glitt.

Unsichtbar, unwirklich und substanzlos wie ein Flüstern schlich Sarai sich in ihre Träume, und was sie dort in den folgenden Stunden entdeckte, bewies erstens, dass die Fremden keineswegs lächerlich waren.

Und zweitens, dass so tatsächlich ihr Tod aussah.

*

Azareen bewohnte ein paar Zimmer über einer Bäckerei in Windfall. Der Name des Stadtviertels stammte daher, dass es hier Pflaumen von den Bäumen der Götter regnete. Sie nahm die Hintertreppe vom Hof, wo die Bäckerei und die angrenzende Taverne ihre Abfallbehälter hatten. Der Gestank vermischte sich mit einem zweiten Geruch, der für Windfall typisch war: verrottendes Obst. Beständig regnete es Pflaumen herab, als seien die Bäume verhext und würden nie sterben.

Azareen hasste Pflaumen.

Sie steckte den Schlüssel ins Schloss, schob die Tür auf und trat ein. Der Staub von zwei Jahren lag über allem. Sie wusste, das Bettzeug würde moderig und die Schränke leer sein. Ihre Mutter und Schwestern hätten die Zimmer für sie in Ordnung gehalten, doch ihre Familie hereinzulassen, wäre nur ein Einfallstor für gewisse Gespräche gewesen, die sie lieber vermeiden wollte. Beispielsweise, warum sie immer noch hier wohnte, und zwar ganz allein, obwohl sie doch bei jedem von ihnen hätte unterkommen können, oder noch besser: heiraten und eine eigene Familie gründen, bevor es zu spät war.

»Ich bin schon verheiratet«, sagte sie dann, und was konnten sie darauf antworten? In gewisser Weise stimmte es schließlich, auch wenn ihr Ehemann sie von dem achtzehn Jahre alten Schwur entbunden hatte, der noch aus ihrer Mädchenzeit stammte. Damals war sie sechzehn gewesen und Eril-Fane gerade siebzehn. Wie wunderschön er ausgesehen hatte. Natürlich waren sie für eine Heirat zu jung gewesen, aber das hatte sie nicht aufgehalten. Im Schatten der Mesarthim war Lebenszeit immer nur geliehen. Sie konnten nicht warten.

*Oh, all die Erinnerungen.* Sie stießen aus den Trümmern empor, plötzlich und scharf, als würden sie Azareen durchbohren. Sie hatte ihn so sehr gewollt, dass sie überzeugt gewesen war, keine weitere Nacht ohne ihn leben zu können. Und dann endlich musste sie das auch nicht länger.

Ihre Hochzeitsnacht. Wie jung und unversehrt sie beide noch gewesen waren, wie begierig, unermüdlich brennend vor Verlangen. Fünf Nächte. Das war alles, was sie miteinander geteilt hatten: fünf Nächte vor achtzehn Jahren. Daraus bestand ihre Ehe. Und dann … das Danach.

Azareen ließ ihr Reisegepäck auf den Boden fallen und schaute sich um. Eng, stickig und still. Ein ziemlicher Kontrast zum Elmuthaleth. Sie besaß ein Wohnzimmer, ein Schlafzimmer, eine kleine Küche und eine noch kleinere Badekammer. Auf dem Weg hatte sie einen Zwischenstopp beim Haus ihrer Schwester gemacht, um ihre Familie zu sehen, nachdem sie die Faranji bei der Gildenhalle abgesetzt hatte. Dort hatte sie ein Abendessen bekommen. Nun brauchte sie eigentlich ein Bad, aber das konnte bis zum Morgen warten. Sie ging geradewegs ins Bett. Dorthin, wo sie vor achtzehn Jahren fünf begierige, unermüdliche, brennende Nächte mit ihrem jungen, wunderschönen Ehemann verbracht hatte, bevor die Götter ihn stahlen.

Stille umschloss sie. Azareen bildete sich ein, den Schatten der Zitadelle *fühlen* zu können, der als drückendes Gewicht auf ihr lastete. Die Schwere enthielt alles, was damals im Heim der Götter geschehen war. Und alles, was genau aus diesem Grund nie hatte geschehen können.

Sie wechselte nicht einmal ihre Kleidung, zog nur die Stiefel aus und griff in ihrem Gepäck nach der kleinen Seitentasche, die sie hineingenäht hatte, um ihren kostbarsten Besitz aufzubewahren.

Es war ein Ring aus angelaufenem Silber. Sie streifte ihn über – wie sie es immer tat, aber nur während der Nacht –, vergrub die Hände unter der Wange und wartete darauf, dass der Schlaf sie überkam.

*

Eine gute Meile entfernt, an einer mit Lapislazuli gepflasterten Straße, die geradewegs den Ammenmärchen eines griesgrämigen alten Mönchs entsprungen zu sein schien, in einem weit weniger grandiosen Gebäude als dem der Kaufmannsgilde, doch dafür weit anheimelnder als Azareens Räume, machte Lazlo sich bettfertig. In einer Stunde würde bereits die Sonne aufgehen. Er hatte nicht vorgehabt, die ganze Nacht aufzubleiben, aber wie hätte er seine Aufregung zähmen sollen?

Er war *hier*.

»Das Ende einer solchen Reise lässt sich nur auf eine Art feiern«, hatte seine Gastgeberin verkündet, als sie ihn bei der Gildenhalle begrüßt und dann flugs mit sich nach Hause geführt hatte. »Nämlich mit einer Mahlzeit, einem Bad und einem Bett. Die Reihenfolge überlasse ich ganz deinen Präferenzen.«

Ihr Name war Suheyla. Ihr Haar war wie eine weiße Kappe, kurzgeschnitten wie bei einem Mann, und ihr Gesicht ein perfektes Beispiel dafür, dass ein Mensch schön sein kann, ohne schön zu sein. Sie strahlte Freundlichkeit und die gleiche Lebendigkeit wie ihr Sohn aus, aber ohne die Düsternis, die ihn zunehmend überschattet hatte, je näher sie Weep kamen. Man spürte einen feierlichen Ernst in ihr, der jedoch weder freudlos noch verbissen wirkte. Ihre Augen besaßen den gleichen Ausdruck wie Eril-Fanes, nur dass die Linien an den Augenwinkeln zahlreich genug waren, um ein regelrechtes Flussdelta zu bilden. Sie war klein und kräftig, ihre Kleidung farbenfroh. Sie trug eine bestickte Tunika mit Zierquasten, die an der Taille von einem breiten, gemusterten Gürtel zusammengerafft wurde. Runde Scheiben aus Gold steckten an ihren Schläfen im Haar und wurden von feinen Ketten verbunden, die sich über ihre Brauen spannten. »Du bist hier mehr als willkommen«, sagte sie mit solch ehrlicher Herzlichkeit, dass Lazlo sich fast fühlte, als habe er ein Zuhause gefunden.

*Ein Zuhause* – darüber wusste er genauso wenig wie über Mütter. Vor dem heutigen Tag hatte er noch nie ein Familienheim betreten. Und auch was persönliche Vorlieben und Abneigungen anging, also seine ›Präferenzen‹, besaß er wenig Erfahrungen. Man hatte zu nehmen, was man angeboten bekam und dankbar dafür zu sein. Diese Denkweise war tief genug verankert, dass es ihm wie reine Anmaßung erschien zu glauben, andere Leute könnten sich für seine Meinung interessieren. »Was immer am sinnvollsten ist«, erwiderte er und ließ es fast wie eine Frage klingen.

»Sinnvoll, pah! Du kannst in der Wanne essen, wenn das dein Wunsch ist. Das hast du dir verdient.«

Lazlo hatte noch nie ein Bad genommen, in dem er länger

als nötig hätte verweilen wollen. Im Kloster hatte man sich zitternd mit Eimern voller Brunnenwasser gewaschen und in der Bibliothek gab es einen kurzen, lauwarmen Guss aus einer Felddusche. Andererseits empfand er seine verdreckte Erscheinung als unverzeihliche Zumutung, also wählte er zuerst das Bad und entdeckte so im Alter von zwanzig Jahren das unvergleichliche Vergnügen, bis zum Hals in heißem Wasser zu stecken.

Wer hätte das gedacht?

Er hatte sich allerdings dagegen entschieden, in der Wanne zu essen – oder länger als die nicht unbeträchtliche Zeit zu verweilen, die er brauchte, um sauber zu werden –, denn er konnte es kaum abwarten, sich weiter mit Suheyla zu unterhalten. Er hatte sie schon während des Fußwegs von der Gildenhalle auf seine zugegeben kurze Liste von Menschen gesetzt, mit denen er seine Zeit am liebsten verbrachte und auf der bisher Eril-Fane, Calixte, Ruza und sein alter Meister Hyrrokkin standen. Als er jedoch die Menge an Speisen sah, die sie für ihn auffuhr, kam seine anerzogene Genügsamkeit wieder zum Vorschein. Es gab winzige gebratene Vögel, vor Honig glänzende Küchlein, Fleischwürfel in duftenden Soßen und Schalentiere, die zusammengeringelt auf Spießen steckten. Es gab einen Getreidesalat und Gemüse, eine Obstplatte, ein halbes Dutzend Schälchen mit Cremes und noch ein halbes Dutzend mit Salzen. Der runde Brotlaib war zu groß für den Tisch und hing stattdessen von einem Haken an der Decke. So konnte man bequem hinaufgreifen und sich Stücke abreißen. Es gab Süßigkeiten, Pfefferminzkügelchen, Tee, Wein und … und das war alles zu viel für ihn.

»Es tut mir schrecklich leid, dass ich so viel Arbeit gemacht habe«, sagte er und fing sich einen scharfen Blick ein.

»Gäste sind keine Arbeit«, erwiderte Suheyla, »sondern ein Segen. Wenn man niemanden hat, den man bekochen kann, nun, das ist Grund zur Trauer. Aber ein junger Mann, der vom Elmuthaleth ganz abgemagert ist und aufgepäppelt gehört? Das ist mir eine Freude.«

Was sollte er also anderes tun, als sich zu bedanken und sich den Bauch vollzuschlagen?

Oh Seligkeit, ein besseres Mahl hatte er noch nie vorgesetzt bekommen. Und noch nie hatte er sich so satt gefühlt, so lange an einem Tisch verbracht, so viel geredet und sich so wohl bei einem Menschen gefühlt, den er gerade erst kennengelernt hatte. Seine Einführung in eine Welt, wo es Mütter und ein Zuhause gab, erwies sich als fabelhaft, und obwohl er sich beim ersten Spaziergang durch die Stadt seiner Träume gefühlt hatte, als würde er nie wieder müde werden, war er tatsächlich sehr, sehr erschöpft. Für Suheyla musste es unübersehbar sein. »Komm«, sagte sie, »ich habe dich zu lange wach gehalten.«

Beim Hereinkommen hatte er sein Reisebündel an der Tür abgestellt. »Nein, lass mich das machen«, sagte er, als sie sich bückte, um es aufzuheben.

»Unsinn«, erwiderte sie, und für den Bruchteil eines Augenzwinkerns sah er, dass sie keine rechte Hand besaß, nur einen glatten Armstumpf, was sie nicht im Geringsten behinderte, als sie den Taschengurt mit der Ellenbogenbeuge einhakte und sich über die Schulter schlang. Er wunderte sich, dass es ihm nicht früher aufgefallen war.

Sie brachte ihn zu einer der grün gestrichenen Türen in Richtung des Innenhofs. »Das war früher das Zimmer meines Sohnes«, sagte sie und bat ihn mit einer Handbewegung herein.

»Oh. Aber wird er es nicht selber brauchen?«

»Ich glaube kaum«, antwortete sie mit einem Anflug von Traurigkeit in der Stimme. »Sag mir, wie schläft er dort draußen?« Sie gestikulierte vage nach Westen, was vermutlich den Rest der Welt bedeuten sollte.

»Ich weiß nicht«, antwortete er überrascht. »Ganz gut.« Was für ein ungenügender Trost seine Worte für eine besorgte Mutter sein mussten. *Ganz gut.* Aber wie sollte ausgerechnet Lazlo das wissen? Ihm war nie in den Sinn gekommen, dass Eril-Fane einen wunden Punkt haben könnte. Nun wurde Lazlo klar, dass er in ihm die ganze Zeit nur den Helden gesehen hatte, nicht den Mann. Aber Helden sind nun einmal auch Männer – oder Frauen – und müssen sich mit den gleichen Problemen herumschlagen wie wir alle.

»Das freut mich«, sagte Suheyla. »Vielleicht ist es besser geworden, seit er von hier fortgegangen ist.«

»Es?«, fragte Lazlo und erinnerte sich, wie Eril-Fane beschämt den Blick abgewandt und gesagt hatte, in Weep schlafe er nicht gut.

»Oh, Albträume.« Suheyla wischte das Thema fort und legte Lazlo eine Hand an die Wange. »Es ist wunderbar, dich hier zu haben, junger Mann. Ich wünsche dir eine gute Nacht.«

*

Motten quollen aus den Schornsteinen der Gildenhalle.

Es war eine Stunde vor Sonnenaufgang. Die ersten Bewohner der Stadt erwachten. Die Bäcker waren bereits bei der Arbeit, und Karren rollten mit leisem Rumpeln zum Marktplatz, um die täglichen Ernteladungen von den Höfen in den umliegenden Tälern herbeizuschaffen. Sarai hatte nicht vorgehabt, sich derart lange in den Träumen der Fremdländer aufzuhalten, aber sie hatte darin eine so exotische Welt entdeckt, so voller unfassbarer Bilder und Visionen, dass die Zeit fast unbemerkt verstrichen war.

Der Ozean: eine Unendlichkeit, die mit Worten nicht zu fassen war. Seeungeheuer groß wie Paläste, an Pontons gekettet, damit sie nicht zurück in die Freiheit tauchen konnten. Glavenminen wie vergrabenes Sonnenlicht. Türme wie Stoßzähne. Männer mit angeleinten Wölfen, die über strahlend azurblaue Felder patrouillierten. Die Bilder ließen eine Welt erahnen, die jenseits ihrer Erfahrung lag, und darin verstreut befanden sich die Antworten, die sie suchte … wenn auch so wunderlich zwischen all den Wundern, dass sie schwerlich von den wilden Fantastereien zu trennen waren, aus denen Träume nun einmal bestehen. Es war, als solle man Schneeflocken aus einem Korb voller Spitzenstickerei pflücken.

Wer waren diese Fremden, und welche Art von Gefahr stellten sie dar?

Was die erste Frage betraf, so waren sie allesamt Männer und Frauen, die von ihren Ideen angetrieben wurden und genug Intelligenz und ungewöhnliche Fähigkeiten besaßen, um sie in die Tat umzusetzen. Manche hatten Familie, andere nicht. Manche waren freundlich, andere nicht. In einer einzigen gestohlenen Nacht konnte sie die Faranji unmöglich *kennenlernen.* Sie hatte erste Eindrücke von ihnen gesammelt, das war alles. Aber was die zweite Frage betraf …

Sarai war noch immer ganz schwindelig von Traumvisionen voller Explosionen, Maschinen, Gerätschaften, undenkbar hoher Türme – und Mädchen, die undenkbar hohe Türme *erkletterten* –, von Magneten, Sägen, Brücken, Flakons mit mirakulösen Chemikalien und … und … und *fliegenden Fahrzeugen.*

»Schließlich können Menschen nicht *fliegen*«, hatte Feral

wegwerfend gesagt, aber anscheinend lag er damit falsch. Als Sarai das Luftgefährt in den Träumen der älteren Faranjifrau aufgefallen war, hatte sie es zuerst als reine Fantasie abgetan. Träume vom Fliegen waren häufig. Das war kein Grund zur Sorge. Aber dann entdeckte sie dasselbe Gefährt auch in den Träumen des Ehemanns, also musste sie es ernst nehmen. Die Konstruktion war einfach und elegant, viel zu detailreich, um zufällig in den Fantasien zweier Leute aufzutauchen, auch wenn sie Seite an Seite lagen und sich berührten. Träume übertrugen sich nun einmal nicht von Schläfer zu Schläfer. Außerdem gab es noch einen anderen Grund, warum Sarai an die Echtheit der Bilder glaubte. Sie selbst lebte im Himmel. Daher kannte sie die Welt von oben, im Gegensatz zu den Menschen der Stadt, und die üblichen Träume vom Fliegen wirkten einfach nicht richtig: das Licht der untergehenden Sonne auf einem Wolkenteppich, die Tideströmungen der Winde, die Welt aus der Höhe gesehen. Aber dieses Ehepaar mit rauen Arbeiterhänden wusste Bescheid. Daran bestand kein Zweifel. Sie waren oben in der Luft gewesen.

Wie lange würde es also dauern, bis sich ihre Fluggeräte in den Himmel erhoben, um Invasoren auf der Gartenterrasse und der Handfläche des Engels abzusetzen, wo Sarai nun stand?

»Morgen wissen wir, ob wir dieses Gespräch überhaupt führen müssen«, hatte sie gestern zu den anderen gesagt, als Minya sie mit ihrem Kampfgerede schockiert hatte. Nun, sie *mussten* das Gespräch führen, und zwar schnell, auch wenn es wenig nützen würde. Sarai wurde ganz übel bei dem Gedanken.

Oben in der Zitadelle marschierte sie rastlos hin und her. Ihre Augen waren offen, ihre Umgebung ein verschwommener Schatten. Niemand befand sich in Sichtweite, doch sie wusste, dass die anderen ungeduldig warteten. Falls sie überhaupt geschlafen hatten, dann waren sie gewiss früh aufgestanden, um sofort nach der Rückkehr ihrer Motten zu erfahren, was Sarai zu berichten hatte. Vielleicht standen sie schon jetzt hinter dem Vorhang, der ihre Zimmer abtrennte? Sie hoffte, dass die anderen vier dort warten würden, bis sie bereit war.

Kurz dachte sie darüber nach, ihre Motten zurückzurufen. Der östliche Horizont färbte sich bereits blasser, und beim ersten Sonnenstrahl würden sie tot zu Boden fallen. Aber zuerst gab es noch etwas, das sie tun musste. Sie hatte es die ganze Nacht vor sich hergeschoben.

Jetzt war es Zeit, den Götterschlächter zu besuchen.

# 26

# Gebrochene Seelen

Schon viele Male war Sarai an dieses Fenster gekommen. Öfter als zu jedem anderen Ort in Weep. Dahinter lag das Zimmer ihres Vaters, und sie hatte kaum eine Nacht verstreichen lassen, ohne ihm einen Besuch abzustatten.

Sie besuchte ihn, um ihn zu *quälen* – genau wie sich selbst, wann immer sie sich vorstellte, ein Vater könne ein Kind wie sie lieben, anstatt es abzuschlachten.

Das Fenster stand offen. Kein Hindernis versperrte ihr den Weg, doch sie zögerte und ließ die Motten zuerst auf dem Fensterrahmen sitzen, um hineinzuspähen. Das schmale Zimmer bot nicht viel: einen Kleiderschrank, einige Regale, ein ordentliches Bett aus eng geschichteten Federmatratzen, überzogen mit handbestickten Decken. Durch das Fenster fiel gerade genug Licht, um der Dunkelheit sichtbare Tiefe zu geben, und so erblickte sie in den Nuancen von Schwarz eine angedeutete Kontur. Eine Schulterlinie, die sich nach unten verjüngte. Er schlief auf der Seite und wandte dem Fenster den Rücken zu.

Hoch oben in ihrem eigenen Körper kamen ihre Herzen aus dem Takt. Sie war nervös, geradezu verlegen, als stände ihr ein familiäres Wiedersehen bevor. Auch wenn es einseitig bleiben würde. Inzwischen waren zwei Jahre vergangen, seit er fortgereist war. Damals war sie so erleichtert gewesen, denn endlich entkam sie Minyas ständiger Gängelung. Jeden Tag – *jeden Tag* – hatte das kleine Mädchen verlangt, dass Sarai von den Träumen ihres Vaters erzählte und welche Schrecken sie auf ihn losgelassen hatte. Doch ganz gleich, wie die Antwort ausfiel, Minya war nie zufrieden gewesen. Sie erwartete von Sarai, ihn mit Albträumen zu überschwemmen, bis sein Geist daran zerbrach und er für immer haltlos durch die Dunkelheit taumelte. Sie wollte, dass Sarai ihn in den Wahnsinn trieb.

Der Götterschlächter hatte stets eine Bedrohung für sie dargestellt – die größte von allen. Er war das schlagende Herz der Stadt, der Befreier seines Volkes, der unumstrittene Held. Niemand wurde von den Leuten mehr geliebt oder besaß größere Autorität, was gleichzeitig bedeutete, dass keiner ihm an Gefährlichkeit gleichkam. Nach dem Aufstand und der Befreiung hatten die Menschen erst einmal alle Hände voll zu tun gehabt. Schließlich mussten sie zwei Jahrhunderte der Tyrannei hinter sich lassen. Sie mussten aus dem Nichts eine Regierung aufbauen, Gesetze, ein Justizsystem. Sie mussten sich eine neue Verteidigung schaffen, eine Bürgergesellschaft, eine Industrie und zumindest eine Chance auf Handelsbeziehungen. Eine Armee, Tempel, Gilden, Schulen – alles musste aus dem Boden gestampft werden. Die Arbeit hatte Jahre in Anspruch genommen, und während dieser ganzen Zeit hatte die Zitadelle über ihnen gehangen, außerhalb ihrer Reichweite. Den Menschen von Weep war nichts übrig geblieben, als sich auf das zu konzentrieren, was sich ändern ließ, und sich mit dem abzufinden, was sich nicht ändern ließ – also nie mehr die Sonne auf ihren Gesichtern zu spüren, ihren Kindern die Sternbilder zu zeigen oder Früchte von den Obstbäumen ihrer Gärten zu ernten. Es hatte Diskussionen darüber gegeben, ob man die Stadt umsiedeln sollte, fort von dem Schatten, um anderswo neu zu beginnen. Es war sogar ein geeigneter Platz unten am Fluss ausgesucht worden, aber Weep war zu tief in seiner Geschichte verwurzelt, um einfach aufzugeben. Dieses Land war ihnen von den Engeln erstritten worden. Schatten hin oder her, der Boden war heilig.

Damals hatten ihnen die nötigen Ressourcen gefehlt, um die Zitadelle direkt ins Visier zu nehmen, aber natürlich würden sie den Schatten nicht für immer ertragen. Irgendwann würden sie ihren entschlossenen Blick nach oben richten. Der Götterschlächter würde niemals aufgeben.

»Wenn du *ihn* nicht beseitigst«, widerholte Minya immer wieder, »tut er es mit *uns.*«

Also war Sarai ihre willige Waffe geworden. Sie trug das Massaker noch rot und blutig in den Herzen, hatte ihr Bestes gegeben, ihm das Schlimmste anzutun. In unzähligen Nächten hatte sie Eril-Fanes Gesicht mit Motten bedeckt und jeden Horror ihres Arsenals auf ihn losgelassen. Blanken Schrecken, Schlachtreihen von Monstern. Im Angesicht des Grauens spannte sich sein Körper stocksteif an. Sarai hörte Zähne knirschen, weil er sie so hart zusammenbiss. Er presste die Augen zu, so fest es eben ging. Man hatte das Gefühl, sie müssten unter dem Druck bersten. Aber Sarai konnte ihn nicht brechen; sie brachte ihn nicht einmal zum Weinen. Eril-Fane trug sein eigenes Schreckensarsenal mit sich herum, ihres war nur eine Dreingabe. Dabei spielte Angst noch die geringste Rolle. Sarai hatte zuvor nicht gewusst, dass Furcht unter allen Qualen eher zweitrangig sein konnte. Was ihn innerlich zerriss, war *Scham.* Verzweiflung. Keine ihrer dunklen Visionen konnte sich mit dem messen, was er bereits ertragen hatte. Er hatte drei Jahre lang an der Seite von Isagol der Schrecklichen gelebt … und überlebt. Da würden Träume ihn wohl kaum um den Verstand bringen.

Es war seltsam. Jede Nacht zersplitterte Sarai ihren Geist in hundert Stücke, während Motten die Teile ihres Bewusstseins durch die Stadt trugen, und wenn der Schwarm zurückkehrte, war sie wieder ganz. Das fiel ihr leicht. Aber je mehr sie ihren Vater leiden ließ, desto spürbarer begann etwas mit ihr zu geschehen: eine andere Art der inneren Zerrissenheit, die sich am Ende der Nacht nicht so leicht rückgängig machen ließ.

Für Minya würde es nie etwas Anderes geben als das Massaker. Aber in Wirklichkeit lag so viel mehr dahinter. Es gab ein *Davor.* Gestohlene Kinder, verlorene Jahre, gebrochene Seelen. Und für immer und ewig, so schien es, die grausamen, gnadenlosen Götter.

Isagol, die in deine Seele griff und mit deinen Gefühlen spielte wie auf Harfensaiten.

Letha, die deine Gedanken durchsiebte, deine Erinnerungen nahm und gänzlich verschluckte.

Skathis, der an deine Tür kam und deine Tochter forderte.

Skathis, der sie zurückbrachte.

Der Zweck von Hass bestand darin, Mitgefühl auszulöschen. So dachte Sarai inzwischen. Eine innere Tür fest zu verschließen, bis man vergaß, dass es sie je gegeben hatte. Wenn man hasste, konnte man dem Leiden anderer zuschauen – oder es selbst verursachen – ohne etwas zu fühlen, außer vielleicht dunkle Befriedigung.

Aber irgendwann im Laufe der Zeit, und zwar genau hier, in diesem Zimmer, hatte Sarai die Fähigkeit zu hassen verloren. Die Rachsucht kam ihr abhanden und ließ sie mitten in der Schlacht ohne Schild zurück. Sie war ungeschützt, und all das Leid drohte sie zu überwältigen. Es war einfach zu viel.

Damals hatten sich ihre Albträume gegen sie gekehrt, und sie hatte angefangen, das Lall zu brauchen.

Mit einem tiefen Atemzug ließ Sarai eine einzige Motte vom Fensterbrett abheben und vorwärtsschwirren, nur ein kleiner Fetzen Dunkelheit in der Dämmerung. Ihre ganze Aufmerksamkeit war an diesen fliegenden Späher gebunden, sodass sie beinah *selbst* dort war und einige Zentimeter über der Schulter des Götterschlächters schwebte.

Allerdings …

Sie hätte kaum sagen können, welcher ihrer Sinne zuerst die kleinen Unterschiede bemerkte und alarmiert zu vibrieren begann, aber jedenfalls war ihr augenblicklich klar:

Das hier war nicht Eril-Fane.

Die Statur passte nicht. Genauso wenig wie der Geruch. Wer immer dort lag, war schmächtiger als Eril-Fane und sank weniger tief in die Federmatratze ein. Ihre Sicht passte sich an das dürftige Licht der Umgebung an, doch sie erahnte nur schwarze Haare auf dem Kissen und wenig mehr.

Wer lag dort schlafend im Bett des Götterschlächters? Wo war Eril-Fane? Neugier überkam sie, und so tat sie etwas, das sie in normalen Zeiten nicht einmal in Erwägung gezogen hätte. Wobei *normal* hieß, dass sie nicht dem sicheren Untergang entgegenblickte.

Auf dem Nachttisch stand eine Glave, die mit einer Haube aus schwarzer Strickwolle verdunkelt war. Sarai ließ ein Grüppchen Motten dorthin fliegen, das Gewebe mit den winzigen Füßen ergreifen und weit genug zur Seite rücken, um einen schmalen Lichtstreif zu erzeugen. Hätte ein Mensch gesehen, wie der Schwarm sich so koordiniert bewegte, wäre er misstrauisch geworden und hätte vielleicht Verdacht geschöpft, dass es sich um unnatürliche Kreaturen handelte. Aber solche Bedenken kamen Sarai nun fast lächerlich vor, verglichen mit ihren übrigen Problemen. Sie brachte das minutiöse Werk zu Ende und musterte das Gesicht im Lichtstreifen der Glave.

Was sie sah, war ein junger Mann mit krummer Nase. Seine Brauen waren buschig und schwarz, seine Augen lagen tief in den Höhlen. Die hohen, flachen Wangenknochen gingen unvermittelt in den Kiefer über, abrupt wie ein Axthieb. Keine Finesse, keine Eleganz. Und vor allem diese Nase. Sie war eindeutig von Gewalt geformt und ließ das ganze Gesicht gewalttätig erscheinen. Die Haare waren voll und schwarz, und wo das Glavenlicht sie zum Glänzen brachte, schimmerte warmes Rot, nicht kühles Blau. Er trug kein Hemd, und obwohl die Decke fast alles von ihm verbarg, war der obenauf ruhende Arm drahtig und muskulös. Immerhin war er sauber und hatte sich wohl zum ersten Mal seit Wochen rasiert, denn sein Kiefer und das Kinn waren blasser als der Rest des Gesichts und nahezu glatt – obwohl ein Männerkinn eben nie richtig glatt werden kann, nicht einmal direkt nach der Begegnung mit einer perfekt geschärften Rasierklinge. Das wusste Sarai vom jahrelangen Hocken auf schlafenden Gesichtern und nicht etwa durch Feral, der zwar mit dem Rasieren angefangen hatte, aber auch Tage pausieren konnte, ohne dass es auffiel. Nicht so dieser Mann. Im Gegensatz zu Feral stand er nicht erst an der

Grenze zum Erwachsenwerden, sondern hatte sie eindeutig überschritten: ein Mann in jeder Beziehung.

Er war nicht gutaussehend. Ganz sicher kein Museumsstück. Mit seiner gebrochenen Nase hatte er die Ausstrahlung eines Schlägers, aber Sarai stellte fest, dass sie ihn trotzdem ausführlicher musterte als die übrigen Faranji, abgesehen von dem goldenen. Einfach deshalb, weil beide junge Männer waren. Sarai war keine Unschuld, und sie kannte das körperliche Verlangen, das Ruby offen zur Schau stellte. Sie schwebte auch nicht so weit über den Dingen, dass der Anblick junger Männer sie unberührt gelassen hätte. Sarai behielt ihre Gefühle bloß für sich, wie so vieles andere.

Während sie auf seine geschlossenen Wimpern schaute, überlegte sie, welche Farbe wohl seine Augen hatten. Sie spürte einen schmerzhaften Stich der Entfremdung, weil es ihr Schicksal war, zu sehen ohne jemals gesehen zu werden. Sie wanderte im Geheimen durch die Gedanken der Menschen und ließ keine Spur von sich zurück als Furcht.

Sie warf einen kurzen Blick auf den Himmel. Jetzt sollte sie sich besser beeilen. Ihr würde nicht viel Zeit bleiben, um einen Eindruck von diesem Menschen zu erhalten, aber selbst ein oberflächlicher Hinweis, wer er war, konnte sich als nützlich erweisen. Ein Fremder in Eril-Fanes Haus. Was mochte das bedeuten?

Sie ließ eine Motte auf seine Braue niederdriften.

Und fiel Hals über Kopf in eine andere Welt.

# 27

# Eine andere Welt

Jedes Bewusstsein ist eine Welt für sich. Die meisten sind im weiten Mittelfeld des Gewöhnlichen angesiedelt, während andere sich deutlicher abheben: auf erfreuliche Art durch ihre Schönheit oder weil sie sich auf schwer erklärliche Art falsch und schleimig anfühlen. Sarai konnte sich nicht einmal mehr erinnern, wie ihr eigenes Bewusstsein ausgesehen hatte, bevor sie es in den Zoo aus Monstrositäten verwandelt hatte, dem es jetzt glich. Ihr eigener Kopf war zu einem Ort geworden, wo sie lieber nicht im Dunkeln herumirren wollte – bildlich gesprochen – und vor dem sie sich mit einem einlullenden Trank aus grauem Nichts schützen musste.

Die Träume des Götterschlächters waren ein ähnlicher Ort des Schreckens, auf ganz eigene Art. Suheylas glichen einem weichen Wolltuch, in das man ein Kind gegen die Kälte einwickelt. Sarai hatte sich in Tausende von Seelen eingeschlichen, oder eher Zehntausende, und ihre unsichtbaren Finger durch unzählige Träume gleiten lassen. Aber noch nie hatte sie etwas Ähnliches gesehen wie das hier.

Sie blinzelte und schaute sich um.

Vor ihr lag eine mit Lapislazuli gepflasterte Straße. Kunstvoll gemeißelte Häuserfassaden ragten zu beiden Seiten auf. Es gab goldene Kuppeln und den Schimmer des Zenit in der Ferne. Die ganze Nacht lang war Sarai durch Traumlandschaften gewandert, die ihr gänzlich fremd erschienen. Diese hier war vertraut und doch wieder nicht. Sarai drehte sich langsam um die eigene Achse und nahm die kuriose Verflechtung von Bekanntem und Fremden in sich auf, die exotischer erschien als die exotischen Welten der Faranji. Sie befand sich eindeutig in Weep, aber so hatte sie die Stadt noch nie gesehen. Die Pflasterstraßen waren blauer, das Gold glänzender, der Steinschmuck unbekannt. Die Formen der Kuppeln – von denen es Hunderte gab, statt bloß ein paar Dutzend – stimmten nicht ganz. Statt mit Blattgold belegt zu sein wie in Wirklichkeit, bestanden sie aus Metallplatten in einem Fischgrätenmuster, mal dunkles Gold, mal helles, sodass die Sonne auf diesen Dächern nicht nur glitzerte. Sie tanzte. Sie spielte.

*Die Sonne.*

*Die Sonne über Weep.*

Es gab weder die Zitadelle noch die Anker. Nirgends eine Spur von Mesarthium, genauso wenig wie die zähe, bittere Düsternis, die über der realen Stadt hing. Sie erlebte eine Version von Weep, die es nur im Kopf dieses Schläfers gab. Natürlich konnte sie nicht ahnen, dass die Bilder vor Jahren aus den Erzählungen eines Mönchs geboren worden waren, der bereits in die Senilität abglitt. Oder dass Lazlo sie seitdem am Leben erhalten und sich jede literarische Quelle zunutze gemacht hatte, die er in die Hände bekam. Er wusste so viel über Weep, wie es einem Fremdländer eben möglich war, und das hier war die Vision, die er aus zahlreichen Einzelteilen erbaut hatte.

Was Sarai betreten hatte, war keine Stadt, sondern die Idee einer Stadt, und etwas Wundervolleres hatte sie noch nie gesehen. Bilder tanzten über ihre Sinne wie die Sonnenstrahlen über die Dachkuppeln. Alle Farben wirkten leuchtender und tiefer als in Wirklichkeit, und es gab *so viele* davon. Hätte die Weltenweberin persönlich das Endstück jedes Fadens behalten, den sie seit Beginn der Zeit verwendet hatte, dann wäre ihr Korb wohl ähnlich bunt gewesen. Es gab Sonnensegel über Marktständen und Reihen aufgehäufter Gewürzkegel. Rosenrot, Scharlachrot, Rostrot, Ockerrot. Alte Männer bliesen vielfarbigen Rauch durch lange, bemalte Flötenpfeifen und erfüllten die Luft mit unhörbarer Musik. Safran, Zinnober, Koralle, Amaranth. Von allen Kuppeln erhoben sich nadeldünne Turmspitzen, an denen zweischwänzige Flaggen im Wind flatterten. Zwischen den Kuppeldächern spannten sich Bänder, über die lachende Kinder mit bunten Federumhängen rannten. Zitrusgelb, Feigenviolett, Seladongrün, Schokoladenbraun. Ihre Schatten folgten ihnen tief unten auf eine Weise, die im echten Weep nie möglich gewesen wäre, da es in einen einzigen gewaltigen Schatten gehüllt war. Die Fantasiebürger der Stadt trugen Kleidung von schlichter Harmonie, die Haare der Frauen waren so lang, dass sie hinter ihnen übers Pflaster schleiften oder von zahmen Singvögeln getragen wurden, die dem Bild weitere Farbtupfer hinzufügten. Kastanie, Narzisse, Clementine, Goldrute.

Über die Mauern wucherten Pflanzenranken, so wie es früher sicherlich gewesen war, in der Zeit vor dem Schatten. Früchte reiften daran, dick und glänzend. Sonnenrot, Distellila, Patinagrün, Veilchenblau. In der Luft hing der Duft ihrer Honigblüten und noch ein anderer, der Sarai zurück in ihre Kindheit versetzte.

Als sie klein gewesen war und die Vorratskammern der Zitadelle noch kostbare Zutaten enthielten wie Zucker und Weißmehl, hatte Ellen die Große ihnen jedes Jahr einen Geburtstagskuchen gebacken. Nur einen, den sie alle teilten, damit der Zucker und das Mehl möglichst viele Jahrestage vorhielten. Sarai war acht gewesen, als es den letzten Kuchen gab. Die fünf hatten jeden Bissen genossen und ein Spiel daraus gemacht, ihn mit allerhöchster Langsamkeit zu essen, da sie wussten, dass sie etwas Ähnliches nie wieder schmecken würden.

Und hier in diesem wundervollen, sonderbaren Weep standen Kuchen auf den Fensterbrettern, ihre Kuvertüre glitzernd vor Zucker und kandierten Blüten, und die Passanten blieben stehen, um ein Stück von diesem oder jenem zu probieren. Die Hausbewohner reichten Tassen durch die Fenster, denn zu einem Stück Kuchen gehörte natürlich Tee.

Sarai nahm alles wie betäubt in sich auf. Zum zweiten Mal in der heutigen Nacht war sie überrascht, wie krass die Diskrepanz zwischen einem Gesicht und der Gedankenwelt eines Menschen sein konnte. Zuerst bei dem goldenen Faranji: So edel sein Antlitz auch war, seine Träume zeigten etwas Anderes. Sie waren beengt und luftleer wie ein Sarg, sodass ihm jeder Atemzug und jede Bewegung schwerfiel, was auf Sarai abfärbte. Und jetzt das hier.

Kaum zu fassen, dass dieses grobe Gesicht mit seinem Anschein von Gewalt ihr den Weg in eine solche Wunderwelt öffnen konnte.

Sie sah Spektrale herrenlos durch die Straßen paradieren, Seite an Seite wie Ehepaare auf einem Spaziergang, ebenso wie andere Geschöpfe, die sie gleichzeitig kannte und nicht kannte. Ein Ravide, dessen armlange Fänge mit bunten Perlen- und Fransenschnüren geschmückt waren, stellte sich auf die Hinterläufe, um mit ausgestreckter rauer Zunge an einer Torte zu lecken. Sie sah einen edlen Zentauren, auf dem eine Prinzessin im Damensattel ritt, und in der magischen Atmosphäre erschienen die beiden kein bisschen fehl am Platz. Er wandte den Kopf nach hinten, und das Paar küsste sich so ausdauernd, dass Sarai ihre Wangen brennen fühlte. Dann gab es noch winzige Männlein mit Hühnerfüßen, die rückwärts gingen, damit ihre Spuren in die falsche Richtung wiesen, zierliche alte Damen, die auf gesattelten Katzen durch die Straßen preschten, ziegenhörnige Jungen mit Glockenspielen, flatternde hauchzarte Flügelwesen, und unzählige andere Possierlichkeiten, wo immer sie hinschaute. Sie befand sich noch nicht einmal eine Minute in diesem Traum – gerade zwei Wegspannen auf ihrem Marsch über die Handfläche des Riesenengels –, als ihr klarwurde, dass sie ein Lächeln auf dem Gesicht trug.

*Ein Lächeln.*

Das geschah ihr selten genug, was bei ihren Pflichten nicht verwunderlich war, aber in einer Nacht wie dieser und nach all ihren vorigen Entdeckungen kam es ihr unvorstellbar vor. Schamhaft glättete sie ihr Gesicht mit der Hand, während sie weiter auf und ab tigerte. Der Faranji hatte also fantasievolle Träume. Na und? Nichts davon war ihr nützlich. Sie musste wissen, wer er war und was er hier tat. Also verhärtete sie sich innerlich, ließ das Staunen von sich abgleiten, und schaute sich erneut um. Ein Stück voraus sah sie einen Mann mit langen dunklen Haaren.

Das war er.

So etwas kam nicht selten vor. Menschen tauchen fast unumgänglich in ihren eigenen Träumen auf. Er spazierte von ihr fort, und sie wünschte sich näher heran. Kaum gedacht, stand sie schon direkt hinter ihm. Auch wenn der Trauminhalt ungewöhnlich war, handelte es sich nun einmal um einen Traum, also konnte sie ihn kontrollieren. Sie konnte, wenn sie es wünschte, mit einem Schlag die ganze Farbe ausradieren. Sie konnte alles in Blut ertränken, die Kuppeln zerschmettern, die Kinder mit ihren Federgewändern in die Tiefe stürzen lassen. Sie konnte den zahmen Raviden mit seinen Bändern und Perlen dazu antreiben, die wunderhübschen langhaarigen Damen zu zerfleischen. Sie konnte aus der ganzen Szene einen Albtraum machen. Darin bestand ihre Gabe. Ihre schreckliche, hässliche Gabe.

Aber sie tat nichts davon. Erstens war sie nicht aus diesem Grund hier, und zweitens kam es ihr undenkbar vor, diesen Traum zu besudeln. Nicht nur wegen der Farben, der märchenhaften Geschöpfe, der Magie. Nicht einmal wegen der Kuchen. Sondern wegen des Gefühls von Heiterkeit und Sicherheit, und Sarai wünschte …

Sie wünschte, es wäre real und sie könnte an diesem Ort leben. Wenn hier die Raviden zwischen Männern und Frauen spazieren und ihre Kuchen teilen konnten, dann galt das vielleicht auch für Götterbrut.

*Real.* Was für ein törichter, närrischer Gedanke. Sie befand sich in der Gedankenwelt eines Fremdländers. *Real* waren Ruby, Sparrow, Minya und Feral, die mit schmerzhafter Spannung auf sie warteten. *Real* war die Wahrheit, die sie ihnen enthüllen musste, und die Morgenröte, die langsam am Horizont heraufglimmte. Es war Zeit zu gehen. Sarai raffte ihre Motten zusammen. Die Insekten auf der Glavenhaube ließen den Strickstoff los, sodass er nach unten sackte, den Lichtstreif verschluckte und den Träumer wieder in Dunkelheit hüllte. Sie flatterten zum Fenster und warteten dort. Nur die Motte auf seiner Braue blieb übrig. Sarai schickte sich an, sie zurückzurufen, zögerte aber. Sie befand sich an vielen Orten gleichzeitig: barfuß auf der Handfläche des Erzengels, sirrend vor dem Fenster des Götterschlächters, leicht wie ein Blütenblatt auf der Braue des Träumers.

… und inmitten seines Traums, wo sie nun direkt hinter ihm stand. Sie hatte das unerklärliche Verlangen, sein Gesicht zu sehen, hier im Reich seiner Fantasie, mit offenen Augen.

Er streckte die Hand aus, um eine Frucht von den Ranken zu pflücken.

Sarais Hand zuckte, so sehr wollte sie es ihm gleichtun. Sie wollte gleich *fünf*, genug für sie alle. Ihr fiel wieder das Götterbrutkind ein, das die Gabe hatte, Dinge aus Träumen mitzubringen. Sie wünschte sich, sie könnte mit einer Armladung Obst zurückkehren. Einen Kuchen auf dem Kopf balancierend. Auf dem zahmen Raviden reitend, dessen Schnurrhaare vor Zuckerguss klebten. Als könnte sie mit Geschenken und Firlefanz den Schlag mildern, den sie den anderen mit ihren Neuigkeiten versetzen würde.

Ein paar Kinder kletterten ein Spalier hinauf und hielten kurz inne, um dem Träumer weiteres Obst zuzuwerfen. Er fing eine gelbe, kugelrunde Frucht und rief hinauf: »Danke schön.«

Die Klangfarbe seiner Stimme vibrierte durch Sarais Körper, tief und harsch wie Lagerfeuerrauch, schartige Klingen oder Stiefelsohlen, die durch eine Schneekruste brechen. Doch bei aller Rauheit gab es einen überaus liebenswürdigen Beiklang von Schüchternheit. »Als kleiner Junge habe ich immer daran geglaubt«, erzählte er einem alten Mann, der in der Nähe stand. »Also, dass man die Früchte hier einfach so pflücken darf. Aber später dachte ich, das sei nur eine Fantasiegeschichte für hungrige Kinder.«

Erst jetzt fiel Sarai auf, dass er die Sprache von Weep benutzte. Die ganze Nacht lang hatte sie in den Träumen der anderen Fremdländer kaum ein verständliches Wort gehört, aber dieser Mann sprach sogar akzentfrei. Sie ließ sich zu einer Seite driften, bis sie ihn schließlich weit genug umrundet hatte, um einen guten Blick auf ihn werfen zu können.

Aus nächster Nähe studierte sie sein Profil und zwar auf die gleiche schamlose Weise, wie man eine Statue betrachtet – oder wie ein körperloser Geist wohl die Lebenden in Augenschein nehmen würde. Etwas früher in der Nacht hatte sie das Gleiche schon bei dem goldenen Faranji getan und direkt neben ihm gestanden, während er fieberhaft in einem Labor voller Feuerfunken und zersplittertem Glas hantierte. Dort war alles scharfkantig, brennend heiß und voller Gefahr gewesen. Ganz gleich, wie wunderbar der Mann auch aussah, sie hatte es kaum erwarten können, wieder fortzukommen.

Hier gab es weder Gefahr noch das Bedürfnis zu fliehen. Ganz im Gegenteil, sie fühlte sich von ihm angezogen. Früher einmal hätte sie gezögert, einen Menschen so dreist anzustarren, aber nach einem Jahrzehnt der Unsichtbarkeit war davon nichts mehr übrig. Sie stellte fest, dass seine Augen grau waren und sein Lächeln den gleichen Anflug von Schüchternheit besaß wie seine Stimme. Und ja, seine Nase war gebrochen und krumm. Und ja, die Wangen- und Kieferknochen wirkten grob geschnitten. Aber zu ihrer Überraschung zeigte sein Gesicht, wach und lebhaft, nichts von der Brutalität, die sie auf den ersten Blick vermutet hatte. Im Gegenteil.

Er wirkte genauso anziehend wie die süße Luft, die seinen Traum durchströmte.

Der Mann wandte seinen Kopf in ihre Richtung, doch Sarai war so an ihren Zustand totaler Nichtigkeit gewöhnt, dass sie nicht einmal zurückwich. Stattdessen ergriff sie die Gelegenheit, ihn noch genauer zu mustern. Sie hatte so viele geschlossene Augen gesehen, träumend zuckende Lider, flatternde Wimpern, dass seine offenen Augen geradezu hypnotisch wirkten. Besonders aus dieser Nähe. Sarai konnte im Spiel des Sonnenlichts die Muster auf seiner Iris erkennen. Dort gab es kein einheitliches Grau, sondern Pigmentfäden aus Hunderten verschiedener Grau-, Blau- und Perlmuttschattierungen wie Lichtspiegelungen auf einer Wasserfläche, und einen Ring aus den sanftesten Sonnenfarben rund um die Pupillen.

Und … genauso intensiv wie Sarai ihn anschaute, schaute auch er … Nein, nicht auf sie. Natürlich sah er durch sie hindurch. Sein Blick wirkte verzaubert, und das Licht in seinen Augen spiegelte pures Staunen wider. *Feenlicht*, dachte sie und spürte einen deutlichen Stich der Eifersucht. Wer oder was auch immer hinter Sarai stand, nahm ihn vollkommen gefangen. Nur für einen Moment erlaubte sie sich die Illusion, dass sie selbst gemeint sei.

Dass *sie* es sei, die er so hingerissen anstarrte.

Nur eine Illusion. Ein Augenblick der Schwäche. Als würde ein Spukphantom sich in die Lücke zwischen zwei Liebenden drängen, um sich lebendig zu fühlen. Es nahm einige fortflatternde Sekunden in Anspruch, gewiss nicht mehr als drei. Sarai stand reglos inmitten eines außergewöhnlichen Traums und überließ sich der Fantasie, der Träumer sei von ihr gefesselt.

Sie verfolgte die Bewegungen seiner Pupillen. Sie schienen die Linien ihres Gesichts nachzuzeichnen, eingeschlossen der schwarzen Farbe, die sie als Streifen darüber gemalt hatte. Sein Blick senkte sich kurz, nur um beim Anblick von Unterwäsche auf nackter blauer Haut sofort wieder nach oben zu schnellen. Er wurde rot, und irgendwann in diesen drei Sekunden hatte das Spiel aufgehört, nur ein Spiel zu sein. Sarai errötete ebenfalls. Sie trat einen Schritt zurück und die Augen des Träumers folgten ihr.

*Seine Augen folgten ihr.*

Es gab niemanden, der hinter ihr stand. Es gab überhaupt keine anderen Menschen. Der ganze Traum schrumpfte zu einer Illusionsblase, die sie beide umfasste, und nun bestand kein Zweifel mehr daran, dass das Feenlicht ihr gegolten hatte und dass er *sie* meinte, als er leise, eindringlich und voller Zauber flüsterte: »*Wer bist du?*«

Schlagartig kehrte die Realität zurück. Man konnte sie sehen. *Man konnte sie sehen.* Oben in der Zitadelle taumelte Sarai abrupt nach hinten. Sie ließ den Bewusstseinsfaden reißen, der sie mit der Motte verband, und verlor schlagartig den Zugang zum Traum. Eben noch waren ihre ganzen Sinne auf dieses einzelne Tier gerichtet gewesen, nun schnellte das alles zurück in ihren Körper, sodass sie keuchend auf die Knie fiel.

Undenkbar. In Träumen war sie nur ein Schatten. Er konnte sie nicht gesehen haben.

Dennoch stand für Sarai außer Frage: genau das war geschehen.

*

Unten in Weep erwachte Lazlo mit einem Ruck. Er setzte sich

gerade noch rechtzeitig im Bett auf, um zu sehen, wie neunundneunzig Fetzen aus Dunkelheit von seinem Fensterbrett stoben und in die Luft flatterten, wo sie in einem einzigen hastigen Sog nach oben und außer Sicht gestrudelt wurden.

Er blinzelte. Alles war ruhig und still. Seine Vernunft hätte ihn vielleicht daran zweifeln lassen, dass er im Halbdunkel überhaupt etwas gesehen hatte, wäre nicht in diesem Moment die hundertste Motte von seiner Braue getaumelt und ihm tot in den Schoß gefallen. Vorsichtig schob er sie auf seine Handfläche. Ein zerbrechliches Geschöpf. Ihre samtigen Flügel hatten die Farbe der Dämmerung.

Noch immer halb in Überbleibseln seines Traums versponnen, sah Lazlo die großen blauen Augen eines wunderhübschen blauen Mädchens vor sich. Es frustrierte ihn, dass er aufgewacht war und sie so plötzlich verloren hatte. Falls es ihm gelang, in den Traum zurückzukehren, vielleicht konnte er sie dann wiederfinden? Er legte die tote Motte auf seinen Nachttisch und ließ sich zurück in den Schlaf fallen.

Den Traum fand er tatsächlich, aber nicht das Mädchen. Sie war fort. Nur wenige Augenblicke später ging die Sonne auf. Ihr blasses Licht sickerte in die Düsternis der Zitadelle und ließ die Motte auf Lazlos Tisch in Rauch aufgehen.

Als Lazlo einige Stunden später erneut erwachte, hatte er beide vergessen.

# 28

# Leben und Überleben

Sarai fiel auf die Knie. Vor sich sah sie nichts als die Augen des Träumers, überwältigend klar, und der Fokus lag direkt auf *ihr* … Da eilten auch schon Feral, Ruby und Sparrow durch die Tür herbei, wo sie gewartet und alles beobachtet hatten.

»Sarai? Geht es dir gut?«

»Was ist los? Was ist passiert?«

»Sarai!«

Minya tauchte hinter ihnen auf, hastete aber nicht an Sarais Seite. Sie hielt sich zurück und beobachtete mit spürbarem Interesse, wie die anderen ihr aufhalfen.

Sarai sah die Panik der anderen und unterdrückte ihre eigene. Sie schob den Träumer aus ihren Gedanken – zumindest fürs Erste. *Er hatte sie gesehen. Was konnte das bedeuten?* Die anderen überfielen sie mit Fragen, von denen sie keine beantworten konnte. Denn ihre Motten waren noch nicht zu ihr zurückgekehrt. Sie befanden sich irgendwo am Himmel und lieferten sich ein Wettrennen mit der aufgehenden Sonne. Falls sie es nicht rechtzeitig schafften, würde Sarai keine Stimme haben, bis die Dunkelheit hereinbrach und ein weiterer Hunderterschwarm in ihr geboren wurde. Sie kannte den Grund nicht, aber so war es nun einmal. Sarai griff sich an die Kehle, was die anderen hoffentlich verstehen würden, und versuchte sie mit einem Handwedeln zurück nach drinnen zu schicken. Sie sollten nicht sehen, was als Nächstes geschah. Sarai verabscheute es, beim Kommen und Gehen des Schwarms beobachtet zu werden.

Aber die anderen rückten nur mit besorgten Mienen ein Stück weiter nach hinten. Als die Motten in einem Schwall über den Rand des Balkons kamen, konnte Sarai nichts weiter tun, als sich abzuwenden und wenigstens ihr Gesicht zu verbergen. Sie riss den Mund weit auf und ließ die Motten zurück hineinströmen.

Neunundneunzig.

Vor lauter Schreck hatte sie die Verbindung gekappt und die letzte Motte auf der Braue des Träumers sitzen lassen. Ihre beiden Herzen verkrampften sich. Sie tastete mit allen Sinnen und suchte nach dem durchtrennten Gedankenfaden, als könne sie die Motte wiederbeleben und nach Hause holen, doch das Tier war verloren. Zuerst war Sarai von einem Menschen gesehen worden, dann hatte sie eine Motte zurückgelassen wie eine Visitenkarte. Alles schien ihr zu entgleiten.

*Wie hatte er sie sehen können?*

Aus reiner Gewohnheit begann sie wieder rastlos über die Terrasse zu laufen. Die anderen drängten sich neben sie und wollten wissen, was passiert war. Minya hielt sich weiterhin im Hintergrund und beobachtete bloß. Als Sarai das Ende der Handfläche erreicht hatte, drehte sie um und blieb stehen. Der Balkon hatte kein Geländer, um einen Sturz über den Rand zu verhindern. Stattdessen gab es nur die leichte Krümmung der hohlen Hand. Das Fleisch aus Metall hatte zu allen Seiten eine sanfte Steigung und bildete eine großflächige Schale, sodass man nicht einfach ins Leere treten konnte. Ganz gleich, wie beschäftigt ihre Sinne waren, erkannten Sarais Füße die Krümmung und blieben gewissenhaft im flachen Mittelteil der Engelshand.

Die Panik der anderen holte sie zurück in die Gegenwart.

»Sag es uns, Sarai«, forderte Feral und bemühte sich, Fassung zu beweisen. Ruby flankierte ihn auf einer Seite, Sparrow auf der anderen. Sarai sog durstig den Anblick ihrer Gesichter ein. Im Laufe der letzten Jahre hatte sie sich so wenig Zeit genommen, einfach nur *bei* ihnen zu sein. Ihre Welt war der Tag, Sarais eigene die Nacht, und dazwischen teilten sie eine einzige Mahlzeit. Das war wirklich kein Leben. Aber immerhin hatten sie *überlebt,* und das musste genügen.

Mit brüchiger Stimme sagte sie nun: »Sie haben Flugmaschinen.« Untröstlich verfolgte sie die Veränderung, als sich Begreifen auf den drei Gesichter ausbreitete, den letzten störrischen Funken Hoffnung grob beiseiteschob und nichts als Verzweiflung zurückließ.

In diesem Moment fühlte sie sich wahrhaftig wie die Tochter ihrer Mutter.

Sparrow presste sich die Hand vor den Mund. »Nun, dann sind wir wohl am Ende«, sagte Ruby nüchtern. Die anderen protestierten nicht einmal. Irgendwann im Laufe der Nacht hatten sie die Panik hinter sich gelassen und sich in ihr Schicksal ergeben.

Nicht so Minya. »Schaut euch nur an«, sagte sie schneidend. »Ehrlich, ihr seht aus, als wolltet ihr gleich auf die Knie fallen und den Menschen eure Kehlen hinhalten.«

Sarai wandte sich ihr zu. Minyas fiebrige Erregung war unübersehbar und kaum zu ertragen. »Wie kannst du dich darüber *freuen?*«

»Früher oder später musste es passieren«, lautete ihre Antwort. »Dann bringen wir es doch lieber hinter uns.«

»Was denn? *Unser Leben?*«

Minya schnaubte. »Nur, falls ihr lieber sterbt als euch zu verteidigen. Seid ihr so erpicht darauf, euch umbringen zu lassen? Dann kann ich euch nicht aufhalten. *Ich* habe jedenfalls andere Pläne.«

Stille breitete sich aus. Es dämmerte Sarai und gleichzeitig wohl auch den anderen dreien, dass Minya gestern zwar über die Nutzlosigkeit von jedem einzelnen hergezogen war, aber nie erwähnt hatte, wie ihr eigener Beitrag zu einem Kampf aussehen sollte. Jetzt, angesichts der allgemeinen Verzweiflung, glühte sie vor Ungeduld und fanatischem *Eifer.* Das wirkte so falsch, dass Sarai es kaum fassen konnte. »Was stimmt nicht mit dir?«, fragte sie. »*Wieso freust du dich so?*«

»Ich dachte schon, du würdest nie fragen«, sagte Minya mit einem Grinsen, das alle ihre Kinderzähne sehen ließ. »Kommt mit. Ich will euch etwas zeigen.«

*

Das Familienheim des Götterschlächters war ein recht bescheidenes Beispiel für die traditionelle Bauweise von Weep. Man nannte solche Gebäude *Yeldez* oder Hofhäuser. Zur Straßenseite gab es eine steinerne Fassade mit einem Muster aus Eidechsen und Granatäpfeln. Durch die stabile, grün gestrichene Haustür kam man in einen Durchgang, der geradewegs zu einem Innenhof führte. Dieser offene Platz war das zentrale, am meisten benutzte Zimmer des Hauses, wo gekocht, gegessen und geplaudert wurde. Das milde Klima von Weep hatte zur Folge, dass sich das Leben vorwiegend draußen abspielte. Und es bedeutete für die früheren Bewohner, dass der Himmel ihr Dach gewesen war … jetzt war es die Zitadelle. Nur die Schlafzimmer, das Bad und der Wintersalon waren zu allen Seiten abgeschlossen. Diese Räume reihten sich in U-Form um den Innenhof und ließen sich durch vier grüne Türen betreten. Eine Kochstelle befand sich in einer zurückgesetzten Nische, und über den Speisebereich spannte sich ein Laubendach, das früher mit Kletterpflanzen überwuchert gewesen war, um Schatten zu spenden. Außerdem hatte es Bäume und einen Kräutergarten gegeben. Das alles war jetzt verschwunden. Ein paar klägliche Büsche hatten überlebt, und es gab vereinzelte Kübel mit zarten Waldblumen, die ohne viel Sonne wuchsen. Sie konnten mit der üppigen Pflanzenwelt in Lazlos Fantasie schlecht mithalten.

Als er heute Morgen aus seinem Zimmer gekommen war, hatte Suheyla gerade eine Fischreuse aus dem Brunnen gezogen, was höchst merkwürdig wirkte. Es ergab jedoch Sinn, da der Brunnen in Wirklichkeit ein ausgehauener Schacht bis zum Fluss war, der unter der Stadt hindurchströmte.

Der Uzumark floss nicht durch einen einzelnen riesigen Kanal, sondern bestand aus einem verzweigten Netzwerk von Wasserwegen, die sich durch das Gestein des Tals gefressen hatten. Als die Stadt erbaut worden war, hatten die brillanten

Ingenieure der Gründerzeit daraus ein natürliches Sanitärsystem gemacht. Manche Bäche führten Frischwasser, andere waren fürs Abwasser bestimmt. Größere Ströme waren zu unterirdischen Kanälen ausgebaut worden, auf denen lange schmale Boote im Schein des Glavenlichts fuhren. Wenn man das weite Oval der Stadt von Ost nach West durchqueren wollte, gab es keinen schnelleren Weg. Gerüchte behaupteten, es gäbe sogar einen riesigen Höhlensee in tiefster Tiefe, der einen prähistorischen Svytagor beherbergte. Angeblich war das Tier durch seine immense Größe darin gefangen, musste wie ein Goldfisch im Glas leben und ernährte sich von den Aalen, die im kühlen Quellwasser laichten. Man nannte ihn *Kalisma* oder ›Aalgott‹, denn für die Aale musste er sicherlich so erscheinen.

»Guten Morgen«, grüßte Lazlo, als er den Innenhof betrat.

»Ah, du bist aufgestanden«, entgegnete Suheyla fröhlich. Sie öffnete die Reuse, und kleine Fischlein schwappten grüngolden glitzernd in einen Eimer. »Gut geschlafen, hoffe ich?«

»Viel zu gut«, sagte er. »Und zu *lange.* Ich bin sonst eigentlich kein Faulenzer. Tut mir leid.«

»Unsinn. Welcher Zeitpunkt wäre wohl passender zum Ausschlafen? Ich würde sagen, der Morgen nach einer Wüstendurchquerung eignet sich perfekt. Und da mein Sohn noch nicht aufgetaucht ist, hast du nichts verpasst.«

Lazlo entdeckte ein Frühstück, das auf dem niedrigen Steintisch bereitstand. Es war fast so reichhaltig wie das gestrige Abendessen, was Sinn ergab, schließlich hatte Suheyla zum ersten Mal seit über zwei Jahren die Gelegenheit, ihren Sohn durchzufüttern. »Kann ich helfen?«, fragte Lazlo.

»Du könntest den Brunnen wieder abdecken.«

Er gehorchte und folgte ihr anschließend zum offenen Feuer. Dort schaute er zu, wie sie mit ein paar geübten Messerschnitten die Fische ausnahm, in Öl tunkte, mit Gewürzen ummantelte und auf das Grillrost legte. Er konnte sich kaum vorstellen, dass sie mit zwei Händen geschickter gewesen wäre als mit einer.

Sie bemerkte seinen Blick. Um genau zu sein, bemerkte sie sein schnelles Wegschauen, als er dabei ertappt wurde. Suheyla hielt den glatten, schmal zulaufenden Stumpf ihres Handgelenks in die Höhe und sagte: »Sieh ihn dir nur an, das stört mich nicht.«

Lazlo errötete beschämt. »Tut mir leid.«

»Entschuldigungen kosten von jetzt ab ein Bußgeld«, sagte sie. »Ich wollte dich nicht schon gestern Abend damit behelligen, aber ab heute fängt dein neues Leben an. Zehn Silberlinge, wann immer du ›tut mir leid‹ sagst.«

Lazlo musste lachen und biss sich schnell auf die Lippe, weil er sich fast fürs Entschuldigen entschuldigt hätte. »Man hat mich so erzogen«, sagte er. »Dagegen bin ich machtlos.«

»Dann betrachte ich es als Herausforderung, dich umzuerziehen. Von nun an sind Entschuldigungen nur noch gestattet, wenn du jemandem beim Tanzen auf den Fuß trittst.«

»Nur dann? Ich kann nicht einmal tanzen.«

»Was? Daran werden wir auch arbeiten müssen.«

Sie wendete die Fische auf dem Grillrost. Der Rauch duftete nach Kräutern.

»Ich habe mein ganzes Leben unter alten Männern verbracht«, erklärte Lazlo. »Wer mich gesellschaftsfähig machen will, dürfte alle Hände voll –«

Die Worte waren ihm herausgeschlüpft, bevor er genauer nachdenken konnte. Sein Gesicht wurde feuerrot, und nur Suheylas warnender Finger hielt ihn davon ab, sich zu entschuldigen. »Sag es nicht«, befahl sie. Obwohl sie eine strenge

Miene aufgesetzt hatte, tanzte der Schalk in ihren Augen. »Mach dir keine Gedanken, dass du mich beleidigen könntest, junger Mann. Ich bin nicht zartfühlend. Was das hier angeht …« Sie hielt ihr Handgelenk hoch. »Nun, ich glaube fast, damit haben sie mir einen Gefallen getan. Zehn Finger scheinen mir eine übertriebene Zahl, wenn man den Überblick behalten soll. Und dann noch das ganze Nägelfeilen!«

Ihr Grinsen wirkte ansteckend, und Lazlo erwiderte es. »So habe ich das bisher nie gesehen. Wenn ich näher darüber nachdenke: In den maialischen Legenden gab es eine Göttin mit sechs Armen. Kaum vorstellbar.«

»Das arme Ding. Andererseits hatte sie bestimmt Priesterinnen für die Körperpflege.«

»Wie wahr.«

Suheyla legte die Bratfische nacheinander auf einen großen Teller, den sie Lazlo in die Hände drückte. Sie wies auf den Tisch, er trug das Essen hinüber und hielt Ausschau nach einem Platz dafür. Doch einige ihrer Worte gingen ihm nicht aus dem Kopf: *Ich glaube fast, damit haben sie mir einen Gefallen getan.* Wen meinte Suheyla mit *sie?* »Verzeihung, könnte ich –«

»Zehn Silberlinge.«

»Was?«

»Du hast dich schon wieder entschuldigt. Ich hatte dich vorgewarnt.«

»Habe ich gar nicht«, widersprach Lazlo lachend. »›Verzeihung‹ ist ein Gebot. *Ich gebiete dir, mir zu verzeihen.* Keineswegs eine Entschuldigung.«

»Nun gut«, gab Suheyla nach. »Aber nächstes Mal verzichte auf die Höflichkeitsphrasen. Frag einfach.«

»In Ordnung«, sagte Lazlo. »Ich … hm, nicht so wichtig. Es geht mich nichts an.«

*»Frag einfach.«*

»Du hast gesagt, sie hätten dir einen Gefallen getan. Wen hast du damit gemeint?«

»Ach so. Na ja, das waren die Götter.«

Von der schwebenden Zitadelle abgesehen, hatte Lazlo bisher wenig klare Anhaltspunkte, um sich das Leben unter den Göttern vorstellen zu können. »Sie … haben dir die Hand abgehackt?«

»Nehme ich an«, sagte sie. »Natürlich erinnere ich mich nicht. Vielleicht haben sie mir befohlen, es selbst zu tun. Ich weiß bloß, dass ich zwei Hände hatte, bevor sie mich mitgenommen haben, und danach war es nur noch eine.« Das alles sagte sie im Tonfall einer normalen Frühstücksunterhaltung.

»Mitgenommen«, wiederholte Lazlo. »Dort hinauf?«

Suheyla zog die Brauen zusammen als würde seine Ahnungslosigkeit sie überraschen. »Hat er dir denn nichts erzählt?«

Lazlo nahm an, dass sie Eril-Fane meinte. »Bevor wir gestern auf dem Zenit standen, wussten wir nicht einmal, warum wir herkommen sollten.«

Sie stieß ein ungläubiges Schnauben aus. »Also wirklich. Wie gutgläubig von euch, den langen Weg zu reisen … nur für ein Rätsel.«

»Nichts hätte mich abhalten können«, bekannte Lazlo. »Ich bin schon mein ganzes Leben lang besessen von Weep und seinen Rätseln.«

»Tatsächlich? Ich hätte nicht gedacht, dass sich die Welt überhaupt an uns erinnert.«

Lazlo verzog den Mund zu einem schiefen Grinsen. »Die Welt eigentlich nicht. Nur ich.«

»Tja, das beweist immerhin Charakter«, sagte Suheyla. »Und was denkst du nun, nachdem du angekommen bist?« Während ihres Gesprächs hatte sie Obst klein geschnitten und schwenkte ihr Schälmesser in einer weiten Geste. »Bist du zufrieden mit der Auflösung deines Rätsels?«

»Auflösung?«, wiederholte er mit einem hilflosen Lachen und schaute zur Zitadelle hinauf. »Ich habe hundert Mal so viele Fragen wie gestern.«

Suheyla folgte seinem Blick, doch hatte die Augen kaum erhoben, als sie auch schon wieder schaudernd wegschaute. Wie die Tizerkan oben auf dem Zenit ertrug sie nicht einmal den Anblick. »Kein Wunder«, sagte sie, »wenn mein Sohn dich nicht vorbereitet hat.« Sie legte das Messer beiseite und schob das klein geschnittene Obst in eine Schale, die sie Lazlo reichte. »Er konnte nie wirklich darüber sprechen.« Als Lazlo mit der Schale auf halbem Weg zum Tisch war, fügte sie kaum hörbar hinzu: »Sie haben ihn länger behalten als je einen Menschen zuvor, musst du wissen.«

Er drehte sich wieder zu ihr um. Ja, er wollte es wissen und tappte doch vollkommen im Dunkeln. Er wusste nicht einmal, wie er seine Gedanken in Worte fassen sollte. Suheyla kam ihm zuvor. Während sie das Schneidebrett reinigte, fuhr sie mit der gleichen leisen Stimme fort.

»Sonst haben sie vor allem Mädchen mitgenommen«, sagte sie. »In Weep eine Tochter zu haben – oder eine Tochter zu *sein* – war … sehr schwer in der damaligen Zeit. Wann immer die Erde bebte, wussten wir, dass Skathis näher kam und gleich vor unserer Tür stehen würde.« *Skathis.* Auch Ruza hatte diesen Namen erwähnt. »Aber manchmal wollten sie auch unsere Söhne.« Sie löffelte Teeblätter in ein Sieb.

»Sie haben *Kinder* entführt?«

»Für uns Eltern bleiben Kinder natürlich immer Kinder. Aber genau genommen – also biologisch, nicht psychologisch – hat er immerhin gewartet, bis sie … im mündigen Alter waren.«

*Im mündigen Alter.*

Bei dieser Umschreibung konnte Lazlo nur mühsam gegen die Übelkeit anschlucken. Manche Worte waren wie der Anblick einer blutigen Klinge. Auch wenn man die Tat selbst nicht gesehen hatte, erkannte man trotzdem den Messermord.

»Ich habe mir mehr Sorgen um Azareen gemacht als um meinen Sohn. Für sie war es nur eine Frage der Zeit. Und das wussten sie natürlich beide. Deshalb haben sie schon so jung geheiratet. Azareen … sie hat gesagt, dass sie zuerst ihm gehören wollte und dann erst den Göttern. Das ist ihr auch gelungen. Für volle fünf Tage. Aber dann wurde gar nicht *sie* mitgenommen. Sondern er. Nun ja, Azareen haben sie sich später auch geholt.«

Das war … unaussprechlich. Alles daran. Azareen. Eril-Fane. Ein Leben im Angesicht tagtäglicher Gräueltaten. Aber … »Sie sind *verheiratet?*«, war die Frage, die Lazlo einfiel.

»Oh.« Suheyla schaute ihn etwas reumütig an. »Das wusstest du nicht. Ich fürchte, bei mir ist kein Geheimnis sicher.«

»Aber wieso sollte man aus einer Ehe ein Geheimnis machen?«

»Sie ist nicht direkt geheim«, erklärte Suheyla vorsichtig. »Das Problem ist eher, dass … die Ehe nicht mehr besteht. Nicht nachdem …« Sie nickte in Richtung der Zitadelle, ohne nach oben zu schauen.

Lazlo stellte keine weiteren Fragen. Er hatte über Eril-Fane und Azareen so viele harmlose Vermutungen angestellt, über die sich nun ein unvorstellbar dunkler Schatten legte, ebenso wie über die anderen Mysterien von Weep.

»Man hat uns mitgenommen, um zu ›dienen‹«, fuhr Suheyla fort und wechselte unbewusst das Pronomen, was Lazlo daran erinnerte, dass sie selbst eines der entführten Mädchen gewesen war. »So nannte es Skathis jedenfalls. Er kam an die Tür, manchmal auch ans Fenster.« Ihre Hand zitterte, und sie umklammerte ihren Stumpf. »Die Götter hatten keine Bediensteten mitgebracht, also stimmte das tatsächlich. In gewisser Weise. Die Entführten bedienten am Esstisch oder halfen in der Küche. Es gab Kammerzofen, Gärtnerinnen, Wäscherinnen.«

Ihre Aufzählung hatte einen Unterton, der keine Zweifel ließ, dass es sich bei diesen Arbeiten um Ausnahmen handelte und die üblichen ›Dienste‹ von anderer Natur waren.

»Natürlich erfuhren wir das alles erst später. Wenn wir zurückgebracht wurden – was nicht immer der Fall war, aber meistens, und dann gewöhnlich innerhalb eines Jahres –, erinnerten wir uns an gar nichts. Wir verschwanden, und das Jahr verschwand.« Sie ließ den Stumpf sinken, und ihre Hand flatterte flüchtig zu ihrem Bauch. »Es war, als wäre überhaupt keine Zeit verstrichen. Unsere Erinnerungen wurden von Letha verschlungen, musst du wissen.« Endlich schaute sie wieder zu Lazlo auf. »Sie war die Göttin des Vergessens.«

Nun ergab es Sinn – wenn auch einen verstörenden –, dass Suheyla nicht einmal wusste, was aus ihrer Hand geworden war.

»Und … Eril-Fane?«, fragte er und wappnete sich für die Antwort.

Suheyla senkte den Blick auf die Teekanne, die sie gerade

mit dampfendem Wasser aus dem Kessel füllte. »Wie sich herausstellte, war das Vergessen eine Gnade. Er erinnert sich an alles. Weil er sie alle umgebracht hat und es niemanden mehr gab, der seine Erinnerungen auslöschen konnte.«

Lazlo verstand, was sie ihm mitteilen wollte, auch wenn sie es nicht direkt aussprach, trotzdem erschien es ihm undenkbar. Nicht ausgerechnet Eril-Fane, die fleischgewordene Macht und Stärke. Er war ein Befreier, kein Bettsklave.

»Drei Jahre«, sagte Suheyla. »So lange hatte sie ihn bei sich. Isagol. Die Göttin der Verzweiflung.« Ihr Blick verschwamm. Sie schien in einer großen inneren Leere zu versinken, und ihre Stimme wurde zu einem Flüstern. »Aber andererseits, wenn sie ihn nicht versklavt hätte, wären wir alle noch gefangen.«

Für einen kurzen Moment spürte Lazlo ihr Leid wie ein fernes Nachbeben, das auch ihn durchzitterte: Sie hatte ihr Kind nicht beschützen können, und das war schon schlimm genug. Doch unter diesem schlichten Schmerz lag ein weiterer und tieferer: In gewisser Weise musste sie *froh* über sein Schicksal sein. Denn wäre es ihr gelungen, ihn zu beschützen, hätte er sein Volk nicht retten können. Trauer, Freude und Schuld vermischten sich zu einer unerträglichen Mixtur.

»Es tut mir so leid«, sagte Lazlo aus der Tiefe seiner beiden Herzen.

Ruckartig kehrte Suheyla aus der Leere zurück, in der sie sich kurzzeitig verloren hatte. Ihre Augen wurden scharf und zogen sich zu vergnügten Schlitzen zusammen. »Ha«, sagte sie. »Zehn Silberlinge, bitte.« Sie hielt ihm solange die Handfläche unter die Nase, bis er das Bußgeld hinein zählte.

# 29

## Die übrigen Kinder

Minya führte Sarai und die anderen nach drinnen, durch Sarais Gemächer hindurch und in den Korridor. Ihre Wohnräume befanden sich allesamt auf der rechtshändigen Seite der Zitadelle. Sarais Gemächer bildeten den äußersten Punkt am Arm des Erzengels, und die anderen lagen am selben Gang, abgesehen von Minyas. Skathis ehemalige Palasträume füllten den gesamten rechten Schulterteil aus. Doch sie gingen daran vorbei, ebenso am Eingang zum Säulengang. Sarai und Feral wechselten einen Blick.

Die Türen nach oben zum Kopf oder nach unten zum Körper der Zitadelle waren allesamt geschlossen, genau wie in dem Moment, als Skathis gestorben war. Man konnte nicht einmal erkennen, wo sie sich befunden hatten.

Den linken Arm betraten sie fast nie, obwohl er zugänglich war. Dort befand sich der Säuglingstrakt, und keiner von ihnen ertrug den Anblick der leeren Wiegen, auch wenn das Blut seit Langem fortgewaschen war. Dahinter lagen viele zellenartige Kammern, in denen nichts weiter als ein Bett stand. Sarai wusste, wozu sie genutzt worden waren. Sie hatte die Räume in Träumen gesehen, allerdings nur bei den Mädchen, die zuletzt dort gehaust hatten – so wie Azareen – und deren Erinnerungen die Göttin Letha überlebt hatten. Sarai konnte sich keinen Grund vorstellen, warum Minya sie dorthin führen sollte.

»Wo gehen wir hin?«, fragte Feral.

Minya antwortete nicht, doch gleich darauf erledigte sich die Frage von selbst. Statt in den linken Arm abzubiegen, wandte sie sich einem anderen Ort zu, den auch keiner von ihnen je betrat – allerdings aus anderem Grund.

»Die Herzkammer«, stieß Ruby hervor.

»Aber …«, begann Sparrow und unterbrach sich mit einem Blick, als sei ihr gerade ein Licht aufgegangen.

Sarai konnte sich vorstellen, welchen Einwand Sparrow gehabt und heruntergeschluckt hatte, denn ihr war das Gleiche in den Sinn gekommen. *Aber wir passen doch nicht mehr hinein!* So hatte der Einwand gelautet. *Wir nicht. Minya schon.* Das war die Erkenntnis gewesen. Und mit einem Mal verstand Sarai, wo Minya ihre ganze Zeit verbrachte, wann immer sie verschwand. Wenn sie vier es wirklich hätten wissen wollen, wäre ihnen die Lösung des Rätsels leichtgefallen. Aber um ehrlich zu sein, waren sie einfach froh, wenn Minya sich nicht in ihrer Nähe befand. Also hatten sie nie nach ihr gesucht.

Sie bogen um eine Ecke und standen vor der Tür.

Obwohl man es eigentlich kaum so nennen konnte. Die Öffnung war kaum dreißig Zentimeter breit: nur ein hoher, senkrechter Spalt im Metall. Vermutlich war sie bei Skathis' Tod gerade im Begriff gewesen, sich zu schließen. Die enorme Höhe von gut sechs Metern bewies, dass es sich nicht um eine gewöhnliche Tür handelte, auch wenn nicht mehr erkennbar war, welche Breite sie im offenen Zustand gehabt hatte.

Minya passte kaum hindurch. Sie musste zuerst eine Schulter hineinschieben, dann ihr Gesicht. Für einen Moment sah es aus, als würden ihre Ohren hängen bleiben, aber Minya schob weiter, bis beide platt gepresst waren. Sie musste ihren Kopf hin und her wenden, um ihn nach drinnen zu befördern, und dann sämtliche Luft ausatmen, damit der Brustkorb und der Rest ihres Körpers folgen konnten. Fast hätte sie es nicht geschafft. Ein paar Zentimeter über Kindergröße, und der Zugang wäre ihr versperrt gewesen.

»Minya, du weißt doch, dass wir da nicht reinkommen!«, rief Sparrow ihr hinterher, als Minya auf der anderen Seite im Gang verschwand.

»Wartet einfach!«, rief sie zurück und war nicht mehr zu sehen.

Sie schauten sich gegenseitig an. »Was kann sie uns hier zeigen wollen?«, fragte Sarai.

»Vielleicht hat sie im Herzen etwas gefunden?«, spekulierte Feral.

»Wenn es da etwas zu finden gäbe, hätten wir es schon vor Jahren entdeckt.«

Früher einmal waren sie alle schmal genug gewesen, um hineinzupassen. »Wie lange ist das her?«, fragte Feral und ließ seine Hand über die glatte Kante der Öffnung gleiten.

»Für dich jedenfalls länger als für uns«, sagte Sparrow.

»Das liegt an deinem Dickkopf«, fügte Ruby hinzu und knuffte ihn leicht.

Feral war diesem Ort zuerst entwachsen, dann Sarai und ungefähr ein Jahr später die anderen Mädchen. Minya anscheinend nie. Als Kinder hatten sie hier am allerliebsten gespielt, teils weil der schmale Eingang es so verboten wirken ließ, teils weil das Herz so fremdartig aussah.

Es war eine kugelförmige Kammer, in der sich die Echos fingen, riesengroß, vollständig aus glattem Metall, umrundet von einem schmalen Laufsteg. Der Durchmesser des Raums betrug ungefähr dreißig Meter, und genau im Mittelpunkt hing eine kleinere Kugel von vielleicht sechs Metern. Sie war ebenfalls vollkommen glatt und schwebte so schwerelos in der Luft wie die gesamte Zitadelle, von einer unbekannten Kraft getragen, die keine Seile oder Ketten als Halterung brauchte. Die Kammer befand sich dort, wo in einem echten Körper das Herz gewesen wäre, also nannten sie diesen Ort so, aber das hatte nichts zu bedeuten. Sie hatten nicht die geringste Vorstellung davon, welchen Namen oder welche Funktion er früher gehabt hatte. Selbst Ellen die Große konnte es ihnen nicht sagen. Er war eben nur eine Riesenkammer aus Metall, in der ein Riesenball aus Metall schwebte.

Oh, und dann gab es die Monster, die mit ihren Insektenbeinen an den Wänden hockten. Zwei davon.

Sarai kannte die Bestien der Anker, Rasalas und die übrigen. Durch Mottenaugen hatte sie die Gestalten gesehen, mittlerweile zur Bewegungslosigkeit erstarrt, aber durch die Träume der Menschen von Weep wusste sie auch, wie anders sie früher gewesen waren. Zu ihrem Albtraum-Arsenal gehörten unzählbare Erinnerungen an Skathis, wie er auf Rasalas saß und junge Frauen und Männer forttrug, die nicht älter waren als sie jetzt. Sie hatte dieses Schreckensbild routinemäßig benutzt, wenn ihr nichts Besseres einfiel, weil es die schlimmste kollektive Erinnerung von Weep war. Heutzutage schauderte sie bei dem Gedanken, wie unbekümmert sie danach gegriffen hatte, denn als Kind war ihr nicht klar gewesen, was die Szenen bedeuteten. Die Bestien der Anker waren gewaltig, ohne Frage. Aber die Monster, die statuenhaft an den Wänden des Zitadellenherzens hockten, waren noch größer.

Sie ähnelten Wespen, mit einer schmalen Taille zwischen Brust- und Bauchbereich, Flügeln wie Messerklingen und Stacheln länger als Kinderarme. Sarai und die anderen waren früher auf ihnen herumgeklettert und geritten. Im Spiel hatten sie sich vorgestellt, die Geschöpfe seien lebendig. Aber falls sie während der Regentschaft der Götter tatsächlich mehr gewesen waren als bloße Statuen, hatte Sarai keine Traumbilder als Beweis. Diese Monstrositäten, da war sie ziemlich sicher, hatten die Zitadelle nie verlassen. Bei ihrer Riesengröße war es auch schwer vorstellbar, wie sie aus dem Raum hätten herauskommen sollen.

»Da ist sie wieder«, sagte Ruby, die durch den Spalt in den dunklen Korridor gespäht hatte. Sie trat aus dem Weg, doch die näherkommende Gestalt war nicht Minya. Diese Erscheinung musste nicht erst anhalten und vorsichtig eine Fleisch-und-Knochen-Masse durch die Öffnung zwängen, sondern schwebte mit geisterhafter Geschmeidigkeit hindurch … weil es ein Geist war.

Genauer gesagt Ari-El. Er glitt an ihnen vorbei, ohne den Kopf zu wenden, und gleich darauf folgte ein weiterer Geist. Sarai blinzelte. Er kam ihr bekannt vor, obwohl sie ihn nicht sofort einordnen konnte, und da war er auch schon an ihr vorbei geschwebt. Bevor sie Zeit hatte, ihr Gedächtnis abzusuchen, folgte der nächste.

Und der nächste.

Und der nächste.

*So viele?*

Geister entströmten dem Herz der Zitadelle, einer nach dem anderen. Sie schwebten an ihnen vorbei, ohne sie zur Kenntnis zu nehmen, geradewegs den langen, türenlosen Korridor entlang, der zum Säulengang, der Gartenterrasse und ihren Schlafgemächern führte. Sarai stellte fest, dass sie sich flach an die Wand gepresst hatte, während sie versuchte, sich einen Reim auf den Strom der Gesichter zu machen. Sie kamen ihr alle bekannt vor, aber nicht so eindeutig, als hätte sie die Menschen erst kürzlich gesehen.

Also musste es länger her sein.

Sie starrte auf einzelne Gesichter. Es gab Männer, Frauen und Kinder, wobei die meisten allerdings alt waren. Allmählich tauchten Namen in ihrem Gedächtnis auf. Thann, Priesterin von Thakra. Mazli, die bei der Geburt von Zwillingen gestorben war, ebenso wie ihre Babys. Guldan, die Meisterin der Tätowierungen. Die alte Frau war in der Stadt berühmt dafür gewesen, die schönsten Elilith zu stechen. Alle Mädchen hatten sich gewünscht, eines der Kunstwerke von Guldan zu bekommen. Sarai erinnerte sich nicht genau, wann die alte Frau gestorben war, aber sicherlich vor ihrer eigenen ersten Blutung, weil ihre Reaktion auf Guldans Tod so dumm gewesen war. Sie hatte *Enttäuschung* gespürt – weil die Künstlerin nicht mehr da war, um *ihr* Elilith zu stechen, wenn der Zeitpunkt gekommen war. Als hätte die Möglichkeit überhaupt bestanden. Wie alt mochte sie damals gewesen sein? Zwölf? Dreizehn? Mit geschlossenen Lidern hatte sie sich braune Haut um ihren Bauchnabel fantasiert anstelle der blauen, verziert mit den feinen Linienmustern der Künstlerin. Und oh, wie sehr hatte sie sich anschließend für diese Vorstellung geschämt. Für einen Moment hatte sie vergessen, was sie war.

Als würde eine Menschenfrau jemals freiwillig Hand an sie legen, außer um sie zu töten.

Seitdem waren mindestens vier Jahre vergangen. *Vier Jahre.* Also wie konnte Guldan sich nun hier befinden? Das Gleiche galt für die anderen. Und es gab *so viele von ihnen.* Alle blickten starr geradeaus und verzogen keine Miene, aber Sarai sah das verzweifelte Flehen in mehr als einem Augenpaar, während die Gestalten vorbeischwebten. Sie bewegten sich mit geisterhafter Leichtigkeit, doch gleichzeitig martialisch streng. Wie ein Heer von Soldaten.

Die Erkenntnis kam ihr zuerst langsam, dann wie ein Schlag. Sarai presste sich die Hände vor den Mund. Beide gleichzeitig, als wolle sie ein Wimmern zurückhalten. Die ganzen Jahre. Wie war das möglich? Tränen traten ihr in die Augen. So viele. So entsetzlich viele.

*Alle*, dachte sie. Alle Männer, Frauen und Kinder, die in Weep gestorben waren, seit … Seit wann? Alle, die bei ihrer Reise in die Vergänglichkeit nah genug an der Zitadelle vorbeigekommen waren, dass Minya sie einfangen konnte. Es war zehn Jahre her, dass Sparrow und Ruby zu groß geworden waren, um durch den Eingang zum Herzen zu passen. War das der Moment gewesen, als Minya angefangen hatte, sich diese groteske *Sammlung* zuzulegen?

»Oh, Minya«, hauchte Sarai zutiefst entsetzt.

Instinktiv versuchte sie, eine andere Erklärung zu finden, aber vergeblich. Es gab nur diese eine: Schon seit Jahren hatte Minya unbemerkt die Geister von Verstorbenen eingefangen und sie behalten. Sie hatte die Toten *gelagert.* Das Herz der Zitadelle, die kugelrunde Kammer, in die nur Minya noch gelangen konnte, hatte ihr jahrelang als … als Vorratsschrank gedient. Als einbruchssichere Truhe. Als riesiger Tresor.

Für eine Armee der Toten.

*

Schließlich erschien auch Minya, schob sich langsam und vorsichtig durch den Spalt und stellte sich herausfordernd vor Sarai, Feral, Sparrow und Ruby auf, die alle wie betäubt waren und keinen Ton herausbrachten. Die Prozession der Geister verschwand um die Ecke.

»Oh, Minya«, sagte Sarai schließlich. »Was hast du getan?«

»Wie meinst du das, *was habe ich getan?* Das dürfte wohl klar sein, oder? Wir sind in Sicherheit. Der Götterschlächter soll ruhig kommen und seine ganzen neuen Freunde mitbringen. Dann zeige *ich* ihnen, was ein echtes Massaker ist.«

Sarai spürte, wie ihr das Blut aus den Wangen wich. Als wüssten die Menschen das nicht längst. »Hattest du nicht genug Gemetzel in deinem Leben? Gerade du?«

Minya die Unveränderliche, Minya das ewige Kind. Sie begegnete Sarais Blick ohne zu blinzeln. »Falsch«, sagte sie. »Ich habe erst genug, wenn die Menschen *für alles bezahlt haben.*«

Ein Schauder durchlief Sarai. Vielleicht steckte sie in einem weiteren Albtraum fest? Oder ihr Verstand war endgültig zusammengebrochen, und die ganzen Schrecken überschwemmten nun auch ihr waches Bewusstsein.

Aber nein. Das hier war real. Minya wollte die Verstorbenen eines ganzen Jahrzehnts dazu zwingen, gegen ihre lebende Sippschaft zu kämpfen und sie umzubringen. Übelkeit stieg in Sarai auf, als ihr klar wurde, wie falsch sie all die Jahre lang gehandelt hatte. Sie hätte ihr Mitgefühl nicht verstecken dürfen. Sie hätte erzählen sollen, was die Menschen alles durchgemacht hatten. Am Anfang hatte sie sich zu sehr geschämt. Sie hatte befürchtet, es sei ein Zeichen von Schwäche, dass sie die Menschen nicht hassen konnte wie sie sollte. Manchmal hatte Sarai sich vorgestellt, welche Worte aus ihr herausplatzen würden, vielleicht ›*Sie sind keine Ungeheuer, wisst ihr?*‹. Doch dann war ihr jedes Mal in den Sinn gekommen, wie Minyas Antwort lauten würde: ›*Erzähl das den übrigen Kindern.*‹

Den übrigen Kindern.

Mehr hatte Minya nie zu sagen. Nichts konnte das Massaker übertrumpfen. Wenn man dem Volk, das dafür verantwortlich war, auch nur den Hauch einer guten Eigenschaft zuschrieb, galt das als eine Art Hochverrat. Aber jetzt dachte Sarai, dass sie es wenigstens hätte versuchen können. Aus Feigheit hatte sie zugelassen, dass die anderen weiter an ihrer simplen Überzeugung festhielten: Sie hatten dort draußen einen Feind. Sie *waren* dort draußen der Feind. Die Welt bestand aus Gemetzel. Man tötete oder wurde getötet. Hätte sie den anderen erzählt, was sie in den traumverzerrten Erinnerungen der Stadt sah, fühlte und hörte – die herzzerreißenden Klagen von Vätern, die ihre Töchter nicht beschützen konnten, und das Entsetzen der Mädchen, die mit leerem Gedächtnis und misshandelten, vergewaltigten Körpern zurückkehrten –, dann wäre den anderen vielleicht klar geworden, dass die Menschen auch nur ums Überleben gekämpft hatten. Genau wie sie selbst.

»Bestimmt gibt es einen anderen Weg«, sagte sie jetzt.

»Und wenn?«, forderte Minya sie kühl heraus. »Was, wenn es einen anderen Weg gäbe, der nur daran scheitert, dass du zu jämmerlich bist?«

Vor Wut stellten sich ihr die Nackenhaare auf, doch gleichzeitig zuckte sie innerlich zurück. Zu jämmerlich für *was?* Eigentlich wollte sie es nicht wissen, aber fragen musste sie trotzdem. »Wovon redest du?«

Minya musterte sie, dann schüttelte sie den Kopf. »Nein, ich bin mir jetzt schon sicher. Du bist zu jämmerlich. Eher würdest du uns alle sterben lassen.«

»*Was denn,* Minya?«, wollte Sarai wissen.

»Nun ja, du kannst als Einzige von uns allen die Stadt erreichen«, sagte das kleine Mädchen. Minya war wirklich ein hübsches Kind, aber das war schwer zu sehen – nicht etwa wegen ihrer ungekämmten Erscheinung, sondern weil in ihren Augen eine seltsame, kalte Leere herrschte. War sie immer schon so gewesen? Sarai erinnerte sich, dass sie zusammen gelacht hatten, vor langer Zeit, als sie alle noch echte Kinder gewesen waren, also bezweifelte sie es. Wann hatte Minya sich in *das hier* verwandelt? »Du hast es nicht einmal geschafft, den Götterschlächter in den Wahnsinn zu treiben«, sagte Minya nun.

»Er ist zu willensstark«, wehrte Sarai ab. Selbst in diesem Moment schaffte sie es nicht, gegenüber Minya – und teilweise auch sich selbst – offen auszusprechen, dass er solch ein Schicksal vielleicht nicht verdiente.

»Oh ja, er ist willensstark«, stimmte Minya zu, »aber ich möchte behaupten, dass es selbst dem großen Helden schwerfallen dürfte, weiter zu atmen, wenn ihm einhundert Motten in den Rachen fliegen.«

*Wenn ihm einhundert Motten in den …*

Sarai konnte sie nur anstarren. Minya lachte über ihren ungläubigen Schock. War ihr klar, was sie da vorschlug? Natürlich war es ihr klar. Und es war ihr offenbar egal. Die Motten waren nicht … sie waren keine Stofffetzen oder dressierte Insekten. Der Schwarm war *Sarai.* Er war ihr Bewusstsein, das sie an langen unsichtbaren Fäden auswarf. Was mit den Motten geschah, das geschah auch mit ihr. Sie nahm alles wahr, sei es die Körperhitze auf der Braue eines Schläfers oder die würgende rote Enge in der feuchten Kehle eines Mannes, der gerade erstickte. »Und am Morgen«, fuhr Minya fort, »wenn man ihn tot in seinem Bett findet, sind deine Motten zu Rauch geworden, und niemand wird je herausfinden, was ihn umgebracht hat.«

Minya blickte triumphierend – ein Kind, das sich über seinen cleveren Plan freute.

»Ich schätze, du kannst auf diese Weise nur einen Menschen pro Nacht töten. Vielleicht auch zwei. Wer weiß, wie viele Motten nötig sind, um jemanden zu ersticken.« Sie zuckte mit den Achseln. »Andererseits, wenn erst ein paar Faranji auf unerklärliche Art gestorben sind, dürften die anderen wohl den Mut verlieren.« Sie legte lächelnd den Kopf schräg. »Also, hatte ich recht? Bist du zu jämmerlich? Oder hältst du ein paar eklige Minuten aus, um uns alle zu retten?«

Sarais Mund klappt auf und wieder zu. Ein paar eklige Minuten? Wie trivial das klang. »Dabei geht es nicht um Ekel«, sagte sie. »Himmel, ob man jemanden umbringt oder nicht, ist doch keine Frage eines abgehärteten Magens. Dabei geht es um *Moral*, Minya. Um *Gnade.*«

»Moral«, spuckte die Kleine hervor. »Gnade.«

Wie sie die Worte aussprach. Als hätten sie keinen Platz in der Zitadelle der Mesarthim. Ihre Augen wurden dunkel, die Pupillen schienen die Iris zu verschlucken, und Sarai spürte schon im Voraus, was auf Minyas Zunge lag. Nämlich der Satz, der keinen Widerspruch erlaubte: *Erzähl das den übrigen Kindern.*

Aber Minya sagte etwas Anderes. »Du machst mich krank,

Sarai. Was für ein Schwächling du bist!« Und dann folgten Worte, die sie in all den fünfzehn Jahren nie benutzt hatte. Mit einem leisen, giftigen Zischen fügte sie hinzu: »*Ich hätte einen anderen Säugling retten sollten.*« Damit machte sie auf dem Absatz kehrt und marschierte ihrer entsetzlichen, herzzerbrechenden Armee hinterher.

Sarai fühlte sich, als hätte man ihr ins Gesicht geschlagen. Ruby, Sparrow und Feral scharten sich um sie. »Ich bin froh, dass sie dich gerettet hat«, sagte Sparrow, während sie ihr über die Arme und die Haare streichelte.

»Ich auch«, stimme Ruby mit ein.

Aber Sarai sah nur den Säuglingstrakt voller Götterbrut vor sich – kleine Mädchen und Jungen, deren blaue Haut sie zu einer Familie machte, und in denen unbekannte Magie schlummerte. Und dann, mitten zwischen ihnen, Menschen mit Küchenmessern. Irgendwie war es Minya gelungen, sie alle vier zu verstecken. Sarai war immer bewusst gewesen, mit welch knappem Glück sie entkommen war. Als wäre eine Henkersaxt nah genug vorbeigeschrammt, um den Flaum von ihren Wangen zu rasieren. Nur durch Zufall hatte Minya gerade *sie* gerettet. Nur durch Zufall hatte *sie* überlebt statt eines der anderen Kinder.

Früher einmal hatte sie ans Überleben als Selbstzweck geglaubt. Und der Zweck heiligte die Mittel. Aber jetzt kam es ihr immer mehr vor wie ein Weg ohne Ziel.

Überleben *wofür?*

# 30

# Gestohlene Namen, gestohlener Himmel

Lazlo blieb nicht zum Frühstück in Suheylas Haus. Er nahm an, dass Mutter und Sohn nach zwei Jahren der Trennung gerne Zeit für sich haben wollten. Also wartete er nur lange genug, um Eril-Fane zu begrüßen – und bemühte sich sehr darum, dass ihm sein neues Wissen nicht unübersehbar ins Gesicht geschrieben stand. Das fiel ihm schwer. Die horrende Geschichte hallte in seinem Inneren nach wie ein Schrei. Alles an seinem Helden schien jetzt anders auszusehen, obwohl Lazlo nur einen winzigen Einblick in das erhalten hatte, was Eril-Fane hatte ertragen müssen.

Er sattelte Lixxa und ritt durch Weep, wobei er sich auf recht angenehme Weise verirrte. »Du siehst aus, als hättest du eine gute Nacht gehabt«, sagte er zu Calixte, als er endlich die Gildenhalle fand, in deren Speisesaal sie gerade ihr Frühstück einnahm.

»Du aber nicht«, gab sie zurück. »Hast du vor Aufregung vergessen zu schlafen?«

»Wie kannst du es wagen«, erwiderte er milde und setzte sich an ihren Tisch. »Willst du etwa andeuten, dass ich nicht vollkommen taufrisch aussehe?«

»Ich wäre nie so unhöflich zu behaupten, jemand sei *unvollkommen* taufrisch.« Sie biss ein großes Kuchenstück ab. »Andererseits«, sagte sie mit vollem Mund, »sind die blauen Ringe unter deinen Augen beachtlich. Also, wenn dich niemand mit sehr symmetrischen Faustschlägen bearbeitet hat, würde ich auf Schlafmangel tippen. Im Übrigen warst du gestern in einem Zustand ekstatischer Entrücktheit, und ich habe schon vermutet, dass du weder still sitzen, geschweige denn dich ruhig ins Bett legen könntest.«

»Erstens: Wer sollte mir ein blaues Auge verpassen wollen? Zweitens: *ekstatische Entrücktheit*, sehr hübscher Stabreim.«

»Erstens: danke. Zweitens: Thyon Nero wäre begeistert, dir das Gesicht zu polieren.«

»Ach, *der*«, sagte Lazlo. Auch wenn es als Scherz gemeint gewesen war, entging die Feindseligkeit des Goldsohns offensichtlich niemandem. Alle spürten sie, obwohl sie keine Ahnung hatten, was dahinterlag. »Aber ich schätze, er ist der einzige.«

Calixte seufzte. »Du bist so naiv, Strange. Falls sie nicht schon früher das Bedürfnis hatten, wollen dir jetzt *alle* Gesandten ein blaues Auge verpassen, weil du ihnen die Theorienbörse weggeschnappt hast. Besonders Drave. Du hättest hören sollen, wie er über dich hergezogen hat. Der Dummkopf hat eine Riesensumme eingezahlt. Er dachte wohl, das läuft wie bei einer Lotterie: je mehr Tipps er abgibt, desto eher kann er gewinnen. Du hingegen setzt nur auf eine einzige Idee – noch dazu eine schwachsinnige – und trägst damit den Sieg davon. Ich bin überrascht, dass Drave dir nicht längst das Gesicht eingeschlagen hat.«

»Thakra bewahre mich vor dieser verflixten Börse«, sagte Lazlo und berief sich wie selbstverständlich auf die lokale Gottheit. Thakra war die Anführerin der sechs Seraphim gewesen, so behaupteten es jedenfalls die Legenden und das heilige Buch. Ihr Tempel stand gleich gegenüber der Gildenhalle, nur durch einen breiten Boulevard getrennt.

»Sie soll dich vor fünfhundert Silberlingen bewahren?«, fragte Calixte ungläubig. »Ich schätze, da könnte ich dir helfen.«

»Danke, aber ich werde schon klarkommen«, sagte Lazlo, der tatsächlich keinen Schimmer hatte, was er mit so viel Geld anstellen sollte. »Wenn du mir aushelfen willst, dann lieber gegen verbitterte Explosionisten und grollende Alchemisten.«

»Auf jeden Fall. Mach dir keine Sorgen. Schließlich ist das alles meine Schuld, also übernehme ich die volle Verantwortung für dich.«

Lazlo musste lachen. Calixte war schmal wie ein Hreshtek, sah aber bei Weitem ungefährlicher aus. Trotzdem beging er nicht den Fehler, sie für harmlos zu halten. Wohingegen er selbst tatsächlich harmlos *war*, daran konnten auch Ruzas Lektionen im Speerwurf nichts ändern. »Danke. Wenn ich angegriffen werde, schreie ich hysterisch, damit du kommst und mich rettest.«

»Ich werde dir Tzara schicken«, sagte Calixte. »Als Kämpferin ist sie atemberaubend.« Mit einem verstohlenen Lächeln fügte sie hinzu: »Noch atemberaubender ist sie allerdings bei anderen Dingen.«

Calixte hatte recht gehabt, als sie Lazlo naiv nannte, und körperliche Liebe war für ihn wie ein fernes, unbekanntes Land. Dennoch verstand er ihr Lächeln und den warmen Ton ihrer Stimme. Seine Wangen begannen zu brennen, worüber Calixte ganz hingerissen war. »Strange, du wirst ja *rot.*«

»Natürlich«, gab er zu. »Ich bin so unschuldig, wie man nur sein kann. Mich bringt schon der Anblick weiblicher Schultern zum Erröten.«

Während er das sagte, kitzelte ein halb erinnertes Bild sein Gedächtnis. Weibliche Schultern und der wundervolle Rest dazwischen. Aber wann hätte er so etwas sehen sollen? Und dann zupfte Calixte am Ausschnitt ihrer Bluse, um *ihre* zu entblößen – die Schultern, nichts weiter –, worüber er so lachen musste, dass die Erinnerung wieder verloren ging.

»Übrigens herzlichen Glückwunsch zu dem Kahlschlag auf deinem Gesicht«, sagte sie und ließ die Finger an ihrem Kinn entlangtanzen, um eine Rasur anzudeuten. »Ich hatte schon ganz vergessen, wie es darunter aussieht.«

Er zog eine Grimasse. »Oh. Tut mir leid, dass ich dich wieder erinnert habe, aber der Bart hat gejuckt.«

»Wovon redest du? Das muss dir nicht leidtun. Du hast ein vortreffliches Gesicht«, sagte sie und musterte ihn. »Nicht *hübsch*, aber schließlich kann ein Gesicht auf andere Art vortrefflich sein.«

Er berührte den scharfen Winkel seiner Nase. »Nun gut, ich habe also ein Gesicht«, war sein einziges Zugeständnis.

»Lazlo!«, rief Eril-Fane von der anderen Seite des Raums. »Versammelst du bitte alle?«

Lazlo nickte und stand auf. »Du darfst dich hiermit zur

Versammlung eingesammelt fühlen«, informierte er Calixte, bevor er nach dem Rest der Gruppe suchte.

»Schrei laut, wenn du gerettet werden musst!«, rief sie ihm nach.

»Aber immer doch.«

*

Der Moment war gekommen, das ›Problem‹ von Weep ernsthaft anzugehen. Lazlo kannte ein paar der Einzelheiten bereits durch Ruza und Suheyla, aber die anderen hörten alles zum ersten Mal.

»Wir haben euch in der Hoffnung hergebracht«, erklärte Eril-Fane in einem wunderschönen Salonzimmer der Gildenhalle, »dass ihr einen Weg findet, uns von der Monstrosität an unserem Himmel zu befreien.« Er schaute von einem Gesicht zum anderen, und Lazlo erinnerte sich an den Tag im Königlichen Theater der Großen Bibliothek, als der Blick des Götterschlächters auf ihn gefallen war und sein Traum eine neue Richtung eingeschlagen hatte. Seitdem lautete sein Wunsch nicht einfach, die Verborgene Stadt zu sehen, sondern zu *helfen.*

»Früher einmal waren wir eine Stadt der Gelehrten«, sagte Eril-Fane. »Unsere Vorfahren wären niemals gezwungen gewesen, Fremdländer um Hilfe zu bitten.« In seiner Stimme klang ein Anflug von Scham mit. »Doch das ist Vergangenheit. Die Mesarthim waren … bemerkenswert. Götter oder nicht, sie hätten unsere Ehrfurcht nähren, zur Blüte bringen und in echte Anbetung verwandeln können. Aber es widersprach ihrer Natur, etwas gedeihen zu lassen. Sie waren nicht gekommen, um uns eine Wahl zu lassen oder unsere Herzen zu gewinnen.

Sondern um zu herrschen, brutal und absolut, und so war ihre erste Tat, uns zu brechen. Bevor sie sich überhaupt zeigten, warfen sie die Anker ab. Gewiss habt ihr die Metallblöcke gesehen. Allerdings ist ›abwerfen‹ wohl nicht das richtige Wort. Der Aufprall hätte jedes Gebäude der Stadt in Schutt verwandelt und die unterirdischen Kanäle einstürzen lassen, wodurch der Uzumark unter unseren Füßen seinen Lauf geändert und das ganze Tal überschwemmt hätte. Aber sie wollten uns beherrschen, nicht vernichten. Sie wollten uns versklaven, nicht abschlachten. Also setzten sie die Anker sehr bewusst nieder, sodass nur zermalmt wurde, was sich direkt darunter befand. Dazu gehörten zufällig die Universität, die Bibliothek, die Garnison der Tizerkan und der königliche Palast.«

Eril-Fane hatte die Bibliothek schon zuvor erwähnt. Lazlo fragte sich, was für unbezahlbare Schriften dort wohl vernichtet worden waren. Vielleicht sogar geschichtliche Aufzeichnungen aus der Zeit der Ijji und Seraphim?

»Alles ging schrecklich planvoll vonstatten. Unsere Armee, unsere Gelehrten, unsere königliche Familie wurden innerhalb von Minuten ausgelöscht. Wer immer dem Massaker entkam, wurde in den folgenden Tagen aufgespürt. Die Mesarthim wussten alles und kannten jeden. Kein Geheimnis war vor ihnen sicher. Und damit hatte die Eroberung schon ihr Ende. Sie brauchten keine Soldaten, schließlich hatten sie ihre Magie, um uns …« Er unterbrach sich, und sein Kiefer mahlte. »… um uns zu kontrollieren. Damals ging unser gesamtes Wissen verloren, genau wie unsere politische Führerschaft und so viel mehr. Kenntnisse, die als ununterbrochene Kette über Generationen weitergegeben worden waren, und eine Bibliothek, die sogar das große Zosma in den Schatten gestellt hätte.« Hierbei warf er Lazlo ein blasses Lächeln zu. »In einem einzigen Moment war alles verschwunden. Ausgelöscht. Während der folgenden Jahre wurde jedes Streben nach Wissen bestraft. Gelehrsamkeit, wissenschaftliches Denken waren ausgemerzt. Womit ich nun zu euch komme«, ließ er die Gesandten wissen. »Ich hoffe, dass ich eine kluge Wahl getroffen habe.«

Nun endlich ergaben ihre verschiedenen Fachgebiete einen Sinn. Mouzaive, der Naturphilosoph: wegen der rätselhaften Befestigung der Zitadelle. Wie konnte sie schweben? Soulzeren und Ozwin, um sie mit ihren Seidenschlitten zu erreichen. Die Ingenieure für alle nötigen Gerätschaften und Baustrukturen. Belabra für die Berechnungen. Die Fellering-Zwillinge und Thyon für das Metall selbst.

Mesarthium. Eril-Fane erklärte ihnen die Eigenschaften und die Wirkungslosigkeit aller Eingriffe von außen. Das Metall ließ sich durch nichts verformen, weder durch Hitze noch durch Werkzeug. Durch nichts außer Skathis, denn er konnte es durch bloße Willenskraft beherrschen.

»Skathis kontrollierte das Mesarthium », erklärte Eril-Fane ihnen, »und so besaß er die Kontrolle über … alles.«

Unzerstörbares magisches Metall, telepathisch von einem Gott geschmiedet. Lazlo beobachtete die Reaktionen der Gesandten und konnte ihre Zweifel durchaus verstehen, andererseits *gab* es hier einen recht großen Beweggrund, das Unglaubliche zu glauben. Er hätte angenommen, ihr Skeptizismus sei bereits niedergerungen worden, weil ein enormer Erzengel am Himmel schwebte.

»Natürlich lässt sich das Metall schneiden«, behauptete einer der Fellerings. »Dazu braucht man nur Berufserfahrung und das richtige Werkzeug.«

»Oder genügend Hitze, um es zu schmelzen«, fügte der andere mit einem Selbstbewusstsein hinzu, das an Arroganz grenzte. »Wir können mit unseren Öfen auf Temperaturen kommen, die sicher doppelt so hoch sind wie in euren Schmieden.«

Im Gegensatz dazu schenkte Thyon sich jeden Kommentar. Aber seine Stille wirkte noch arroganter als die Prahlerei der Zwillinge. Auch seine Rolle in der Gesandtschaft war jetzt klarer ersichtlich. Schließlich war das Azoth nicht nur ein Medium, um Gold herzustellen. Aus ihm ließ sich das Lösungsmittel namens Alkahest schöpfen, das sich durch jede Substanz der Welt fressen konnte: Glas, Stein, Metall, sogar Diamant. Würde das Mesarthium ihm ebenfalls unterliegen?

Falls ja, wurde der Alchemist vermutlich zum zweiten Befreier von Weep und konnte seiner Legende einen hübschen Heldentitel hinzufügen. Lazlo fühlte ein bitteres Stechen, wenn er daran dachte: *Thyon Nero, Bezwinger des Schattens.*

»Lasst uns gehen«, schlug Eril-Fane vor, als ihm von seinen Gästen nur Skepsis entgegenschlug. »Euch das Mesarthium näher vorzustellen, ist kein schlechter Ausgangspunkt.«

*

Der nördliche Anker lag am nächsten. Man konnte zu Fuß dorthin gelangen, und der Weg führte sie über einen Lichtstreif, den man hier irreführend die ›Chaussee‹ nannte. Es handelte sich um den einzigen Bereich, wo Sonne auf die Stadt fiel, weil das Flügelpaar des Erzengels sich vorne nicht ganz traf, sondern einen Spalt freiließ.

Der Streif war tatsächlich so breit wie ein Prachtboulevard, und wenn man ihn durchquerte, hatte man das Gefühl, in nur wenigen Schritten von der Abenddämmerung zum hellen Tag zu gelangen und umgekehrt. Die Chaussee durchlief die halbe

Stadt und war schnell zum begehrtesten Grundbesitz geworden, obwohl sie größtenteils durch bescheidene Viertel führte. Es gab Licht, das allein zählte. In diesem einzigen sonnentrunkenen Streifen war Weep so üppig wie Lazlo es sich immer vorgestellt hatte, was den Rest der Stadt im Vergleich noch lebloser wirken ließ.

Die Flügel waren nicht immer ausgespannt gewesen wie heutzutage, erfuhr Lazlo von Eril-Fane. »Es war Skathis' letzter Racheakt vor seinem Tod. Uns den Himmel zu rauben, als habe er nicht bereits genug gestohlen.« Er schaute zur Zitadelle hoch, doch nicht für lange.

Der Stadt war damals nicht nur der Himmel geraubt worden, erfuhr Lazlo und bekam damit endlich die Antwort auf das Rätsel, das ihn seit früher Kindheit nicht losgelassen hatte.

*Welche Art von Macht konnte einen Namen auslöschen?*

»Das war Letha«, erklärte Eril-Fane. Von ihr hatte Lazlo bereits gehört. Sie war die Göttin des Vergessens, die Herrin der Leere. »Sie hat ihn gegessen«, sagte Eril-Fane. »Sie hat den Namen beim Sterben verschluckt, und so starb er mit ihr.«

»Konntet ihr die Stadt nicht einfach neu benennen?«, fragte Lazlo.

»Glaubst du, das hätten wir nicht versucht? Der Fluch ist stärker. Jeder neue Name erleidet dasselbe Schicksal wie der alte. Was bleibt, ist *Weep.*«

Gestohlene Namen, gestohlener Himmel, gestohlene Kinder, gestohlene Jahre. *Was waren die Mesarthim im Grunde anderes gewesen,* dachte Lazlo, *als Diebe im großen Stil.*

Der Anker dominierte die Stadtlandschaft, ein schwerfälliges Ungetüm, das hinter den überlappenden Silhouetten von Dachkuppeln aufragte. Alles andere wirkte im Vergleich winzig, wie ein naturgetreues Spielzeugdorf für Kinder. Und obenauf befand sich eine der Statuen. Lazlo konnte keine Einzelheiten erkennen, außer dass sie mit ihren Hörnern und Schwingen einen bestialischen Eindruck machte. Er bemerkte, dass Eril-Fane sie ebenfalls anschaute, erneut schauderte und schnell den Blick zur Seite gleiten ließ.

Sie näherten sich der abweisenden Wand aus blauem Metall, und ihre Spiegelbilder traten darin vor, um ihnen zu begegnen. Die Wirkung aus nächster Nähe war bedrückend – vielleicht durch die pure Masse an Metall, den Schimmer, die Färbung, die schwer greifbare Fremdheit –, sodass sich Schweigen über die ganze Gruppe legte, während sie mehr oder weniger vorsichtig die Hände ausstreckten und das Gebilde berührten.

Die Fellerings hatten einen Werkzeugkasten mitgebracht und begannen sogleich mit der Arbeit. Thyon suchte sich einen Platz weit weg von den anderen, um seine eigenen Untersuchungen anzustellen, auch wenn Drave sich natürlich an ihn heftete und anbot, seine Schultertasche zu tragen.

»Glitschig!«, stellte Calixte fest, als sie mit den Händen über die Oberfläche fuhr. »Oder zumindest fühlt es sich feucht an, obwohl es das gar nicht ist.«

»Das hier wirst du nie erklettern«, sagte Ebliz Todd, der das Metall ebenfalls abtastete.

»Wollen wir wetten?«, gab sie zurück, und in ihren Augen glitzerte die Herausforderung.

»Um einhundert Silberlinge.«

Calixte schnaubte. »*Silber.* Wie langweilig.«

»Wisst ihr, wie man Streitereien in Thanagost löst?«, fragte Soulzeren. »Man spielt Giftroulette. Nehmt euch eine Reihe Schnapsgläser und mischt Schlangengift in eines davon. Ihr findet heraus, dass ihr verloren habt, wenn ihr röchelnd krepiert.«

»Du bist ja verrückt«, sagte Calixte bewundernd. Sie musterte Todd abschätzend. »Aber ich denke, Eril-Fane braucht ihn vielleicht noch lebend.«

»Vielleicht?«, empörte sich Todd. »*Du* bist hier überflüssig, nicht ich.«

»Wie gemein«, sagte sie. »Weißt du was? Wenn ich gewinne, musst du mir einen Turm bauen.«

Er lachte laut. »Ich baue Türme für Könige, nicht für kleine Mädchen.«

»Nein, für die *Kadaver* von Königen«, gab Calixte zurück. »Und wenn du so sicher bist, dass ich es nicht schaffe, was riskierst du schon? Ich erwarte keine Himmelsnadel. Meinetwegen darf der Turm ruhig klein sein. Und ein Grabmal brauche ich auch nicht, obwohl ich es gewiss verdient hätte, für die Nachwelt verewigt zu werden. Aber ich habe die Absicht, nie zu sterben.«

»Viel Glück damit«, sagte Todd. »Und wenn ich gewinne?«

»Mmh«, überlegte sie und tippte sich ans Kinn. »Was hältst du von einem Smaragd?«

Er musterte sie unbeeindruckt. »Auf keinen Fall hast du einen Smaragd mitgehen lassen.«

»Oh, vermutlich hast du recht.« Sie grinste. »Was weiß *ich* schon davon?«

»Dann zeig ihn mir.«

»Gerne, wenn ich verliere. Wenn ich gewinne, wirst du dich eben weiter fragen müssen, ob ich ihn tatsächlich besitze oder nicht.«

Todd dachte einen Moment mit saurer, berechnender Miene darüber nach. »Ohne Kletterseil«, verlangte er.

»Ohne Kletterseil«, stimmte sie zu.

Er berührte das Metall wieder, um abzuschätzen, wie rutschig es war. Anscheinend wurde dadurch seine Meinung gefestigt, dass es unbezwingbar war, denn er akzeptierte Calixtes Bedingungen. Einen Turm gegen einen Smaragd. Das schien fair.

Lazlo ging zu einer Stelle weiter, wo die Wand noch unberührt war, und strich ebenfalls mit der Hand die Oberfläche entlang. Wie Calixte gesagt hatte, fühlte sie sich nicht nur glatt, sondern regelrecht glitschig an. Das Material war hart und kalt, wie man es von Metall im Schatten erwarten würden, und seine Haut rutschte ohne den geringsten Widerstand darüber hinweg. Er rieb die Fingerkuppen zusammen und ließ sie die volle Länge des Ankers entlangwandern. *Mesarthium und Mesarthim. Magisches Metall und magische Götter.* Wo war das beides hergekommen?

Vielleicht vom selben Ort wie die Seraphim? »Sie stiegen vom Himmel herab«, hieß es in den Mythen – oder der *Geschichtsschreibung*, falls alles der Wahrheit entsprach. Und wo waren sie vorher gewesen? Was lag jenseits des Himmels?

Entstammten sie der sternenbestäubten Schwärze, aus der die Unendlichkeit des Universums geformt war?

Die ›Mysterien von Weep‹ waren nicht länger die Mysterien von *Weep*. Sie waren so viel weitreichender und größer als dieser Ort. Sogar größer als die Welt.

Als Lazlo die Ecke erreicht hatte, blickte er herum. Dahinter lag eine enge Gasse, die als Schuttberg endete. Er folgte dem Weg noch ein Stück und ließ seine Hand weiter über das Mesarthium gleiten. Bei einem Blick auf seine Fingerkuppen stellte er fest, dass sie fahlgrau verschmutzt waren. Er wollte sie an seinem Hemd sauber wischen, aber die Verfärbung ging nicht ab.

Gegenüber der Metallwand befand sich eine Reihe von Häuserruinen. Sie standen genauso da wie vor dem Ankerwurf, aber die eine Seite war abgeschnitten und klaffte offen, sodass man hineinschauen konnte wie in Puppenstuben. Allerdings sehr baufällige Puppenstuben. Lazlo blickte in altertümliche Salons und Küchen, dabei stellte er sich die Menschen vor, die an dem Tag hier gelebt hatten, als sich die Welt veränderte.

Was lag wohl unter dem Anker? Die Bibliothek? Der Palast oder die Garnison? Die zertrümmerten Gebeine von Königen, Kriegern oder Gelehrten? War es möglich, dass Schriften intakt überlebt hatten?

Sein Blick blieb an einem Farbfleck weiter voraus hängen. Dort befand sich eine zerbröckelnde Wand aus Stein gegenüber der aus Mesarthium. Doch die Gasse war zu eng, sodass man aus der Distanz keinen guten Blick darauf bekam. Erst als Lazlo sich näherte, erkannte er, dass es sich um ein Wandgemälde handelte. Und erst, als er direkt davor stand, erkannte er das Thema.

Er starrte. Und starrte. Der Schock traf ihn anders als gewöhnlich, nicht schnell und unerwartet wie ein Schlag, sondern schleichend, während er stückweise das Bild enträtselte. Denn dadurch kehrte langsam eine Erinnerung zurück, die er bis zu diesem Moment vergessen hatte.

Es konnte sich nur um eine Darstellung der Mesarthim handeln. Sie waren zu sechst: drei Frauen auf der einen Seite, drei Männer auf der anderen. Alle waren tot oder lagen im Sterben. Aufgespießt, ausgeweidet und in Stücke gerissen. Und zwischen ihnen stand unverwechselbar – in Überlebensgröße und mit sechs Armen, um sechs Waffen zu schwingen – der

Götterschlächter. Die Darstellung war primitiv. Wer immer sie gemalt hatte, war kein Berufskünstler gewesen, und doch besaß das Bild eine rohe Intensität, die äußerst treffend wirkte. Ein Siegesgemälde. Brutal, blutig, triumphal.

Der Grund für Lazlos Schock war nicht die Gewalttätigkeit oder mit welchem Übermaß in den roten Farbtopf gegriffen worden war, um das Blut spritzen zu lassen. Nein, das *Rot* war nicht das Problem, sondern das *Blau*.

So oft bisher über die Mesarthim geredet worden war, hatte es doch niemand für nötig gehalten, dieses Detail zu erwähnen. Falls das Wandgemälde stimmte, waren sie blau gewesen. Genau wie ihr Metall.

Genau wie das Mädchen in Lazlos Traum.

Wie hatte er sie vergessen können? Es war, als sei sie hinter einen Schleier in seinem Bewusstsein geschlüpft. Aber der Anblick des Bildes ließ den Vorhang fallen, und da stand sie nun: eine junge Frau, deren Haut die Farbe des Himmels hatte und die ihn aus nächster Nähe musterte, als sei *er* ein Gemälde. Sogar der Gedanke an weibliche Schultern stammte von ihr. Ein winziger Erinnerungsfunke, denn im Traum war Lazlos Blick nach unten gerutscht, und er hatte errötend festgestellt, dass dort mehr weibliche Anatomie war, als er je zuvor im wirklichen Leben gesehen hatte. Was mochte es wohl über ihn sagen, dass er von einem Mädchen in Unterwäsche träumte?

Unwichtig. Jedenfalls befand sie sich hier in dem Gemälde. So primitiv es auch war und so wenig es ihre Lieblichkeit einzufangen wusste, war die Ähnlichkeit doch unverkennbar. Da war der warme Rotton ihrer Haare, der an Wildblumenhonig erinnerte, und der schwarze Farbstreifen, der harsch ihre Augen überdeckte wie eine Maske. Anders als die junge Frau in seinem Traum trug diese hier allerdings ein langes Kleid.

Davon abgesehen … klaffte ihre Kehle auf, und Rot sprühte heraus.

Lazlo stolperte einen Schritt zurück, und ihm wurde ganz schlecht, fast als hätte er einen echten Körper vor sich und keine laienhafte Darstellung davon, wie ein Mädchen ermordet wurde, das ihm flüchtig im Traum begegnet war.

»Alles in Ordnung da hinten?«

Lazlo schaute sich um. Am Anfang der Gasse stand Eril-Fane. Mit zwei Armen statt sechs. Mit zwei Schwertern statt einem ganzen Waffenarsenal aus Speeren und Hellebarden. Das Gemälde in seiner brutalen Schlichtheit fügte Lazlos Verständnis des Götterschlächters noch eine weitere Dimension hinzu. Er hatte Götter getötet, natürlich, das besagte schon sein Titel. Aber Lazlo hatte sich nie zuvor ein Bild von dem Geschehen gemacht. Wenn überhaupt nur ein sehr vages, in dem ihm Monster zum Opfer fielen. Keine großäugigen, barfüßigen Geschöpfe wie das Mädchen in seinem Traum.

»Haben sie wirklich so ausgesehen?«, fragte er.

Eril-Fane kam näher. Seine Schritte verlangsamten sich, als er das Gemälde sah. Er nickte bloß und konnte die Augen nicht mehr abwenden.

»Sie waren blau«, sagte Lazlo.

Eril-Fane nickte wieder.

Lazlo starrte auf die Göttin mit dem schwarzen Maskenstreifen, und in seiner Fantasie überlagerten die anmutigen Gesichtszüge von gestern Nacht das grob gemalte Antlitz. »Wer ist sie?«

Eril-Fane brauchte einen Moment für die Antwort, und dann war seine Stimme rau und kaum hörbar. »Das ist Isagol. Die Göttin der Verzweiflung.«

Also die Kreatur, die ihn drei Jahre lang in der Zitadelle gefangen gehalten hatte. Als er ihren Namen aussprach, war das Gefühl in seiner Stimme unüberhörbar, aber kaum zu beschreiben, denn es war nicht … rein. Man konnte es Hass nennen, natürlich, zugleich waren jedoch auch Trauer und Scham hineingemischt. Lazlo versuchte, einen Blick auf Eril-Fanes Gesicht zu werfen, aber er entfernte sich bereits mit großen Schritten. Lazlo sah ihm nach, und bevor er hinterherging, betrachtete er ein letztes Mal das verstörende Gemälde. Er starrte auf die roten Schlieren, Pfützen, Rinnsale, und dieses neueste Mysterium war kein Muster aus Licht, das hell flammende Linien in sein Bewusstsein zeichnete. Eher blutige Fußspuren, die ins Dunkel führten.

Wie war es möglich, fragte er sich, dass er die tote Göttin erträumt hatte, bevor er den kleinsten Hinweis darauf besaß, wie sie aussah?

Fortsetzung folgt…

LAINI TAYLOR

# STRANGE THE DREAMER

EIN TRAUM VON LIEBE
BUCH 2

erscheint im Dezember 2019.

Folge weiter der Geschichte von Lazlo und Sarai in der geheimnisumwobenen Stadt *Weep*

Nach einer gefährlichen Reise hat Lazlo endlich die Verborgene Stadt Weep erreicht. Er ist überrascht, denn in Wirklichkeit sieht alles ganz anders aus als in seiner Vorstellung. Schnell bemerkt er, dass die Stadt und ihre Bewohner zahlreiche Geheimnisse hüten. Welche Rolle spielt bei alledem das schöne blauhäutige Mädchen, dem Lazlo im Traum begegnet ist?

# 1

# Vipern und Engel

Aus dem Herzen der Zitadelle kehrte Sarai in ihr Zimmer zurück. Minyas ›Soldaten‹ waren überall, bewaffnet mit Messern und anderen Küchengeräten. Hackbeile. Bratspieße. Sie hatten sogar die Fleischerhaken aus dem Regenraum geholt. Irgendwo in der Zitadelle gab es ein echtes Waffenlager, aber es befand sich hinter einer langen Reihe verschlossener Mesarthiumtüren. Außerdem fand Minya, Küchenmesser seien genau richtig für ein Gemetzel. Schließlich waren auch die Menschen im Säuglingstrakt damit bewaffnet gewesen.

Es gab kein Entkommen vor Minyas Armee. Am allerwenigsten für Sarai, denn ihr Schlafzimmer hatte einen direkten Zugang zur silberblauen, sonnenfunkelnden Handfläche des Erzengels. Der offene Balkon war der perfekte Landeplatz für ein Luftfahrzeug und viel besser geeignet als die Gartenterrasse mit ihren Bäumen und Ranken. Deshalb drängten sich die Geister dort am dichtesten. Wenn der Götterschlächter kam, dann *hierher*, und Sarai würde ihm als Erstes zum Opfer fallen.

Sollte sie Minya also dankbar für den Schutz sein? „Versteht ihr denn nicht?“, hatte Minya gefragt, als sie ihre Armee enthüllt hatte. „Wir sind in Sicherheit!“

Aber Sarai hatte sich noch nie im Leben weniger sicher gefühlt. Die versklavten Geister bevölkerten ihre Kammer und machten Momente der Zurückgezogenheit unmöglich, und Sarai fürchtete, dass sie im Schlaf noch viel Schlimmeres erwartete.

Ihr Tablett stand am Fuße des Betts: Lall und Pflaumen, wie jeden Morgen. Allerdings hätte sie unter gewöhnlichen Umständen um diese Uhrzeit schon tief geschlafen und sich in Lethas Vergessen verloren. Würde der Trank heute wirken? Das Kristallgefäß enthielt eine halbe Dosis mehr, genau wie Ellen die Große versprochen hatte. Vielleicht war gestern nur ein Ausrutscher gewesen? *Bitte*, dachte Sarai und hoffte verzweifelt, diesmal würde sie samtig ödes Nichts einhüllen. Schreckensbilder regten sich in ihr. Sie bildete sich ein, die stillen Schreie in den Köpfen der hilflosen Geister wie ein Hintergrundrauschen hören zu können. Am liebsten hätte sie auch geschrien. *Es gibt keine Sicherheit*, dachte Sarai und drückte haltsuchend ein Kissen an ihre Brust.

Da tauchte in ihrem Kopf eine überraschende Ausnahme auf.

Der Traum des Faranji. Dort hatte sie sich sicher gefühlt.

Die Erinnerung wirbelte einen nervösen Ansturm von Emotionen auf. Panik? Nervenkitzel? Was auch immer es war – es ließ den ersten Eindruck von Geborgenheit verwehen.

Ja, sein Traum war wunderschön gewesen. Aber … *er hatte sie gesehen.*

Der Ausdruck in seinen Augen! Das Staunen, die Verzauberung. Ihre Herzen begannen zu rasen, und ihre Handflächen wurden feucht. Nach einem ganzen Leben in Unsichtbarkeit war es nicht gerade leicht, plötzlich *gesehen* zu werden.

Wer war dieser Mann? Von allen Träumen der Faranji hatten nur seine keinen Hinweis enthalten, warum Eril-Fane ihn überhaupt mitgebracht hatte.

Todmüde und voller Furcht trank Sarai das Lall in einem Zug und streckte sich auf ihrem Bett aus. *Bitte*, dachte sie flehend – ein Stoßgebet an das bittere Gebräu. *Diesmal muss es funktionieren. Bitte, keine Albträume mehr.*

*

Draußen im Garten hielt Sparrow den Blick gesenkt. Solange sie nur Augen für Blätter und Blüten, Stängel und Samen hatte, konnte sie sich einreden, der Tag sei ganz normal. Ohne Geister, die wachsam in den Rundbögen des Wandelgangs standen.

Sie bastelte ein Geburtstagsgeschenk für Ruby, die zwar erst in ein paar Monaten sechzehn werden würde, aber wer wusste schon, ob sie alle so lange überlebten?

Mit Hilfe von Minyas Armee standen die Chancen ziemlich gut. Aber darüber wollte Sparrow gar nicht nachdenken. Durch die Geister fühlte sie sich gleichzeitig beschützt und beschmutzt, also hielt sie den Blick nach unten gerichtet und summte vor sich hin, um ihre Anwesenheit zu vergessen.

Ein weiterer Geburtstag ohne Kuchen. Viele Möglichkeiten für Geschenke gab es auch nicht. Normalerweise zerschnitt sie eines der schrecklichen Gewänder aus ihren Ankleidezimmern und verwandelten es in etwas Hübscheres. Vielleicht ein Halstuch? Zu einem früheren Geburtstag hatte Sparrow, passend zu Rubys Namen, eine Puppe mit echten Rubinen als Augen genäht. Da ihre Gemächer früher Korako gehört hatten, konnte sich Sparrow ausgiebig an den Kleidern und dem Schmuck bedienen. Ruby stand die ganze Hinterlassenschaft von Letha zur Verfügung. Allerdings waren die Göttinnen nicht ihre Mütter gewesen, im Gegensatz zu Isagol und ihrer Tochter Sarai. Sie beide waren Kinder von Ikirok, dem Gott der Lustbarkeit, der nebenbei auch als Scharfrichter gedient hatte. Dadurch waren sie Halbschwestern und als Einzige der fünf tatsächlich blutsverwandt. Feral war der Sohn von Vanth, dem Gott der Stürme – dessen Gabe er mehr oder weniger geerbt hatte –, während Minya die Tochter von Skathis war. Sarai war die Einzige, die mütterlicherseits von den Mesarthim abstammte. Wie Ellen die Große erzählt hatte, waren Geburten bei den Göttinnen selten gewesen. Schließlich konnte eine Frau pro Schwangerschaft nur ein Baby gebären, seltener auch zwei. Ein Mann hingegen konnte so viele Kinder zeugen, wie ihm Frauen zur Verfügung standen.

Die mit Abstand größte Zahl von Nachkommen im Säuglingstrakt hatten die drei männlichen Götter zu verantworten, die junge menschliche Frauen geschwängert hatten.

Was bedeutete, dass Sparrow irgendwo dort unten in Weep eine Mutter hatte.

Als Kind war es ihr schwergefallen zu verstehen oder zu glauben, dass ihre Mutter sie nicht wollte. „Ich könnte ihr im Garten helfen", hatte sie zu Ellen der Großen gesagt. „Ich wäre eine gute Hilfe, ganz bestimmt."

„Ja, gewiss, Engelchen", hatte Ellen geantwortet. „Aber wir

brauchen dich hier, Kleines. Wie sollten wir ohne dich überleben?"

Ellen hatte damals versucht, es Sparrow schonend beizubringen, aber Minya hatte weniger Hemmungen gehabt: „Wenn sie dich in ihrem Garten findet, dann schlägt sie dir mit der Schaufel den Schädel ein und wirft dich auf den Kompost. Du bist *Götterbrut*, Sparrow. Deine Mutter wird dich *niemals* wollen."

„Aber ich bin zur Hälfte menschlich!", hatte sie protestiert. „Haben sie das wirklich vergessen? Dass wir auch ihre Kinder sind?"

„Du verstehst es nicht, oder? Deshalb hassen sie uns nur *noch mehr*."

Damals hatte Sparrow es wirklich nicht verstanden. Dazu war sie noch zu klein gewesen. Aber irgendwann lernte sie aus einer vulgären, schwer glaubhaften Schilderung Minyas, gefolgt von einer sanften und umso aufschlussreicheren Belehrung durch Ellen die Große, wie solch eine … Begattung funktionierte. Dadurch änderte sich alles. Ihr wurde klar, wie ihre eigene Zeugung ausgesehen haben musste. Zwar war ihr Verständnis noch immer nebulös und schattenhaft, aber die Grausamkeit des Aktes lastete auf ihr wie die erdrückende Schwere eines ungebetenen Körpers, und Säure stieg in ihrer Kehle auf. Natürlich würde keine Mutter sie haben wollen, nicht nach so einem Anfang.

Sie fragte sich, wie viele Geister in Minyas Armee auf solche Weise von den Göttern missbraucht worden waren. Ungefähr die Hälfte von ihnen waren Frauen, die meisten alt. Wie viele hatten halbblütige Kinder zur Welt gebracht, an die sie sich weder erinnern konnten noch erinnern wollten?

Sparrow hielt den Blick auf ihre Hände gerichtet und konzentrierte sich auf ihre Arbeit, wobei sie leise vor sich hin summte. Sie versuchte nicht darüber nachzudenken, ob sie an Rubys Geburtstag noch leben würden, oder was für eine Art von Leben ihnen dann bevorstand. Ihre ganze Aufmerksamkeit galt ihren Händen, aus denen das beruhigende Gefühl von Wachstum strömte. Sie stellte eine Blumentorte her. Oh, gewiss nicht essbar, aber dafür wunderschön. Die Torte erinnerte an die Jahre, als es in der Zitadelle noch Zucker und einen Rest kindlicher Unschuld gegeben hatte. Bevor Sparrow verstanden hatte, was für eine entsetzliche Missgeburt sie war.

Es gab sogar kleine Kerzen. Dafür benutzte sie die Knospen von Fackellilien: sechszehn an der Zahl. Sie würde Ruby die Torte heute zum Abendessen überreichen. Dann konnte Ruby die Kerzen mit ihrem eigenen Feuer entzünden, sich etwas wünschen und sie ausblasen.

*

Feral war in seinem Schlafzimmer und starrte auf sein Buch. Er blätterte durch die Metallseiten und fuhr die harschen, eckigen Symbole mit der Fingerkuppe entlang.

Wenn nötig hätte er das gesamte Buch aus dem Gedächtnis kopieren können, so genau kannte er es. Doch das nützte ihm wenig, denn er konnte ihm keine Bedeutung abringen. Manchmal, wenn er lange genug darauf starrte und sein Blick verschwamm, hatte er das Gefühl, er könne geradezu in das Metall hineinschauen und eine pulsierende Kraft spüren, die darin schlummerte. Ungefähr so, wie eine Wetterfahne darauf wartet, dass ein Sturmwind kommt und sie herumwirbelt. Ungeduldig. Verlangend.

Das Buch *wollte* gelesen werden, das spürte Feral. Aber was für eine Art von ›Wind‹ konnte wohl diese Symbole in Bewegung setzen? Er hatte keine Ahnung. Er wusste bloß, oder vermutete es zumindest stark, dass ihm alle Geheimnisse der Zitadelle offenstehen würden, sobald es ihm gelang, das kryptische Alphabet zu entschlüsseln. Dann könnte er die Mädchen beschützen, anstatt sie bloß, nun ja, zu beregnen.

Trinkwasser war keine Kleinigkeit, und ohne seine Gabe wären sie allesamt verdurstet, deshalb verschwendete Feral normalerweise wenig Gedanken daran, dass er nicht die Kräfte von Skathis besaß. Darüber war Minya verbittert, nicht er. Aber manchmal erlaubte er sich doch ein gewisses Bedauern. Das Mesarthium zu kontrollieren, hätte für sie alle Freiheit, Sicherheit und nicht zu vergessen eine überwältigende Macht bedeutet. Aber das war nun einmal unmöglich. Also war es reine Zeitverschwendung, sich das Gegenteil zu wünschen.

Doch falls er tatsächlich das Buch entschlüsselte, konnte er etwas bewirken. Ganz sicher. Egal, was.

„Was versteckst du dich denn hier drinnen?“, ertönte Rubys Stimme aus der Türöffnung.

Er schaute auf und stellte missmutig fest, dass sie ohne zu fragen den Kopf hereingesteckt hatte. „Respekt vor dem Vorhang“, zitierte er eine der Regeln und schaute wieder auf sein Buch.

Aber Ruby hatte überhaupt keinen Respekt vor dem Vorhang und tänzelte einfach barfuß herein. Ihre Zehennägel waren knallrot lackiert, sie trug ein ebenso knallrotes Kleidchen und einen entschlossenen Gesichtsausdruck, der Feral alarmiert hätte, wenn er aufgeschaut hätte – was er jedoch nicht tat. Er versteifte sich lediglich ein bisschen.

Rubys Gesicht verzog sich, und sie starrte ihn genauso

missmutig an wie er zuvor sie. Das begann ja nicht gerade vielversprechend. *Dummes Buch*, dachte sie. *Dummer Junge.*

Aber er war nun einmal der *einzige* Junge. Das hieß, seine Lippen waren wärmer als die der Geister. Garantiert war *alles* an ihm wärmer. Und wichtiger noch: Feral hatte keine Angst vor ihr. Das versprach in jedem Fall mehr Spaß zu machen, als sich über einen halb erstarrten Geist zu drapieren und ihm alle paar Sekunden zu sagen, was er mit seinen Händen anfangen sollte. *Fass mich da an. Jetzt da.*

Langweilig!

„Was willst du hier, Ruby?", fragte Feral.

Inzwischen stand sie direkt neben ihm. „Weißt du, Experimente müssen wiederholt werden", sagte sie. „Sonst sind sie wertlos."

„Was? Welche Experimente denn?" Er drehte sich zu ihr um und zog die Brauen zusammen – halb verwirrt, halb gereizt.

„Das Küssen natürlich", sagte sie. Erst gestern hatte sie behauptet, dass sie dieses Experiment bestimmt nicht wiederholen würde. Nun ja. Da sie alle sich auf direktem Weg ins Verderben befanden, hatte sie ihren Standpunkt noch einmal überdacht.